D1699055

{ Биографии,
автобиографии,
мемуары }

Книги ИВЛИНА ВО,
опубликованные
Издательской Группой
«Азбука-Аттикус»

ВОЗВРАЩЕНИЕ В БРАЙДСХЕД
НЕЗАБВЕННАЯ
ОФИЦЕРЫ И ДЖЕНТЛЬМЕНЫ
ПРИГОРШНЯ ПРАХА
СЕНСАЦИЯ
КОГДА ШАГАЛОСЬ НАМ ЛЕГКО

ИВЛИН ВО

КОГДА ШАГАЛОСЬ НАМ ЛЕГКО

КоЛибри

МОСКВА

УДК 821.111
ББК 84(4Вел)-44
В 61

Evelyn Waugh
WHEN THE GOING WAS GOOD

Перевод с английского Елены Петровой

Серийное оформление Андрея Рыбакова

Оформление обложки Валерия Гореликова

Издание подготовлено при участии издательства «Азбука».

ISBN 978-5-389-20471-3

© Е. С. Петрова, перевод, 2022
© З. А. Смоленская, примечания, 2022
© Издание на русском языке, оформление.
ООО «Издательская Группа
„Азбука-Аттикус“», 2022
Издательство КоЛибри®

Брайану Мойну, Диане Мосли,
Диане Купер, Перри и Китти Браунлоу —
это мои друзья; нижеследующие страницы я писал в их домах;
им же я посвятил те книги, из которых взяты
приведенные здесь тексты; им всем,
а также памяти ХЕЙЗЕЛ ЛЕЙВЕРИ
я заново посвящаю эти уцелевшие фрагменты —
с неизменной благодарностью

Содержание

Содержание

Предисловие

Предисловие

———

Н ИЖЕСЛЕДУЮЩИЕ СТРАНИЦЫ охватывают все то, что мне желательно сохранить из четырех собраний путевой прозы, написанных с 1929 по 1935 год: «Наклейки на чемодане», «Далекий народ», «Девяносто два дня», а также «Во в Абиссинии» (заглавие выбрано не мной). Книги эти, опубликованные некоторое время тому назад, переиздаваться не будут. Первые три вышли в издательстве «Господа Дакворт и компания», четвертая — в издательстве «Лонгманс, Грин и компания». Была еще пятая книга, повествующая о Мексике, — «Узаконенный грабеж»; тот опус я готов предать забвению, так как путешествиям отводится в нем совершенно незначительное место, а основное внимание уделено вопросам политики. «Если у вас за плечами богатый опыт путешествий, — писал я в предисловии к той книге, — в совокупности с двенадцатью годами сознательной жизни, проведенными в разъездах, то в свете затронутой темы это определенный минус. Чтобы в тридцать пять лет оживить в памяти восторг от первой высадки в Кале, человеку впору лететь на Луну или в какое-нибудь другое аналогичное место. Раньше такой лунной поверхностью многим виделась Мексика. Такова она и поныне: все тот же лунный край, но отнюдь не в поэтическом смысле. Это бесплодная земля, часть некой мертвой или, как ни крути, умирающей планеты. Политика, губительная везде и всюду, иссушила здешние почвы, выморозила, раздробила, стерла в прах. Если в шестнадцатом веке человеческой жизнью правил хаос, а засилье теологии душило любые таланты, то в настоящее время над нами довлеет чума политики. Эта книга — политическая». Вот пусть она и покоится в собственном прахе. А я теперь отправляюсь на поиски лунного пейзажа.

С 1928 по 1937 год у меня не было постоянного дома, как не было и движимого имущества, которое не уместилось бы запросто в одну багажную тележку. Я непрерывно путешествовал — либо по Англии, либо за рубежом. Четыре книги, перепечатанные здесь в отрывках, представляют собой описания ряда странствий, выбранные мною по одной простой причине: в тех поездках я изрядно поиздержался и возлагал все надежды на публикацию путевых дневников — тягомотных ежедневных отчетов об увиденных местах и новых знакомствах вперемешку с банальными сведениями, а подчас и весьма незрелыми комментариями. Сокращая их до нынешнего объема, я стремился оставлять в неприкосновенности сугубо личностные моменты повествования — в расчете на то, что от них по-прежнему веет дыханием свежести.

Каждая книга, как обнаруживалось при повторном прочтении, несла на себе явственный отпечаток мрачности, которая сгущалась, пусть даже ненамного, от одного текста к другому по мере того, как вокруг нас год за годом все плотнее смыкались тени острога. Зато в событиях из «Наклеек на чемодане» я искал исключительно удовольствия. Просматривая под критическим углом зрения отсылки к различным источникам, я отмечал плюсы и минусы в свидетельствах других путешественников. Барочность, роскошь и чудеса; кулинарное искусство; вино, эксцентричные личности; гроты при свете дня, призраки потустороннего мира во тьме ночной — все это я сам и тысячи других искали в Средиземноморье.

Сколь же многого мы не увидели и не продегустировали в тех блистательных краях! «Европа могла подождать. Для Европы еще будет время, — думал я, — ведь не за горами те дни, когда я буду нуждаться в человеке, который бы устанавливал мой мольберт и носил за мною краски; когда я не рискну удалиться больше чем на час ходьбы от комфортабельного отеля; когда я буду нуждаться в прохладном ветерке и мягком солнечном свете; и вот тогда я обращу мои старые глаза к Италии и Германии. Теперь же, пока у меня есть силы, я отправлюсь в дикие страны, где человек покинул свой пост и джунгли подбираются обратно к своим былым твердыням». Так рассуждает Чарльз Райдер; так рассуждаю я сам. В те годы мистер Питер Флеминг отправился в пустыню Гоби, мистер Грэм Грин — в либерийскую глушь, а Роберт Байрон (чья кипучая жизнь, устремленная к возможностям дня сегодняшнего и сохраненная нашей памятью, увы, безвременно и трагически оборвалась) — к персидским руинам. Нынче мы повернулись спиной к цивилизации. Кабы знать, что так сложится, лучше нам было бы провалиться в сон вместе с Палинуром; кабы знать, что незыблемое с виду, возведенное с великим терпением, пышно изукрашенное здание западной жизни когда-нибудь растает в одночасье, словно ледяная башня, оставив по себе лишь грязную лужицу; кабы знать, что человек уже тогда покидал свой пост. Но нет, мы прокладывали себе разные тернистые пути: я, например, в тропики и в Арктику, возомнив, будто первозданность — это птица дронт, которую легко приманить щепоткой соли. В книге «Далекий народ» описывался несложный маршрут; в книге «Девяносто два дня» — более тяжелый. Впоследствии многим из нас довелось ходить в походы и разбивать лагерь, мучиться от голода и жажды, селиться там, где выхватывают и пускают в ход пистолеты. Тогда это казалось испытанием на прочность, приобщением к мужественности.

Потом, в 1935 году, произошло итальянское вторжение в Абиссинию, и я вернулся в эту страну, но уже не в качестве вольного путешественника. Я вернулся в качестве военного корреспондента; при всем моем легкомысленном отношении к своим обязанностям и к притязаниям коллег, я облачился в ливрею слуги новой эпохи. Эту перемену выдала следующая книга. Теперь я опустил немало страниц исторических справок и политических дебатов. Перечитывая окончательный текст в свете событий последнего времени, я не нашел почти ничего, что следовало бы убрать дополнительно. Надежды питают глупцов; не исключено, что нынешние страхи окажутся ложными. Когда речь идет о катастрофе, попытки разграничения «post hoc» и «propter hoc»[1] неуместны.

Пора моих собственных путешествий миновала; да и лавину книг о путешествиях я в ближайшем будущем едва ли увижу. В бытность мою рецензентом, помнится, их присылали пачками — по четыре-пять штук в неделю: прелестные от корки до корки, остроумные, с увеличенными любительскими фотоснимками, сделанными «лейкой». Туристам нет места среди «перемещенных лиц». Думаю, мы никогда больше не сможем высаживаться на чу-

---

[1] «После этого» и «вследствие этого» (*лат.*).

жом берегу с аккредитивом и паспортом (необходимость в последнем сама по себе уже была первой робкой тенью той свинцовой тучи, что окутывает нас в эти дни) и ощущать, как перед нами распахивается мир. Сегодня это дела минувшие, как прибытие пастора Йорика в Париж, где хозяин гостиницы вынужден ему напоминать, что их страны находятся в состоянии войны. А завтра эти события отодвинутся еще дальше. В отдельных местах, очевидно, сформируется взаимовыгодная «Сила через радость», своего рода система досуга *dopo-lavoro*; и уже не меня, а других — тех, кто наделен даром угождать власть имущим, — будут, видимо, направлять за рубеж для установления «культурных связей»; подобно «вандерфогелям» Веймарского периода, эту миссию, скорее всего, возьмут на себя самые молодые: поджарые, бесшабашные, неуемные парочки с рюкзаками примкнут к великой армии мужчин и женщин без документов, без официальных доказательств своего появления на свет, беженцев и дезертиров, которые сегодня во всех концах света дрейфуют от одного заграждения из колючей проволоки до другого. По доброй воле я нипочем не вольюсь в их ряды.

Быть может, для английской литературы оно и неплохо. Через два поколения воздух станет чище, и, возможно, из нашей среды выйдут великие путешественники, под стать Бёртону и Доути. Сам я никогда не метил в великие путешественники. Меня устраивала роль типичного представителя молодежи своего времени; поездки воспринимались нами как нечто само собой разумеющееся. Отрадно сознавать, что наши путешествия пришлись на то время, когда шагалось нам легко.

*И. В.
Стинчком, 1945*

Часть первая

Морской круиз 1929 года

(Из книги «Наклейки на чемодане»)

В ФЕВРАЛЕ 1929 ГОДА Лондон впал в тоску и оцепенение, будто подражая Вестминстеру, где тянулись недели последней парламентской сессии. Уже заявляло о себе звуковое кино, отбросив на двадцать лет назад развитие самого жизненного искусства столетия. В городе не было даже мало-мальски стоящего дела об убийстве. А ко всему прочему, грянули лютые морозы. Бестселлером истекших месяцев стал «Орландо» миссис Вулф; и, казалось, Природа, имитируя знаменитое описание Великого холода, рассчитывала, что ей свалится с неба какая-нибудь Готорнденская премия. Как герцогиня Мальфи отшатнулась от руки мертвеца, так горожане содрогались от прикосновения к ледяному бокалу с коктейлем, негнущимися роботами выбирались из продуваемых ветром такси, тянулись к ближайшей станции метрополитена и там для согрева сбивались в толпу, кашляя и чихая среди раскрытых вечерних газет.

Что до меня, я упаковал всю свою одежду, пару внушительных книг, включая шпенглеровский «Закат Европы», и массу рисовальных принадлежностей, поскольку перед отъездом наметил для себя великое множество совершенно невыполнимых целей, среди которых выделялись две: углубиться в серьезное чтение и посвятить себя рисованию. Потом, сев на самолет, я добрался до Парижа, где провел ночь в компании добродушных, щедрых и очень обаятельных американцев. Они горели желанием показать мне весьма популярное в то время заведение «У Бриктоп». Появляться там раньше полуночи, как они считали, не имело смысла, так что для начала мы отправились во «Флоренцию». Там все заказали шампанское, поскольку одним из своеобразных проявлений французской свободы служит то, что ничего другого пить не положено.

Оттуда мы перешли в подвальное заведение под вывеской «Бар Нью-Йорк». При нашем появлении все посетители начали стучать по столешницам деревянными молоточками, а певец, молодой еврей, отпустил шутку по поводу горностаевого манто, в котором щеголяла дама из нашей компании. Мы снова выпили шампанского, еще более скверного, и теперь уже двинулись к «Бриктоп», но на дверях увидели объявление: «Открываемся в 4 часа. Брики»; нам оставалось только возобновить обход питейных заведений.

В кафе «Ле Фетиш» официантки в смокингах приглашали наших дам на танец. Я с интересом наблюдал, как видная собой мужеподобная гардеробщица ловко увела шелковое кашне у пожилого немца.

Потом мы переместились в «Плантацию», а оттуда — в «Музыкальную шкатулку»: и тут, и там была такая темень, что мы едва различали свои бокалы (с еще более гнусным шампанским); затем посидели в «Шахерезаде», где нам подали шашлык из пяти разных внутренних органов барашка, нанизанных с луком и лавровым листом на тлеющие с одного конца шампуры; вкус был отменный.

Оттуда перешли в «Казбек», ничем не отличавшийся от «Шахерезады».

Наконец, в четыре часа утра, мы вернулись к «Бриктоп». К нам подошла Бриктоп собственной персоной и присела за наш столик. Нам показалось, что фальши в ней меньше, чем в какой-либо другой парижской знаменитости. Из ее заведения мы вышли уже средь бела дня, поехали на центральный рынок «Ле-Аль» и там, в «Безмятежном папаше», отведали превосходного, пикантного лукового супа; правда, одна из наших дам, та, что помоложе, заказала пучок лука-порея и сжевала его сырым. Я поинтересовался у организатора этого праздника жизни, все ли свои вечера он проводит сходным образом. Нет, ответил тот: хотя бы раз в неделю он непременно остается дома ради вечерней партии в покер.

Во время примерно третьей остановки в вышеописанном паломничестве я начал узнавать лица, то и дело попадавшиеся нам на пути. В ту ночь на Монмартре таких паломников, как мы, было около сотни, и все кружили одним и тем же маршрутом.

Из той поездки в Париж у меня в памяти отчетливо сохранились только два эпизода.

Первое зрелище ожидало меня на Пляс-Бово, где стоял мужчина, с которым произошел уникальный, как я считаю, случай. Тот господин средних лет, одетый в сюртук и шляпу-котелок, принадлежал, судя по всему, к числу конторских служащих; у него вспыхнул зонтик. Ума не приложу, как такое могло случиться. Проезжая мимо на такси, я заметил этого человека в гуще небольшой толпы: зонт он держал на расстоянии вытянутой руки, чтобы не обжечься. День выдался без дождя, и зонт полыхал ясным пламенем. Сколько было возможно, я наблюдал за этой сценой из небольшого заднего окошка и видел, как тот человек в конце концов отпустил рукоять и ногой столкнул зонт в канаву. Оттуда повалил дым, толпа с любопытством глазела, но потом рассеялась. В Лондоне зеваки сочли бы это забавнейшим происшествием, однако здесь никто из очевидцев не рассмеялся; по возвращении в Лондон я не раз пересказывал эту историю своим знакомым, но никто до сих пор не верит ни единому слову.

Второй эпизод приключился в ночном клубе под вывеской «Двойной шпагат». У тех, кому небезразличен «колорит эпохи», есть масса возможностей поразмышлять, как менялось значение той вывески, отражавшей переход от Парижа Тулуз-Лотрека к Парижу мсье Кокто. Первоначальный смысл — «продольная трещина»: это весьма сложный хореографический элемент, поперечный шпагат, при котором ступни танцовщицы скользят в стороны, пока туловище не опустится на пол. Именно так Ля Гулю и Ля Мелонит, «менады декаданса», привычно завершали свои сольные номера, лукаво демонстрируя полоску бедра между черным шелковым чулком и оборками нижней юбочки. В наше время такого не увидишь. От прежнего ночного клуба остался пустой звук — одно название, обозначенное электрическими огоньками, декорированное бухтами каната и зеркальным стеклом; на столиках стоят миниатюрные подсвеченные аквариумы, где плавают размякшие куски желатина, имитирующие лед. За барной стойкой сидят сомнительного вида молодые люди в сорочках от «Шарве», исправляя посредством пуховок и губной помады все изъяны своей внешности, причиненные гренадином и шоколадным ликером. В этом заведении я провел один вечер в тесной компании. За соседним столиком сидела в высшей степени элегантная красавица-англичанка, чье имя мы, как принято говорить, сохраним в тайне. Ее сопровождал весьма импозантный, эффектный мужчина, оказавшийся, как выяснилось позже, бароном из Бельгии. В нашей компании у этой дамы сыскался кто-то знакомый; последовали неразборчивые представления. Она переспросила:

— Как вы назвали этого юношу?

Ей ответили: Ивлин Во.

Она поинтересовалась:

— И чем он занимается?

Нашу компанию этот вопрос поставил в тупик. Кто-то предположил, что я вроде бы английский писатель.

Дама сказала:

— Я сразу поняла. Он единственный человек на свете, с кем я давно мечтаю познакомиться. — (Здесь попрошу вас набраться терпения: этот рассказ в итоге приведет к моему позору.) — Сделайте одолжение, подвиньтесь, чтобы я могла перейти за ваш столик и сесть рядом с этим юношей.

Присоединившись к нам, англичанка завела со мной беседу.

— По вашим фотографиям, — начала она, — я бы нипочем не определила, что вы блондин.

Я не знал, как на это реагировать, но, к счастью, выкручиваться не пришлось: дама тут же продолжила:

— Не далее как на прошлой неделе я прочла вашу статью в «Ивнинг стэндард». Она произвела на меня такое впечатление, что я ее вырезала и отправила своей матери.

— Мне за нее заплатили десять гиней, — сообщил я.

В этот момент бельгийский барон пригласил ее на танец. Она сказала:

— Нет-нет. Я упиваюсь талантом этого чудесного юноши. — А потом обратилась ко мне: — Вообразите, у меня есть дар ясновидения. При входе в этот зал я мгновенно ощутила незаурядную мужскую ауру и решила во что бы то ни стало распознать, от кого же она исходит.

Настоящего прозаика, видимо, не удивишь такими разговорами. Но для меня эта беседа оказалась непривычной и очень лестной. К тому времени я опубликовал две невразумительные книжицы и по-прежнему считал себя не столько писателем, сколько безработным учителем частной школы.

Моя собеседница произнесла:

— Знаете, наша эпоха породила еще одного великого гения. Сможете угадать его имя?

Я осторожно предположил: Эйнштейн? Нет... Чарли Чаплин? Нет... Джеймс Джойс? Нет... Тогда кто же?

Она ответила:

— Морис Декобра. Чтобы вас познакомить, я устрою в «Ритце» суаре для узкого круга. Если мне удастся свести вместе двух великих гениев нашей эпохи, то дальше я буду жить с ощущением, что хотя бы отчасти оправдала свое присутствие в этом мире. Каждый человек обязан совершить поступок, оправдывающий его существование... вы согласны?

Некоторое время разговор шел вполне гладко. Потом она произнесла фразу, которая меня слегка насторожила:

— Знаете, я настолько люблю ваши книги, что неизменно беру их, все без исключения, в каждую поездку. И расставляю в ряд на ночном столике.

— А вы, часом, не путаете меня с моим братом Алеком? Он написал гораздо больше книг, чем я.

— Как вы его назвали?

— Алек.

— Ну разумеется. А вас тогда как зовут?

— Ивлин.

— Но... но... мне сказали, что вы занимаетесь литературой.

— Да, немного пописываю. Видите ли, другой работы я найти не сумел.

Ее разочарование было столь же велико, сколь в начале вечера — ее дружелюбие.

— Вот оно что, — изрекла она, — какая незадача.

И пошла танцевать с бельгийским бароном, после чего вернулась за свой прежний столик. На прощание она туманно выговорила:

— Вне сомнения, мы еще встретимся.

Я далеко не уверен. Равно как и в том, что она поставит мою книжку, где описывается это недоразумение, у своего изголовья, в один ряд с произведениями моего брата.

Дальше мне предстояло отправиться в Монте-Карло, где я забронировал место на пароходе «Стелла поларис»[1].

В мои планы входило доехать до Монако, поскольку там, как мне говорили, гостиницы дешевле, да и посадка на рейс удобнее.

Железнодорожный вокзал в Монако очень тесен и непритязателен. Единственный носильщик, которого мне удалось найти, работал под эгидой гостиницы с довольно внушительным названием. Подхватив мой чемодан, он повел меня сквозь снегопад вниз по склону — в свою гостиницу. Оказалось, это всего лишь пансион в каком-то переулке. Небольшой салон целиком занимали плетеные кресла, в которых восседали за рукоделием престарелые англичанки; я спросил носильщика, нет ли в Монако гостиницы поприличнее. Отчего же нет, ответил он, в Монако все гостиницы лучше этой. Он вновь подхва-

---

[1] Stella Polaris (*лат.*) — Полярная звезда.

тил мой чемодан; за нами бросилась управляющая, но мы все же вышли в пургу и вскоре добрались до гостиницы побольше с видом на гавань.

После обеда метель улеглась; ближе к вечеру сильно похолодало, но на улице было ясно и солнечно. Путь в гору до Монте-Карло я проделал в вагончике канатной дороги. Из бастиона под променадом доносились выстрелы: рекламный щит сулил «голубиные садки». Там шел какой-то турнир; участниками его оказались преимущественно латиноамериканцы с папскими титулами. Они делали какие-то удивительные движения локтями, ожидая, пока одновременно упадут створки небольшого вольера и оттуда выпорхнут живые мишени: необычные движения локтями, досадливые и виноватые, сопровождали также каждый промах. Но второе случалось редко. Уровень попаданий был высок, и у меня на глазах только три птицы, беспорядочно дергая общипанными хвостами и крыльями, избежали расстрела, но в результате попали в руки малолетних сорванцов, которые караулили кто в лодках, кто на берегу, чтобы растерзать пернатых голыми руками. Зачастую при открытии вольеров ошарашенные птицы замирали среди обломков, пока в них не запускали какой-нибудь миской; тогда они неуклюже взлетали, чтобы футах в десяти над землей попасть под пулю — обычно выпущенную из первого же ствола. Над террасой на перилах балкона сидел один из прикормленных служащими «Казино Монте-Карло» голубей, неприкосновенный здоровяк, без видимых эмоций наблюдавший за бойней. Единственный здравый отзыв об этой забаве я услышал от постояльца отеля «Бристоль», который заметил, что джентльменам такое не к лицу.

Во время моего пребывания в Монако там каждую ночь свирепствовали снежные бури, иногда длившиеся чуть ли не до полудня, но всякий раз последствия их устранялись в течение часа. На улицы одновременно с падением последней снежинки высыпала целая армия деловитых, одетых в синие комбинезоны человечков, вооруженных метлами, шлангами и тачками: они обдавали кипятком и отскребали от наледи тротуары, а также разметали газоны; приставив стремянки к стволам, взбирались на деревья и отряхивали от снега ветви; каждая цветочная клумба, заблаговременно накрытая проволочной рамой с натянутым на нее зеленым сукном и засыпанная соломой, освобождалась из этого плена, являя взору яркие цветы; те кустики, что были побиты морозом, немедленно заменялись свежими, еще хранившими тепло питомника. Более того, неприглядные сугробы тут же убирались с глаз долой, даже в самых неприметных закоулках, где в других городах они, бывает, высятся не одну неделю после оттепели. Снег, сруженный в тачки и брезентовые мешки, незамедлительно увозился (не исключено, что за границу) или сбрасывался в море, но в любом случае за пределами видимости Империи Казино.

Прибытие «Стеллы поларис» вызвало ажиотаж. После перехода из Барселоны она вошла в порт ближе к ночи при весьма неблагоприятных погодных условиях. Я увидел ее огни через всю гавань и услышал отдаленные звуки судового оркестра, исполнявшего танцевальную музыку, но, чтобы рассмотреть пароход вблизи, вернулся к причалу только наутро. Судно с высокой осадкой, с заостренным, поднятым, как у парусника, форштевнем, с чисто белым корпусом и единственной трубой, выкрашенной в желтый цвет, поражало своей красотой.

За рубежом каждый англичанин предпочитает, пока не доказано обратное, считать себя не туристом, а путешественником. Наблюдая, как мой багаж поднимают на борт «Стеллы», я понял, что притворяться более не имеет смысла. И я, и мои попутчики бескомпромиссно и безоговорочно превратились в туристов.

Принадлежащая норвежской судоходной компании «Стелла поларис», моторная яхта водоизмещением шесть тысяч тонн, способна при полной загрузке взять на борт около двухсот пассажиров. Как и предполагает ее происхождение, она сверкает нордической, почти ледяной чистотой. Раньше мне только в больницах доводилось видеть такое отдраенное и начищенное пространство. Должности судового врача и медсестры занимали англичане, тогда как офицерский состав и палубная команда, а также парикмахер, фотограф и другие разнообразные специалисты все были норвежцами. Стюарды представляли собою многонациональный и многоязычный конгломерат из уроженцев Норвегии, Швейцарии, Британии, Италии, то есть тех стран, что поставляют обслугу для всего мира. Учтивостью и расторопностью эти люди могли дать сто очков вперед Дживсу, к особому восторгу тех пассажиров-англичан, которых погнала за рубеж нехватка обслуживающего персонала для фамильных особняков. Пассажиры, кстати, тоже являли собой пеструю картину, однако преобладали среди них англичане, да и официальным языком на судне был английский.

Командный состав, похоже, с равной степенью беглости говорил на всех языках; некоторые из офицеров прежде ходили на быстроходных парусниках; после ужина, сидя между танцами в палубных креслах, пока судно гладко скользило через теплый мрак на скорости в пятнадцать узлов, они травили леденящие кровь байки о начале своего пути, о тайфунах, о полном штиле и прочих злоключениях; думаю, временами на всех накатывала легкая тоска от нынешнего оранжерейного существования, и тогда они утешались воспоминаниями.

Вскоре я стал ловить себя на мысли, что мне куда интереснее наблюдать за своими попутчиками и их поведением в каждом порту захода, нежели осматривать достопримечательности.

Один из человеческих типов, кои преобладают на круизных судах, — это обеспеченные вдовы средних лет: дети у них благополучно пристроены в школы-интернаты с солидной репутацией, слуги причиняют одни неприятности, а сами хозяйки, как оказалось, нынче распоряжаются такими средствами, о каких прежде не помышляли; взоры их обращаются к рекламным буклетам судоходных компаний и обнаруживают стандартный набор фраз, полупоэтических, чуть пьянящих, которые призваны рисовать в неискушенных умах слегка нереальные, гламурные картины. «Тайны. Истории. Море. Удовольствия». Откровенно сексуального посыла в них нет. Есть только розовая дымка ассоциаций: пустыня под луной, пирамиды, пальмы, сфинксы, верблюды, оазисы, мулла, нараспев читающий вечернюю молитву с высокого минарета, Аллах, Хитченс, миссис Шеридан — весь перечень исподволь указывает на шейхов, похищение и гарем, но пребывающий в счастливом неведении ум не делает столь рискованных выводов: он видит общее направление и восхищается панорамой издалека.

Сдается мне, это самые счастливые путешественницы: им неведомо разочарование от увиденного. После каждой экскурсии они возвращаются на борт с горящими глазами: им дали возможность приобщиться к удивительным тайнам, речь их обогатилась лексикой управляющего туристическим бюро; руки оттянуты покупками. Увидеть, что они сметают с прилавков, — само по себе диво. В этих местах, насколько можно судить, традиционная рачительность, которая двадцать лет требовала приобретения электрических лампочек, консервированных абрикосов и теплого белья для детишек, выходит из-под контроля. Пассажирки начинают виртуозно торговаться, а вечерами в кофейном салоне уподобляются рыболовам из юмористических журналов и азартно лгут, сравнивая цены и пуская по рукам свою добычу под рокот восхищения и баек одна другой хлеще. Интересно, какая судьба ждет весь этот хлам? Когда, уже в Англии, его распакуют в сером свете какого-нибудь провинциального утра, не развеется ли хотя бы отчасти волшебная дымка? Не откроются ли черты его сходства с теми безделушками, что выставлены в галантерейной лавке чуть дальше по улице? Перейдет ли он к друзьям и родным в знак того, что в круизе о них не забывали, или же будет бережно храниться на стенах и редких консольных столиках, как проклятье для горничной и вместе с тем как постоянное напоминание об этих магических вечерах под более широкими небесами, где устраивались танцы, скользили подтянутые офицерские фигуры, плыл над водой звон храмовых колоколов, базары окутывал загадочный полумрак, а в воздухе витали Аллах, Хитченс и миссис Шеридан?

Но далеко не все пассажиры были одинаковы. Я даже сдружился с одной молодой парой; звали их Джеффри и Джулиет.

В небольшом офисе на прогулочной палубе «Стеллы» работало экскурсионное бюро, которым ведал терпеливый и необычайно обаятельный норвежец, бывший капитан дальнего плаванья; пассажиры во всех подробностях обсуждали насущные вопросы целесообразности предлагаемых экскурсий. В Неаполе, сойдя на берег в полном одиночестве и не зная ни слова по-итальянски, я горько пожалел, что не присоединился ни к одной группе.

В гавань мы вошли ранним воскресным утром и пришвартовались у причала. Там уже стоял немецкий круизный лайнер, который в течение следующих недель нам предстояло лицезреть не один раз: наши маршруты совпадали практически полностью. Да и конструкцией он мало чем отличался от «Стеллы», но наши офицеры пренебрежительно отзывались о его ходовых качествах. В день спуска на воду, говорили они, лайнер опрокинулся и теперь вынужден брать балласт из бетонных плит. На палубе у него стоял маленький черный аэроплан, и пассажиры, заплатив по пять гиней с носа, получали возможность покружить над заливом. В темноте название лайнера высвечивалось разноцветными буквами на шлюпочной палубе. Два судовых оркестра, сменяя друг друга, не умолкали, считай, круглые сутки. Почти все пассажиры, немцы средних лет, были на редкость непривлекательны, зато одевались изобретательно и смело. Один мужчина неизменно появлялся в сюртуке, белых брюках и берете. На «Стелле» все прониклись глубоким презрением к той вульгарной посудине.

После завтрака выяснилось, что паспортные и карантинные формальности уже завершены и мы можем беспрепятственно выходить на берег. Стайка англичанок с молитвенниками в руках отправилась на поиски протестантской церкви. Потом дамы сетовали, что их бессовестно обманул извозчик, который, поколесив кругами, содрал с них восемьдесят пять лир. Кроме того, он убеждал их вместо заутрени отправиться смотреть какие-то помпейские танцы. Аналогичному нажиму подвергся и я сам. Не успел я сойти с трапа, как в мою сторону, излучая сердечность, ринулся с приветствиями коротышка в соломенной шляпе. На его коричневой, весьма жизнерадостной физиономии сверкала подкупающая улыбка.

— Здравствуйте, да, это я вам, синьор. Доброе утро, — кричал он. — Вы хотить одна миленькая женщина.

Я ответил: нет, для этого, пожалуй, рановато.

— Ладно, тогда вы хотить смотреть помпейские танцы. Стеклянный домик. Все девочки голышом. Очень искусницы, очень бесстыжий, очень французский.

Я отказался, и он стал предлагать другие развлечения, которые редко ассоциируются с воскресным утром. За этой беседой мы дошли до конца причала, где начиналась стоянка экипажей. Там я нанял небольшой кабриолет. Сводник попытался вскочить на облучок, но получил грубый отпор от извозчика. Я попросил отвезти меня к собору, но вместо этого был доставлен к гнездилищу пороков.

— Это здесь, — объявил извозчик. — Помпейские танцы.

— Нет, — отрезал я, — к собору.

Извозчик пожал плечами. Плата за проезд до собора составляла восемь лир, но объездные дороги потянули на все тридцать пять. Утратив опыт путешествий, я вступил в пререкания с кучером и начал приводить совершенно неуместные доводы, но в конце концов был вынужден заплатить сполна и направился в собор. К обедне пришла масса народу. Один мужчина оторвался от молитвенника и шагнул ко мне:

— После служба. Вы хотить идти в помпейские танцы?

С протестантской отрешенностью я только помотал головой.

— Отличный девочки?

Я отвел глаза. Он пожал плечами, осенил себя крестным знамением и вернулся к молитве...

В тот же вечер, во время ужина за капитанским столом, сидевшая рядом со мной дама сказала:

— Кстати, мистер Во, хранитель музея поведал мне об очень любопытной традиции помпейских танцев, которые, судя по всему, исполняются по сей день. Из его рассказа я поняла не все, но мне показалось, что это зрелице достойно внимания. Вот я и подумала: не согласитесь ли вы...

У неаполитанских извозчиков обнаружилась совершенно несносная привычка (одна из многих): когда им объясняешь, куда ехать, они радостно кивают, потом выбирают замысловатый и, несомненно, кружной путь, а доставив тебя к зданию с фресками, которые ты хотел увидеть, разворачиваются на облучке к тебе лицом, с любезной улыбкой изображают поворот ключа в дверном замке и приговаривают: «Chiusa, signore»[1]. Во второй половине дня мне удалось посетить только капеллу Сан-Северо, но все усилия, затраченные на ее поиски, были вознаграждены сторицей. Мой извозчик слыхом не слыхивал такого названия, но после бесконечных расспросов мы все же отыскали небольшую дверцу в каком-то закоулке. Спустившись с облучка, извозчик пошел за смотрителем и после долгого отсутствия вернулся с прелестной босой девчушкой, которая несла в руке связку массивных ключей. Из уличного запустения мы шагнули в щедрую роскошь барокко. Топоча по церкви, маленькая ключница на удивление зычным голосом перечисляла приделы и надгробья. Скульптурное убранство этого здания ошеломляет, в особенности шедевр Антонио Коррадини «Целомудрие» — крупная женская фигура, с головы до пят окутанная прозрачной вуалью. Не знаю, может ли подражательная способность искусства превзойти этот уровень: каждая черточка лица и фигуры отчетливо различима под облегающей мраморной драпировкой, свободны от нее только кисти рук и стопы, но переходы текстуры от мрамора, изображающего открытую плоть, к мрамору, изображающему плоть под вуалью, настолько тонки, что не поддаются трезвому анализу.

---

[1] «Закрыто, синьор» (ит.).

Пока я осматривал капеллу, мой извозчик воспользовался случаем помолиться. В этой церкви, такой холодной и неухоженной, где не было ничего, кроме почти живых мраморных скульптур, его действия показались мне слегка неуместными.

Когда я завершил свою достаточно подробную экскурсию, юная ключница зажгла свечу и поманила меня к боковой двери; в этот миг ее личико озарилось подлинным восторгом. Спустившись на несколько ступеней вниз, мы свернули за угол. Если не считать горящей свечи, там царил непроглядный мрак, а в ноздри ударял густой запах тлена. Девчушка посторонилась, чтобы я смог разглядеть цель нашего спуска. В двух прислоненных к стене гробах, выполненных в стиле рококо, стояли в полный рост две фигуры со скрещенными на груди руками. Полностью обнаженные, темно-бурого цвета. У каждой имелось некоторое количество зубов и некоторое количество волос. Первой моей мыслью было то, что столь виртуозное исполнение увидишь нечасто. Но потом до меня дошло: это же эксгумированные трупы, которые частично мумифицировались в сухом воздухе, подобно мощам под дублинской церковью Святого Михана. При ближайшем рассмотрении я понял, что это мужчина и женщина. Мужское тело было рассечено и демонстрировало сплетение ссохшихся легких и органов пищеварения. Погрузив личико в это отверстие, девочка начала делать глубокие, жадные вдохи. А затем призвала меня последовать ее примеру.

— Вкусно пахнет, — сообщила она. — Приятно.

Мы вернулись из подземелья в зал.

Я задал ей вопрос об этих трупах.

— Ими священник занимается, — ответила девочка.

□ □ □

С моря город Катанья выглядел грязноватым и невзрачным. Навстречу нам вышла моторная шлюпка, до предела набитая портовыми чиновниками, представителями карантинной службы, пограничниками и другими официальными лицами; почти все они были в красивейшей парадной форме, в плащах, с кортиками и в треуголках. Для визитеров спустили отдельный трап, но довольно сильная качка мешала им подняться на борт. Когда волна подбрасывала шлюпку к трапу, официальные лица тянулись к поручням и к могучему норвежцу-матросу, стоящему на вахте. Некоторым удавалось вцепиться в поручни, но всякий раз, когда шлюпка находилась в высшей точке, мужество им изменяло; вместо того чтобы решительно ступить на трап, они слегка подпрыгивали, а затем отпускали поручень. Особой ловкости от них не требовалось: по возвращении из Таормины все пассажиры, в том числе и пожилые дамы, без труда совершали этот маневр. Однако сицилийцы вскоре оставили свои тщетные попытки и ограничились тем, что дважды обошли вокруг лайнера, словно вознамерившись показать, что вовсе не собирались подниматься на борт, а затем возвратились в свои конторы.

Мы с Джеффри на часок-другой сошли на берег. Местные городские жители представляли собой убогое зрелище, особенно уличные ребятишки, которые сбивались в небольшие тоскливые кучки на углах, что, вообще говоря, свойственно только взрослым мужчинам, да и то в более благополучных местах.

В тот вечер мы взяли курс на восток и за двое суток штиля достигли Хайфы. Как раз в эти дни Джулиет слегла с пневмонией, и мы с Джеффри почти не виделись. На лайнере полным ходом велись палубные игры.

Чтобы придать им видимость турниров, на борту создали комиссию, куда по чистой случайности вошел и я, напрочь лишенный организаторских способностей. Любопытно было наблюдать за англичанами: они по большей части рьяно брались за организацию состязаний, подсчет очков и судейство, но к играм как таковым относились с явно легкомысленной небрежностью. В свою очередь, представители других наций, особенно скандинавы, всеми силами рвались к победе.

Через двое суток соревнований, уже затемно, мы прибыли в Хайфу. В последнее время это название мелькало на газетных полосах в связи с антиеврейскими выступлениями. Наутро город выглядел вполне мирным; других крупных судов в гавани не было, а местные жители по причине моросящего дождя в основном сидели по домам.

Памятуя о своем неаполитанском опыте, я присоединился к организованным экскурсиям в Назарет, Тиверию и на гору Кармель. Сразу после завтрака мы вместе с другими пассажирами «Стеллы» сошли на берег. На пристани нас ожидали автомобили. Мне досталось место на переднем сиденье «бьюика», рядом с водителем, который отличался землистым интеллигентным лицом и европейской одеждой. Другие водители в большинстве своем сидели в фесках; наш главный сопровождающий выделялся гигантскими усами, которые напоминали бизоньи рога и виднелись даже со спины. Позже мы обогнали караванщиков — несколько семей в арабских одеждах. В здешний пейзаж они как-то не вписывались: если бы не эти торчащие тут и там пучки кактусов, эти холмы в сиреневой дымке мелкого дождика, это скопление евреев среди уныния хвойников, все остальное могло сойти за облюбованный куропатками уголок Шотландского нагорья.

Наш водитель проявлял нервозность и досаду. Он не расставался с пачкой «Лаки страйк». Прикуривая очередную сигарету от предыдущей, он отпускал руль, причем нередко на поворотах, даже не думал сбрасывать скорость и быстро оторвался от основной кавалькады. Когда мы чудом избегали столкновений, он разражался свирепым хохотом. По-английски он говорил почти безупречно, с американским акцентом. Признался, что в пути курение заменяет ему еду и питье; в прошлом месяце он возил одного господина, немца, в Багдад и обратно, после чего приболел. Улыбался он разве что на перекрестках или на проселочных дорогах, когда перед нами выскакивал на проезжую часть какой-нибудь карапуз, чья мать отчаянно голосила вслед. В такие моменты водитель втапливал педаль газа и азартно подавался вперед. Когда ребенок уворачивался буквально из-под колес, шофер издавал огорченный присвист и с учтивой грустью возобновлял свои нескончаемые байки, мрачные, но корректные. У этого человека, по его собственному признанию, не было ни религиозных убеждений, ни дома, ни национальности. Его сиротское детство прошло в Нью-Йорке, под надзором Комитета помощи Ближнему Востоку; наверняка утверждать он не мог, но предполагал, что родители его погибли от рук турок. Америка, сказал он, ему полюбилась: там народ богатый. После войны он пытался получить американское гражданство, но не тут-то было. У него начались серьезные неприятности из-за «бумажек»; я так и не понял, каких именно. Его отправили осваивать Палестину. В Палестине ему не понравилось: там богатых — раз-два и обчелся. Евреев он терпеть не мог за их нищету, а потому подался в магометанство. Ему полагалась дюжина жен, но он так и остался бобылем. Женщины требуют времени и денег. А он планировал разбогатеть, чтобы постоянно, до самой смерти переезжать с места на место. Глядишь, если он разбогатеет, ему и гражданство американское дадут. Но селиться в Америке он не собирается: просто в поездках хорошо представляться американцем — уважения больше. Да, его ведь и в Лондон как-то раз занесло: неплохой город, богачей полно. Как и Париж, между прочим: тоже городок приятный, да и богачей немало. Доволен ли он своей нынешней работой? «А к чему еще себя приложить в этой вонючей дыре? Одно название: Святая земля». Была у него и цель на ближайшее будущее: устроиться стюардом, только не на вонючее корыто, а на такое судно, как «Стелла поларис», где богачей полно.

Мы приехали в Кану Галилейскую, где маленькая девочка торговала вином в кувшинах. Кувшины были подлинные, времен таинства превращения воды в вино. Для кого они слишком велики, тому она вызывалась живо принести из дома поменьше; ясное дело, такие же подлинные. Дальше мы направились в Тиберию, рыбацкий городок с кубиками домов на берегу Галилейского моря. Там находились руины какой-то крепости, а также горячие минеральные источники, питавшие белые, увенчанные куполом общественные бани. Туда нас и повели. Во внутреннем дворе проходило нечто вроде пикника; арабская семья, сидя прямо на земле, подкреплялась лепешками и изюмом. В банях было темно; нагие купальщики возлежали в клубах пара, не замечая нашего вторжения. Обедали мы в Назарете — в отеле, который держали немцы: нам подали омлет, рубленые бифштексы, свинину и весьма посредственное вино под названием «Золото Яффы». За время обеда дождь прекратился. Мы отправились на экскурсию по святым местам. Нам показали пещеры: в одной произошло Благовещение, в другой некогда находилась мастерская Иосифа. Врата отворял для нас жизнерадостный рыжебородый монах-ирландец. Он, как и мы, скептически относился к пещерным предпочтениям Святого семейства.

Реакция моих попутчиков была весьма любопытной. Этот здравомыслящий клирик вызывал у них раздражение. В роли сопровождающего они ожидали увидеть человека средневекового склада: очень богобоязненного и легковерного, к которому можно относиться со скрытой насмешкой. На деле же объектом насмешки — причем со стороны Церкви — сделались мы сами. Это ведь не кто-нибудь, а мы проехали двадцать четыре мили, чтобы только опустить свою лепту в сундучок для сбора пожертвований, и таким суеверием вызвали у него легкую иронию.

У стен церкви предлагался ходкий товар: пресс-папье из оливкового дерева. К нашим ногам бросались мальчишки — чистильщики обуви. Монахиня продавала вырезанные из бумаги кружевные салфетки. Навязывала свои услуги старуха-гадалка. Пробиваясь сквозь толпу назаретян, мы возвращались к автомобилям. Наш водитель курил в одиночестве. Эта шоферня, бросил он, сплошь невежды и дурачье. С ними трепаться — только зря время убивать. Он издевательски обвел глазами купленные нами сувениры.

— Все это не представляет никакого интереса, — заявил он, — абсолютно никакого. Но коль скоро у вас возникло желание их приобрести, надо было обратиться ко мне. Я бы сторговал вам их в десять раз дешевле.

С оглушительным криком он схватил гаечный ключ и прошелся по пальцам какого-то старика, пытавшегося всучить нам мухобойку. Наша поездка продолжилась. По склонам холмов пестрели златоцветники, анемоны, цикламены. Мы попросили водителя сделать остановку, и я вышел, чтобы нарвать цветов для Джулиет.

— Да вы их не довезете, они по дороге сдохнут, — сказал водитель.

Бедняга Джеффри вместе с судовым врачом целый день занимался поисками сиделки. В конце концов они заручились услугами приземистой молодой особы неопределенной национальности: та кое-как изъяснялась по-английски и имела опыт работы в стационаре. Для начала она в течение получаса растирала Джулиет жестким полотенцем и перекатывала с одного края кровати на другой; в итоге у больной угрожающе подскочила температура. Тогда, вооружившись пилкой для ногтей, сиделка принялась соскребать налет у Джулиет с языка. Вследствие таких трудов помощницу по уходу сильно укачало, и она ретировалась к себе в каюту, а несчастный Джеффри, который сутки провел без сна, вновь остался бодрствовать, но уже на пару с горничной (к которой сиделка обращалась «сестра»). В Порт-Саиде сиделку отправили поездом восвояси. Это был ее первый выход в море. Она провела его у себя в каюте, лежа пластом на койке, но тем не менее высказала глубокое удовлетворение своим боевым крещением и обратилась к судовому врачу с просьбой о предоставлении ей штатной должности. После ее списания на берег Джеффри обнаружил у нее в каюте странный документ, написанный на фирменном листе судовой почтовой бумаги. Сверху, над эмблемой пароходства, читалась карандашная строка, нацарапанная весьма нетвердым почерком: «Пневмония (La Grippe) очень превалентное эпидемическое Заболевание весной является».

В Хайфе многие пассажиры на время распрощались со «Стеллой», дабы продолжить путь в Египет через Дамаск и Иерусалим, а по прошествии восьми дней вернуться на лайнер в Порт-Саиде. Остальные переночевали на борту, а наутро отправились поездом в Каир и Луксор. После первого дня стоянки в Порт-Саиде на борту оставались только мы с Джеффри и Джулиет, да еще двое больных.

Для всего экипажа такая неделя праздности в середине круиза — настоящий подарок судьбы. Офицеры переодеваются в гражданское и едут за покупками в «Симон Арцт»; палубная команда и обслуга отправляются в увольнение веселыми компаниями человек по шесть-семь. Для них это, наверное, единственная возможность совершить какую-нибудь продолжительную вылазку; небольшая группа даже уехала на весь день в Каир. Те же, кто несет вахту, совершают невиданные чудеса наведения чистоты, блеска и свежести. Лайнер пополнил запасы топлива и пресной воды. На берегу в одном из кафе играл оркестр. Капитан устраивал званые обеды для официальных лиц и своих знакомых. Солнце сверкало и грело, но не припекало; мы впервые смогли с комфортом расположиться на палубе и, не кутаясь в пальто и шарфы, наблюдать за непрерывной швартовкой и отправлением больших судов по всей акватории канала.

Эту благодать нарушало только одно: серьезное обострение болезни Джулиет. Врач объявил, что по состоянию здоровья продолжать круиз она не может; в соответствии с этим заключением ее на носилках снесли на берег и увезли в Британский госпиталь. Я сопровождал процессию, в которую входили судовой врач, державший наготове подогретый бренди и чайную ложку, один из старших офицеров и полуобезумевший от волнения Джеффри в окружении плотной толпы любопытных: ее составляли египтяне, копты, арабы, матросы-индийцы и суданцы, а также санитары бригады скорой помощи, из которых двое оттесняли зевак, а остальные грузили в санитарный транспорт совсем усохшую Джулиет, до боли похожую на труп. Санитары оказались греками; они отвергли всякую оплату своих услуг. Наградой для них была возможность появиться на людях в форме. Надо думать, в Египте испо-

кон веков не бывало других людей, согласных трудиться
безвозмездно. Через пару недель я встретил одного из них
на улице: он маршировал с отрядом бойскаутов, но отделился от колонны и бросился на другую сторону, чтобы
пожать мне руку и справиться о здоровье Джулиет.

Поездка в госпиталь была тоскливой, а наше с Джеффри возвращение своим ходом — еще тоскливее. Британский госпиталь расположен в дальнем конце набережной.
На бугристом песчаном пустыре шел азартный футболь-
ный матч; игроки, молодые египтяне, были в полной эки-
пировке: зеленые с белым футболки, белые трусы, полоса-
тые гетры и новехонькие черные бутсы. Каждый удар по
мячу сопровождался воплями «гип-гип-ура!»; кое у кого
имелись при себе свистки; под ногами у футболистов пу-
талась пара коз, выискивая припорошенные песком отбросы.

Мы остановились пропустить по стаканчику на террасе «Казино-отеля»; к нам подскочил фокусник и начал
проделывать трюки с живыми курами. Таких людей здесь
называют балабонами — они не умолкают ни на минуту.
Фокусники из них самые никудышные, зато клоуны прямо-таки отличные. Они бегают на корточках, гортанно
кудахчут и, сияя улыбками, с минимальной изобретатель-
ностью достают из широченных рукавов только что за-
прятанные туда предметы; гвоздь программы — исчезно-
вение в таком рукаве монеты в пять пиастров; но два-три
раза посмотреть можно и даже забавно. По городу броди-
ла маленькая арабская девочка, которая научилась мастер-
ски им подражать; обладая редким даром отбрасывать все
несущественное, она даже не озабочивалась фокусами,
а заходила в какое-нибудь кафе, сновала между столиками и, приговаривая «бала-бала», вытаскивала из небольшой холщовой сумки цыпленка, чтобы тут же опустить

обратно. У нее получалось не менее уморительно, чем у взрослых, и подавали ей не меньше. Правда, в тот день Джеффри было не до развлечений, а эти забавы только нагнетали его мрачность. По возвращении на судно я помог ему упаковать вещи и переселиться в гостиницу.

А через два дня и сам перебрался туда же.

Гостиница, где обосновались мы с Джеффри, стояла прямо на набережной: это была совсем новая бетонная постройка, принадлежавшая отставному офицеру-англичанину и его жене. Вся британская колония Порт-Саида рекомендовала это место по той причине, что там не увидишь «гиппи»[1]. Действительно, те, кого мы там встретили, были до мозга костей британцами, но далеко не жизнерадостными. Если приезжие и задерживаются в Порт-Саиде, то по довольно мрачным поводам. В «Боделлсе» постоянно проживали двое добродушных лоцманов, обеспечивавших проводку судов по каналу; снимал там номер и блестящий молодой адвокат, недавний выпускник Кембриджа, который невероятно скрашивал наше пребывание: дабы развеяться после курса юридических наук, он теперь исследовал ночную жизнь Александрии, Порт-Саида и Каира. Как некоторые по наитию обнаруживают в чужом доме туалетные комнаты, так этот молодой человек, прибывая на железнодорожный вокзал любого города на любом континенте, мгновенно ориентировался в плане расположения злачных мест. Но если не считать его и лоцманов, постояльцы «Боделлса» в основном обретались там поневоле: их вынудила прервать морское путешествие болезнь жен или детей. Был там плантатор из Кении с маленькой дочерью и ее гувернанткой: когда он возвращался домой после четырнадцатилетнего отсутствия, его жену

---

[1] На английском сленге — египтянин.

госпитализировали в тяжелом состоянии. Еще был капитан танковых войск, который направлялся к своему первому месту службы, в Индию: его жену срочным порядком доставили в операционную с приступом аппендицита. Остановилась там и жена военнослужащего, увозившая детей домой от нестерпимой жары: самый младший ее сын заболел менингитом. Я с содроганием ждал наступления каждого вечера, когда мы все, сидя в плетеных креслах, скорбно обсуждали состояние больных, тогда как по веранде неслышно сновали с порциями виски и содовой почтительные слуги-берберы в белых джеллабах, подпоясанных малиновыми кушаками, а сам мистер Боделл, чтобы нас приободрить, заводил допотопный граммофон или организовывал малопонятную азартную игру, для которой требовались перфорированные полоски картона.

Джеффри, кембриджский адвокат и я посвятили два или три вечера изучению центра ночной жизни, известного среди местных жителей как «район красных фонарей». Находится он на городской окраине, у озера Мензалех, близ небольшого грузового причала и товарных складов вдоль канала Мензалех; от лавок, контор и гостиниц этот район отделяет примерно миля густонаселенных арабских улиц. Найти его непросто и в светлое время суток, однако впотьмах, даже без особого дара нашего адвоката, путь нам указали бы такси, везущие подвыпивших матросов и стюардов, или мрачного вида египтяне, которые целеустремленно обгоняли нас на узкой главной дороге.

Как-то вечером после ужина мы с большой опаской выдвинулись в том направлении, взяв с собой тщательно высчитанные суммы денег и орудия самообороны в виде дубинок из кожи и китового уса, заполненных свинцом, которыми, как ни удивительно, обеспечил нас молодой адвокат; часы, кольца и булавки для галстука мы оставили на прикроватных столиках у себя в номерах и предусмотрительно условились не посвящать Джулиет в подробности нашей экспедиции. Прогулка получилась небезынтересная. По Северной набережной курсирует нелепый вагончик на конно-ослиной тяге. Некоторое время мы шли за ослом и кобылой, а потом свернули налево и двинулись через Арабский город. На здешних улицах царило поразительное оживление. Дорожное движение там практически отсутствует, как отсутствует и разграничение тротуаров и узкой немощеной проезжей части; все пространство запружено ручными тележками, с которых продают преимущественно фрукты и сладости; мужчины и женщины торгуются и сплетничают, под ногами снуют не только бесчисленные босые детишки, но еще и козы, овцы, утки, куры и гуси. По обеим сторонам улицы тянутся деревянные дома с нависающими балконами и плоскими крышами. На этих крышах устроены курятники и ветхие временные кладовки. Прохожие к нам не приставали и, вообще говоря, даже не косились в нашу сторону. Был Рамадан, длительный мусульманский пост, когда правоверные весь день от восхода до заката ничего не едят и не пьют. Зато ночь превращается в безудержное пиршество. Едва ли не каждый прохожий нес в руках небольшую эмалированную миску с чем-то вроде молочного пудинга, куда время от времени макал, прежде чем откусить следующий кусок, аппетитный хлебец в форме бублика. Мужчины продавали какую-то разновидность лимонада из богато украшенных чеканкой кувшинов, женщины несли на головах стопки лепешек. По мере нашего продвижения вперед жилища становились все более ветхими, а улицы сужались. Нас занесло на окраину маленького суданского квартала, где течет совсем уж первобытная жизнь. А затем мы нежданно-негаданно оказались на почти квадратной, ярко освещенной площади с двумя-тремя добротными оштукатуренными домами и стоянкой такси. Одна сторона площади выходила на черное мелководье озера, которое щетинилось мачтами рыбацких суденышек. Нас взяли в плен две или три девицы в замусоленных вечерних платьях европейского фасона и потащили к наиболее ярко освещенному зданию с надписью поперек всего фасада: «Maison Dorée»[1]; девицы стали выкрикивать: «Залятой-дом, залятой-дом», «Очен красивы, очен чисты». Дом, на мой взгляд, не отличался ни красотой, ни чистотой. Расположившись в небольшом салоне со множеством восточных безделушек, мы выпили пива вместе с этими юными созданиями. К нам примкнула мадам, видная собой уроженка Марселя не старше сорока лет, в зеленом шелковом платье с вышивкой; держалась эта особа в высшей степени дружелюбно и непринужденно. Еще к нам присоединились три-четыре девицы, все более или менее белые; они сгрудились на диване и тоже потягивали пиво, делая похвально-ненавязчивые попытки завладеть нашим вниманием. По-английски ни одна не знала ни слова, кроме «Привет, мистер американ!». Их национальность так и осталась тайной. Мне они виделись не то еврейками, не то армянками, не то гречанками. Мадам сообщила, что каждая обойдется в пятьдесят пиастров. Девушки все европейские. В соседних заведениях — грязь и мерзость, клиенты — одни арабы. Некоторые из девиц сбросили платья и немного потанцевали, напевая нечто вроде «тара-ра-бум-ди-эй». Наверху гремело бурное веселье, играла концертина, билось стекло, но мадам нас туда не пустила. Тогда мы расплатились за выпивку и ушли.

---

[1] «Золотой дом» (*фр.*), по названию знаменитого парижского ресторана.

Заглянули в соседнее заведение, более плебейское, под названием «Фоли-Бержер»; держала его необъятных габаритов старуха-арабка, весьма слабо владевшая французским и вовсе никак — английским. У нее была лицензия на содержание восьми девушек, но штат ее, подозреваю, этим не ограничивался. При нашем появлении на улицу отрядили парнишку, который вернулся примерно с шестеркой арабских девушек, тучных, неприглядных, с коекак наштукатуренными физиономиями. В окрестных переулках проживали вольнонаемные простутутки. Они ютились в однокомнатных лачугах размером с пляжную кабинку. Невостребованные жрицы любви сидели у распахнутых дверей и усердно вышивали; между стежками они поднимали глаза от рукоделия и зазывали клиентов; у многих на дверном косяке белела выведенная мелом цена, доходившая до двадцати пяти пиастров, но в основном запросы были скромнее. Внутри просматривался остов железной кровати и висели знамена с гербами британских полков.

На обратном пути мы наткнулись на еще один весело сверкающий огнями дом, но уже с вывеской «Maison Chabanais». Каково же было наше удивление, когда в холле перед нами предстали мадам и все ее девицы из «Золотого дома». Оказалось, на сей раз мы вошли туда с черного хода. Иногда, объяснила мадам, джентльмены уходят неудовлетворенными, решают найти другое заведение, делают круг — и нередко заходят в эту дверь, а кто менее наблюдателен, даже не замечает своей оплошности.

За время нашего пребывания в Порт-Саиде Рамадан закончился праздником Ураза-байрам. Детям покупались обновки, а семьи, которые не могли себе этого позволить, прикрепляли к старой одежде полоску блестящей мишуры или яркую ленточку; все шли гулять по улицам, а некоторые нанимали экипажи. Улицы Арабского города расцветились огнями и флагами, а прохожие старались производить как можно больше шума. Военные устраивали канонады; гражданские били в барабаны, дудели и трубили, а то и просто колотили в кастрюли и горланили. Так продолжалось трое суток.

Была устроена ярмарка, работали сразу два цирка. Однажды вечером мы с Джеффри и с начальником госпиталя решили пойти в цирк, чем привели в замешательство персонал одного ночного клуба. Медсестры в госпитале тоже были неприятно поражены. «Подумайте о бедных зверюшках, — говорили они. — Нам ли не знать, как эти египтяне обращаются с животными». К слову: в отличие от европейских цирков, на манеже не было дрессированных животных.

В цирковом шатре мы оказались единственными европейцами. Стулья были расставлены на весьма шатких деревянных помостах, поднимавшихся амфитеатром на значительную высоту. Позади верхнего, самого последнего ряда находились плотно задрапированные ложи для женщин, но тех среди публики было крайне мало; бо́льшую часть зрителей составляли молодые парни. Между первым рядом и барьером арены жались мальчишки, но их гонял дубинкой нанятый следить за порядком полицейский. Все места, похоже, стоили одинаково; мы, заплатив по пять пиастров с носа, направились к верхней части амфитеатра. Между рядами ходили служители, предлагая орехи, минеральные воды, кофе и примитивные кальяны. Конструкцию такого курительного прибора составляли половинка скорлупы кокоса, до середины наполненная водой, небольшая оловянная чаша с табаком и длинный бамбуковый мундштук. Доктор меня предупредил, что даже однократное курение кальяна непременно вызовет какую-нибудь дурную болезнь; я тем не менее рискнул, и дело обошлось без последствий. Служитель поддерживает огонь в нескольких кальянах сразу, прикладываясь к каждому поочередно. Еще мы все взяли себе кофе — густой, приторный, со скрипевшей на зубах гущей.

К началу представления мы опоздали и вошли в разгар невероятно популярной клоунской репризы: на манеже переругивались два египтянина в европейских костюмах. Мы, разумеется, не понимали ни слова; время от времени они обменивались звонкими оплеухами, и это позволяло с уверенностью заключить, что номер заимствован из английского мюзик-холла. Реприза непомерно затянулась, но клоуны уходили с арены под гром аплодисментов; на смену им вышла прелестная белая девочка лет десяти-двенадцати в балетной пачке и станцевала чарльстон. Потом она ходила по рядам и продавала открытки со своим изображением. Оказалось, она француженка. Приверженцы морализаторства определенно найдут здесь пищу для размышлений: этот африканский танец, излюбленный всеми, от рабов до жиголо, пересек два континента и мало-помалу стал смещаться в южную сторону, к своим истокам.

Потом настал черед японских жонглеров, а под конец вся труппа разыграла затяжную комедию. Циркачи исполнили тоскливую народную песню, а затем с невероятной старательностью и знанием «дела» стали выходить по одному и укладываться на манеж; когда все взрослые приняли горизонтальное положение, вышла все та же девочка-балерина и растянулась на опилках; наконец, неуверенно ковыляя, появилось двух- или трехлетнее дитя, чтобы тоже лечь рядом. Все это действо заняло не меньше четверти часа. После этого все, не прерывая своей песни, начали вставать в том же порядке и уходить за кулисы. Потом объявили антракт; зрители покинули свои места и стали прогуливаться прямо по манежу, уподобившись болельщикам на крикетном стадионе «Лордз» между иннингами. Антракт закончился, и на арене появился бесподобно сложенный негр. Для разогрева он проткнул себе щеки дюжиной вязальных спиц, оставив их торчать по обе стороны лица; в таком виде он вышел в публику и стал наклоняться к нам с чудовищной, застывшей улыбкой. Далее, взяв пригоршню гвоздей, он загнал их молотком себе в бедра. Потом разделся до усыпанных блестками трусов и начал как ни в чем не бывало валяться по доске, из которой торчали остро заточенные кухонные ножи.

Во время этого номера вспыхнула потасовка. Особого накала она достигла у выхода, непосредственно под нашими местами. Головы дерущихся оказались на уровне наших ног, так что мы, не подвергаясь серьезной опасности, получили весьма удобный наблюдательный пункт. Разобраться в происходящем было непросто: мало-помалу драка затягивала и других зрителей. Всеми забытый и обиженный, негр слез со своего деревянного ложа с клинками и обратился к толпе, шлепая себя по голой груди и тем самым показывая, каким пыткам подвергает себя в угоду публике. По правую руку от меня сидел сурового вида египтянин, владевший английским, — мы с ним успели обменяться парой фраз; неожиданно он вскочил со своего места и, перегнувшись через нас троих, от души огрел зонтом по макушке одного из драчунов, а потом с невозмутимой суровостью сел на стул, чтобы вернуться к своему кальяну.

— Из-за чего драка? — обратился я к нему.

— Драка? — переспросил он. — Кто дерется? Не видел никакой драки.

— Да вот же. — Я указал на буйство у выхода, грозившее обрушить весь цирк-шапито.

— Ах это! — протянул он. — Виноват, мне послышалось, вы сказали «драка». Это всего лишь полиция.

И действительно, когда через несколько минут толпа наконец расступилась, из ее недр показались два клокочущих неудержимой злобой констебля, которых пыталась разнять публика. В конце концов их вытолкали, чтобы они продолжили выяснение отношений на улице; зрители приводили себя в порядок и отряхивали поднятые с пола фески; все успокоилось, и могучий негр возобновил самоистязание в благодарной тишине.

Затем последовали разнообразные акробатические номера, в которых маленькая француженка демонстрировала чудеса изящества и бесстрашия. Когда мы уходили, представление все еще было в разгаре и явно обещало ежевечерне продолжаться за полночь, до полного удовлетворения последнего зрителя. Эту малышку-француженку мы потом видели в городе: бледная и апатичная, она сидела со своим импресарио в кондитерской перед необъятным блюдом шоколадных эклеров.

В период Ураза-байрама железнодорожные билеты до Каира и обратно продавались за полцены, и мы с адвокатом решили прокатиться в очень комфортабельном мягком вагоне.

Прибыли мы ближе к вечеру и отправились на поиски гостиницы. В Египте все гостиницы скверные, причем такое положение оправдывают двумя противоположными доводами. Одни справедливо полагают, что при столь низких расценках качество обслуживания несущественно, а другие — что качество обслуживания несущественно при столь высоких расценках. Гостиницы обеих категорий процветают. Мы остановили свой выбор на первой разновидности: это было громоздкое, старомодное, принадлежащее грекам заведение «Отель Бристоль э дю Ниль» в Мидан-эль-Хазнедаре: даже в разгар сезона номер там обходится всего в восемьдесят пиастров за ночь. В моем номере было три двуспальных кровати под высокими балдахинами из пыльной противомоскитной сетки и два кресла-качалки, донельзя ветхие. Окна выходили на трамвайное кольцо. Обслуживающий персонал не говорил ни на одном из европейских языков, но это не играло особой роли, поскольку на звонок все равно никто не приходил.

Деннис — для удобства буду называть моего спутника именно так — уже бывал в Каире и теперь жаждал показать мне столичные достопримечательности: в первую очередь, естественно, «квартал красных фонарей».

По случаю праздника весь район был расцвечен иллюминацией. Через улицы от окна к окну тянулись навесы из яркой хлопчатобумажной ткани с набивным рисунком, имитирующим ковер. Расставив на тротуаре стулья, за плотной толпой гуляющих наблюдали сидящие рядком мужчины и женщины. В многочисленных небольших кофейнях собирались исключительно мужчины, которые смаковали кофе, курили, играли в шахматы. Этот район, помимо своего порочного назначения, служит еще и центром оживленной светской жизни: в некоторых кафе мужчины танцевали неторопливые и довольно неэстетичные народные танцы. Отовсюду неслась музыка. Кроме единственного патруля военной полиции, мы не увидели ни одного европейца; нас никто не разглядывал и не задевал, но нам самим было не по себе в этой почти семейной, праздничной атмосфере: мы ощущали себя непрошеными гостями, которые навязались тесной школьной компании в день рождения одноклассника. Когда мы уже собрались возвращаться в гостиницу, Деннис встретил своего приятеля-египтянина — инженера-электротехника, с которым накоротке общался в рейсе. Тот с горячностью пожал нам руки и представил своего спутника; они подхватили нас под руки, и мы вчетвером, дружески болтая, двинулись шеренгой по узкой улице. Инженер, который получил образование в Лондоне и рассчитывал занять высокий пост в телефонной компании, из кожи вон лез, чтобы создать у нас хорошее впечатление о своем городе, и попеременно то хвастался, то оправдывался. Как мы считаем: не очень ли здесь грязно? Местных жителей нельзя считать невежественными; жаль, что сегодня выходной — окажись мы здесь в любой другой день, он бы показал нам нечто такое, о чем в Лондоне слыхом не слыхивали; много ли у нас было девушек в Лондоне? У него — много. Он показал нам бумажник, лопавшийся от фотографий: ну конфетки же, правда? Но это не значит, что египетские девушки — дурнушки. У многих кожа совсем светлая, как у нас; кабы не выходной, он бы мог показать нам немало красавиц.

Похоже, молодой человек пользовался известностью. Со всех сторон его приветствовали знакомые, которым он тут же представлял и нас. Те пожимали нам руки, предлагали закурить. Поскольку никто из них не говорил по-английски, эти встречи надолго не затягивались. Наконец, спросив, не желаем ли мы выпить кофе, он привел нас в какое-то заведение.

— Здесь не так дорого, как в других местах, — объяснил он, — а то ведь некоторые заламывают жуткие цены. Как у вас в Лондоне.

Называлось это заведение, как гласила намалеванная на двери надпись по-английски и по-арабски, «Великосветский дом». Поднявшись по нескончаемой лестнице, мы вошли в тесное помещение, где трое глубоких старцев играли на струнных инструментах необычной формы. Вдоль стен сидела группа элегантно одетых арабов, которые жевали орехи. В большинстве своем это мелкие землевладельцы, объяснил наш новый знакомец: приехали на праздник из провинции. Он заказал нам кофе, арахис и сигареты, а в оркестр отправил полпиастра. В комнате присутствовали две женщины: невероятно тучное белокожее создание неопределенной национальности и роскошная суданка. Хозяин вечера спросил, не желаем ли мы, чтобы одна из девушек исполнила для нас танец. Мы не стали отказываться и выбрали негритянку. Его изумил и озадачил наш выбор.

— У нее ведь такая темная кожа, — пробормотал он.

— На наш взгляд, она более миловидна, — не отступались мы.

Из соображений учтивости он не стал спорить. Мы же гости. Негритянке был дан знак танцевать. Та встала и, не глядя в нашу сторону, принялась с невыносимой медлительностью искать какое-нибудь подобие кастаньет. Было ей никак не больше семнадцати лет. Наряд ее составляло кургузое алое платье без спинки; на запястьях и на лодыжках босых ног звякали многочисленные золотые браслеты. Не какие-нибудь подделки, заверил наш новый знакомый. Девушки всегда вкладывают свои сбережения в золото. Откопав наконец кастаньеты, она начала танцевать — с выражением неизбывной скуки, но при этом с восхитительным изяществом. Чем зажигательнее становились ее движения, тем более отрешенное и бесстрастное выражение принимало чернокожее личико. В ее искусстве ничто не выдавало вульгарности: это были просто ритмичные, волнообразные чередования поз, неспешные вращения, подрагивания рук, ног и туловища. Танец длился минут пятнадцать-двадцать; все это время хозяин вечера презрительно сплевывал арахисовую шелуху ей под ноги; затем девушка взяла бубен и стала обходить зрителей, едва заметно кивая при каждом пожертвовании.

— Полпиастра, и никак не больше, — предупредил наш сопровождающий.

У меня не оказалось с собой монеты меньше пяти пиастров — ее я и бросил в бубен, но танцовщица даже бровью не повела. Она вышла, чтобы припрятать деньги, потом вернулась, села с полузакрытыми глазами на прежнее место, подперла голову ладонью и взяла себе пригоршню арахиса, который принялась грызть, сплевывая шелуху.

К этому времени мы явно сделались в тягость нашему провожатому и по этой причине, после длительного обмена любезностями и заверениями в дружеских чувствах, решив больше его не обременять, направились в европейский квартал. Там мы взяли такси, чтобы посетить какой-нибудь ночной клуб. Водитель отвез нас в «Пероке»[1], где было не протолкнуться от бросавшихся серпантином молодых людей в галстуках-бабочках. Мы ожидали несколько иного, а поэтому направились за город, в Гизу, на другой берег реки. Здешнее увеселительное заведение называлось «Фантазио»; у входа гостей встречал швейцар в шикарной ливрее.

Однако наши опасения по поводу непозволительной роскоши этого заведения развеялись уже в вестибюле, где стояло множество игровых автоматов. Столики разделялись невысокими деревянными перегородками, создававшими впечатление загонов для скота; зал на три четверти пустовал. На сцене молодой египтянин скорбным тенором выводил мелодию, напоминавшую литургическое

---

[1] «Попугай» (фр.).

песнопение. Это выступление длилось, с краткими перерывами, все то время, что мы провели в зале. В одной из выгородок сидел колоритный старый шейх, вдрызг пьяный.

После получаса, проведенного в «Фантазио», даже у Денниса поубавилось энтузиазма в отношении ночной жизни, а потому мы наняли открытый экипаж и под звездным небом покатили обратно в «Бристоль и Нил».

Незадолго до Пасхи врачи объявили, что Джулиет готова к выписке, так что мы собрались в дорогу и отправились из Порт-Саида в Каир. Но перед отъездом распрощались с новыми знакомыми самого разного толка, которые нас привечали. Не ограничиваясь беглым современным прощанием, мы совершили весьма торжественный обход их домов и в каждом оставляли пачечку визиток с пометкой «p.p.c.»[1] в углу. На торжественных ужинах в Порт-Саиде мне доводилось слышать уничижительные замечания в адрес тех, кто пренебрегает подобными знаками вежливости.

Поездка наша лишила душевного равновесия одну только Джулиет, не привыкшую к манере поведения носильщиков-египтян. Они набрасываются на любой багаж, словно вестминстерские школьники — на блины в последний день Масленицы, с той только разницей, что здесь каждый стремится ухватить добычу поменьше: победителем в этой схватке оказывается тот, кто выбирается из кучи-малы с пачкой газет, ковриком, надувной подушкой или небольшим атташе-кейсом. В итоге багаж одного пассажира распределяют между собой шестеро, а то и семеро носильщиков, и все громогласно требуют чаевые при погрузке этой поклажи в поезд или такси. Джулиет впала

---

[1] От *фр.* «pour prendre congé» — «на прощание».

в ступор, увидев, как мы с ее мужем бросились защищать свое имущество при помощи зонта и трости; когда первая атака была отражена и нападавшие поняли, что нас голыми руками не возьмешь, мы сумели распределить весь багаж между двумя претендентами и с достоинством продолжить путь.

Поскольку для полного восстановления сил Джулиет нуждалась в сухом воздухе пустыни и высоком уровне комфорта, мы забронировали номера в «Мена-хаусе». Туда ведет прекрасное скоростное шоссе, но на обочине зачастую приходится видеть разбитую гоночную машину, а то и не одну, так как египтяне, в особенности состоятельные, известны своим безрассудным обращением с любыми механизмами. При транспортировке Джулиет нам попались на глаза следы двух аварий, причем одна из машин вылетела на пару сотен ярдов от шоссе, на огуречные грядки, где двое феллахов недоверчиво разглядывали обломки. К пирамидам подвозят вечно переполненные, тихоходные вагончики, которыми практически не пользуются ни европейцы, ни американцы. На конечной остановке пассажиров встречают толпы драгоманов, а также множество предлагаемых напрокат верблюдов и мулов; тут же располагаются греческое кафе, киоск с видовыми открытками, фотоателье, сувенирная лавка, торгующая амулетами в виде скарабеев, и сам отель «Мена-хаус». Это внушительное здание в псевдовосточном стиле окружено прекрасным необъятным парком. До пирамид всего четверть мили ходу; они поражают уже одними своими размерами и славой; это было необыкновенное ощущение — жить вблизи легенды; с ним может посоперничать разве что зрелище принца Уэльского за соседним ресторанным столиком: ты делаешь вид, будто ни сном ни духом не ведаешь о его присутствии, а сам исподтишка поглядываешь: неужели он и вправду здесь? В садах буйствовали сочные зеленые и лиловые покровы всех оттенков. Вокруг здания эти ковры прижимались, будто викторианскими пресс-папье, цветочными клумбами, пестревшими ослепительной яркостью; позади тянулись, насколько хватало глаз, длинные аллеи: окаймленные канавками с проточной водой, они терялись среди цветущих декоративных и плодовых деревьев, источающих неодолимый аромат; тут и там высились изгороди из кактусов и возникал маленький восьмиугольный вольер для птиц; за этой красотой следили бесчисленные садовники в белом, которые отрывались от работы, чтобы поклониться каждому гостю и предложить бутоньерку на лацкан.

В «Мене» царило оживление, в особенности по выходным. Большинство постояльцев отеля составляли пожилые, степенные господа, но к обеду и пятичасовому чаю кого только сюда не заносило. Во множестве устраивались помпезные индивидуальные туры класса люкс для американцев и для британцев с севера Англии; наезжали австралийцы в бриджах для верховой езды и пробковых шлемах, вооруженные мухобойками из конского волоса; в расписных автомобилях подкатывали весьма элегантные египетские офицеры с ослепительными куртизанками: одна, в ярко-зеленом платье из батика, вела на золотой цепочке ручную обезьяну; зверушка щеголяла в колье из драгоценных каменьев и, пока хозяйка пила на террасе чай, выкусывала себе из задницы блох. В понедельник Светлой седмицы в отеле устроили, как здесь принято говорить, джимхану, а это означало, что все цены на один вечер взлетели до небес. В остальном ничего примечательного это событие не принесло. Джентльмены участвовали в скачках на верблюдах; победителем с легкостью вышел сержант-англичанин, поднаторевший в этом деле; охотниц участвовать в таких же скачках для дам не нашлось, зато дамские скачки на ослах принесли успех громогласной семнадцатилетней англичанке; аналогичные скачки для джентльменов пришлось отменить ввиду отсутствия желающих; для арабов были организованы отдельные скачки на верблюдах с явно проплаченным результатом и скачки на ослах, закончившиеся жесткой перебранкой и обменом тумаками. Некий турист-англичанин попытался устроить тотализатор: он взгромоздился на стул и сыпал остротами, но предлагал столь невыгодные условия, что не нашел азартных игроков. Титулованная дама, проживавшая в отеле, вручала победителям призы: верблюжатникам и ослятникам — денежные средства, а европейцам — кошмарные произведения местных искусников. На следующий вечер назначили бал, но туда тоже пришли считаные единицы, поскольку он совпал по времени с приемом в резиденции посла и никто не желал афишировать, что не был туда приглашен.

Мы с Джеффри развлекали себя плаваньем и ездой на верблюдах. Обычно катались мы по два часа, делая большой круг через арабский поселок, а дальше по древней тропе мимо сфинкса и небольших пирамид. На радость клиентам погонщики давали своим животным клички в американском духе: Янкидудл, Хитчикок, Горячая Мама. Не зная, как еще угодить, эти парни даже хватали нас за руки и гадали по линиям ладони, предсказывая обоим несметные богатства, долголетие и плодовитость.

Джеффри с Джулиет и я ходили осматривать памятники древности в сопровождении добродушного старого бедуина по имени Соломон.

Как-то в пятницу Соломон пришел сообщить нам о ритуальных танцах, которые должны исполняться где-то неподалеку; не желаем ли мы посмотреть? Джулиет была слишком слаба, так что Джеффри остался с ней, а я отправился с Соломоном. Мы доехали верхом до самой дальней оконечности плато пирамид, а потом спустились в песчаный карьер, откуда открывается доступ к нескольким гробницам. Оставив своих верблюдов под присмотром какого-то мальчугана, мы протиснулись в одну из пещер. Помещение уже изрядно заполонили арабы: оно представляло собой продолговатую камеру, вырубленную в скальной породе и местами украшенную резными иероглифическими знаками. Экскурсанты жались по стенам и набивались в ниши, предназначенные для саркофагов. Освещение поступало только снаружи: через входной проем струился единственный луч дневного света. Не успели мы войти, как начался танец. Его исполняли юноши под управлением некоего шейха; публика отбивала ритм ладонями и подтягивала песнопениям. Танец был невероятно скучный — ни дать ни взять музыкальное занятие в детском саду. Юноши топали по песчаному полу, хлопали в ладоши и медленно раскачивались. Вскоре я знаками уведомил Соломона, что готов двигаться к выходу, и попытался удалиться как можно деликатнее, дабы не нарушить сей нелепый обряд. Но не успел я дойти до порога, как танец прекратился и вся труппа устремилась наружу, наперебой требуя «бакшиш»[1]. Я задал Соломону вопрос: не поражает ли его то, что они вымогают деньги у неверного за отправление собственного религиозного культа? Тот в некотором смущении ответил, что какое-никакое вознаграждение полагается оставлять шейху. Я спросил, где найти этого шейха.

— Шейх. Моя — шейх, — на бегу закричали танцоры, колотя себя в грудь.

---

[1] Чаевые *(перс.)*.

Предводитель не заставил себя долго ждать. Я выгреб из кармана пиастры, и танцоры тут же переключились на этого старца, дергая его за одеяние и шумно требуя свою долю. Взгромоздившись на верблюдов, мы пустились в обратный путь. Но даже тогда двое или трое юнцов, не отставая от нас, вопили:

— Бакшиш! Бакшиш! Моя — шейх!

По возвращении я спросил у Соломона:

— Это был настоящий ритуальный танец?

Тот сделал вид, будто не понял.

— Тебе не понравилось?

— Стали бы они исполнять этот танец, если бы ты не привез меня?

И вновь Соломон ответил уклончиво:

— Английские и американские лорды любят танец. Английские лорды всегда доволен.

— Я совсем не доволен, — возразил я.

Соломон вздохнул.

— Олрайт, — сказал он: таков традиционный ответ любого араба при разногласиях с английскими и американскими лордами. — В другой раз танец лучше.

— Другого раза не будет.

— Олрайт, — ответствовал Соломон.

Однажды я без сопровождающего отправился в Саккару, гигантский некрополь, расположенный вниз по течению Нила от «Мены». Там находятся две пирамиды и множество гробниц: одна, с непроизносимым названием «Мастаба Птаххотепа», украшена барельефами. Другая, с погребальной камерой, чье скульптурное убранство еще богаче, называется попросту: «Мастаба Ти». Выбравшись из этого склепа, я увидел группу из двух или трех десятков неутомимых американцев, которые вышли из экскурсионного автобуса и влачились по песку вслед за драгоманом. Я примкнул к этой экскурсии, чтобы опять спуститься под землю, на сей раз — в бесконечный тоннель, именуемый «Серапеум», который, по словам гида, служил местом захоронения священных быков. Катакомбы эти смахивали на погруженную во мрак станцию метрополитена. Нам выдали свечи, а гид шагал впереди с магниевым факелом. Но все равно укромные закоулки окутывала непроглядная тьма. По обеим сторонам тянулись ряды исполинских гранитных саркофагов; мы торжественным маршем прошли тоннель до конца, и гид вслух считал гробы; их оказалось двадцать четыре — все настолько массивные, что конструкторы грузоподъемного оборудования до сих пор не придумали способа сдвинуть их с места. Почти все американцы считали саркофаги вслух вместе с гидом.

Я понимаю, такое зрелище призвано внушать мысли о глубокой древности: полагается рисовать в своем воображении разрушенные улицы Мемфиса, религиозную процессию, что тянется по дороге сфинксов, оплакивая умершего быка; а если дать волю фантазии, можно даже сочинить романтическую историю из жизни этих увенчанных цветочными гирляндами песнопевцев и сделать мудрый вывод о бренности людских достижений. Но, сдается мне, лучше доверить это Голливуду. Лично я бесконечно вдохновлялся настоящим. Какое уморительное зрелище являла собой наша толпа, бредущая по темной галерее! Впереди араб с белым фальшфейером, а далее, сжимая свечи, — шествие кающихся грешников, всякий сброд, нацелившийся на самосовершенствование и духовный рост. У одних, искусанных комарами, распухли перекошенные физиономии; другие натерли ноги, хромают и спотыкаются; третьи на последнем издыхании утыкаются носом в пузырек с нюхательной солью; иной чихает от пыли; у этой резь в глазах от солнца; у того рука на перевязи — повреждена неведомо в каких переделках: каждый так или иначе пришиблен, примят оглушительной лавиной знаний. И тем не менее все ковыляют дальше. Один, два, три, четыре... двадцать четыре дохлых быка; не двадцать три, не двадцать пять. Мыслимо ли запомнить число двадцать четыре? А что такого: у тетушки Мейбл в «Луксоре» были апартаменты под таким номером.

— Как погибли быки? — вопрошает некто.

— Какой был вопрос? — волнуются остальные.

— Что ответил гид? — желают знать прочие.

— От чего погибли быки?

— Сколько же все это стоило? — интересуется следующий. — Этакую махину за бесценок не построишь.

— В наше время на такое никто не раскошелится.

— Надо же, блажь какая: быкам похороны устраивать...

Ах, леди и джентльмены, вертелось у меня на языке, достопочтенные леди и джентльмены, а не блажь ли — пересекать Атлантический океан, тащиться сюда по жаре, терпеть всяческие неудобства и лишения, выбрасывать такие деньжищи, чтобы увидеть песчаную нору, где три тысячелетия назад чужой народ, чьи мотивы не откроются нам вовек, захоронил туши двадцати четырех быков? Над кем вы потешаетесь, достопочтенные леди и джентльмены, если не над собственной компанией?

Но тут я вспомнил, что влился в эту группу на птичьих правах, и прикусил язык.

А еще я совершил двухдневную автомобильную поездку в Хелуан.

Мы посетили Маср-эль-Аттику, Старый Каир, он же Вавилон, и относящееся к эпохе гонений поселение коптов, размещенное в стенах бывшего древнеримского гарнизона. В этих тесных трущобах уместились пять средневековых коптских церквей, одна синагога и элладский православный женский монастырь. С виду здешние христиане очень мало отличаются благочинностью от своих соседей-язычников; единственный отчетливый знак их освобождения от языческих предрассудков состоит в том, что рой местных нищих мужского пола, как зрелых лет, так и юных, сопровождается группой поддержки, состоящей исключительно из женщин, которые в мусульманских кварталах безропотно сидят по домам. Зато немалый интерес представляли церкви, в особенности церковь Абу-Серга, где можно увидеть коринфские колонны, сохранившиеся от древнеримского храма, византийские иконы и алтарную преграду арабской работы. Церковь стоит над пещерой, где Святое семейство (всегда изображаемое как вконец обнищавшее), по преданию, укрывалось во время устроенного царем Иродом избиения младенцев. Дьякон, Беставрос, провел для нас экскурсию. Закончив свои сбивчивые объяснения и получив на чай, он сказал:

— Подождите минута. Я приводить священника.

Он поспешил в ризницу и вывел к нам патриархального вида седобородого старца с большой кичкой жирных седых волос на затылке; тот еще не полностью пробудился от послеобеденного сна. Это и был священник; поморгав, он осенил нас крестным знамением и протянул руку за мздой, а затем, подобрав рясу, опустил в карман свои два пиастра и пошел обратно. У входа в ризницу он остановился со словами:

— Иду приводить епископа.

Не прошло и минуты, как он вернулся с еще более почтенным персонажем, который лузгал семечки. Понтифик осенил нас крестным знамением и протянул руку за мздой. Я дал ему два пиастра. Он помотал головой.

— Это же епископ, — пояснил Беставрос, — епископу — три пиастра.

Я добавил еще один пиастр, и епископ, просияв, удалился. Тогда Беставрос продал мне экземпляр написанной им самим истории этой церкви. Текст оказался столь лапидарным, что его, с моей точки зрения, можно привести здесь целиком, с сохранением орфографии и пунктуации печатного подлинника.

КРАТКАЯ ИСТОРИЯ
ЦЕРКВИ АБУ-САРГА,
написал
МЕССИХА БЕСТАВРОС,
СЛУЖИТЕЛЬ ЦЕРКВИ АБУ САРГА

Данная церковь была построена в 1171 году н. э. человеком по имени Ханна Эль-Аббах секретарь Султана Салах-Эль-Дина Эль-Айюби.

Церковь содержит 11 мраморных колонн каждая содержит потрет одного апостола и так же одну гранитную колонну без капитэля, без потрета или креста Иуды который предал Господа нашего.

Олтарь для святого пречастия содержит 7 мазоичных ступеньки (7 епископских санов). Олтарная преграда сделана из резных слоновых костей. К северу от ней были два красивых панеля резного дерева: один панель отображал секретную вечерю, а другой Вефлем. На северном их боку есть Святой Деметрий, Святой Георгес и Святой Теодор.

Крипта была вырублена в монолитной скале 30 года до н. э. Крипта служила только укрытием для страников. Когда Святое Семейство переехало из Ерсалима в Египет укрытса от царя Ирода, они нашли эту крипту где они и оставались до самой смерти Царя Ирода.

Когда Святой Марк начал проповедовать в Александрии в 42 г. н. э., мы, потомки Фараонов принявшие учение Христа, использовали эту крипту как храм на срок 900 лет пока на верху не построили данную церковь. С другой стороны крипты можно видеть купель в котором крестят христианских младенцев путем 3-кратного погружения воду. Данная церковь содержит много Бизантийских картин 9–10 веков.

Месиха
Беставрос,
ДИАКОН

В Порт-Саиде я поднялся на борт судна «Ранчи», принадлежавшего Восточно-Пиренейской пароходной компании, чтобы отправиться на Мальту. На выезде из Египта путешественник сталкивается с заключительным проявлением местной алчности: от него требуют уплаты «карантинного сбора». Похоже, никто не способен толком объяснить, что это за пошлина, каким государственным органом она установлена, какая доля этих поборов когда-либо поступала в казну и при чем тут «карантин». Многие уроженцы здешних мест утверждают, что это всего лишь маленькие шалости портовых властей, не имеющих никакого законного права на эти средства.

По протекции местного агента мне удалось получить койку в каюте второго класса. Жители Порт-Саида рассказывали: «После войны во втором классе появилось множество первоклассных пассажиров. Не чета тем, что путешествуют первым классом, особенно на индийских пароходах — там в первом классе сплошь нувориши. Вот увидите: в зарубежных рейсах на „Ранчи“ второй класс ничуть не хуже первого. Моя жена, возвращаясь домой, всегда берет второй класс».

Но мною двигало не столько тяготение к приличному обществу, сколько желание сэкономить. После излишеств в «Мена-хаусе» я начал считать деньги и разработал хитроумную схему. Перед отъездом из Каира я написал —

на фирменных бланках порт-саидского Юнион-клуба — двум извечным, насколько мне было известно, конкурентам: управляющим крупнейших отелей в Валетте, «Великобритания» и «Осборн», в каждый конверт вложил рекламную издательскую листовку с хвалебными отзывами прессы о моем последнем романе и каждому адресату сообщил, что по возвращении в Англию планирую опубликовать свои путевые заметки, а мне доводилось слышать, что именно этот отель — лучший на острове. Не желает ли господин управляющий предоставить мне бесплатный номер на время моего пребывания на Мальте в обмен на благосклонный книжный отзыв о вверенном ему отеле? Дождаться ответов до отплытия из Порт-Саида я не рассчитывал, но поднялся на борт с надеждой, что в Валетте смогу приостановить неумолимый отток средств, который преследовал меня вот уже два месяца.

Судя по объявлениям, «Ранчи» отплывал где-то в воскресенье и ожидался прибытием сразу после полудня. В воскресенье утром объявили, что пароход прибудет только в девять вечера. По факту это произошло далеко за полночь; на стоянку отводилось ровно два часа. В течение этих двух часов весь город, который, по обыкновению, страдал от последствий субботнего вечера, проведенного в «Казино», внезапно пробудился к жизни. Открыл свои двери универмаг «Симон Арцт»; во всех кафе зажигали свет и протирали столы; на улицы высыпали чистильщики обуви и торговцы открытками; те пассажиры, которые оставались на борту во время перехода через канал, спустились по трапу и разъезжали по городу в двухконных экипажах, а те, кто сошли в Адене ради нескольких часов в Каире и до вечера томились на причале, панически боясь опоздать на посадку, брали судно на абордаж и разбегались по своим каютам, тогда как добрая половина жителей Порт-Саида проворачивала на борту разного рода сделки. Я шел по пристани в толчее, какая бывает разве что в лондонском Сити, да и то в полдень. Внезапная уличная иллюминация и повсеместное оживление выглядели совершенно нереальными. Поднявшись по трапу, я сориентировался, нашел своего стюарда, избавился от багажа и ненадолго вышел на палубу. Пассажиры, совершавшие бросок по маршруту Суэц — Каир — Порт-Саид, пили кофе, жевали сэндвичи и делились впечатлениями о пирамидах и гостинице «Шепард».

— Два фунта десять пенсов за односпальную кровать в каюте без ванной и туалета. Уму непостижимо! — рассказывал кто-то с нескрываемой гордостью.

— А мы на верблюдах катались — вы бы на меня посмотрели! А я и говорю: вот бы Кейти посмеялась. А погонщик верблюдов погадал мне по руке, а потом мы пили кофе, сваренный прямо в храме сфинкса. Какая *жалость*, что вы с нами не поехали! Ну да, слегка утомительно, не спорю, но у нас в рейсе будет масса времени для отдыха. Кстати, там был прелестный мальчуган, который обмахнул нам обувь. И еще мы заходили в мечеть, где как раз молились мусульмане... так необычно. И вообразите: в «Шепарде» с нас содрали пятнадцать пиастров — больше трех шиллингов — за чашку утреннего чая, причем далеко не лучшего сорта. Какая *жалость*, что тебя с нами не было, Кейти!

Не дожидаясь отхода, я спустился к себе в каюту, чтобы лечь в постель. Мой сосед, приветливый инженер-строитель средних лет, уже раздевался; на нем было нижнее белье типа борцовского трико. Один раз я проснулся при пуске судовых двигателей, потом задремал, вновь проснулся, когда мы вышли за пределы оградительных сооружений и началась качка, но в конце концов провалился в сон и открыл глаза уже наутро, в открытом море, и тут же оказался среди сотни англичан, которые брились и при этом насвистывали.

В течение следующих двух суток нас ожидала пасмурная штормовая погода. Я десять раз пожалел, что не купил билет в первый класс. И не потому, что мои попутчики оказались не столь приятными людьми, какими расписывали их в Порт-Саиде, а потому, что их было слишком много. Там буквально негде было приткнуться. Салон и курительная комната, хорошо вентилируемые, чистые, комфортабельные, уютные и так далее, вечно были переполнены. На палубах шезлонги доставались только тем пассажирам, которые везли их с собой; немногочисленные общедоступные скамьи постоянно оккупировали мамаши, которые при помощи вазелина проделывали какие-то жуткие манипуляции над своими младенцами. На единственной прогулочной палубе не удавалось даже толком размять ноги из-за тесноты и скученности. От детей просто не было спасения. В Индии начиналось жаркое время года, и офицерские жены массово вывозили своих отпрысков в Англию; лучше всех были те, которые орали, лежа в колясках; хуже всех — те, что валялись прямо на палубе в собственной рвоте. Этих последних, кстати, приводили в ресторан к завтраку и к обеду и пичкали едой. Вечерами, около шести часов, наступал кромешный ад, когда с палубы первого класса к нам в салон спускался оркестр, чтобы исполнить нечто из Гилберта и Салливана; это нашествие тютелька в тютельку совпадало по времени с купанием старших детишек; смесь мыла и морской воды — одна из наиболее отвратительных примет морского путешествия: пышущее здоровьем потомство сагибов и мемсаиб в знак протеста вопило так, что стальные балки и фанерные переборки отзывались эхом. Для того, кто ценит тишину, не оставалось уголка ни внизу, ни наверху.

Основной контингент пассажиров составляли отбывающие в отпуск военнослужащие и их жены, среди которых затесались немногочисленная челядь пассажиров первого класса, несколько священнослужителей и три-четыре монахини. Обслуга на протяжении всего рейса ходила в аккуратных синих костюмах, но военные проявляли удивительный снобизм. В дневное время они, чисто выбритые и тщательно причесанные, демонстрировали полную свободу в выборе одежды, выходя на люди то в шортах цвета хаки и теннисках с расстегнутым воротом, то в линялых крикетных джемперах. Но к ужину все как по команде облачались в смокинги и крахмальные сорочки. Один из них сказал мне, что всегда путешествует вторым классом, чтобы не ломать голову насчет гардероба, но во всем знает меру. По другую сторону социального барьера мы видели шикарно одетых пассажиров первого класса — в белых брюках из шерстяной фланели и коричневых туфлях из кожи нескольких оттенков. Один молодой человек спешил вернуться домой к всеобщим выборам, так как рассчитывал на мандат от партии консерваторов. Этот юноша то и дело перемахивал через ограждение, чтобы выпить со мной по коктейлю и рассказать о прелестных молоденьких пассажирках первого класса, с которыми он танцевал и играл в палубные кольца. Угощать его коктейлями было накладно. Иногда он едва ли не силком пытался вынудить меня перейти на его территорию, полюбоваться на хорошеньких пассажирок и выпить с ним по коктейлю.

— Дружище, — приговаривал он, — пока ты со мной, никто не посмеет тебе и слова сказать. Пусть только попробуют — я живо улажу этот вопрос с капитаном.

Но я ограничивался тем баром, который был мне доступен. Через некоторое время этот юноша, чтобы только поразить девушек из первого класса, поднялся на шлюпочную палубу и залез на одну из шлюпбалок. Об этой выходке доложили капитану, и тот устроил моему знакомцу серьезный разнос. На судах Восточно-Пиренейского пароходства витает дух привилегированной частной школы. Тот молодой человек с треском провалился на выборах и тем самым, как я считаю, свел почти к нулю и без того скудное представительство консерваторов.

На третьи сутки пути, перед обедом, нашему взору предстала Мальта. Со швартовкой возникли некоторые сложности, так как у одного из пассажиров обнаружили ветрянку. Не считая меня, сойти на острове должен был только один пассажир. Нам велели проследовать в салон первого класса и показаться врачу. Тот чуть язык не сломал, пытаясь произнести мое имя и фамилию. От меня потребовали назвать адрес, где я собираюсь остановиться. Мне оставалось только ответить, что я еще выбираю между двумя отелями. Врач поторопил:

— Будьте любезны определиться прямо сейчас. Мне необходимо заполнить вот этот бланк.

Я сказал, что прежде должен переговорить с управляющими.

Врач настаивал:

— Оба отеля хороши, какая вам разница?

— Хотелось бы заселиться бесплатно, — ответил я.

Узрев во мне крайне подозрительного субъекта, он заявил, что в течение всего срока пребывания в Валетте я обязан под угрозой ареста ежедневно отмечаться в Министерстве здравоохранения. В противном случае мною займется полиция. Я заверил, что готов являться добровольно, и он вручил мне карантинный сертификат, который следовало постоянно иметь при себе. Сертификат я посеял тем же вечером, к Министерству здравоохранения не подходил на пушечный выстрел — и больше слыхом не слыхивал о каких-либо обязательствах.

Нас пересадили в портовую шаланду, доставили на берег и отконвоировали на таможню. Там меня поджидали двое молодых людей — оба приземистые, смуглые, жизнерадостные, оба в лоснящихся английских костюмах и фуражках. У одного на околыше было вышито золотом: «Отель „Осборн"», у другого — «Отель „Великобритания"». Каждый держал в руке дубликат моего письма с просьбой о гостиничном номере. Каждый взял у меня одно место багажа и вручил типографскую карточку. Одна гласила:

ОТЕЛЬ «ОСБОРН»
СТРАДА МЕЦЦОДИ
Все современные усовершенствования. Горячая вода.
Электрическое освещение. Отличная кухня.
ЗДЕСЬ ОСТАНАВЛИВАЛИСЬ ЕГО СВЕТЛОСТЬ ПРИНЦ
ЛЮДВИГ БАТТЕНБЕРГ
И ГЕРЦОГ БРОНТЕ

Другая сообщала:

ОТЕЛЬ «ВЕЛИКОБРИТАНИЯ»
СТРАДА МЕЦЦОДИ
Все современные усовершенствования. Горячая и холодная вода.
Электрическое освещение. Непревзойденная кухня.
Санитарная гигиена.
ЕДИНСТВЕННЫЙ ОТЕЛЬ
ПОД АНГЛИЙСКИМ УПРАВЛЕНИЕМ

(Последний факт, казалось бы, лучше не афишировать, а скрывать.)

В Каире я слышал, что «Великобритания» на самом деле уровнем выше, а потому сделал знак ее представителю забрать весь мой багаж. Присланный из «Осборна» портье недовольно помахал у меня перед глазами дубликатом письма.

— Фальшивка, — заявил я, ужасаясь собственному вероломству. — Боюсь, вас ввели в заблуждение очевидной фальшивкой.

Портье из «Великобритании» нанял две небольших повозки, к одной подвел меня, а в другую погрузил багаж и уселся сам. У нас над головами трепыхались низкие тенты с бахромой, сильно затруднявшие обзор. Я ощутил долгий, крутой подъем со множеством зигзагов. За одним из поворотов мне удалось заметить барочную усыпальницу, за другим — неожиданный вид с высоты птичьего полета на оживленную бухту Гранд-Харбор и крепостные стены. Поднимаясь все выше, мы ехали по спирали вдоль широкой улицы с магазинами и внушительными порталами. Оставили позади стайку отталкивающих с виду мальтийских женщин: у каждой был затейливый черный головной убор — гибрид зонтика и вуали, последнее на этом острове свидетельство традиционных пристрастий ордена Святого Иоанна. За очередным витком дорога пошла вниз, и мы, свернув на узкую боковую улочку, подъехали к небольшой веранде из железа и стекла, обставленной в стиле английского салон-бара: обтянутые искусственной кожей кресла, кашпо с аспидистрами на подставках из мореного дуба, столики с металлическими столешницами и столики под плюшевыми скатертями, бронзовая утварь из Бенареса, фотографии в рамках и пепельницы со штампованными изображениями торговых знаков джина и виски разнообразных брендов. Не поймите превратно, это зрелище ничем не напоминало допотопный постоялый двор в заштатном английском городке; оно воплощало собою мой мысленный образ интерьеров тех мини-гостиниц близ вокзала Паддингтон, которые под такими внушительными вывесками, как «Бристоль», «Кларендон», «Эмпайр» и т. д., крепят рекламные щиты «Ночлег и завтрак. 5 шиллингов». Я совсем приуныл, здороваясь с хозяином в этой мещанской обстановке, и ничуть не повеселел, когда покорял этаж за этажом по пути в отведенный мне номер. Впрочем, это первое впечатление не усугубилось больше ничем, так что я, смею надеяться, с честью выполняю свой долг перед владельцем, когда предупреждаю читателей о том, чего им следует ожидать, и призываю не идти на попятную. Тем более что могу с чистой совестью утверждать: «Великобритания» — *действительно* лучшая гостиница на всем острове. Впоследствии я сходил посмотреть на «Осборн» и понял, что устроился более комфортно, нежели его светлость принц Людвиг Баттенберг и герцог Бронте. Кухня в «Великобритании» оказалась вполне сносной, обслуживающий персонал отличался безотказностью и обаянием. Как-то вечером, устав за день и торопясь на следующую встречу, я заказал ужин в номер. Если в «Мена-хаусе», где тучи слуг сновали вверх-вниз на лифте, ужин приносили за один раз и оставляли под дверью, то в «Великобритании» официант, обслуживающий постояльцев в номерах, каждое блюдо подавал отдельно, причем с улыбкой, хотя всякий раз вынужден был подниматься пешком на третий этаж.

Перед моим отъездом хозяин с некоторым подозрением осведомился, что я собираюсь написать.

У них уже останавливался, причем безвозмездно, сообщил он, один литератор, сотрудник издания «Городская и загородная жизнь», очень хорошо написавший о «Великобритании». Они размножили его статью для распространения.

Владелец вручил экземпляр и мне.

Эта статья, добавил он, сослужила добрую службу гостинице. Он выразил надежду, что и мой отзыв будет максимально приближен к опубликованному.

Статья начиналась так: «Дивная, сочная листва, экзотические небеса, великолепные голубые воды, обилие солнечного света, несущего здоровье и счастье, а также условия для занятий спортом на открытом воздухе, — причем круглый год, — вот лишь несколько причин, по которым Мальта приобрела такую популярность. Колоритные пейзажи, и люди, довершают увлекательный набор самых очаровательных примет, каких только может пожелать пресыщенное сердце». В таком духе, с тем же избытком знаков препинания продолжалась целая газетная колонка; затем шли краткие экскурсы в историю Мальты и описания главных достопримечательностей — еще на одну колонку. Далее следовали дифирамбы гостинице «Великобритания». «Владельцы не останавливались ни перед какими затратами, — говорилось в статье, — чтобы сделать Общественные Помещения максимально комфортабельными... Руководство гордится тем, что питание по уровню качества, кулинарного мастерства и подачи не уступает тем блюдам, которые можно заказать в лондонских гостиницах и отелях... особые усилия прилагаются к тому, чтобы все спальные места были максимально комфортабельными, из лучших материалов...» — и дальше все в этом роде, еще на полторы колонки. А заканчивалось так: «Все роскошества современной цивилизации нашли воплощение как в здании отеля „Великобритания“, что в городе Валетта на острове Мальта, так и в организации дела, позволяющей гостям наслаждаться радостями здорового и счастливого пребывания среди чудес современного дворца, расположенного в созданных самой Природой декорациях моря, листвы и круглогодичного тепла».

Не хочу состязаться с моим предшественником в излияниях благодарности. Пусть моя признательность выражается более сдержанно — от этого она не становится менее искренней. Повторюсь: возможно, с точки зрения игроков в гольф, «Великобритания» уступает местоположением «Глениглзу», до казино удобнее добираться из «Нормандии», а до торговых центров — из «Крийона»; возможно, «Рюсси» стоит на более живописной площади, в «Кавендише» собирается более остроумное общество, а танцевальные вечера более зажигательны в «Беркли»; возможно, условия для сна лучше в «Мене», а деликатесы — в «Ритце», но самая превосходная гостиница на всем острове — «Отель „Великобритания“» (Мальта, город Валетта); дальнейшие сравнения, похоже, способны только внести путаницу в этот вопрос.

Мое пребывание на Мальте оказалось чересчур коротким. Почти все время посвящалось знакомству с Валеттой при посредстве скромной книжицы Ф. Уэстона «Прогулки по Мальте», купленной за два шиллинга в центральном магазине канцелярских принадлежностей «Критьен». Поначалу я счел ее несколько дезориентирующей, но вскоре приноровился к авторскому подходу и уже с нею не расставался, оценив не только богатство содержащихся в ней сведений, но и увлекательную бойскаутскую игру, неотделимую от осмотра достопримечательностей. «Свернув направо, ты заметишь...» — в таком стиле мистер Уэстон предваряет свои описания, а затем переходит к подробнейшим, всесторонним комментариям. Как-то раз я с этой книжкой в руках направился в Витториозу, но по ошибке сошел на причал в Сенгли, где и отшагал без малого милю по совершенно другому городу, истово следуя обманным подсказкам: находил взглядом «окна с великолепными старинными карнизами», «частично сохранившиеся геральдические щиты», «примечательные кованые балюстрады» и т. д., пока меня внезапно не отрезвило отсутствие заявленного собора.

Вскоре я стал наводить справки в пароходных компаниях о бронировании места для отъезда из Мальты в любом доступном направлении; мне сказали, что это возможно, только без гарантии. Предпочтение всегда отдается тем, кто заказывает билеты на большое расстояние. Но попытаться все же стоило — вдруг повезет? Мне уже начал действовать на нервы владелец «Великобритании», который в последние двое суток взял привычку выскакивать из своего кабинета, как только я устраивался в кресле со стаканчиком спиртного, и говорить: «Здрасте-здрасте. Как продвигается ваша книжка? Вы, похоже, и остров толком не осмотрели», а затем ободряюще добавлять: «Чтоб изучить его целиком, всей жизни не хватит, вот так-то». Не прошло и недели после моего прибытия, как я стал ощущать легкие признаки клаустрофобии; в таком состоянии я свесился из кавальера форта «Сент-Джон», выходящего на бухту Гранд-Харбор. И увидел внизу, среди рыбацких лодок, сухогрузов, безликих чиновничьих катеров и лихтеров, сверкающее пополнение: большое белое моторное судно, конструкцией напоминавшее яхту, с широкими, чистыми палубами и единственной желтой трубой. Я спустился по канатной дороге к зданию таможни, чтобы осмотреть судно с набережной. Оказалось, это «Стелла поларис», которая совершала свой второй круиз — первый закончился для меня в Порт-Саиде. Пока я стоял у парапета, от ее борта отделился и причалил к набережной моторный катер с норвежским крестом, трепещущим на корме. Вооруженные фотоаппаратами и зонтиками от солнца, на пристань сошли трое или четверо пассажиров. Их сопровождал пассажирский помощник. Я с ним поздоровался. Нет ли у вас свободной койки? Он ответил, что есть. До отправления «Стеллы» оставались еще сутки; за какой-то час я успел распрощаться с «Великобританией», заверил владельца, что наилучшим образом отрекомендую его британской общественности, и переправил свой багаж в гавань. Ближе к вечеру я уже распаковал вещи, сдал в стирку целый ворох одежды, повесил на плечики свои костюмы, аккуратно сложив брюки, и разобрал множество накопившихся бумаг — записи, фотоснимки, письма, путеводители, циркуляры, зарисовки, а также выловил и убил двух блох, которых подцепил в Мандераджо, после чего в полном счастье отправился наверх, чтобы возобновить знакомство с буфетчиком палубного бара.

В рейсе направлением на восток нас ждала однодневная стоянка на Крите. Небольшая гавань Кандия не могла принять «Стеллу», и мы остановились на рейде в бухте, под надежной защитой острова Диа и крутого, выступающего в море мыса у деревни Агия-Пелагия. За укрепленным волноломом, который украшало прекрасное изваяние венецианского льва, стояли разнородные утлые суденышки: маленькая рыболовецкая флотилия, два-три каботажных парусника и донельзя обшарпанные пароходики, курсирующие между Пиреем и островами. На одну из этих посудин грузили партию вина, разлитого в бурдюки из козьих шкур.

В городе есть одна главная улица и разветвленный лабиринт переулков. Сохранились фасад разрушенного венецианского дворца и выщербленный венецианский фонтан с каменными изваяниями львов и дельфинов. Имеется там и мечеть, частично сложенная из капителей и резных фрагментов других венецианских построек. С минарета сбили навершие и устроили в здании кинотеатр, в котором, по удивительному стечению обстоятельств, демонстрировался фильм «Под сенью гарема». В лавках продавали главным образом оковалки желто-серого мяса, старые наручные часы турецкой работы, комические немецкие открытки и яркие узорчатые отрезы хлопчатобумажных тканей.

В компании своих попутчиков я отправился в музей, чтобы ознакомиться с варварскими обычаями минойской цивилизации.

В полной мере оценить достоинства минойской живописи невозможно, поскольку на огромной площади, доступной для осмотра, всего лишь несколько квадратных дюймов росписей относятся к периоду ранее последнего двадцатилетия, а их авторы при реконструкции обуздывали свой творческий пыл обращением к обложкам журнала «Вог».

Взяв напрокат автомобиль «форд», мы с гидом отправились в Кноссос, где перестраивает свой дворец сэр Артур Эванс (наш гид неизменно называл его «ваш английский лорд Эванс»). В настоящее время готовы лишь несколько комнат и галерей, а остальное представляет собой голый склон, израненный раскопками, но по чертежам, размещенным для нас на главной площадке, мы все же составили некоторое представление о сложности и размахе этого проекта. Если наш английский лорд Эванс когда-нибудь завершит хотя бы часть этого начинания, оно, по-моему, станет воплощением гнетущей безнравственности. Думаю, не одно только воображение вкупе с воспоминаниями о кровожадной мифологии способно превращать в нечто устрашающее и патологическое эти сведенные судорогой галереи и кривые проулки, эти колоннады из сходящих на перевернутый конус столбов, эти залы, а по сути — тупики, куда ведут не знающие солнца лестницы, этот приземистый куцый трон посреди лестничной площадки на пересечении всех дворцовых коридоров — не кресло законотворца и не лежанка для усталого воина: здесь, вероятно, стареющий деспот, съежившись на корточках, улавливал бегущие к нему по стенам галереи шепотов едва слышные провозвестия своего убийства.

Во время моего пребывания случился один занятный казус, который я обнаружил только через некоторое время. На экскурсию в Кноссос я взял с собой фотокамеру, но забыл ее в машине, когда мы пошли осматривать развалины дворца. Помню, вечером того же дня меня немного удивило, что счетчик кадров показывает неожиданно большее количество израсходованной пленки. Я отдал кассету на проявку в судовое фотоателье и с изумлением обнаружил снимки, определенно сделанные не мной; опознать удалось только наш экскурсионный «форд» и шофера, слишком уж прямо сидевшего за рулем. По всей вероятности, он сам и подбил на этот розыгрыш кого-то из своих приятелей, и мне подумалось, что это выдает симпатичные черты характера нашего водителя. Этот человек всяко не рассчитывал получить фото на память или хотя бы лицезреть наше удивление, когда раскроется его безобидная проделка. Мне приятно думать, что он пожелал скрепить наши дружеские отношения прочнее, нежели к тому располагала двухчасовая аренда его автомобиля; он захотел подчеркнуть свое индивидуальное существование вне зависимости от бесчисленных и обезличенных ассоциаций туриста. Я уверен: когда мы походя расплачивались с ним за оказанную услугу и возвращались на судно, водитель забавлялся мыслью об ожидавшем нас маленьком сюрпризе. Вероятно, чувства его были сродни тому удовлетворению, какое получают чудаковатые (и, к сожалению, редкие) благодетели, анонимно отправляющие банкноты совершенно незнакомым людям. Окажись его технические таланты под стать его добродушию, я бы поместил его фотопортрет в этой книге, но боюсь, даже лучший из тех снимков, что имеются в моем распоряжении, не упрочил бы его славу.

После ночи на рейде мы снялись с якоря в ранний час, чтобы при свете дня пройти мимо Циклад.

Мы миновали новый остров, недавно поднявшийся из морских глубин, — пока еще безжизненный холм вулканической лавы. Когда остались позади Никсос, Парос и Миконос, мы вышли в Эгейское море и взяли курс на север, к Дарданеллам, при спокойном море, на скорости в пятнадцать узлов.

— Неужели вы не видите квинквиремы? — спросила меня одна американка, когда мы с ней, облокотившись на леер, стояли бок о бок. — Из далекого Офира, — добавила она, — с грузом слоновой кости, сандала, кедрового дерева и сладкого белого вина.

На другое утро мы проснулись уже в Геллеспонте, до полудня прошли залив Сувла и миновали полуостров Галлиполи. Море было бледно-зеленым и мутноватым от холодных вод, поступавших из Черного моря. Мраморное море встретило нас неприветливо — холодными ветрами и свинцовым небом, сквозь которое с трудом пробивались вспышки солнечного света.

На подходе к бухте Золотой Рог в воздухе стало темнеть. Над городом плыл низкий морской туман, который смешивался с дымом из печных труб. Купола и башни виднелись нечетко, но даже сквозь эту мглу открывалась необыкновенная панорама; занимавшееся над горизонтом солнце, прорвавшись сквозь тучи, эффектным жестом щедро выплеснуло золотой свет на минареты Святой Софии. Во всяком случае, мне приятно думать, что это был именно собор Святой Софии. Один из восхитительных моментов первого прибытия в Константинополь морским путем — это попытка распознать сей великий храм по репродукциям, на которых мы воспитывались. Один купол за другим открываются взору по мере нашего приближения к берегу, и от каждого захватывает дух. Потом, когда перед нами откроется вся неохватная панорама города, за наше узнавание будут соперничать два памятника архитектуры. Более внушительный — мечеть Ахмеда I. Ее отличительный признак, не имеющий аналогов, кроме Каабы в Мекке, — это шестерка минаретов. Но есть и более убедительный способ проявить свою осведомленность — сказать: «Вот (и указать куда-нибудь пальцем) Агья-София».

«Агья» — это слово всегда будет вашим козырем. Более заумный и снобистский вариант — «Айя-София», но бытует он в самых просвещенных кругах, где, по всей видимости, ничего объяснять не нужно; а в обиходе такая форма названия вызовет настороженность — в ней заподозрят банальную орфоэпическую ошибку.

На следующий день мы за неимением времени сразу поспешили на два часа в «Сераль», султанский дворец, ныне преобразованный в общедоступный музей; смотрителей набрали в основном из числа бывших монарших евнухов. Среди них был один карлик с забавно сморщенным бесполым личиком, одетый в непомерно длинное черное пальто, которое волочилось по полу и путалось у него в ногах — пару раз он едва не упал. Вопреки моим ожиданиям, среди евнухов не было ни одного рослого толстяка. В трудные времена перед окончательным установлением кемалистского режима обеспокоенные евнухи устроили массовую акцию протеста против отмены многоженства.

Самая поразительная черта «Сераля» — это полное отсутствие комфорта. Чем-то он напоминает выставочный центр «Эрлз-Корт», но включает не одно лишь здание, а большую огороженную территорию, небрежно разбитую на лужайки и рощицы, утыканную киосками и павильонами разных конфигураций и периодов постройки. «Сераль» — это не что иное, как разрекламированное стойбище кочевников. Климат в Константинополе далеко не мягкий. Место для города было выбрано по причине выгодного политического и географического положения, но не из-за благоприятных погодных условий. Здесь гуляют холодные степные ветры, нередко выпадает снег. Однако за пять столетий турецкого владычества ни у кого из султанов, при всем их несметном богатстве и неограниченных ресурсах рабочей силы, похоже, и мысли не возникало соединить многочисленные залы главной резиденции хоть каким-нибудь крытым переходом. Их самые смелые представления о повседневной роскоши не простирались дальше возлежания среди аляповатых шелковых подушек и жевания восточных сластей под свист ледяного ветра в кованых решетках, заменяющих потолки. Стоит ли удивляться, что они привычно согревались алкоголем. Вместе с тем собранные во дворцах сокровища поражают воображение. О хозяйствовании в «Серале» можно судить по такому факту: в ходе инспектирования строений, занятых новой властью на ранних этапах, официальные представители кемалистов обнаружили склад, с пола до потолка загроможденный бесценными фарфоровыми изделиями шестнадцатого века в подлинной упаковке, то есть в том виде, в каком они караванами вывозились из Китая. Распаковать фарфор никто не удосужился — он веками покоился в ящиках. Надо думать, челядь не гнушалась хищениями. Но поразительно другое: невероятное количество ценностей, уцелевших, несмотря ни на что, в период разорения правящей династии. Дворцовые кладовые ломятся от необработанных изумрудов и алмазов — это крупные бесформенно-щербатые капли, подобные обкусанным леденцам; дошел до наших дней и трон из чистого золота, изукрашенный драгоценными кабошонами, и еще один трон, инкрустированный вставками из перламутра и черепахового панциря; во множестве сохранились отделанные драгоценными камнями мундштуки, эфесы, часы, портсигары, табакерки, ручные зеркала, щетки, гребни — по двадцать, а то и тридцать изделий каждого наименования, и все поражают своим великолепием; не утрачены дар Екатерины Великой — туалетный столик, сплошь инкрустированный розовыми искусственными каменьями, и дар Фридриха Великого — другой туалетный столик, декорированный алебастром и янтарем; по сей день существует изысканный японский садик с пагодой из золотой филиграни с эмалями, равно как и модель колесного парохода из красного и белого золота с иллюминаторами-бриллиантами и флажками из рубинов и изумрудов; выставлены для обозрения правая рука и череп Иоанна Крестителя, драгоценные камни для украшения тюрбанов, и драгоценные камни для ношения на цепочке, и драгоценные женские кулоны, и драгоценные камни, используемые как игровые фишки, и те, что можно лениво вертеть в пальцах, перекатывая из ладони в ладонь. Экскурсовод называл округленную стоимость каждого следующего экспоната: «более миллиона долларов». Впрочем, невольно задаешься вопросом: не случалось ли в течение затяжного периода турецкой финансовой несостоятельности каких-либо посягательств на эти сокровища? Ведь кабошон-изумруд или иной драгоценный камень до того легко подковырнуть ногтем и заменить фруктовым леденцом, что невольно думаешь: наверняка время от времени такое проделывают — и кто знает, как часто?

Во время нашей ознакомительной экскурсии непосредственно передо мной шла очень грузная богатая американка; мне выпала честь уловить некоторые из ее реплик. Что бы ни показывал ей гид — фарфор, золото, слоновую кость, бриллиант или янтарь, шелк или ковер, эта счастливица небрежно сообщала, что у нее дома есть точно такая же вещь. «*Надо же*, — говорила она, — кто бы мог подумать, что *это* имеет какую-то ценность. У меня таких три штуки, достались мне от кузины Софи, в каком-то чулане лежат: размерами, конечно, больше, но узор — точь-в-точь. Вернусь — надо будет их откопать. Никогда не усматривала *вот в этом* ничего особенного».

Но при виде правой руки и черепа Иоанна Крестителя она была вынуждена признать свое поражение.

Назавтра, в предзакатный час, мы отплывали.

В тот вечер главной темой разговоров была авария, которая произошла в гавани. Видавший виды паром, курсирующий между Галатой и Скутари, что на другом берегу Босфора, в утреннем тумане налетел на скалы; пассажиров удалось эвакуировать без потерь, но буквально в последний момент. Среди пассажиров «Стеллы» появилось новое лицо: чрезвычайно элегантный грек, который носил галстук Итона и не скрывал своего знакомства с наиболее открытыми представителями английской родовой знати. Во время кораблекрушения он находился на пароме и сообщил нам весьма любопытные детали. Паром заполонили поденщики, ехавшие на работу. При первом же толчке капитан и старпом прыгнули в единственную шлюпку — и были таковы. К вечеру капитан сложил с себя все полномочия, оправдываясь тем, что у него сдали нервы: за полтора года такая авария произошла уже в третий раз. Среди пассажиров, предоставленных самим себе, — на борту были турки, армяне и евреи — началась бешеная паника. Единственный разумный план требовал сидеть не двигаясь и ждать спасения. Однако эта пестрая толпа со стонами заметалась от одного борта к другому, раскачивая судно, — вот-вот соскользнет с острых камней. Застыв от ужаса, мой собеседник вжался в палубную скамью, а вдруг судно перевернется. Тут перед ним оказался приземистый человечек, который, засунув руки в карманы просторного пальто, спокойно разгуливал по палубе с трубкой в зубах. Каждый окинул другого оценивающим взглядом, не обращая внимания на толпы обезумевших, орущих работяг.

— Полагаю, сэр, — проговорил человек с трубкой, — что вы тоже англичанин.

— Нет, — ответил грек, — я всего лишь проклятый иностранец.

— Прошу меня извинить, сэр, — сказал англичанин и отошел к ограждению, решив тонуть в одиночку.

Но к счастью, этого не случилось. От берега отчалили шлюпки, которые успели снять всех пассажиров, пока судно не ушло под воду.

Греку нужно было добраться только до Афин. Почти весь следующий день я провел в его обществе. Он задавал мне наводящие вопросы об «эстетизме» в Оксфорде. Сам он там учился, но сейчас с оттенком сожаления заметил, что в его время никакого «эстетизма» не было в помине. Неужели из-за «эстетизма» Оксфорд так отстает в спорте? Я ответил, что нет: корень зла лежит глубже. Я мог бы открыться своему собрату по Оксфорду, но правда заключалась в том, что университет захлестнула сильнейшая волна наркомании.

— Кокаин?

— Кокаин, — подтвердил я, — и кое-что похуже.

— Неужели профессура не делает попыток этому помешать?

— Милый мой, от профессуры все зло.

В ответ он сказал, что в его время наркомании в университете не было.

Чуть позже натиск возобновился. Не соглашусь ли я спуститься к нему в каюту и немного выпить?

Я ответил, что непременно с ним выпью, но только в баре на палубе.

Тогда он сказал:

— Голубые глаза выдают в вас шотландца. У меня был очень близкий друг-шотландец. Вы с ним чем-то похожи.

Через некоторое время он вновь предложил мне пройти к нему в каюту — полюбоваться серебряной чернильницей турецкой работы. Я отказался, но заверил, что на палубе охотно взгляну на его покупку. Наибезобразнейшая оказалась вещица.

Перед тем как распрощаться, новый знакомый пригласил меня на ланч в «Гранд-Бретань». Я ответил согласием, но на следующий день он не объявился.

Прибыли мы как раз перед ужином и встали на якорь в Фалерской бухте.

До этого я видел Афины только один раз: тогда судьба впервые занесла меня из Англии дальше Парижа. Нелегко выбросить из памяти захлестнувшие меня романтические чувства. Я совершил вояж из Марселя на пароходе «Париж II» — это было относительно новое греческое судно. Стояла зима, и почти все время нас преследовала штормовая погода. Я оказался в одной каюте с греком —

торговцем смородиной: тот все пять дней рейса пролежал в койке. Кроме него, единственным англоговорящим пассажиром первого класса оказался шумный американец, инженер по профессии. Страдая морской болезнью, я в основном сидел на палубе за чтением книги Уильяма Джемса «Многообразие религиозного опыта» и прерывался лишь для того, чтобы глотнуть крепкой мастихи за компанию с американцем. Кто хоть раз попробовал мастиху, приговаривал мой собутыльник, тот непременно вернется в Грецию. Изредка я ходил посмотреть, чем занимаются «палубные пассажиры»: они теснились в импровизированных палатках, чесали подошвы и безостановочно ели. Первая стоянка была в Пирее. Солнце уже зашло, и порт встретил нас полной иллюминацией. Швартовка сильно задерживалась. Вокруг сновали гребные суденышки, причем в таком количестве, что по ним можно было дойти до берега, как посуху; лодочники громогласно зазывали клиентов. Друзья, пригласившие меня погостить, ожидали где-то внизу, подпрыгивали на волнах и, запрокинув головы, звали: «Ивлин!» Они взяли с собой своего камердинера, чтобы тот занялся багажом; при старом режиме этот поразительно свирепого вида человек был наемным убийцей в Константинополе. На пару с лодочником он подхватил зов и стал горланить: «ИИ-лин! ИИ-лин!»

Потом мои чемоданы ошибочно погрузили не в ту лодку; лодочник не пожелал отдавать их без боя; между ним и камердинером завязалась драка, в которой камердинер с легкостью одержал верх за счет подлого, но вполне убедительного запрещенного удара. В конце концов мы ступили на твердую землю и помчались из Пирея в Афины по изрытой и выщербленной, как после бомбежки, дороге в дребезжащем «моррисе», который, не имея ни фонарей, ни тормозов, ни клаксона, был надежно защищен от полицейского произвола благодаря дипломатическим номерам и маленьким британским флажкам, прикрывавшим те места, где следовало находиться передним фарам.

В ту ночь наступило православное Рождество, и на улицы высыпала масса народу: все обменивались рукопожатиями, целовались и запускали фейерверки в глаза друг другу. Мы направились прямиком в ночной клуб, где заправлял одноногий мальтиец, который угощал нас коктейлями из наркотиков и какого-то алкоголя собственной выгонки.

Потом в зал вышла танцовщица — звезда местного кабаре; подсев к нам за столик, она предупредила, чтобы мы ни в коем случае не прикасались к этим коктейлям. Но было уже поздно.

После этого я некоторое время кружил по городу на такси — у меня возникло неотложное дело, уже не припомню какое, а затем вернулся в ночной клуб. Таксист шел за мной до нашего столика. Я заплатил ему более десяти фунтов в пересчете на драхмы, а в качестве чаевых вручил свои часы, перчатки и футляр для очков. Водитель даже запротестовал: многовато будет.

Это первое знакомство с афинской жизнью заслонило собой остальные дни моего визита. В ту пору я был еще студентом и теперь, вспоминая ту поездку, беспричинно ощущаю себя стариком.

Но даже сейчас, в относительно зрелом возрасте, мой приезд в Афины, уже второй, ознаменовался приобщением к новому напитку. Оказавшись на месте, я первым делом взял такси и поехал в город навестить одного хорошего знакомого по имени Аластер, занимавшего тогда маленький домишко у восточной окраины, под склонами Ликавитоса, в переулке, отходящем от площади Колонаки.

В этом жилище было не повернуться от заводных поющих птичек и православных икон, одна из которых — как ни странно, самая современная — обладала чудодейственными свойствами. Обнаружил это слуга: якобы один из образо́в имел обыкновение протягивать руку и бить его по голове, чтобы не ленился. Аластер был еще не одет. Я признался, что очень поздно лег, так как после бала выпивал с приятнейшими норвежцами и теперь слегка разбит. Тогда-то он и приготовил для меня этот напиток, который я могу рекомендовать каждому, кто хочет опохмелиться без вреда для здоровья при помощи доступных средств. Мой приятель взял большую таблетку сахарозы (допускается замена обычным кусковым сахаром), обмакнул в горький ликер «Ангостура» и обвалял в кайенском перце. То, что получилось, он опустил в высокий бокал и наполнил его шампанским. Достоинства этого напитка не поддаются описанию. Сахар и «Ангостура» обогащают вкус спиртного и нейтрализуют кислинку, которая делает тошнотворным любое шампанское, особенно по утрам. Каждый пузырек, всплывающий на поверхность, несет с собой красную крошку перца, что мгновенно стимулирует и тут же утоляет аппетит, дарует жар и холод, огонь и жидкость, нормализует вкусовые рецепторы и высвобождает ощущения. Потягивая этот почти невыносимо желанный напиток, я забавлялся искусственными птичками и музыкальными шкатулками, пока Аластер приводил себя в порядок. В Афинах у меня был еще один приятель, Марк, и с этими двумя людьми я замечательно провел два дня.

Мы ехали по шоссе на Элевсин, время от времени подвергаясь нападению свирепых овчарок, а потом свернули на грунтовой тракт у подножья горы Эгалеос и остановились возле уединенного кафе, выходящего окнами на

Саламин. Воскресный день клонился к вечеру, и под гавайским тростниковым навесом сидело еще несколько компаний. Фотограф изготавливал ферротипы, на которых после проявки был обычно виден только отпечаток большого пальца. За одним из столиков сидели студенческого вида парень и девушка, оба в футбольных трусах и рубашках с открытым воротом; рядом лежали котомки и массивные посохи. Была там и очень счастливая семейная пара афинских буржуа. С младенцем. Вначале родители усадили его на стол, потом на крышу своего авто, потом перевернули вверх тормашками на стуле, потом водрузили на крышу кафе, потом посадили верхом на бельевую веревку и стали бережно покачивать туда-сюда, затем поместили в бадью и опустили неглубоко в колодец, скрыв от посторонних глаз, после чего дали ему бутылку газированного напитка — в Афинах этот лимонад еще более вреден, чем в любом другом городе мира. На все усилия, прилагаемые к его развлечению, дитя отвечало щебетом радостного смеха и большими пенными пузырями, стекавшими по подбородку. Возле кафе стоял лимузин с двумя молодыми светскими львицами, которые даже не выходили на свежий воздух, но сидели на бархатных чехлах, откинувшись назад, так что их было почти не видно, и принимали ухаживания двух юных офицеров: время от времени опускалось оконное стекло и появлялись унизанные кольцами пальчики, чтобы презрительно выкинуть серебристую оберточную фольгу или кожуру банана.

Мы с Марком и Аластером устроились в тени с графином смолистого белого вина и тарелкой рахат-лукума; перед нами скакал фотограф с камерой; он вынудил нас приобрести такое количество отпечатков его большого пальца, которое позволяло вменить ему любое противоправное действие, предусмотренное греческим законодательством.

Поужинав на борту «Стеллы», мы вернулись к знакомству с ночной жизнью Афин. Для начала зашли в подвальчик, украшенный псевдорусскими фресками. В этом кафе мы увидели весь цвет английской диаспоры, которая преуспела в тех яростных интригах, отчасти светских, отчасти политических, отчасти личных, которые украшают и обогащают афинскую жизнь в большей степени, чем жизнь любой другой европейской столицы. Но развлекательная программа ограничивалась выступлением одного-единственного пианиста в грузинском народном костюме. Мы спросили, стоит ли ожидать кабаре.

— Увы, — ответила нам управляющая. — Сегодня — нет. Вчера вечером здесь был немецкий господин, который покусал всех девушек за ноги, да так жестоко, что сегодня они отказываются танцевать!

Оттуда мы перешли в «Фоли-Бержер» — шикарное и очень парижское заведение; официант всячески подбивал нас заказать шампанское, а молодая еврейка родом из Венгрии исполняла восточные танцы в костюме, который подошел бы для сцены невольничьего рынка в мюзикле о сорока разбойниках, если бы не целомудренное розовое трико. Вскоре Марк откровенно заскучал, так что мы попросили счет, заплатили ровно половину (которая была принята со всяческими излияниями благодарности) и ушли.

Пройдя через парк, мы оказались в самом бедном районе города. Из букета афинских запахов наиболее характерны, пожалуй, два: чесночный дух, убийственно резкий, как ацетилен, и запах пыли, мягкий, согревающий и ласковый, как твид. По парку мы шли сквозь запах пыли, а чеснок встретил нас у ступеней, ведущих с улицы вниз, ко входу в «ΜΠΑΡ ΘΕΛΛΑΤΟΕ»[1]; но чеснок был сдобрен

---

[1] «Бар „Феллатос“» *(гр.)*.

ароматом жареной баранины. И впрямь, над открытыми тлеющими углями поджаривались на горизонтальных вертелах два ягненка. В зале царила торжественная диккенсовская атмосфера. Присутствовали только мужчины, главным образом сельские жители, вырвавшиеся в город на ночную гулянку. Нас встретили улыбками и приветствиями, а кто-то один даже прислал нашему столу три кружки пива. С этого момента начался непрерывный обмен традиционными здравицами, который продолжался вплоть до нашего ухода и далее. У греков есть похвальный обычай: подавать спиртное только с закуской, хотя бы с кружком чесночной колбасы или с насаженными на спички ломтиками ветчины не первой свежести; закуски приносят на маленьких блюдечках, и наш стол уже ломился от их количества.

В углу двое мужчин играли на каких-то музыкальных инструментах, похожих на гитары, а остальные танцевали, причем со свирепыми лицами и без малейшей застенчивости. Они исполняли греческие военные танцы, дошедшие до наших дней из глубокой древности. Танцевали четверками, с великой серьезностью откалывая нужные коленца. Неверное движение было равносильно потере мяча в крикете; виновник в лучших, по здешним меркам, спортивных традициях приносил команде свои извинения, которые, естественно, принимались, хотя выбросить из головы или когда-нибудь искупить столь вопиющий промах мог только гений безупречной точности. Более того, здесь, как и в крикете, ревностно соблюдался любительский статус. В отличие от тех, кто после выступления обходит публику с шапкой в руке, эти танцоры сами платили несколько мелких монет музыкантам. Желающим исполнить танец предстояло выдержать нешуточную конкуренцию; четверки составлялись заранее и томились в ожидании своего выхода. В тот вечер вспыхнула единственная драка: ее спровоцировал сильно подвыпивший парень, пытавшийся пролезть без очереди. Присутствующие возмутились и в назидание задали ему трепку, но вскоре инцидент был исчерпан и все выпили за здоровье дебошира.

С течением вечера беседа становилась все более оживленной. Я не имел возможности следить за ее ходом, но Аластер объяснил, что дело упирается главным образом в политику: дискуссия бессистемна, но с накалом чувств. Больше других горячился пожилой человек с курчавой седой бородой. Он рычал и бил кулаком по столу, принялся стучать пивной кружкой — кружка разлетелась вдребезги, старик порезался, умолк и заплакал. Все остальные тоже умолкли и окружили старика, чтобы утешить. Руку ему перевязали засаленным носовым платком, хотя рана, с моей точки зрения, была пустяковой. Перед ним оказалось пиво с ломтиками тухловатой ветчины на спичках; его гладили по спине, обнимали за шею, целовали. Вскоре он заулыбался, и дискуссия возобновилась, но как только у старика проявились первые признаки возбуждения, его согрели улыбками, а кружку отодвинули подальше.

В конце концов, после долгих прощаний, мы поднялись по ступенькам, вышли на свежий воздух и направились к дому под сенью все тех же апельсиновых деревьев, сквозь теплый мрак с запахом твида.

Наутро Аластеру предстояло ехать в посольскую канцелярию, где он декодировал шифровки, а мы с Марком отправились в Сапожные Ряды — так зовется улица в старом турецком квартале, где держат прилавки торговцы антиквариатом. Марк продолжил некие переговоры, которые, по его словам, тянулись уже три недели и касались приобретения грота, сработанного из пробки, зеркала и клочков губки анатолийскими беженцами; а я приглядел мраморную фигурку европейского футболиста, но меня остановила цена.

В полдень «Стелла» отплывала в Венецию, и я едва не опоздал на последний катер, отходивший от берега: меня задержал Марк, надумавший сделать мне подарок — три религиозных открытки, воздушный шар и корзину оливок.

Сразу после ланча мы прошли Коринфский канал, который по непонятной для меня причине вызывал у многих пассажиров больше интереса, чем любые другие достопримечательности. Проход был долгим, но люди не уходили с палубы, обменивались впечатлениями, делали фотоснимки и акварельные зарисовки безликих каменистых берегов; а я между тем направился к себе в каюту, чтобы вздремнуть: в последние дни я не высыпался, а тут подвернулся случай наверстать упущенное.

На рассвете следующего дня мы достигли Корфу.

Когда я возвращался из своей первой поездки в Грецию (на старой посудине под названием «Иперокеания», где у меня было место в каюте второго класса, что не причиняло мне почти никаких неудобств), нам организовали недолгую стоянку на этом острове, который показался мне одним из красивейших известных мест. Мои впечатления были столь глубоки, что впоследствии я как-то незаметно приступил к роману о некой богатой особе и облагодетельствовал героиню виллой на Корфу, мечтая когда-нибудь разбогатеть и первым делом купить такую же себе.

Самые ходкие товары на острове — это, как мне показалось, живые черепахи и вырезанные из дерева оливы фигурки животных, изготовленные заключенными местной тюрьмы. Некоторые из пассажиров «Стеллы» приобрели черепах, которые в большинстве своем не дожили до конца рейса; черепашьи бега стали еще одной забавой в дополнение к палубным играм. Главный недостаток черепах как беговых животных заключается не в медлительности, а в неразвитом чувстве направления. Такая же проблема обнаружилась и у меня, когда в школьные годы я пытался заниматься спортом и неоднократно подвергался дисквалификации за создание помех соперникам.

Я прокатился в конном экипаже по проспекту Императора Вильгельма, обрамленному оливковыми рощами, розовыми и апельсиновыми деревьями, до небольшого, обнесенного балюстрадой помоста, именуемого на старинный манер Пушечным рубежом, или, в эллинизированном варианте, ΣΤΟΠ KANONI. Это оконечность полуострова, который отходит от города и опоясывает лагуну, получившую название озера Халкиопулу. В прежние времена здесь стояла артиллерийская батарея из одной пушки. Теперь на мысе работает кафе-ресторан. Берег круто спускается к морю; поблизости видны два маленьких острова: один лесистый, на нем стоит вилла, некогда служившая, как мне кажется, монастырем; второй, совсем крошечный, целиком занимают миниатюрная церквушка, два кипариса и дом священника. С пляжа сюда можно дойти по камням. Так я и поступил. На звоннице было два маленьких колокола, а внутри церковки висело несколько почерневших икон и неслась курица. Как по волшебству, с противоположного берега появился священник, сидевший на веслах в лодке, до отказа нагруженной овощами. На корме по-турецки примостился его сын, прижимавший к груди жестяную банку калифорнийских консервированных персиков. Я пожертвовал немного денег на нужды церкви и направился вверх по тропинке в кафе. Мне встретились двое или трое попутчиков со «Стеллы». Я присоединился к ним и отведал бисквитного печенья савоярди, запивая его восхитительным корфуанским вином, которое с виду похоже на сок апельсина-королька, вкусом напоминает сидр и стоит (или должно стоить, если его заказывает не турист) примерно два пенса. Затем к нам вышел оркестр из двух гитаристов и скрипача. Юноша-скрипач оказался незрячим. Музыканты в причудливом стиле исполнили «Yes, Sir, That's My Baby» и от радости смеялись вслух, когда собирали мзду.

На обратном пути в Монте-Карло мы почти все время шли вдоль берега.

Наверное, у меня из памяти никогда не изгладится вид Этны на восходе: гора со сверкающей вершиной едва виднелась в серовато-пастельной дымке, а потом двоилась, будто отражаясь в струе серого дыма, которая заволокла весь лучившийся розовым светом горизонт, постепенно переходивший в серовато-пастельное небо. Ни одно из творений Искусства или Природы не производило на меня столь гнетущего впечатления.

Монте-Карло словно вымер: спортивный клуб не работал; русский балет свернул выступления и отбыл в Лондон на свой последний сезон; модные магазины либо уже закрылись, либо объявляли о конце рождественских распродаж; отели и виллы в большинстве своем забрали окна ставнями; прогулки по променадам затруднялись инвалидными креслами, в которых передвигались немногочисленные больные; гастроли Рекса Эванса завершились. А я, бесцельно шатаясь по этим умиротворенным, солнечным улицам или сонно просиживая в тенистом парке «Казино», размышлял, по какой прихоти судьбы богачи с религиозной истовостью соблюдают график своих перемещений: они упрямо стремятся в Монте-Карло среди снежной зимы, поскольку так предписывают советы и календарь, а уезжают как раз в ту пору, когда это место — в противоположность их огромным, неухоженным и несуразным северным городам — становится пригодным для обитания; и по какой прихоти судьбы богачи созданы столь отличными от полевых цветов, которые не ведут строгого учета времени, а радостно вскидывают свои венчики навстречу признакам ранней весны и сбрасывают их почти одновременно с первыми суровыми заморозками.

В День независимости Норвегии «Стелла» расцвела сотнями флажков. За ужином произносились речи, а после состоялся вечер танцев, организованный офицерами и пассажирами-скандинавами. Старпом выступил с патриотической речью на норвежском языке, которую тут же перевел на английский, а затем произнес речь на английском языке во славу Англии, которую тут же перевел на норвежский. Далее последовало мое выступление во славу Норвегии, которое одна из пассажирок перевела на норвежский, после чего сама выступила с речью на английском и норвежском во славу Англии с Норвегией и процитировала Киплинга. Все прошло дивно. Затем мы спустились на одну палубу ниже, где члены экипажа устроили грандиозный фуршет с норвежскими деликатесами, песочными пирожными и шампанским; один моряк, стоя на украшенной флагами трибуне, произносил патриотическую речь. Потом все мы выпили за здоровье друг друга и потанцевали; море было неспокойным. Затем мы поднялись в каюту капитана и вкусили блюдо под названием «гогль-могль», но я точно не знаю, как это пишется. Из яиц, взбитых в плотную пену с сахаром и бренди. Потом мы перешли в каюту к той даме, которая переводила мое выступление, и там продолжили говорить речи — как ни странно, в основном по-французски.

Наутро после Дня независимости я чувствовал себя неважно; как оказалось, мы уже прибыли в Алжир и вся палуба покрылась прилавками, как будто для благотворительного базара. Там продавали ювелирные изделия из ажурной золотой филиграни, бинокли и ковры. Вода в гавани загустела от плавающих отбросов; среди них плескались молодые люди, голыми руками поддевая и отбрасывая назад эту дрянь — пустые бутылки, размокшую бумагу, кожуру грейпфрутов, кухонные отходы — и призывали зрителей бросать им монеты.

После обеда я совершил, хотя и не без труда, восхождение на Касбу. С крепости открывается прекрасный вид на город и порт, на весь Алжирский залив; на старинные дома, на узкие, крутые дороги, где бурлит колоритная уличная жизнь, какую можно увидеть в каждом древнем городе, где сохраняются трущобы, недоступные для транспорта; одна улица, расположенная на небольшом уступе, полностью занята притонами разврата: все они весело сверкают яркими красками и черепицей, в каждом дверном проеме, в каждом окне маячат непривлекательные, грузные девицы в аляповатых нарядах. Случись мне приехать сюда прямиком из Англии, такое зрелище могло бы показаться любопытным, но в качестве иллюстрации традиций Востока оно было не столь интересным, как вечерний Каир во время Ураза-байрама, а в качестве примера средневековой застройки — менее колоритным, нежели Мандераджо в Валетте.

Попрошаек и назойливых уличных продавцов товаров и услуг было почти не заметно (стаи вездесущих чистильщиков обуви не в счет), равно как и местных зазывал. Если держаться подальше от портового района, то можно было гулять без помех; зато близ порта приходилось отбиваться от великого множества этих проныр — большей частью пренеприятных, развязных субъектов с усиками в стиле Чарли Чаплина; из одежды они предпочитали европейский костюм с галстуком-бабочкой и соломенную шляпу-канотье; их ремесло — невыносимо назойливое — требовало набирать группы желающих посмотреть народные танцы — *fêtes Mauresques*[1]. Попавшиеся на их удочку многочисленные пассажиры «Стеллы» возвращались с очень разными оценками этого увеселения. Одни, как могло показаться, увидели благопристойное, вполне традиционное зрелище во дворике средневекового мавританского дома: они описывали народный оркестр, состоящий из ударных и духовых инструментов, и девушек-танцовщиц под вуалями — исполнительниц разных народных плясок; да, несколько однообразно, говорили они, но, судя по всему, ничуть не жалели о потраченном времени. Другую группу, куда входили две англичанки, привели на верхний этаж какого-то притона и усадили вдоль стен тесной каморки. Там они в нарастающем недоумении томились при свете убогой масляной лампы, но в конце концов кто-то рывком раздернул портьеры перед тучной пожилой еврейкой, полностью обнаженной, если не считать каких-то дешевых побрякушек, и та принялась скакать перед публикой, а затем исполнила *danse de ventre*[2] — все на том же крошечном пятачке, едва отделявшем ее от зрителей. Одна из англичанок вынесла следующий вердикт этому представлению: «Пожалуй, в некотором роде я довольна, что посмотрела, но желания повторить этот опыт у меня, конечно, не возникает». Ее приятельница и вовсе отказалась обсуждать это событие с кем бы то ни было, в каком бы то ни было ракурсе и до

[1] Мавританские празднества *(фр.)*.
[2] Танец живота *(фр.)*.

конца круиза избегала общества мужчин, с которыми в тот вечер оказалась в одной группе.

Но среди пассажиров нашлась компания, которой не повезло еще больше. Эту пятерку немолодых шотландцев, трех женщин и двоих мужчин, связывали какие-то отношения, но какие именно — мне так и не представилось случая определить. Их вниманием завладел один совсем уж сомнительный зазывала, который взял такси, чтобы отвезти их в Касбу. За поездку он содрал с них двести франков, и пассажиры из вежливости заплатили не торгуясь. Потом этот пройдоха завел их в уличный тупик, трижды постучал в какую-то дверь и разбередил им души, сказав: «Это очень опасно. Пока вы со мной, вам ничто не угрожает, но ни в коем случае не отходите ни на шаг, иначе я за последствия не отвечаю». В дом их впустили поодиночке, взяв по сотне франков с человека. Дверь захлопнулась, и гостей провели в подвал. Сопровождающий настоял, чтобы они заказали кофе, который обошелся им еще по двадцать франков с носа. Не успели они поднести к губам чашки, как прямо за дверью прогремел револьверный выстрел.

— Надо бежать, — скомандовал гид.

Они стремглав бросились на улицу и увидели свое такси, которое по счастливой, как могло показаться, случайности еще не успело отъехать.

— Вероятно, дамы взволнованы этим происшествием. Не желают ли они сделать по глоточку коньяка?

Гид направил такси (поездка обошлась еще в двести франков) к самой заурядной городской кофейне и взял каждому по наперстку *eau-de-vie*[1]. Потом он попросил счет и сказал, что с них по двадцать пять франков плюс чаевые — десять франков.

---

[1] Живительной влаги *(фр.)*.

— Это прямая выгода от моего сопровождения, — объяснил он. — Я сразу приплюсовал чаевые, чтобы вам никто не докучал. А ведь в этом городе полно мошенников, которые не преминули бы воспользоваться вашей неопытностью, окажись вы здесь без меня.

Проводив своих подопечных до причала, он деликатно напомнил, что по вечернему тарифу за его услуги надо заплатить сто франков — ну или сколько не жалко. В замешательстве и суете они вручили ему сто пятьдесят и поздравили друг друга с благополучным исходом.

К их чести надо сказать, что они без утайки поведали всем эту историю — отчасти с досадой, но отчасти и с юмором.

— Хотел бы я вернуться и сказать пару ласковых этому барыге, — повторял каждый из мужчин, но, увы, Алжир остался позади.

Во всем мире можно найти скалистые утесы, в которых люди, по собственным заверениям, усматривают сходство с объектами живой природы, такими как головы крестоносцев, собаки, крупный рогатый скот, застывшие старухи и т. д. Бытует мнение, восходящее, насколько мне известно, к Теккерею, что Гибралтарская скала похожа на льва. «Утес этот, — писал Теккерей, — чрезвычайно похож на огромного льва, который улегся между Атлантикой и Средиземным морем для охранения пролива во имя своей британской повелительницы». Всех пассажиров нашего рейса мгновенно покорила убедительность такого образа, а у меня, должно быть, хромает воображение, поскольку в моих глазах утес этот напоминает гигантский отколотый кусок сыра, и ничто другое.

У трапа дежурил англичанин-полицейский в шлеме, со свистком, дубинкой и макинтошем в скатке. По-моему, такое зрелище обрадовало пассажиров-англичан больше всего остального, что было увидено ими в путешествиях. «Это вселяет в нас покой», — сказала одна из дам.

Бродя по чистейшим улицам, я убеждал себя, что в целом мире не сыщется города, где бы не было интересного уголка. Однако в витринах пока преобладали неказистые кисточки для бритья, потемневшие столовые приборы и предметы непонятного назначения, прихваченные нитками к картонкам; в аптеках продавались английские слабительные средства и патентованные таблетки; газетный киоск торговал трехпенсовой беллетристикой, а также еженедельными газетами по два пенса; ассортимент немногочисленных антикварных лавок составляли, как ни странно, викторианские и эдвардианские безделушки (вероятно, попавшие туда из офицерских вилл), а также мещанские современные вышивки и кованые металлоизделия из Танжера. В табачной лавке курительные трубки фирмы «Данхилл» соседствовали с банками для табака, украшенными полковыми и военно-морскими эмблемами. Я прошел мимо группки моряцких жен, стоявших перед витриной шляпной мастерской: при моем приближении они втянули головы в плечи, как будто я принес с собой миазмы Малаги. Когда в городе «нашествие праздношатающихся», большинство этих женщин, как я узнал позже, непременно запираются у себя в домах, как жители Хэмпстеда в выходные и праздничные дни.

С глубокой тоской шагая дальше, я заметил плакат-указатель: «К брегам Бралтара ☞».Решив пройти по стрелке, я нашел второй, аналогичный указатель; в погоне за приключениями пустился на безрадостные поиски сокровищ и по этим ориентирам пересек весь город. Они привели меня к воротам Северного порта и к ухоженному, скромных размеров кладбищу, где похоронены воины, павшие в Трафальгарской битве. Многие могилы с вазонами и красивыми резными надгробьями были оформлены в цветовой гамме веджвудского фарфора. Чуть дальше виднелась площадь для народных гуляний, где устанавливались шатры и навесы — очевидно, для какого-то спортивного праздника. Но все же мне подумалось, что плакаты хотя бы привели меня к единственному мало-мальски сносному месту в Гибралтаре.

Во время нашего посещения Севильи город вечерами освещался праздничной иллюминацией по случаю Иберо-американской выставки.

Выставка эта только что открылась, и многие павильоны были еще не достроены. Впрочем, не следует думать, будто проект разрабатывался второпях или бездумно. Путеводитель «Бедекер» тысяча девятьсот тринадцатого года выпуска в разделе «Испания и Португалия» упоминает, что уже в ту пору значительные участки городского парка были отведены под будущее строительство. После швартовки нам раздали яркую рекламную брошюру на английском языке, где отмечалось: «Через пять столетий потомки сегодняшних гостей Выставки воочию увидят те же самые здания, облагороженные минувшими веками, но сохранившие величие линий и внушительность конструкций». Кое-какие здания и впрямь не мешало бы облагородить: сегодня они сильно пестрят яркой, узорчатой кирпичной кладкой и цветными изразцами; пестрота эта, вероятно, несколько избыточна в свете «внушительности конструкций» и академического будущего, которое им предрекают. Однако все, что находилось внутри, было великолепно. Я с наслаждением и без помех посвятил вторую половину дня знакомству с двумя грандиозными художественными галереями. В отличие от многолюдных временных экспозиций в Лондоне, по этим превосходным залам можно бродить в полном одиночестве.

Но такова же была и вся выставка в целом. Туристы пока не наведываются сюда в сколько-нибудь заметных количествах, а гражданам Севильи этот проект стоит поперек горла после шестнадцати лет подготовки. Пренебрежение местных жителей усугубилось определенной досадой. Они сочли, что стоимость входных билетов изрядно завышена, да к тому же у города неправедным путем отнят всеми любимый парк. Организованного бойкота не было, но горожане просто обходили выставку стороной. По рельсам действующего макета железной дороги кружил миниатюрный паровозик, таская за собой пустые вагоны; в городке аттракционов вращалось огромное колесо обозрения — и тоже вхолостую; на американских горках пустые кабины с головокружительной скоростью неслись вниз и закладывали виражи; в безмолвных тирах громоздились невостребованные патроны и нетронутые ярусы бутылочных мишеней; в темное время суток включалась яркая иллюминация — на деревьях вспыхивали электрические лампочки в форме яблок, апельсинов и банановых гроздьев; искусно спрятанные от глаз прожекторы окрашивали газоны в разные цвета; под кувшинками в пруду тоже скрывались лампы подсветки; в воздухе, подобно бесшумным и неистощимым фейерверкам, искрились фонтаны. Даже завсегдатаи Уэмбли сочли бы такую картину захватывающей; но в тот вечер, когда я забрел в парк, там не маячила ни одна другая фигура; у меня возникло такое ощущение, будто я достиг идеала нонконформизма, став единственной на всю Вселенную праведной душой, заслужившей спасение; в раю я оказался один, совсем один. Допускаю, что не очень-то милосердно подчеркивать именно эту особенность выставочного комплекса, поскольку она явно не входила в замыслы организаторов. Ставить ее им в заслугу — все равно что уподобляться одному вежливому художнику, чьи слова я ненароком подслушал в гостях, когда ему устроили экскурсию по бесконечно ухоженным и любовно спланированным садовым аллеям: он не нашел ничего лучшего, как похвалить хозяина за «мягкие, мшистые лужайки». В рекламной брошюре был особенно трогательный абзац, который гласил: «Ввиду ожидаемого наплыва туристов, желающих посетить Выставку, в Севилье построены новые отели, а также два озелененных жилых массива... благодаря своему разнообразию они привлекут в равной степени и миллионеров, и лиц с весьма умеренными доходами... В период работы выставки Севилья одновременно примет 25 000 гостей». Выставка определенно заслуживала и двухсот пятидесяти тысяч посетителей, но я порадовался, что увидел ее такой как есть, до нашествия всех остальных.

В лиссабонской церкви Сан-Роке я подумал: только с изобретением фотографии перспектива перестала считаться искусством.

Отплывали мы ближе к ночи. Наутро море встретило нас неприветливо: с берега дул холодный ветер, а когда стемнело и мы зашли в Бискайский залив, началась небольшая качка; многим это причинило серьезный дискомфорт. Во время обеда подавляющее большинство пассажиров предпочло выйти на палубу и подкрепиться галетами, запивая их четвертинками шампанского. Качка утихла лишь ближе к вечеру, после того как мы обогнули мыс Финистерре.

За пределами Бискайского залива море было спокойным, но мы то и дело попадали в полосы тумана, отчего пароход снижал скорость. Поговаривали, что в следующий порт захода мы прибудем с опозданием на сутки.

Вечером в каюте капитана собралась тесная компания: свободные от вахты офицеры, двое-трое пассажиров-скандинавов и я; мы поднимали тосты за здоровье друг друга и обменивались приглашениями в свои страны. Через некоторое время я вышел с бокалом шампанского из ярко освещенной каюты на темную шлюпочную палубу. Чистое ночное небо было усыпано звездами. Сейчас уже не вспомню, по какой причине, но я метнул свой бокал за борт и смотрел, как он на миг завис в воздухе, будто утратив свою динамику, и был подхвачен ветром, а потом затрепетал и скрылся в морском водовороте. Отчасти этот поступок, породивший новое движение, внезапный, совершенный в полном одиночестве, в темноте, наполнился для меня каким-то труднообъяснимым смыслом и связался с выспренними, неопределенными чувствами, кои вызывает возвращение домой.

И впрямь, возвращение в родные края, даже после очень краткого отсутствия, — это своего рода эмоциональный заряд. Уезжал я глухой зимой, а возвращался на исходе весны, в то самое время года, когда Англия мила сердцу, как никогда.

Стоя на шлюпочной палубе, я вглядывался в очередную полосу тумана. Машинное отделение выполнило команду «Малый вперед», а затем и «Самый малый»; через каждые тридцать секунд жалобно взвывал туманный горн.

Через двадцать минут туман вновь рассеялся, и судно, набирая ход, устремилось вперед под звездами.

В ту ночь я не раз просыпался от звуков горна, разрезавших влажный ночной воздух. До чего же обреченными были те звуки — не иначе как предвестники скорой беды; да и то сказать, Фортуна отличается постоянством: эта богиня всегда вершит свои дела справедливо и неотвратимо, дабы очень большое счастье никому не доставалось на очень большой срок.

Часть вторая

Коронация 1930 года

(Из книги «Далекий народ»)

В ПРЕДРАССВЕТНЫЙ ЧАС 19 октября 1930 года лайнер «Азэ-ле-Ридо» уже вошел в порт Джибути, а те двое все еще танцевали. Музыканты несчастного квартета, пропотевшие в плотных смокингах из альпака, давно убрали инструменты в футляры и ретировались в свою душную каюту, затерянную где-то в корабельных недрах. Юнга-аннамец драил палубу, заталкивая в шпигаты размокшие комья серпантина. Двое или трое стюардов снимали декор — флаги расцвечивания и гирлянды разноцветных лампочек. Из пассажиров на палубе задержалась только одна пара: девушка-полукровка, второй класс до Маврикия, и офицер Французского иностранного легиона. Под музыку, доносившуюся из переносного патефона, их ступни медленно скользили по мокрым доскам; танцующие время от времени останавливались и разжимали объятия, чтобы подзавести пружину и перевернуть единственную пластинку.

Минувшие двое суток изнурительной жары не помешали проведению судового *en fête*[1]. Пассажирам предла-

---

[1] Мероприятия *(фр.)*.

гались палубные игры, детишкам — бег наперегонки; за пару франков можно было приобрести лотерейный билет и выиграть какой-нибудь приз из ассортимента судовых магазинов: бутылку вермута, флакон одеколона, жестянку табака, коробку конфет, ветку коралла или узорчатый мундштук из Порт-Саида. Организаторы даже устроили аукцион, выставив на торги фотопортрет маршала д'Эспере с автографом: этот лот ушел за 900 франков и под бурю оваций был вручен какому-то фотокорреспонденту. Один из пассажиров демонстрировал фильм: на экране, который непрерывно трепало горячим морским ветром, мелькали робкие световые пятна; в полном разгаре была игра «конные скачки», где каждый шаг вперед определяется броском кубика, между игроками заключаются пари, а по поводу результатов разгораются жаркие споры; в палубном баре французские чиновники со своими семьями то и дело заказывали шампанское и угощали других — одной бутылки хватало человек на шесть-восемь. Праздник достиг кульминации в последний вечер, когда состоялся костюмированный ужин, затем концерт и, наконец, бал.

В этих мероприятиях участвовала довольно пестрая публика. За моим столиком сидел владелец третьего по значимости отеля в Мадрасе — рыжеволосый американец, державший путь в Сайгон, где он надеялся открыть торговлю сельскохозяйственной техникой; с цепочки его карманных часов свисали многочисленные масонские знаки отличия, на пальце поблескивало кольцо с вензелем какой-то другой тайной коммерческой организации, в прорези манжет были вдеты запонки Общества пеносдувателей, а в петлицу — ротарианская эмблема, колесо. Во множестве присутствовали французские колониальные чиновники с женами и невоспитанными детьми; на судах крупнейшей французской судоходной компании «Messageries Maritimes»[1] такие семьи обычно занимают бо́льшую часть пассажирского списка, который на сей раз пополнился новобранцами Иностранного легиона, направлявшимися в Индокитай для поддержания порядка. Легионеров разместили в четвертом классе: днем они в небрежных позах сидели на нижней палубе, а по ночам теснились в трюме. Большинство составляли немцы и русские; вечерами, разделившись на небольшие компании, они пели песни. Был у них и свой оркестрик из ударных инструментов и губных гармоник; для участия в заключительном концерте музыканты поднялись в салон первого класса. На раскрашенном барабане читалась надпись: «Mon Jazz»[2]. В Суэцком канале двое легионеров под покровом темноты вылезли из иллюминатора и сбежали. На следующий день их примеру последовал третий. Мы все сидели на палубе, потягивая утренний аперитив, когда раздался всплеск и за кормой возник обритый наголо субъект, который карабкался на берег. Хотя в этот час уже нещадно палило солнце, легионер был без головного убора. Он бросился через дюны прочь от парохода, постепенно замедляя шаг. Когда до него дошло, что за ним никто не гонится, он остановился и обернулся. Судно удалялось. Напоследок мы увидели, как он ковыляет за нами вслед и машет руками. Похоже, этот случай никого не встревожил. Мой каютный стюард ежедневно развлекал меня эпизодами быта обитателей нижней палубы. То двое-трое легионеров устроили драку и были разведены по карцерам, то один китаец ночью сбрендил и пытался покончить с собой, то на борту была совершена кража и так далее. Сдается мне, многое из этого он просто выдумал, чтобы меня позабавить.

---

[1] «Морские сообщения» (*фр.*).
[2] «Мой джаз» (*фр.*).

Помимо пассажиров, следовавших обычным маршрутом, на борту было человек двадцать таких, как мы, планировавших сойти в Джибути, чтобы оттуда добраться до Абиссинии, где ожидалась коронация императора. Полтора месяца назад его имя — рас Тафари — было для меня, можно сказать, пустым звуком. В ту пору я гостил в Ирландии, в одном особняке, где стиль шинуазри соперничал с викторианской неоготикой за главенство в георгианских стенах. Расположившись в библиотеке и сверяясь с атласом, мы обсуждали мое предложение о совместной поездке в Китай и Японию. Разговор коснулся других наших путешествий и плавно перешел на Абиссинию. Один из гостей приехал в отпуск из Каира; он неплохо ориентировался в абиссинской политике и знал о предстоящей коронации. Другие сведения поступали из менее надежных источников: якобы абиссинская церковь причислила Понтия Пилата к лику святых, а епископа там посвящают в сан посредством плевков ему на голову; якобы законного наследника престола, скованного кандалами из чистого золота, удерживают в тайном месте где-то в горах, а местный люд питается сырым мясом и медом; найдя в «Готском альманахе» сведения о правящей династии, мы уверовали, что она ведет свой род от царя Соломона и царицы Савской; мы нашли исторический очерк, начинавшийся словами: «Самые ранние достоверные сведения из истории Абиссинии относятся ко времени воцарения Куша непосредственно после Великого потопа»; из старой энциклопедии почерпнули информацию о том, что «абиссинцы, номинально исповедующие христианство, отличаются прискорбной распущенностью нравов, практикуют многоженство и склонны к алкоголизму, который проник даже в высшие сферы общества и в монастыри». Все, что я узнал, только добавляло романтического ореола этой удивительной стране. Две недели спустя, по возвращении в Лондон, я забронировал билет до Джибути. Через пять дней поднялся на борт «Азэ-ле-Ридо» в Марселе, а еще через десять дней, стоя на палубе в одной пижаме, под звуки патефона смотрел поверх голов изнуренной танцующей парочки, как занимается рассвет над низкой береговой линией Французского Сомали.

Мне так или иначе не спалось: челядь египетской делегации усердно перетаскивала хозяйский багаж в коридор и составляла возле моей каюты. Под зычные армейские команды сержанта, который был за главного, и зычные, но совсем не армейские протесты его подчиненных у меня под дверью множились кованые сундуки — один за другим. Трудно было представить, что у пятерых пассажиров может быть такое количество одежды. А после кованых сундуков настал через огромных ящиков с дарами императору от египетского царя. Их доставили на борт в Порт-Саиде под охраной вооруженного патруля и на протяжении всего рейса стерегли с каким-то показным рвением; у пассажиров их содержимое вызывало самые невероятные домыслы: наше воображение живописало поистине библейские сокровища — ладан, сардоникс, белые кораллы, порфир. На самом же деле, как стало известно позднее, в ящиках перевозили элегантный, хотя и совершенно заурядный мебельный гарнитур для спальни.

На борту было три делегации: французская, голландская и польская; четвертая, японская, уже находилась в Джибути, где ожидала нашего прибытия. В свободное от церемонных представлений и стремительных прогулок по палубам время зарубежные посланники открывали атташе-кейсы с яркими гербами и садились писать, печатать и аннотировать свои приветственные речи.

На первый взгляд видится нечто удивительное в том, что посланники цивилизованного мира внезапно устремились в Абиссинию, причем, насколько я понимаю, больше всех удивлялись сами абиссинцы. После скоропостижной кончины императрицы Заудиту, последовавшей весной того года, ее супруг, рас Гугза, тут же был смещен, а рас Тафари уведомил власти предержащие о своей готовности занять трон императора Эфиопии, как только позволят приличия, и поспешил обнародовать — для тех немногих держав, которые не отозвали своих дипломатических представителей, — приглашение на торжественные мероприятия. Несколькими годами ранее он принял корону негуса; тогда разве что его соседи на несколько дней отложили свои дела, чтобы нанести ему визит, которому предшествовал сдержанный обмен любезностями по телеграфу. Восхождение на императорский престол обещало стать чуть более заметным событием, но отклик мировых держав превзошел все ожидания Эфиопии, вызвав и благодарность, и смущение. Два правительства направили в эту страну членов августейших семейств; Соединенные Штаты Америки прислали некоего джентльмена, поднаторевшего в деле установки электрооборудования; прибыли резиденты-наместники Британского Сомали, Судана и Эритреи, временный поверенный в Адене, маршал Франции, один адмирал, трое авиаторов и группа морских связистов — все в соответствующей форме, согласно чинам. Из государственных средств были выделены значительные суммы на приобретение достойных подарков; немцы привезли фотопортрет генерала фон Гинденбурга с автографом и восемьсот бутылок белого рейнского, греки — бронзовую статуэтку современной работы, итальянцы — аэроплан, британцы — пару изящных скипетров, каждый с надписью, составленной на амхарском наречии, причем почти без ошибок.

Более простодушные из абиссинцев узрели в этом подобающую дань величию Абиссинии: ей выказали уважение правители самых разных стран. Другие, немного более сведущие в международных отношениях, увидели некий заговор против территориальной целостности Абиссинии: не зря же «фаранги» приехали что-то разнюхивать в здешних землях.

Чтобы найти этому достоверное объяснение, нет нужды углубляться в политическую подоплеку. Аддис-Абеба — не то место, где легко завоевать себе высокую дипломатическую репутацию, а верхушка Форин-офиса не слишком ревностно контролирует деятельность служащих низшего ранга в этих широтах. У кого повернется язык обвинять скромных посланников, если в их донесениях нет-нет да и промелькнут фразы, явно переоценивающие значимость того места, где они отбывают ссылку? Ну разве не в Абиссинии берет свое начало Голубой Нил? Разве нельзя предположить, что эти неизведанные горы таят в себе богатейшие запасы полезных ископаемых? А когда средь унылого течения жизни на огороженной посольской территории с ее весьма непритязательными формами досуга жены дипломатов — бедные родственницы гранд-дам Вашингтона или Рима — увидят перед собой внезапный проблеск, намек на монарший протокол и золотые галуны, на книксены, шампанское и бравых генерал-адъютантов, кто осмелится их упрекнуть, если они внушат своим мужьям, насколько важно обеспечить самую высокую степень особого представительства на таких празднествах?

И стоит ли удивляться, если нации, чрезвычайно далекие от Африки, — «санные поляки», светловолосые шведы — решили влиться в эту компанию? И если романтический флер Абиссинии даже меня заставил оторваться от сравнительно разнообразной и вольной жизни, то что говорить о тех, кто видит вокруг себя только серую канцелярскую рутину? Их громоздкие чемоданы с формой перемежались ружейными чехлами, которые доказывали, что эти люди собираются использовать по полной программе все возможности увлекательной поездки, а кое-кто даже оплатил, как мне известно, все дорожные расходы из своего кармана. «Nous avons quatre citoyens ici, mais deux sont juifs»[1], — объяснил такой человек и показал мне приспособления, с помощью которых собирался пополнить свою и без того обширную коллекцию бабочек.

Светало; танцоры наконец-то расстались и отправились на боковую. От берега отделились баржи, началась загрузка угля. Между пароходом и лихтерами перебросили доски. Одна подломилась, и грузчики-сомалийцы рухнули на уголь с высоты не менее десяти футов. Они поднялись на ноги, и только один, лежа на спине, стонал. Бригадир запустил в него куском угля. Грузчик застонал сильнее и перевернулся лицом вниз; следующий бросок — и тот, еле-еле поднявшись, вернулся к работе. Вокруг парохода плавали мальчишки-сомалийцы, крича, чтобы им бросили деньги. На палубу начали стекаться пассажиры.

Вскоре стал накрапывать дождь.

Никто не мог с уверенностью сказать, в котором часу и каким способом нам удастся попасть в Аддис-Абебу.

Мы с некоторой тревогой ожидали своей очереди на швартовку. Грузчики-кули обреченно сновали по шатким доскам, мальчишки кричали из воды, выпрашивая франки; иные залезали на палубу, дрожали мелкой дрожью и предлагали за небольшую мзду развлечь нас прыжками в воду; всякий раз, когда правительственный катер высаживал на причал очередную делегацию, с берега доносился орудийный залп. Теплый дождь лил не переставая.

---

[1] «Нас здесь четверо соотечественников, но двое — охотники» (*фр.*).

Наконец и у нас появилась возможность сойти на берег. В Аддис-Абебу направлялся еще один англичанин, престарелый джентльмен, который планировал посетить дипломатическую миссию в статусе частного лица. На протяжении всего рейса он штудировал устрашающую книжицу по тропической гигиене и делился со мной тревожными сведениями насчет малярии, лихорадки черной воды, холеры и слоновой болезни; вечерами, попыхивая сигарой, он объяснял, что существуют глисты, которые впиваются в подошвы босых ног и прогрызают себе путь во внутренние органы человека, что есть блохи, которые откладывают яйца под ногти на ногах и тем самым способствуют неуклонному развитию паралича, переносчиком которого является спирилловый клещ.

Мы с ним сообща доверили свой багаж франкоговорящему портье гостиницы «Отель дез Аркад» и направились к английскому вице-консулу, который сообщил нам, что вечером на самом деле отправляются два поезда, но оба зарезервированы для делегаций, а следующий — только через трое суток, но он зарезервирован для герцога Глостерского; такой же поезд будет еще через трое суток — зарезервированный для князя Удине. Вице-консул не мог гарантировать, что мы доберемся до Аддиса. В соответствующем настроении мы вернулись в «Отель дез Аркад». Наши тропические шлемы размякли, белые пиджаки липли к плечам. Портье объявил, что мне необходимо проехать вместе с ним в таможню. По прибытии нас встретил промокший караульный из местных жителей; с его винтовки стекали дождевые струи. Таможенный инспектор, сообщил он нам, отбыл на прием в Дом правительства. Когда вернется на службу и вернется ли в тот день вообще — трудно сказать. Я указал, что нам требуется забрать свой багаж, чтобы переодеться в сухое. До возвращения инспектора ничего трогать нельзя, отрезал караульный.

Тогда портье без лишних церемоний подхватил ближайшие чемоданы и стал грузить их в такси. Караульный запротестовал, но портье не дрогнул. И мы поехали обратно в гостиницу.

Она представляла собой двухэтажное здание с облезлыми оштукатуренными аркадами на фасаде; с задней стороны была деревянная лестница, которая вела к двум широким верандам, куда выходили двери двух или трех имеющихся номеров. Во дворе, где обитала угрюмая черная обезьяна, росло лимонное дерево. Хозяйка, эффектная француженка, излучавшая приветливость, не прониклась нашими заботами. Ей неумелая организация движения на Франко-Эфиопской железной дороге была только на руку, так как по доброй воле в Джибути не задерживается никто.

Этот факт, вполне совпадавший с нашими первыми впечатлениями, сделался еще очевиднее после обеда, когда прекратился дождь и мы устроили себе экскурсию по городу. Нас трясло и качало в конной повозке, которая разбрызгивала грязные лужи, испускавшие пар. Улицы, которые описывались в официальном путеводителе как «нарядные и улыбчивые», представляли собой длинные пустыри с редкими участками застройки. В европейском квартале почти все жилые дома оказались точными копиями нашей гостиницы, с такими же арками и всеми признаками запустения.

— Вид такой, будто все это сейчас рухнет, — заметил мой спутник, когда мы проезжали мимо очередного вконец обветшалого конторского здания — и у нас на глазах оно действительно стало рушиться.

С фасада посыпались крупные хлопья штукатурки; в грязь шлепнулись один-два кирпича с верхних рядов кладки. На улицу повалили перепуганные служащие-индусы; из дома напротив выскочил грек в рубашке, без пиджака; сидевшие на корточках туземцы выпрямились и, не прекращая ковырять в зубах деревянными палочками, стали настороженно озираться. Наш кучер взволнованно указывал в их сторону кнутом и о чем-то предупреждал нас по-сомалийски. Оказалось, в городе произошло землетрясение, которого мы не заметили в силу особенностей движения повозки.

Подпрыгивая на ухабах, мы проехали оштукатуренную мечеть, пересекли верблюжий базар и туземный район. Сомалийцы — необычайно красивая нация: очень стройные, с горделивой осанкой, тонкими чертами лица и прекрасными, широко посаженными глазами. В большинстве своем они расхаживают в узких тряпицах на бедрах и с несколькими спиралями из медной проволоки на запястьях и лодыжках. Волосы у них либо сбриты, либо выкрашены охрой. Нашу повозку осаждали не то восемь, не то девять падших женщин, пока возница не разогнал их кнутом; бесчисленные голые ребятишки топали за нами по грязи, требуя бакшиш. Отдельные красавцы, вооруженные копьями, — приезжие из сельской местности — с презрением плевали нам вслед. На городской окраине хижины — крытые соломой глинобитные кубики — сменились маленькими купольными лачужками, похожими на перевернутые птичьи гнезда, сооруженные из прутьев, травы, ветоши и расплющенных жестянок, с единственным отверстием, в которое человек может разве что заползти по-пластунски. Вернувшись в гостиницу, мы застали там вице-консула, который принес добрую весть: он заполучил для нас места в ближайшем вечернем поезде особого назначения. Мы окрылились, но жара не спадала, и нас обоих сморил сон.

Вечером, в преддверии нашего отъезда, Джибути вдруг сделался более сносным. Мы прошлись по магазинам, купили французский роман в эпатажной суперобложке и несколько бирманских сигар, а заодно обменяли деньги, получив вместо своих лохматых, засаленных бумажек, выпущенных Банком Индокитая, массивные серебряные доллары превосходного художественного исполнения.

Самые современные путеводители по Абиссинии (таких я проштудировал немало, пока добирался из ирландского Уэстмита до Марселя) содержат красочные описания железнодорожного маршрута Джибути — Аддис-Абеба. Составы обычно ходят раз в неделю, поездка занимает три дня — с двумя ночевками в гостиницах Дыре-Дауа и Хаваша. Отказ от ночных переездов объясняется двумя вескими причинами: во-первых, паровозные фары частенько выходят из строя, а во-вторых, в сезон дождей вода порой размывает целые участки железнодорожного полотна; помимо всего прочего, племена галла и данакиль, чьи земли пересекает железная дорога, в отстаивании своих интересов до сих пор полагаются в первую очередь на убийство, а потому на ранних этапах существования здешней железной дороги взяли за правило — не до конца искорененное и сегодня — захватывать бронированные спальные вагоны, чтобы ковать себе стальные наконечники для копий. Однако на время коронации, в связи с возросшим объемом перевозок, возникла необходимость организовать безостановочное сообщение, чтобы подвижной состав мог работать с полной отдачей. Мы выехали из Джибути в пятницу после ужина и воскресным утром прибыли в Аддис. Условия поездки оказались вполне приемлемыми.

Впотьмах мы пересекли невыносимую пустоту Французского Сомали — пыльную, каменистую местность, напрочь лишенную всяких признаков жизни, — и с рассветом оказались в Дыре-Дауа. Это маленькое, аккуратное поселение городского типа возникло в период железнодорожного строительства на территории, переданной в концессию французской компании; с тех самых пор оно и существует — в условиях несколько убывающего благополучия — за счет железной дороги. Здесь выросли две гостиницы, кафе и бильярдная, несколько магазинов и контор, банк, мельница, пара вилл и резиденция абиссинского наместника. Вдоль улиц зеленеют бугенвиллеи и акации. Дважды в неделю, с прибытием поезда, городок приходит в движение: к гостиницам тянутся путешественники, чей багаж плывет следом за ними по дороге; служащие почтового ведомства разбирают корреспонденцию; коммерческие агенты в тропических шлемах захаживают со своими накладными в торговые конторы; а затем, подобно островку, от которого пыхтя отчаливает почтовое судно, Дыре-Дауа погружается в длительную сиесту.

Эта неделя, впрочем, оказалась непохожей на другие. С 1916 года, то есть с начала предпоследней гражданской войны, когда магометане, сторонники Лиджа Иясу, были с особой жестокостью уничтожены чуть выше холмов Харара, городок Дыре-Дауа не знал такой вереницы будоражащих событий, какая могла бы сравниться с этой чередой поездов особого назначения, что перевозили гостей императора, жаждущих лицезреть коронацию. Вдоль главных улиц выросли раскрашенные в абиссинские цвета флагштоки, а между ними были натянуты гирлянды желтых, красных и зеленых флажков; из столицы по железной дороге прибыли автомобили (за городской чертой дорог не существует), чтобы доставить гостей к завтраку; вдоль всего пути следования выстроились нерегулярные войсковые части, стянутые из провинций.

Зрелище было величественное и уникальное. Мой спутник и я на какое-то время застряли в своей повозке, ожидая, когда закончатся официальные приветствия и делегации освободят вокзал. После этого мы через платформу вышли на площадь. Там было пусто и тихо. По трем сторонам замерли абиссинские солдаты; впереди, где начиналась главная магистраль, ведущая к резиденции, исчезал из виду последний автомобиль. Вдаль, насколько хватало глаз, уходили ряды неподвижных, босых, одетых в белое туземцев с непокрытыми головами и с ружьями на плечах; у одних были резкие, орлиные черты лица и смуглая кожа, других, более темнокожих, отличали пухлые губы и приплюснутые носы — признаки невольничьей крови; у всех кудрявились черные бороды. Солдатское одеяние, какое встречается в этой стране повсеместно, составляли длинная белая рубаха, белые льняные бриджи — свободные выше колен и узкие в голени, наподобие брюк для верховой езды, шемах — полоса белой ткани, перекинутая, как тога, через одно плечо, а также бандольер с красноречиво торчащими наружу патронами. Перед каждым подразделением стоял вождь племени в праздничном наряде, к которому неравнодушна европейская пресса. В зависимости от богатства владельца наряд этот включал головной убор из львиной гривы и золотых украшений, львиную шкуру, яркую полосатую рубаху и длинный меч, который загибался назад еще фута на три-четыре, если не больше; в отдельных случаях львиную шкуру заменял расшитый атласный балахон, напоминающий ризу, с разрезами спереди и сзади, схематично изображавшими хвост и ноги. После латиноамериканского празднества на борту «Азэ-ле-Ридо», суматохи в Джибути и беспокойной ночи в поезде впечатление было потрясающее: сладостный утренний воздух и спокойствие, исходящее от этих неподвижных воинов, с виду грозных и одновременно послушных, как огромные лохматые псы непредсказуемого нрава, взятые по такому случаю на короткий поводок.

После завтрака в отеле мы вышли на террасу, чтобы выкурить трубку в ожидании возвращения делегатов. Вскоре сидевшие на корточках солдаты вскочили по команде «смирно»; по склону спускались автомобили с дипломатами, неплохо подкрепившимися овсянкой, копченой сельдью, яичницей и шампанским. Мы вернулись в поезд и продолжили путь.

Вплоть до Хаваша, куда мы прибыли на закате, железнодорожная ветка милю за милей тянулась через однообразную, плоскую, пыльную местность, поросшую колючками и приземистыми, коричневатыми деревцами акации, мимо муравейников, пары хищных птиц, изредка — пересохшего русла или скопления камней, и так час за часом. В полдень нас накормили обедом из четырех мясных блюд, приготовленных по разным рецептам. А после мы прождали четыре часа, с шести до десяти вечера, пока механики экспериментировали с освещением поезда; у входа в каждый вагон сидел на корточках вооруженный охранник. В Хаваше есть несколько сараев, два-три бунгало, где проживают должностные лица железнодорожного ведомства, одна бетонная платформа и один заезжий дом. После ужина мы посидели во дворе на жестких, узких стульях, погуляли по платформе и побродили, спотыкаясь, меж бронированных спальных вагонов на запасных путях; ни населенного пункта, ни улицы поблизости не было, но находиться на открытом воздухе оказалось предпочтительнее — там меньше досаждали москиты; вагонные окна лихорадочно мигали огнями. Через некоторое время появилась группа растрепанных туземцев племени галла, которые устроили представление: двое плясали, а остальные окружили танцоров и завели мелодию, притопывая ногами и хлопая в ладоши: эта сцена без слов изображала охоту на льва. В какой-то момент охранники решили прогнать лицедеев, но в дело вмешался министр-египтянин, который вручил танцорам пригоршню долларов: те еще больше воодушевились и стали волчками кружиться в пыли; вид у них был самый что ни на есть свирепый, длинные волосы слиплись от масла и грязи, а на тощих черных телах болтались складки кожи и лоскуты мешковины.

В конце концов электропроводку починили, и мы продолжили путь. Хаваш лежит у подножия Абиссинского нагорья; подъем длился всю ночь напролет. То и дело пробуждаясь от беспокойного сна, мы ощущали, что воздух становится свежее, а температура падает, и к утру все уже кутались в пальто и коврики. Перед рассветом мы позавтракали в Моджо и возобновили свое путешествие с первыми лучами солнца. Пейзаж изменился до неузнаваемости: плоские заросли колючек и приземистой акации пропали, а их место заняли волнообразные холмы и синие вершины на горизонте. Куда ни глянь, возникали небольшие, но зажиточные фермы, скопления круглых, крытых соломой хижин, обнесенных высоким частоколом, стада великолепных горбатых коров на низинных пастбищах, пшеничные и кукурузные поля, где хозяева трудились семьями, караваны верблюдов, степенно бредущие по тропе вдоль рельсов с грузом фуража и топлива. Железная дорога по-прежнему шла вверх, и вскоре, между девятью и десятью часами, далеко впереди возникли эвкалиптовые рощи, окружающие Аддис-Абебу. Здесь, на станции под названием Акаки, мы вновь сделали остановку, чтобы делегаты могли побриться и переодеться в форму. Расторопная челядь только успевала приносить в купе дорожные несессеры и кованые сундуки из багажного вагона. Вскоре министр-голландец уже стоял у железнодорожного полотна в лихо заломленной шляпе и золотых галунах, министр-египтянин — в феске и эполетах, а высокопоставленные японцы — во фраках, белых жилетах и цилиндрах; потом все опять погрузись в вагоны для продолжения поездки. Наш состав, пыхтя, карабкался в гору по петляющим рельсам еще с полчаса и наконец прибыл в Аддис-Абебу.

На вокзале расстелили красную ковровую дорожку, а перед нею выстроились воинские соединения, но совсем не такие, как виденные нами прежде. Здесь стояли приземистые угольно-черные парни — уроженцы областей, сопредельных с Суданом. На них была форма цвета хаки, с иголочки, ладно скроенная; на медных начищенных кокардах и пуговицах поблескивал лев Иуды; как винтовки, так и штыки не уступали самым современным образцам. Рядом выстроился оркестр из горна и барабанов; над самым большим барабаном замер щуплый чернокожий барабанщик со скрещенными палочками. Если бы не обмотанные портянками босые ступни, эти ребята могли бы сойти за образцово-показательный отряд какого-нибудь частного военно-учебного заведения. Перед ними стоял офицер-европеец с обнаженной саблей. Это была рота личной охраны Тафари.

Когда поезд остановился, рота взяла на караул. Главный капельмейстер в синей атласной мантии сделал шаг вперед, чтобы поприветствовать делегатов, и грянула музыка. О пропуске трудных пассажей не могло быть и речи: каждый гимн исполняли старательно, от начала до конца, куплет за куплетом. По степени тягомотности решительную победу одержали поляки. Под занавес прозвучал гимн Эфиопии; в последующие десять дней мы слышали эту мелодию так часто, что даже мне она грезилась смутно знакомой.

И вот исчезла последняя делегация. От лица британской дипломатической миссии поезд встречали дочери министра. Они спросили меня, как решилось дело с моим ночлегом, и я ответил: насколько мне известно, никак. Последовала немая сцена. Они сказали, что город переполнен. Сейчас нет надежды найти хоть какой-нибудь номер. Возможно, поблизости от здания миссии найдется место для палатки, или же дирекция какой-нибудь гостиницы разрешит мне поставить палатку на заднем дворе. Мы сели в автомобиль и поехали вверх по склону — в город. На полпути перед нами возник «Отель де Франс». У входа стояла западного вида фигура в костюме для верховой езды: оказалось, это моя добрая знакомая Айрин Рейвенсдейл. Мы остановились поздороваться. Я забежал в вестибюль и спросил управляющего, не найдется ли, случаем, для меня свободного номера. Отчего же нет; конечно найдется. Комната не самая лучшая, во флигеле, что на заднем дворе, но, если я согласен, она моя за два фунта в сутки. Я ухватился за эту возможность, расписался в регистрационной книге и вернулся к Айрин. Автомобиль миссии уже уехал, а вместе с ним и мой багаж. Теперь улицу заполонили абиссинцы, приезжающие из деревень верхом на мулах; вокруг них семенили невольники, расчищая им путь и мешая прохожим. Так начались невероятные две недели «Алисы в Стране чудес».

Именно к «Алисе в Стране чудес» обращались мои мысли при попытках провести параллели с жизнью в Аддис-Абебе. Есть и другие точки отсчета: Израиль в эпоху Савла, Шотландия во времена шекспировского «Макбета», Блистательная Порта, какой она предстает в депешах конца восемнадцатого века, но только в «Алисе» можно прочувствовать характерный привкус гальванизированной и преобразованной реальности, где животные носят при себе карманные часы, венценосные особы расхаживают по крокетной лужайке рядом с главным палачом, а судебная тяжба заканчивается под трепет игральных карт.

Как же уловить, как пересказать безумное очарование нынешних эфиопских дней?

Аддис-Абеба — город молодой, до такой степени молодой, что ни один квартал, судя по виду, еще не достроен полностью.

Самое первое, очевидное и неминуемое впечатление сводилось к тому, что столица совершенно не готова к официальным торжествам по случаю коронации и не сумеет подготовиться за оставшиеся шесть дней. Не то чтобы глаз выхватывал какие-нибудь дефекты отделки, неразобранные строительные леса или лужи цементного раствора; просто весь город, казалось, только-только вступил в начальный этап своего существования. На всех углах стояли законченные лишь наполовину дома, причем одни уже были заброшены, а в других еще сновали артели оборванцев-гураге. Как-то раз ближе к вечеру я решил за ними понаблюдать — было их десятка два-три, а командовал ими армянин-подрядчик: они убирали груды строительного мусора и камня, загромождавшие дворик перед парадным входом во дворец. Эти обломки полагалось загружать в подвешенные меж двух шестов деревянные клети, а потом ссыпать в одну большую кучу ярдах в пятидесяти. Каждую клеть, весом не более обыкновенного лотка с кирпичами, волокли два человека. Среди рабочих прохаживался десятник с длинной палкой в руках. Стоило ему отвлечься, как всякая деятельность прекращалась. Рабочие не садились, не болтали, не пытались перевести дух: они просто застывали на месте, как подчас застывают коровы на лугу, а некоторые даже не выпускали из рук очередного камня. Как только десятник оборачивался в их сторону, они вновь оживали, но весьма неспешно, будто в замедленной съемке; когда он охаживал их палкой, они даже не оглядывались и не протестовали, а лишь едва заметно ускоряли движения; с окончанием экзекуции к ним возвращалась первоначальная скорость, но стоило десятнику повернуться спиной — и они тут же застывали как вкопанные. (Вот интересно, подумалось мне: неужели пирамиды тоже возводились подобным образом?) И точно так же, ни шатко ни валко, велись работы на каждой городской улице, на каждой площади.

Аддис-Абеба раскинулась миль на пять или шесть в поперечнике. Вокзал находится на южной окраине города, откуда к почте и главным торговым комплексам ведет широкая дорога. Город пересекают два глубоких канала, и вдоль их покатых берегов, а также в эвкалиптовых рощицах, разбросанных между более основательными строениями, стайками теснятся тукалы — круглые, крытые соломой или пальмовыми листьями туземные хижины без окон. По средней линии центральных улиц проложены щебеночные полосы для моторного транспорта, окаймленные широкими тропами пыльного гравия для мулов и пешеходов; то и дело попадается на глаза ржавая караульная будка, где клюет носом вооруженный полицейский. Порой делаются попытки регулировать потоки пешеходов с помощью дубинок, но местные жители отказываются понимать такие причуды. Абиссинский джентльмен передвигается главным образом верхом на муле, причем непременно посередине дороги, в окружении десятка, а то и пары десятков вооруженных прислужников, бегущих трусцой рядом с хозяином; между городскими полицейскими и охраной этих сельских джентльменов то и дело вспыхивают стычки, которые, бывает, заканчиваются не в пользу полиции.

Абиссинец не выходит на улицу безоружным, то есть он всегда имеет при себе кинжал и поясной бандольер с патронами, а также винтовку, которую за ним носит мальчонка-раб. Патроны символизируют благосостояние и служат общепризнанным платежным средством, а их совместимость с той или иной системой огнестрельного оружия — дело десятое.

На улицах всегда оживленно: традиционные белые одежды кое-где перемежаются насыщенными синими и фиолетовыми вкраплениями местного траура или мантий знати. Мужчины ходят парами, держась за руки, или же небольшими компаниями; зачастую они тащат с собой какого-нибудь пьянчужку, нализавшегося до потери сознания. Женщин можно встретить на рынках, но в уличной мужской толпе их не увидишь. Разве что изредка проследует верхом на муле какая-нибудь вельможная дама; лицо ее под широкополой фетровой шляпой замотано белым шелком — на виду остаются только глаза, как у рыцаря ку-клукс-клана. Часто попадаются священники — тех нетрудно узнать по длинным рясам и высоким тюрбанам. Время от времени в огромном красном автомобиле, сопровождаемом бегущими копьеносцами, проезжает сам император. Примостившийся сзади паж держит над головой повелителя алый шелковый зонт, сверкающий блестками и отороченный золотой бахромой. На переднем сиденье телохранитель прижимает к груди закутанный в плюшевую ткань ручной пулемет; за рулем сидит европеец в зеленовато-голубой ливрее с эфиопский звездой.

Как и предусматривал генеральный план предпраздничного благоустройства города к приезду зарубежных гостей, вдоль улиц продолжалось возведение высоких частоколов, призванных скрыть от скептических посторонних взоров жилища бедноты, и кое-где эти ограждения даже успели закончить. На полпути к вершине нагорья стоит отличающийся простодушным, но сердечным гостеприимством «Отель де Франс», владельцы которого, молодой француз и его супруга, знавали лучшие времена, когда вели торговлю шкурами и кофе в Джибути.

Другой большой отель, «Империал», принадлежит греку; почти все номера забронировала у него египетская делегация. Две-три гостиницы поскромнее, а также кафе и бары держат либо греки, либо армяне. Возводится еще один крупный отель. Его строительство, приуроченное к торжествам по случаю коронации, безнадежно затянулось. В этом недостроенном здании разместили оркестр круизного лайнера «Эффингем».

Крепость Гебби — это необъятное скопление построек на горе в восточной части города. В темное время суток на протяжении всей праздничной недели Гебби сверкал гирляндами огней, но при свете дня вид у него был слегка затрапезный. Весь комплекс обнесен высокими стенами; в них есть пара бдительно охраняемых калиток, которые распахивают как для мясника, так и для посла. Впрочем, создавалось впечатление, что, несмотря на все меры предосторожности, внутри постоянно собирались какие-то бездельники: они сидели на корточках, переругивались или просто глазели на иностранцев.

Нынче к британской дипломатической миссии подъезжают автомобили, но до недавнего времени гости прибывали к ужину верхом на мулах, а впереди бежал мальчонка с фонарем. Ввиду большого наплыва гостей шоссе, ведущее сюда из города, засыпали щебнем и разровняли доставленным из Европы катком новейшего образца; сей дорожный снаряд изредка замечали на пути к другим дипломатическим представительствам, но его перемещению всегда мешали какие-то непредвиденные обстоятельства, так что бо́льшую часть подъездных дорог утрамбовывали колеса личных авто. Каждая такая поездка оборачивалась немалыми расходами и утомительной тряской.

Британская миссия находится в небольшом парке, а по обеим сторонам подъездной дороги возник целый зеленый городок с очаровательными, крытыми соломой бунгало, где проживают официальные лица. В преддверии коронационных торжеств на заднем дворе был разбит палаточный лагерь для челяди гостей всех рангов, и периодические звуки горна, сопоставимые с гудком океанского лайнера, привносили неожиданную оригинальность в будни этого удивительного, тесного сообщества.

За пределами дипломатических миссий подвизался исключительно пестрый круг лиц. В него входили уроженец Кавказа — управляющий казино «Хайле Селассие»; француз — главный редактор издания «Courier d'Ethiopie», чрезвычайно легкий на услугу, приветливый, дотошный, скептического склада ума; англичанин, состоявший на абиссинской службе; еще один француз — архитектор, женатый на абиссинке; обанкротившийся, невезучий плантатор-немец; вечно нетрезвый старичок-австралиец — рудоискатель, который привычно подмигивал тебе за стаканом виски, намекая на богатые месторождения платины в здешних горах, и сулил указать координаты, если возникнет у него такое желание.

К тому же кругу принадлежал и господин Халль, с кем я не от хорошей жизни коротал томительные часы: коммерсант немецко-абиссинского происхождения, в высшей степени импозантный, всегда хорошо одетый, не расстававшийся с моноклем, неизменно предупредительный и вдобавок настоящий полиглот. Рядом с казино ему на время коронационных торжеств отвели будочку, напоминавшую консервную банку, и назначили главой — а по сути, единственным сотрудником — *bureau d'etrangers*[1]. На эту неделю ему вменили в обязанность выслушивать

---

[1] Бюро по обслуживанию иностранцев (*фр.*).

все без исключения претензии всех без исключения иностранцев — как официальных, так и неофициальных лиц, регулировать рассылку новостей в зависимости от характера печатного издания, распространять билеты и составлять списки приглашенных на все мероприятия, организуемые абиссинской стороной; если итальянская телеграфная компания устраивала себе часовой перерыв, жалобы принимал господин Халль; если ретивый офицер полиции отказывал некой персоне в доступе на некую трибуну, господин Халль гарантировал, что этому служаке объявят выговор; если канцелярия его величества забывала размножить текст коронационной службы, господин Халль заверял, что экземпляров хватит на всех; если конный шарабан, заказанный для доставки оркестра на ипподром, попросту не приезжал, если в церкви недоставало памятных медалей, отчеканенных по случаю коронации, если по какому-то поводу или вовсе без повода кто-нибудь в Аддис-Абебе начинал исходить злобой — а на такой высоте над уровнем моря даже самые миролюбивые натуры ни с того ни с сего теряют душевное равновесие, — то недовольных направляли прямиком к господину Халлю. И на каком бы языке ни зашел разговор, у господина Халля все находили понимание, сочувствие, почти женскую деликатность, утешение и похвалу; с мужской решимостью господин Халль фиксировал каждое обращение в блокноте, вставал, с поклонами и улыбками оттеснял умиротворенного посетителя к выходу, в изящных выражениях клялся, что всегда остается к его услугам, и тут же выбрасывал из головы очередной инцидент.

Коренных абиссинцев мы видели редко, если не считать бесстрастных и достаточно мрачных персонажей на официальных приемах. Там бывал даже рас Хайлу, правитель изобильной провинции Годжам, властный, темнокожий, с клиновидной бородкой, выкрашенной в черный цвет, и с кичливостью во взгляде; по слухам, он превосходил благосостоянием самого императора. Среди несметных богатств раса Хайлу значился ночной клуб в двух милях от Аддис-Абебы по направлению к Алему. Владелец задумал его сам и в духе времени решил дать своему детищу английское имя. В итоге это заведение стало зваться «Робинзон». Встречался нам и почтенный рас Касса-и-Мулунгетта, главнокомандующий абиссинской армией, седобородый человек-гора с налитыми кровью глазами; в своей парадной форме, включающей алый с золотом плащ и кивер из львиной гривы, он выглядел почти как пришелец из другого мира.

Если не брать в расчет официальных лиц и журналистов, которые кишели на всех углах, гостей оказалось на удивление мало.

Приехала классово озабоченная дама с французским титулом и американским акцентом, но та внезапно покинула город после званого обеда, на котором ей не оказали должных почестей. Приехал профессор-американец, о котором речь пойдет ниже; приехали две свирепые дамы в вязаных костюмах и тропических шлемах; не состоявшие в кровном родстве, они за долгие годы тесного общения сделались почти точными копиями друг дружки: квадратные подбородки, стиснутые губы, колючий, недовольный взгляд. Для обеих коронация обернулась сплошным разочарованием. Они стали свидетельницами уникального этапа взаимопроникновения двух культур — и что из этого? Их интересовал только Порок. Более того, они собирали материал для небольшой книжечки на эту тему, в духе африканской «Матери Индии», а потому каждая минута, отданная знакомству с коптскими обрядами или искусством верховой езды шла в зачет потерянного времени. Область их скромных интересов составляли проституция и наркоторговля, но по причине своего скудоумия они так и не обнаружили следов ни того ни другого.

Но особого упоминания среди участников торжеств заслуживают, наверное, музыканты военно-морского оркестра под управлением майора Синклера. Прибыли они одновременно с герцогом Глостерским, укрепив себя за время поездки регулярным питанием — завтрак с шампанским, обед, чай, ужин — и вдохновившись мудрыми советами насчет достойного поведения в иноземной столице. В Аддисе музыкантов разместили в большой недостроенной гостинице без мебели, зато каждому отвели отдельный номер, да к тому же заботливые хозяева предоставили всем щетки для волос, вешалки для одежды и новехонькие эмалированные плевательницы.

В плане личных заслуг вряд ли кто-нибудь мог соперничать с майором Синклером за звание кавалера Эфиопской звезды. Отказавшись от блеска и престижа дипломатической миссии, приглашавшей его поселиться в палаточном лагере на своей территории, он, верный своему долгу, остался в городе с музыкантами и целыми днями старательно организовывал деловые встречи, которые постоянно срывались; его дневниковые записи — кое-кто из нас имел честь с ними ознакомиться — представляют собой душераздирающую хронику стойко принимаемых неудач.

«9:30 — Встреча с личным секретарем императора по вопросам организации сегодняшнего вечернего банкета; секретарь не явился.

11:00 — По предварительной договоренности явился на встречу с королевским капельмейстером; его не оказалось на месте.

12:00 — Обратился к г-ну Халлю за нотами эфиопского национального гимна — ноты недоступны.

14:30 — Транспорт, заказанный для доставки музыкантов на аэродром, не пришел...» и так далее.

Но при всех этих неурядицах оркестр всегда оказывался в нужное время в нужном месте, безупречно одетый и с необходимыми нотами.

Больше всего запомнилось мне одно характерное для той недели утро, когда оркестр показал себя с самой лучшей стороны. Шли первые сутки официальных празднеств, которые предстояло ознаменовать торжественным открытием памятника Менелику. Церемонию назначили на десять часов. Мы с Айрин Рейвенсдейл приехали за полчаса. Там, на месте векового дерева, прежде служившего виселицей, теперь стоял монумент, закутанный в ярко-зеленое шелковое покрывало. Вокруг красовалась живописная, мощенная камнем площадка сквера, окруженная балюстрадой и аккуратными пятачками земли, сквозь которые тут и там пробивалась свежая травка. Пока одна бригада рабочих настилала ковры на террасе и закрепляла желтые тенты, подобные тем, что используются в ресторанах на открытом воздухе, другая бригада подправляла мощение и высаживала в пересохшую почву жухлые пальмы. С одного края громоздились поваленные набок золоченые кресла, с другой — боролись за выигрышную позицию фотографы и кинооператоры. Напротив застеленной коврами террасы шаткими уступами поднималась трибуна. Отряд полиции, яростно размахивая палками, пытался очистить ее от туземцев. На трибуне также обосновались человек пять европейцев. Присоединились к ним и мы с Айрин. Каждые десять минут к нам подходил кто-нибудь из полицейских с приказом освободить трибуну;

мы предъявляли ему свои *laissez-passer*[1], и блюститель порядка, взяв под козырек, отходил, но вскоре ему на смену являлся следующий, и спектакль разыгрывался заново.

Площадь и примыкающая к ней часть — длиной не менее полумили — проспекта были оцеплены королевскими гвардейцами; перед ними выстроился оркестр; полковник-бельгиец гарцевал на строптивой гнедой кобыле. Минута в минуту явился пунктуальный майор Синклер со своими подчиненными. Им пришлось топать пешком от гостиницы, поскольку заказанный для них открытый шарабан не приехал. Колонна остановилась, и майор Синклер подошел за указаниями к полковнику-бельгийцу. Полковник не понимал по-английски, майор не знал французского; неловкий обмен репликами усугублялся строптивостью лошади, которая шарахалась то назад, то вбок. В такой обстановке двое офицеров исходили всю площадь, ведя безрезультатные переговоры, сопровождаемые причудливыми жестами. Потом Айрин героически предложила свои услуги в качестве переводчицы. Как выяснилось, бельгийский полковник не получал никаких инструкций насчет английского оркестра. У него был собственный оркестр, и в другом он не нуждался. Майор объяснял, что получил официальное предписание явиться на площадь к десяти часам. Полковник настаивал, чтобы майор покинул площадь — для второго оркестра там даже места не было, да и возможности выступить не предвиделось, поскольку местный оркестр прибыл со своей программой, полностью соответствующей случаю. В итоге полковник согласился, чтобы английские музыканты построились там, где заканчивался строй местного оркестра, а именно у подножья склона. Офицеры разошлись в разные сторо-

---

[1] Пропуска (*фр.*).

ны, и английский оркестр стройными рядами удалился под гору. Последовало томительное ожидание; пока суд да дело, вокруг трибуны разгорелась битва между полицией и местным людом. В конце концов начали прибывать делегации; гвардейцы взяли на караул, народный оркестр заиграл подходящую к случаю музыку; полковника-бельгийца вмиг оттеснили назад, но он героически пробился сквозь толпу и возник в другом углу площади. Делегации занимали свои места на золоченых креслах под тентами. Появлению императора предшествовала затяжная пауза; строй гвардейцев не шелохнулся. И вдруг на главном проспекте появился раб, как ни в чем не бывало трусивший с золоченым креслом на голове. Опустив сей предмет мебели в общую кучу, он с интересом поглазел на сверкающие галуны военной формы и ретировался. Наконец прибыл и сам император: впереди бежал отряд копьеносцев, а за ними двигалось ярко-красное авто, над которым возвышался шелковый зонт. Император, окруженный придворными, занял место под синим балдахином; грянул эфиопский государственный гимн. Один из секретарей вручил монарху текст речи, корреспонденты щелкали затворами фотоаппаратов и крутили ручки кинокамер. Но возникла новая заминка. Что-то пошло не так. Толпа перешептывалась; под гору отрядили гонца.

Один бойкий фотограф отделился от толпы и установил свой штатив в считаных ярдах от императорской свиты; на этом смельчаке был костюм с лиловыми брюками гольф, зеленая рубашка с открытым воротом, гетры в шотландскую клетку и многоцветные туфли. Он сделал несколько удачных кадров императора и не спеша двинулся вдоль свиты, окидывая сановников критическим взглядом. Фотографировал он только тех, кто удостаивался его внимания. Потом, выразив удовлетворение легким наклоном головы, он присоединился к своим коллегам.

Промедление затягивалось. И тут на проспекте появился майор Синклер со своим военно-морским оркестром. Они остановились посреди площади, раскрыли ноты и сыграли государственный гимн. После этого порядок церемонии был восстановлен. Император вышел вперед, прочел свою речь и дернул за шнур. Послышался треск разрываемого шелка, и взорам гостей открылась, хотя и не целиком, огромных размеров конная статуя, выполненная в золоченой бронзе. Тут же набежали служители с шестами в руках и принялись поддевать липнущие к изваянию лоскуты. Один кусок покрывала оказался вне пределов досягаемости: он безостановочно трепетал над ушами и глазами коня. Подрядчик-грек влез на стремянку и сорвал последнюю тряпицу.

Под звуки военно-морского оркестра делегаты и вельможи потянулись к своим автомобилям; император помедлил, внимательно прислушался и напоследок удостоил майора одобрительной улыбки. Когда публика разъехалась, сквозь шеренгу солдат прорвались местные жители: всю площадь заполонили белые одежды и черные головы. Впоследствии простые люди не один день толпились вокруг монумента и с благоговейным изумлением разглядывали это чудо, украсившее собою их город.

Накануне коронации гости допоздна терялись в самых невероятных догадках насчет места церемонии. Дипломатические представительства оставались в неведении. Даже господин Халль ничего не знал, а его будку неотступно осаждали отчаявшиеся журналисты: чтобы не сорвать выход понедельничного номера, каждому позарез требовалось написать и отправить материалы заблаговременно. А что они могли написать, не имея понятия, где будет проходить церемония?

С плохо скрываемой досадой репортеры все же взялись за дело, пытаясь выжать все, что можно, из имеющейся скудной информации. «Горгис» и его окрестности были неприступны; сквозь ограждения просматривались контуры большого шатра, примыкавшего к стене храма. Кое-кто из репортеров уже описывал коронацию, якобы происходящую аккурат в этом шатре; другие избрали шатер местом официального — светского — приема и рисовали фантастические действа «в сумраке храма, где к запаху ладана примешивается удушливый чад сальных свечей» (Ассошиэйтед пресс); знатоки коптских обрядов уверяли, что коронация по обычаю должна состояться во внутреннем святилище, куда мирянину не дозволяется ни войти, ни даже заглянуть, а потому лучше оставить всякую надежду хоть что-нибудь увидеть. Киношники, одна лишь доставка которых в Аддис-Абебу вместе с громоздкой аппаратурой пробила изрядную брешь в бюджете кинокомпаний, начали проявлять признаки беспокойства, а некоторые, судя по всему, уже были готовы на все. Тем не менее господин Халль сохранял полную невозмутимость. Для нашего удобства и комфорта будет сделано все возможное, убеждал он, вот только где и когда — пока неясно.

Наконец, часов за четырнадцать до начала церемонии, в миссиях были распространены пронумерованные билеты; мест хватило всем, за исключением, как выяснилось впоследствии, самих абиссинцев. Каждому расу и придворным вельможам обеспечили золоченые кресла, а о вождях местных племен, думается мне, просто-напросто забыли; они остались снаружи, тоскливо созерцая бывший экипаж его величества кайзера и цилиндры европейских и американских визитеров; тех же, кому удалось протиснуться внутрь, оттеснили к задней стене, где они и сидели вплотную на корточках или подремывали в дальних углах огромного шатра, кутаясь в свои роскошные праздничные наряды.

Действительно, церемония в конце концов состоялась именно в шатре. Высокий, залитый светом купол покоился на двух рядах задрапированных столбов; перед сидячими местами был натянут шелковый занавес, за коим скрывалось импровизированное святилище, куда из храма перенесли киот. Половину ширины шатра занимал устланный коврами помост. Туда водрузили накрытый шелковой скатертью стол, на котором разложили аккуратно упакованные в дамские шляпные коробки императорские регалии, включая корону, по обеим сторонам установили двойные ряды золоченых кресел для придворных и дипломатического корпуса, а в самом конце, спиной к залу, — два трона под балдахином.

Их величества провели всю ночь в неусыпном бдении, окруженные — в стенах собора — духовенством, а по периметру стен — воинскими соединениями. Один сметливый газетчик озаглавил свой репортаж «Медитация за щитками пулеметов» и был на седьмом небе от счастья, когда наконец получил право доступа в святая святых и убедился, что его догадки верны от и до: на ступенях собора, откуда простреливались все возможные подходы, занял позицию пулеметный взвод.

Когда в столицу начали поступать европейские и американские газеты, я с большим интересом сравнивал наблюдения журналистов со своими собственными. Такое ощущение, будто мы стали очевидцами совершенно разных событий.

Мне коронация виделась следующим образом.

Император с императрицей должны были выйти из собора в семь утра. Нам надлежало собраться в шатре заблаговременно, примерно на час раньше. Поэтому мы с Айрин, одевшись при свечах, явились туда около шести. Улицы, ведущие к центру города, были задолго до рассвета запружены представителями местных племен. Мы видели (улицы в ту ночь были, вопреки обыкновению, освещены), как мимо отеля плотными толпами движутся люди в белых одеждах: кто на муле трусцой, кто — приближенный вождя — пешком. Как и следовало ожидать, все поголовно были вооружены. Наш автомобиль, беспрерывно сигналя, медленно продвигался в сторону «Горгиса». Автомобилей было множество: как с европейцами, так и с местными чиновниками. В конце концов мы добрались до собора, где после тщательной проверки наших документов и сличения их с владельцами нас пропустили в ворота. На Соборной площади было относительно пусто; с церковных ступеней, по-епископски безразличные и неподвижные, нас встречали дула пулеметов. Из храма доносились голоса священнослужителей: всенощная близилась к концу. Сбежав от многочисленных солдат, полицейских и чиновников, которые пытались загнать нас в шатер, мы проскользнули во внешнюю галерею храма, где целый хор бородатых священников в полном церковном облачении танцевал под тамтамы и маленькие серебряные погремушки. Барабанщики сидели на корточках вокруг танцующих, а с погремушкой каждый священник управлялся сам, одновременно размахивая зажатым в другой руке молитвенным посохом. Некоторые танцевали с пустыми руками — эти отбивали ритм ладонями. Артисты сближались и расходились, пели и раскачивались на ходу; основная нагрузка приходилась не на ноги, а на руки и верхнюю часть туловища. Танцем они наслаждались от всей души, а кое-кто —

буквально до экстаза. Яркий свет восходящего солнца лился сквозь окна на них самих, на их серебряные кресты, на серебряные навершия посохов и на большую, роскошно изукрашенную рукописную книгу, по которой один из них, не обращая никакого внимания на музыку, читал из Евангелия; в косых столбах света поднимались и набухали клубы ароматного дыма.

Потом мы перешли в шатер. Он уже почти заполнился. Публика была одета пестро, если не сказать больше. Мужчины явились преимущественно в сюртуках, но отдельные личности были во фраках, а двое или трое — в смокингах. Одна из дам щеголяла в тропическом шлеме с американским флажком на темени. Младший персонал миссий в полном составе и при полном параде суетился среди кресел, проверяя, нет ли там чего подозрительного. К семи часам прибыли официальные делегации.

При этом императорская чета появилась из собора лишь через длительное время после того, как последний приглашенный занял отведенное ему место. Из-за шелкового занавеса все так же доносилось пение. Фотографы — любители и профессионалы — не терялись и тайком снимали все, что попадалось на глаза. Репортеры отрядили рассыльных на телеграф — отправить дополнения к переданным ранее шедеврам. Однако из-за неверно истолкованных указаний ответственного лица телеграф был закрыт и открываться, судя по всему, не собирался. Не потрудившись известить об этом хозяев, бои-рассыльные, как повелось у туземной прислуги, обрадовались возможности передохнуть и расселись на ступеньках телеграфной конторы, чтобы посплетничать и подождать: а вдруг откроется? Правда всплыла ближе к вечеру и прибавила хлопот все тому же господину Халлю.

Церемония грозила оказаться несусветно долгой, даже если судить по первоначальному графику, но святые отцы с успехом растянули ее еще на полтора часа. Следующие шесть праздничных дней предстояло отдать на откуп военным, но день коронации всецело принадлежал Церкви, и священники трудились на совесть. Псалмы, распевы и молитвы следовали бесконечной чередой, зачитывались пространные отрывки из Писания, и все это на древнем священном языке геэз. По порядку, одна за другой, зажигались свечи; давались и принимались престольные клятвы; дипломаты ерзали в своих позолоченных креслах, а у входа в шатер то и дело разгорались шумные перепалки между императорской гвардией и свитами местных вождей. Профессор У., известный по обеим сторонам Атлантики специалист по коптской обрядовости, время от времени комментировал происходящее: «О, начали литургию», «Это называется проскомидией», «Нет, я, кажется, ошибся, это было освящение Даров», «Нет, я ошибся, это, вероятно, была тайная заповедь», «Нет, скорее всего, это было из „Посланий“», «Н-да, как странно: это, похоже, была вовсе не литургия», «Вот *только теперь* будет литургия...» — и далее в том же духе. Но тут священники засуетились у шляпных коробок и начали церемонию инвеституры. Императору передавали регалии: сначала мантию, потом, через длительные промежутки времени, — державу, шпоры, копье и, наконец, корону. Грянул ружейный залп, снаружи заполонившие все возможное пространство людские толпы разразились приветственными возгласами; императорская упряжка взбрыкнула, кони поднялись на дыбы, обрушились друг другу на крупы, сшибли позолоченное украшение с передка кареты и оборвали постромки. Кучер соскочил с козел и принялся с безопасного расстояния охаживать лошадей кнутом. В шатре воцарилось облегчение: все прошло без сучка без задоринки, очень впечатляюще, теперь самое время затянуться сигаретой, пропустить по стаканчику и переодеться во что-нибудь попроще. Но не тут-то было. На повестке дня оставалась еще коронация императрицы и наследника престола; еще один залп — и грума-абиссинца, пытавшегося отстегнуть от императорской упряжки пару лошадей, унесли с переломом двух ребер. Мы вновь нащупали свои перчатки и шляпы. Но коптский хор не умолкал, а епископы с подобающими молитвами, речитативами и распевами принялись возвращать регалии в коробки.

— Я обратил внимание на ряд весьма любопытных отклонений от канона литургии, — заметил профессор, — и прежде всего в том, что касается лобзания.

Тут-то и началась литургия.

Впервые за все утро император с императрицей поднялись со своих тронов и удалились за полог, в импровизированное святилище; туда же проследовала и бо́льшая часть священников. На сцене остались сидеть одни дипломаты — в неэстетичных позах, с застывшими, осоловелыми лицами. Подобную мину можно увидеть на лицах пассажиров переполненного утреннего поезда Авиньон — Марсель. Но тут костюмы были намного курьезней. С достоинством держался лишь маршал д’Эспере: грудь колесом, в колено упирается маршальский жезл, спина прямая, как у воинского памятника, и, похоже, сна ни в одном глазу.

Время шло к одиннадцати: из павильона уже должен был появиться император. Чтобы его приветствовать по всей форме, в воздух поднялись три самолета абиссинских военно-воздушных сил. Они закладывали вираж за виражом и демонстрировали новообретенное искусство высшего пилотажа, пикируя на шатер и выходя из пике в считаных футах от полотняной крыши. Грохот стоял невообразимый; вожди местных племен заворочались во сне и перевернулись ничком; о том, что священнослужители-копты все еще поют, можно было судить исключительно по губам да по перелистыванию нотных страниц.

— До чего же это некстати, — посетовал профессор. — Я пропустил ряд стихов.

Литургия закончилась около половины первого; под алым с золотом зонтом-балдахином коронованные император с императрицей, более всего похожие, по замечанию Айрин, на золоченые статуи во время крестного хода в Севилье, и прошествовали к пышно декорированному подиуму, откуда император и прочел тронную речь; текст этот, заблаговременно размноженный, экипаж потом сбрасывал с аэроплана, а из репродукторов звучал повтор для простого люда в исполнении дворцовых глашатаев.

Среди фотографов и кинооператоров завязалась довольно злобная потасовка, я получил ощутимый удар в спину тяжеленной камерой и хриплый упрек: «Проходи, не отсвечивай: пусть это видят глаза всего мира».

Священнослужители снова пустились в пляс, и кто знает, сколько бы еще это могло продолжаться, но фотографы затолкали танцующих, привели в смятение, оскорбили их религиозные чувства до такой степени, что те предпочли закончить это действо без посторонних, за стенами храма.

Наконец венценосную чету проводили к экипажу, и обессиленная, но зримо неврастеничная упряжка повезла их на торжественный обед.

Мой водитель, индус, не выдержав этой скуки, отправился домой. Обед в гостинице подали прескверный. Все запасы провизии, как объяснил мсье Алло, реквизированы правительством, а рынок, скорее всего, откроется только к выходным. В наличии оставались консервированные ананасы кусочками и три мясных блюда: нарезанная мелкими кубиками солонина с рубленым луком; солонина куском под томатным кетчупом и ломтики солонины, припущенные в кипятке с вустерским соусом; официанты накануне загуляли и еще не проспались.

В тот вечер настроение у нас было хуже некуда.

А дальше последовали шесть дней непрерывного празднества. В понедельник дипломатическим миссиям предписывалось возложить венки к мавзолею Менелика и Заудиту. Мавзолей, находящийся на территории Гебби, представляет собой круглое, увенчанное куполом здание, отдаленно напоминающее византийские сооружения. Внутреннее убранство составляют произведения живописи, а также подретушированные и сильно увеличенные фотопортреты членов императорской фамилии, высокие напольные часы в корпусе из мореного дуба и немногочисленные разрозненные столы, что высунули ножки из-под расстеленных по диагонали полотняных скатертей; на столах стоят миниатюрные серебряные чаши конусовидной формы, наполненные соцветиями-сережками, незатейливо сработанными из проволоки и красновато-лиловой шерсти. Вниз ведут ступени — там, в крипте, находятся мраморные саркофаги двух правителей. Покоится ли в каждом саркофаге соответствующее (да хотя бы какое-нибудь) тело — это другой вопрос. Дата и место смерти Менелика составляют дворцовую тайну, но принято считать, что скончался он года за два до того, как об этом официально сообщили народу; императрица же, вероятнее всего, захоронена под горой в Дебре-Лебаносе. Все утро делегации крупнейших держав добросовестно прибывали по графику, и даже профессор У., не желая никому уступать пальму первенства в благочестии, явился нетвердой, но суровой поступью с букетиком белых гвоздик.

Ближе к вечеру в американской миссии было организовано чаепитие — теплое, дружеское мероприятие, а итальянцы затеяли бал с фейерверками, но самый живой интерес вызвало пиршество-геббур, устроенное императором для своих соплеменников. Подобные пиршества являются неотъемлемой частью эфиопской культуры: они закладывают основы едва ли не родственных по своей прочности связей, которые существуют здесь между простым народом и повелителем, чей престиж в мирное время напрямую зависит от периодичности и щедрости геббуров. Еще несколько лет назад приглашение на геббур считалось гвоздем программы для каждого гостя Абиссинии. Едва ли не все книги об этой стране содержат подробное, основанное на личном опыте повествование о таких пиршествах, где тесными рядами сидят на корточках сотрапезники, а рабы еле успевают подносить сырые, еще дымящиеся четвертины говяжьих туш; каждый гость с особой сноровкой нарезает свою порцию мяса: направленный снизу вверх резкий взмах кинжала точно отсекает сочащийся кровью ломтик на один укус; на плоских запотевших блюдах подают местные лепешки; изрядными глотками отпиваются из сосудов в форме рога напитки *тедж* и *талла*; во дворе мясники не покладая рук забивают и разделывают бычков; император и его приближенные сидят за обычным столом и обмениваются друг с другом жгуче-острыми кусочками более изысканных деликатесов. Таковы традиционные черты геббура, и, надо думать, нынешний пир не стал исключением. Журналисты, излагая свои впечатления, прибегали к эффектным пересказам Рэя и Кингсфорда. А дело было в том, что в преддверии такого пиршества мы столкнулись с крайними мерами, направленными на то, чтобы не допустить туда европейцев. Господин Халль по дружбе пытался составить протекцию каждому из нас в отдельности, однако никто так и не получил приглашения, кроме двух особо настырных дамочек и одного темнокожего корреспондента, представлявшего синдикат негритянской прессы и беззастенчиво использовавшего расовый фактор.

Все, что мне удалось увидеть в тот вечер, — это исход последней партии гостей, с трудом выбиравшихся из калиток Гебби. Им можно было только позавидовать: люди объелись и упились едва ли не до потери сознания. Чтобы придать им хоть какое-то ускорение, полицейские толкали их сзади и лупили палками по бесчувственным спинам, но никакими средствами не смогли нарушить этого благодушного умиротворения. С помощью верной прислуги каждый вождь в конечном счете взгромождался на своего мула, часто моргал и светился улыбкой; один, совсем дряхлый старичок, уселся в седло задом наперед и робко шарил по крупу в поисках возжей; другие остались стоять в обнимку и молча покачивались туда-сюда всей группой; третьи, лишенные дружеской поддержки, блаженно катались в пыли. Я вспомнил о них ближе к ночи, сидя за ужином в салоне итальянской миссии, где велась глубокомысленная беседа о незначительных нарушениях дипломатического этикета, вызванных произволом императора при распределении почестей.

На той неделе прошло еще несколько банкетов, мало чем отличавшихся один от другого. В трех местах устраивались фейерверки, которые заканчивались по меньшей мере одним эксцессом; в одном случае хотели показать фильм, но кинопроектор не работал; в другом месте выступали танцоры из племени галла, которые вроде бы вывихнули себе плечи, да еще так перепотели, что хозяин дома каждому клеил банкноты прямо на лоб; где-то еще танцовщики-сомалийцы тряслись от холода на лужайке, освещенной открытым огнем. Не обошлось и без конных скачек: в императорской ложе яблоку негде было упасть, тогда как трибуны пустовали; тотализатор выплачивал по четыре доллара на каждую выигрышную трехдолларовую ставку; попеременно играли оба оркестра; князь Удине учредил свой приз — огромный кубок, а император — великолепный сосуд непонятного назначения с несколькими серебряными краниками; к нему еще прилагались миниатюрные серебряные блюдца, а также необъятный поднос, уставленный серебряными пиалами, из каких в фильмах едят грейпфрут. Эта бесподобная награда досталась некоему связанному с Французским легионом господину в золоченых сапогах для верховой езды и на очередном приеме была использована легионерами под шампанское. Ходили, правда, шепотки о неспортивном поведении французов: они отослали назад свои книжечки нераспроданных букмекерских квитанций. Другие миссии расценили этот шаг как свидетельство очень низкого уровня клубного духа.

По столичным улицам прошли маршем все виды вооруженных сил, не только регулярных, одетых по всей форме, но и весьма разношерстных, и в самую гущу затесалась проезжавшая на такси Айрин, которая, к своему изумлению, попала в самую гущу конного оркестра, игравшего на шестифутовых трубах и седельных барабанах из дерева и воловьей кожи. При появлении императорского кортежа к аплодисментам добавился пронзительный, завывающий свист.

Состоялось открытие музея сувениров, который включил в свою экспозицию образчики местных народных промыслов, корону, захваченную генералом Нейпиром при Магдале и возвращенную сюда Музеем Виктории и Альберта, а также увесистый камень с лункой посередине — некий абиссинский святой носил его в качестве головного убора.

На площадке у железнодорожного вокзала прошел войсковой смотр.

Но никакой перечень событий не в состоянии передать подлинную атмосферу тех удивительных дней, уникальную, призрачную, незабываемую. Если я, как может показаться, заострил внимание на хаотичности торжественных мероприятий, на непунктуальности и даже на явных просчетах, то лишь оттого, что это и составляло характернейшую особенность празднеств и основу их неповторимого очарования. Все в Аддис-Абебе случалось не к месту и не ко времени; у человека уже вырабатывалась готовность к любым неожиданностям, и тем не менее они постоянно застигали тебя врасплох.

Каждое утро мы просыпались в ожидании ясного дня, напоенного по-летнему ярким солнечным светом; каждый вечер, приносивший прохладу и свежесть, был заряжен изнутри тайной силой, он источал едва ощутимый запах дымка от очагов в тукалах и пульсировал, как живая плоть, неизбывным рокотом тамтамов, доносившимся откуда-то издалека, из сумрака эвкалиптовых рощ. На живописном африканском фоне сошлись на несколько дней люди всех рас и нравов — конгломерат всех возможных степеней взаимных подозрений и вражды. Из общей неуверенности то и дело рождались слухи: насчет места и времени каждой отдельно взятой церемонии; о раздоре в верхах; о волне грабежей и разбоев, захлестнувших Аддис-Абебу из-за отсутствия официальных лиц на своих местах; якобы эфиопскому посланнику в Париже запретили въезд в Аддис; якобы императорский кучер вот уже два месяца не получал жалованья и подал прошение об отставке; якобы одна из миссий отказала в приеме первой фрейлине императрицы.

Как-то после полудня мы с Айрин сидели у гостиницы и, в ожидании обеда потягивая аперитив, увлеченно наблюдали за неоднозначной реакцией приезжих на уличного торговца, который робко подходил к ним со связкой шнурков для обуви в одной руке и с эмалированным *pot de chambre*[1] в другой. Неожиданно рядом с нами затормозило такси, из него выскочил рассыльный в форменной ливрее и высыпал на колени Айрин целый ворох корреспонденции. Два письма были адресованы нам. Мы отложили их в сторону, а остальные послания вернули человеку в ливрее, который повторил свои действия у соседнего столика в расчете на дальнейшую сортировку.

В наших конвертах обнаружились приглашения на императорский обед, назначенный на тринадцать часов текущего дня; поскольку в тот момент была уже половина первого, мы проигнорировали просьбу подтвердить свое присутствие и помчались переодеваться.

Пару дней назад на каком-то мероприятии ко мне обратился профессор У. и сказал со сдержанной гордостью: «В субботу обедаю у императора. Хотелось бы обсудить с ним ряд вопросов». Однако возможности подискутировать профессору не выдалось. Гостей собралось человек восемьдесят, но мест было намного больше, откуда следовало, что рассыльный не сумел завершить свою работу в срок. Мы долго стояли в какой-то застекленной галерее, тянувшейся вдоль стены главного здания. Потом с поклонами и реверансами нас провели в тронный зал, и мы вы-

---

[1] Ночной горшок *(фр.)*.

строились по ранжиру вдоль стен; официанты предлагали нам «бирр», вермут и сигары. В воздухе витало нечто духовное.

В обеденный зал нас провел сам император. Мы плелись за ним беспорядочной толпой. Он уселся в середине торцевого стола, от которого с обеих сторон отходило по три стола, уставленных золотой утварью и бело-золотым фарфором. На каждой тарелке лежала отпечатанная именная карточка. В течение примерно десяти минут мы сконфуженно толкались в поиске своих мест, поскольку никакого плана рассадки в зале не оказалось, а незнакомые между собой гости ничем не могли помочь друг другу. Император с тонкой, едва заметной улыбкой наблюдал за нами со своего места. Должно быть, мы являли собой весьма курьезное зрелище. Естественно, никому и в голову не пришло полюбопытствовать, для кого предназначены места рядом с императором; когда наконец мы все расселись, две самые высокочтимые гостьи смущенно, бочком скользнули на ближайшие свободные места. Вскоре их пересадили. Теперь Айрин оказалась по одну сторону, а француженка, супруга египетского консула, — по другую. Я сидел между летчиком-англичанином и бельгийским фотографом. Трапеза тянулась долго, с многочисленными переменами неплохо приготовленных блюд французской кухни и приличными европейскими винами. Подавали и тедж, национальный напиток из сброженного меда. Как-то вечером мы заказали такой себе в гостиницу: нам доставили мутную желтоватую жидкость неопределенного вкуса. Императорский тедж представлял собой совершенно другой напиток: прозрачный, с легким коричневатым оттенком, плотный, насыщенный, сухой. После обеда нам по просьбе Айрин принесли полученный из него дистиллят — бесцветный спиртной напиток отменного вкуса и обескураживающей крепости.

За время обеда случился только один казус. Когда мы уже заканчивали, со своего места в дальнем конце зала поднялась упитанная молодая женщина, которая решительно протиснулась между столами и остановилась в считаных ярдах от императора. Как я понял, это была сирийская еврейка, работавшая в каком-то из образовательных учреждений столицы. Она взяла с собой кипу бумаг, которые держала едва ли не вплотную к своему пенсне одной пухлой рукой, а другую вскинула над головой в фашистском салюте. Все разговоры пошли на убыль и смолкли. Император посмотрел на женщину добродушно-вопросительным взглядом. И тогда она чрезвычайно пронзительным и зычным голосом начала декламировать какую-то оду. Этот длинный хвалебный стих сочинила она сама, причем на арабском языке, в котором его величество оказался полным профаном. Между четверостишиями она выдерживала долгие паузы, которые отмечала трепетом своей рукописи, а потом продолжала. Мы уже стали опасаться, что декламация никогда не кончится, и тут поэтесса умолкла так же неожиданно, как начала, сделала книксен, развернулась и, обливаясь потом, тяжело дыша, зашагала на свое место, где снискала похвалу ближайших соседок. Император, поднявшись с кресла, повел нас обратно в тронный зал. Здесь все с четверть часа подпирали стены, пока нас обносили дижестивами. В конце концов мы по очереди откланялись и вышли на солнечный свет.

Из всей той недели один эпизод запомнился мне особенно четко. В поздний час мы только что вернулись с очередного приема. Как я уже говорил, комната моя находилась во флигеле, позади гостиницы; во дворе, который мне требовалось пересечь, спали одна серая лошадь, несколько коз и укутавшийся с головой в одеяло гостиничный сторож. За флигелем, отделенная от гостиничной территории деревянным частоколом, стояла небольшая стайка хижин-тукалов. В тот вечер в одной из них что-то праздновали. Дверной проем глядел как раз в мою сторону, и мне были видны отблески горевшей в хижине лампы. Там тянули монотонную песню, к месту прихлопывали и отбивали ритм на пустых канистрах. Поющих было, наверное, человек десять—пятнадцать. Я немного постоял и послушал. Как был, в цилиндре, во фраке и в белых перчатках. Вдруг проснулся сторож и дунул в маленький рожок; сигнал этот подхватили в близлежащих дворах (принятый здесь способ доказать хозяину свою бдительность), а гостиничный сторож опять завернулся в одеяло и погрузился в сон.

Тихая ночь, и одна эта долгая, бесконечно долгая песня. И тут передо мной воочию предстал абсурд всей прожитой здесь недели: мой нелепый костюм, спящая живность, а за изгородью — не ведающий ни отдыха, ни срока праздник.

На третьей неделе нашего пребывания в Аддис-Абебе, когда завершились официальные празднества и делегатов уже переправляли в береговые районы с такой скоростью, какая ограничивалась лишь количеством спальных вагонов, имевшихся в распоряжении Франко-Эфиопской железной дороги, профессор У. предложил мне совершить вместе с ним поездку в Дебре-Лебанос.

Вот уже четыре столетия монастырь этот служит центром духовной жизни Абиссинии. Построен он у источника, в котором целебные иорданские воды, протекающие под землей вдоль Красного моря, выходят, как принято считать, на поверхность; сюда съезжаются паломники со всей страны, а кроме того, поблизости находится могильник, куда часто наведываются зажиточные горожане, способные позволить себе такую поездку, ибо всем, кого застигнет тут Второе пришествие, гарантировано беспрепятственное вхождение в рай.

Стоял сухой сезон, что позволяло отправиться в монастырь на автомобиле. Недавно туда ездил профессор Мерсер и вернулся с фотографиями прежде неизвестной версии Книги Екклезиаста. А недели две назад из Фиша туда же ехал рас Касса, приказавший по такому случаю отремонтировать мосты, поэтому нам не составило труда найти водителя, который согласился отвезти нас в монастырь. Для начала нужно было получить от Кассы разрешение на проезд по этой дороге. Профессор У. получил его от абуны и одновременно заручился рекомендательным письмом. Нам предложили вооруженную охрану, но мы отказались. В экспедицию вошли только мы с профессором, круглоголовый шофер-армянин и парнишка из местных, который увязался за нами без приглашения. Вначале это нас немного покоробило, но он напрочь отказывался понимать, что от него хотят отделаться; зато потом мы сполна оценили его присутствие. Автомобиль американской марки, которую редко увидишь в Европе, вытворял такие чудеса, на которые, как мне казалось, не способно ни одно транспортное средство. Когда мы загрузили в него верхнюю одежду, ковры, жестяные канистры с бензином и запасы продовольствия, в нем только-только хватило места для нас самих. В гостинице нам в дорогу выдали пиво, сэндвичи, оливки и апельсины, а Айрин приготовила корзину с крышкой, куда сложила консервы и деликатесы с трюфелями из «Фортнума и Мейсона». Как только мы выехали, причем намного позже условленного времени, профессор У. о чем-то вспомнил.

— Вы не возражаете, если мы на минутку вернемся ко мне в гостиницу? Я там кое-что забыл.

Пришлось вернуться в гостиницу «Империал». Он там забыл дюжину пустых бутылок из-под минеральной воды «Виши».

— Я посчитал, — объяснил он, — что из вежливости надо бы привезти святой воды расу Кассе и абуне. Уверен, они это оценят.

— Хорошо, но обязательно ли в таких количествах?

— Ну есть же еще патриарший легат, надо бы ему тоже привезти воды, есть Блаттенгетта Херуи, есть коптский патриарх в Каире... Мне думается, это достойный повод хоть как-то отблагодарить их за проявленную ко мне доброту.

Я позволил себе заметить, что для изъявления благодарности лучше подойдет тедж и что абиссинцы, по моим наблюдениям, однозначно предпочтут именно такой подарок. Профессор У. нервно хохотнул и посмотрел в окно.

— Так почему бы не набрать воды в мои пивные бутылки?

— Нет-нет, я считаю, это неприлично. Вообще говоря, использовать для святой воды бутылочки из-под «Виши» мне и самому не по нраву. Жаль, что я не успел соскоблить этикетки, — рассуждал он. — Пожалуй, бой сможет сделать это завтра — до того, конечно, как мы наберем воды.

Профессор показал себя с новой для меня стороны. До того дня наше с ним знакомство ограничивалось примерно полудюжиной встреч в более или менее непринужденной обстановке, на разных приемах и зрелищных мероприятиях. Я отметил, что он с беззлобной иронией отзывается о наших общих знакомых, весьма педантичен и склонен восторгаться тем, что мне видится банальным.

— Обратите внимание, — говорил он с типично бостонской интонацией, — обратите внимание на изящество корзины, которую несет эта женщина. В переплетении соломинок отражается весь национальный характер. Ну почему, почему мы тратим время на короны и каноны? Я мог бы день-деньской рассматривать эту корзину.

И его отрешенный взгляд заволакивала мечтательная задумчивость.

Некоторые весьма одобрительно относились к подобным высказываниям, и я предполагал, что они естественны в американской академической среде. Для меня эти сентеции компенсировались вполне здравыми изречениями, например: «Никогда не носите с собой бинокль: как только вдалеке появится объект, достойный вашего внимания, бинокль все равно придется отдать какой-нибудь разнесчастной даме». Но эти проявления здравого смысла лишь заслоняли тот мистицизм, который составлял основу его менталитета. От прикосновения к церковной утвари профессор вмиг проникался пиететом, импульсивным и зримым благочестием, что обещало наполнить нашу совместную развлекательную поездку новым смыслом.

Бутылочки эти, однако, причиняли мне адское неудобство. Они дребезжали на полу, превращая вполне сносную езду в сущее мучение. Не на что было даже поставить ноги, кроме как на эту неровную, ненадежную поверхность. Все время приходилось поджимать колени и терпеть судороги, не имея возможности размять затекшие конечности.

Монастырь Дебре-Лебанос расположен почти строго к северу от Аддис-Абебы. Первые пару миль от города по направлению к обители тянулась заметная дорога, проходящая прямо через вершину горы Энтото. Очень крутая и узкая, она была выложена шаткими, неутрамбованными камнями и булыжниками; на вершине стояли церквушка и дом священника, а прилегающие земли были испещрены глубокими оврагами и нагромождениями камней.

«Во что бы то ни стало, — решили мы, — туда нужно добраться при свете дня».

С вершины дорога спускалась в широкую равнину, которую орошали шесть-семь мелких речушек, бегущих меж высоких берегов под прямым углом к нашей дороге. Нам навстречу попадались идущие в город караваны мулов с грузом шкур. Профессор У. приветствовал их поклонами и благословениями, на что погонщики-горцы отвечали ему лишь пустыми взглядами или широкими, но недоверчивыми улыбками. Некоторые, более умудренные опытом, громогласно требовали: «Бакшиш!» Тогда профессор, сокрушенно качая головой, объяснял, что этот народ, к сожалению, уже отчасти развращен засильем иностранцев.

Равнину мы пересекли за два-три часа; ехали преимущественно не по дороге, а рядом, так как неровная поверхность оказалась удобнее наезженной колеи. Мы пересекли многочисленные высохшие русла рек и несколько ручьев. Над некоторыми из них были видны следы начатого строительства мостов — обычно груды камней и несколько бревен; в редких случаях под ними проходили водопропускные трубы. За обсуждением этих обстоятельств мы оценили удивительные способности нашего автомобиля. Он нырял капотом в крутой овраг, дрожал и слегка спотыкался, вздымая пыль и раскидывая камни; он ревел и буксовал, натыкался на препятствия и раскачивался, пока не начинался подъем; тогда он вдруг устремлялся вперед и упорно взбирался по противоположному склону, словно выпуская из шин цепкие когти. Зато там, где неровности были едва ощутимы, машина временами глохла. Профессор У. со вздохом распахивал дверь, и на подножку непременно выкатывалась пара бутылочек.

«Ah, ça n'a pas d'importance»[1], — говорил шофер и толкал локтем боя, который спрыгивал на землю, подбирал и возвращал на место бутылки, а потом обходил авто и упирался плечом в багажник. Этого небольшого усилия оказывалось достаточно, чтобы машина сдвинулась с места: она продолжала подъем, переваливалась через гребень и, оказавшись на горизонтальной поверхности, набирала скорость, а бой догонял и запрыгивал в трясущееся на ухабах авто с победной улыбкой на своей смуглой рожице.

Примерно в одиннадцать часов мы остановились перекусить у последнего ручья. Бой взял маленькую чашечку и принялся заливать воду в радиатор. Я жевал бутерброды и пил пиво, которое частично расплескалось в дороге. Профессор оказался вегетарианцем; развернув серебряную обертку, он достал небольшой ломтик сыра и откусывал по крошечному кусочку, а потом аккуратно расправился с апельсином. Солнце палило нещадно, и профессор выдвинул теорию, которая тогда показалась мне — да и по сей день кажется — совершенно беспочвенной: чтобы не перегреться в тропиках, надо носить плотное шерстяное белье.

Оставив позади равнину, мы часа три ехали по зеленеющей холмистой местности. Никакой дороги здесь уже не было, и ориентирами порой служили только рубеж-

---

[1] «Да это не важно» (*фр.*).

ные камни. Нам попадались стада, их пасли голые ребятишки. Вначале профессор вежливо приподнимал шляпу и кланялся, что повергало в панику юных пастушков; после того как трое или четверо с воем ужаса бросились врассыпную и скрылись из виду, профессор заметил, как отрадно встретить здесь людей, понимающих, какую угрозу представляет собой автотранспорт, а затем снова погрузился в раздумья — по-видимому, о целесообразности вручения бутылочки святой воды императору. Маршрут был непримечателен; его однообразие лишь изредка нарушалось скоплениями тукалов, окруженных высокими живыми изгородями из молочая. Стояла невыносимая жара, и спустя некоторое время, несмотря на бряканье бутылочек и скрюченную позу, меня сморила дремота. Очнулся я от остановки на вершине горы; нас окружала пустынная, неровная, волнистая местность, поросшая травой.

— *Nous sommes perdus?*[1] — спросил профессор.

— *Ça n'a pas d'importance*[2], — ответил шофер, зажигая сигарету.

Как голубя из Ноева ковчега, мы отправили боя сориентироваться в этой пустоте. Полчаса ждали его возвращения. Тем временем откуда ни возьмись появились три местные женщины, которые глядели на нас из-под соломенных зонтиков. Профессор снял шляпу и поклонился. Женщины, сбившись в кучку, захихикали. Любопытство вскоре победило робость, и они подошли ближе; одна дотронулась до радиатора и обожгла руку. Они попросили сигарет, но водитель в грубой форме отказал.

Наконец вернулся бой и объяснил, куда ехать. Свернув под прямым углом, мы продолжили путь; и профессор, и я вновь задремали.

---

[1] Мы заблудились? *(фр.)*
[2] Это не важно *(фр.)*.

За то время, что я спал, местность изменилась до неузнаваемости. Примерно в полумиле от нас, наискосок от линии нашего пути, земля внезапно обрывалась: там был огромный каньон, круто уходивший вниз ярусами голых скал, испещренных полосками и пятнами древесной растительности. Внизу, между зеленеющими берегами, протекала река, питавшая Голубой Нил; к этому времени года она почти полностью пересохла, за исключением нескольких сверкающих на солнце струек, которые сходились и расходились тонкими лучами на песчаном дне. В двух третях пути вниз по склону, за кронами деревьев, цеплявшихся за полукруглый земляной выступ, просматривались купола Дебре-Лебанос. Вниз по крутому склону тянулась растрескавшаяся дорога, и нам больше некуда было деваться, кроме как в ее сторону. Спуск выглядел смертельно опасным, но наш водитель-армянин, не дрогнув, доблестно ринулся вниз.

Временами автомобиль кренился на узкой дороге, по одну сторону которой возвышались скалы, а по другую разверзалась пропасть; временами мы с осторожностью продвигались по широким выступам между огромными валунами, а в теснинах задевали скалу и слышали скрежет. Вскоре мы достигли такого узкого места, которое даже наш водитель признал непроезжим. Протиснувшись вдоль подножек, мы вылезли из машины, чтобы продолжить путь на своих двоих. Профессор У. явно проникся святостью места.

— Смотрите, — говорил он, указывая на какие-то столбики дыма, поднимающиеся впереди над высокими скалами, — это прибежища отшельников-анахоретов.

— Вы уверены, что здесь есть отшельники-анахореты? Никогда не слышал.

— Очень подходящее для них место, — задумчиво отвечал профессор.

Армянин — невысокий, но решительный человек, коротко стриженный, в гамашах на толстых ногах — шел впереди; за ним, пошатываясь, тащился бой, который нес верхнюю одежду, одеяла, съестные припасы и с полдюжины пустых бутылочек. Внезапно армянин остановился и, приложив палец к губам, указал взглядом на скалы, расположенные прямо под нами. Там, в тени, застыло десятка два-три разновозрастных бабуинов обоего пола.

— Ах, — умилился профессор У., — священные обезьяны. Как интересно!

— Почему священные? Мне кажется, просто дикие.

— Священные обезьяны в монастырях не редкость, — объяснил он с особой нежностью. — Как-то я видел их на Цейлоне, а еще чаще — в Индии... Ах, зачем он так поступил? Что за недомыслие! — Это шофер запустил в стаю камнем, и обезьяны, тявкая, бросились врассыпную, к вящей радости нашего боя.

Идти было жарко. Мы оставили позади несколько тукалов, откуда на нас с любопытством глазели женщины с детьми, и через некоторое время оказались на открытом зеленом выступе, утыканном огромными валунами и множеством невзрачных домиков. Нас окружила толпа подростков, одетых в лохмотья и почти поголовно зараженных кожными болезнями, но отроков прогнал наш армянин. (Позже нам стало известно, что это были псаломщики.) Мы послали боя найти кого-нибудь посолиднее; вскоре из тени деревьев появился благообразный бородатый монах, который, держа над головой желтый солнцезащитный зонт, направился к нам для приветствия. Мы вручили ему рекомендательное письмо от абуны, и после внимательного изучения обеих сторон запечатанного конверта он, при посредничестве нашего переводчика-армянина, согласился привести сюда настоятеля. Какое-то время монах отсутствовал, а потом вернулся со старым священником в огромном белом тюрбане и коричневой рясе: на носу у него были очки в стальной оправе, в одной руке видавший виды черный зонт, в другой — мухобойка из конского волоса. Профессор У. ринулся вперед и поцеловал нагрудный крест почтенного настоятеля. Тот отнесся к этому благосклонно, но я не решился следовать примеру профессора и ограничился рукопожатием. Монах протянул настоятелю наше рекомендательное письмо, которое тот, не вскрывая, опустил в карман рясы. Они сообща объяснили, что в скором времени смогут нас принять, и пошли будить братию, чтобы подготовить к приему общую залу.

Ждали мы около получаса, сидя в тени близ храма и постепенно притягивая к себе любопытствующих клириков разного возраста. Армянин пошел проверить, все ли в порядке с его машиной. На задаваемые нам вопросы профессор У. отвечал поклонами, сокрушенными кивками и сдержанным хмыканьем.

Вскоре подошел еще какой-то монах и, присев рядом с нами на корточки, взялся что-то писать белым карандашом на тыльной стороне ладони обычным, но аккуратнейшим амхарским шрифтом. Одна буква была в форме креста. Дабы довести до всеобщего сведения, что мы — добрые христиане, профессор указал пальцем на эту букву, на меня, на себя, а затем отвесил поклон в сторону храма и перекрестился. На сей раз его действия были восприняты не столь благосклонно. Казалось, все смутились и даже струхнули; писарь поплевал на руку и, второпях стирая текст, попятился. В воздухе повисло напряжение, смешанное с неловкостью, но, к счастью, обстановку разрядил подоспевший армянин, объявив, что совет монастыря уже готов нас принять.

Наряду с двумя храмами, в числе самых примечательных зданий оказалась высокая, квадратная в плане каменная постройка с соломенной крышей и единственным рядом окон, прорезанных под самым карнизом; в ее сторону нас и повели. У входа, занавешенного тяжелым двойным пологом из мешковины, собралась небольшая толпа. Занавеси на окнах тоже были задернуты наглухо, так что мы после ослепительно-яркого солнечного света погрузились во мрак, отчего поначалу растерялись. Один из священников слегка приподнял дверной полог, чтобы мы сориентировались. В доме была всего одна комната с высокими голыми стенами каменной кладки, а потолок отсутствовал вовсе, так что стропила и соломенная кровля тоже оставались на виду. Нас явно ожидали: на земляном полу были разостланы ковры, в центре стояла пара накрытых ковриками низких табуреток, вдоль стены выстроились по ранжиру двенадцать священников с настоятелем монастыря в центре шеренги, а между ними и двумя табуретами стоял накрытый шалью стол; кроме задвинутого в дальний угол грубо сколоченного из белого дерева и неровно покрашенного буфета, закрытого на скобу и замок, другой мебели в помещении не было. Мы присели, а наш толмач-водитель остался стоять рядом, лихо крутя в руках свою кепку. Когда мы устроились поудобнее, настоятель, который, скорее всего, пребывал в сане абуны, достал из кармана наше рекомендательное письмо и только сейчас вскрыл конверт. Сначала он прочел текст про себя, а затем вслух — к сведению братии, которая, почесывая бороды, кивала и кряхтела. Потом настоятель обратился к нам и спросил, что нас сюда привело. Профессор У. объяснил, что мы наслышаны о святости этого места, о мудрости и благочестии монахов, а потому решили отдать им дань уважения, почтить здешний храм и увезти с собой какие-нибудь свидетельства блистательной истории этого монастыря, которым восхищается весь мир. Эта изящная речь была ужата нашим шофером до трех или четырех отрывистых вокабул, встреченных дальнейшими кивками и кряхтеньем.

Один из собравшихся спросил, не магометане ли мы, часом. Нас огорчило, что такие сомнения возникли после всех торжественных деклараций профессора У. Мы заверили, что это не так. Другой полюбопытствовал, откуда мы приехали. Из Аддис-Абебы? Посыпались вопросы о коронации; тогда профессор У. завел красочное повествование о духовной значимости этого события. У меня сложилось впечатление, что водитель наш не утруждается точностью перевода. Почему-то в ответ раздались дружные смешки, после чего армянин минут на десять взял инициативу на себя и вскоре создал атмосферу всеобщего благорасположения. Затем он принялся пожимать руки монахам, бросил через плечо, что от нас ожидают того же, и профессор У. исполнил сей общественный долг с ритуальными коленопреклонениями и благоговейным трепетом.

После этого профессор спросил, нельзя ли нам посетить библиотеку, которой восхищается весь мир. Ну разумеется, можно — вот же она, в углу. Абуна достал из кармана маленький ключик и доверил одному из священников открыть буфет. Оттуда вынули пять-шесть завернутых в шелковые платки книжных стопок и, с величайшей осторожностью положив их на стол, отдернули дверной полог, чтобы впустить в комнату луч света. Абуна отвернул углы шали на верхней связке, и мы увидели две доски, кое-как скрепленные петлями наподобие диптиха. Профессор У. с жаром облобызал эти доски, их раскрыли, и нашим взорам явились две наклеенные на дерево цвет-

ные литографии с изображением Распятия и Успения —
не иначе как вырезки из святцев, напечатанных в Германии где-то в конце прошлого века. Профессор определенно был несколько ошарашен.

— Боже, боже, какая дикая профанация, — забормотал он, склоняясь для поцелуя.

Другие связки содержали начертанные на геэзе списки Евангелий, житий святых и молитвенников с яркими иллюстрациями. Живопись напоминала фрески, ужатые до размера миниатюр. На некоторые страницы были наклеены вырезанные из печатных изданий фигуры и лица, никак не сочетавшиеся со стилизованным окружением. Нам с великой гордостью сообщили, что художник раньше трудился в Аддис-Абебе, выполняя заказы покойной императрицы. Профессор У. спросил, нельзя ли посмотреть на более древние книги, если таковые у них имеются, но монахи сделали вид, что не понимают. Вне всякого сомнения, они темнили.

После этого нам предложили посетить святой источник. Профессор У. и я вместе с проводником стали карабкаться в гору. Восхождение давалось нам с трудом: в небе все еще палило солнце, а от камней исходил беспощадный жар.

— Думаю, нужно снять головные уборы, — сказал профессор. — Мы же на священной земле.

Я сдернул пробковый шлем, надеясь, что небесные силы уберегут меня от солнечного удара, но одновременно со словами профессора наш проводник вдруг остановился и прямо на тропе начал справлять нужду, из чего я заключил, что его преклонение перед этой землей далеко от фанатизма.

В пути мы поравнялись с неглубокой пещерой, образованной нависающими утесами. Кругом сочилась и капала вода, тропа размокла и сделалась скользкой. Именно сюда сносят тела верующих: сейчас они лежали повсюду, одни в упаковочных ящиках, другие — в выдолбленных древесных стволах, заколоченных досками и беспорядочно сваленных в кучу; многие из этих небрежно сработанных гробов частично увязли в сырой земле, а иные развалились на части, выставив напоказ свое содержимое. Нам сообщили, что на другом склоне имеются такие же могильники.

Перед нами открывался прекрасный вид на долину; проводник указал на скопление стоящих вдали построек.

— Там женский монастырь, — пояснил он. — Как видите, наше совместное проживание — это бессовестная ложь. Их дома стоят отдельно. Мы к ним через долину не ходим, а они не ходят к нам. Никогда. Люди врут. — Ему очень хотелось подчеркнуть этот факт.

Наконец мы дошли до живописного источника, который ниспадал каскадом, чтобы влиться в речку глубоко на дне долины. Однако бо́льшая часть воды отводилась в железные трубы и поступала в купальни близ монастыря. Чтобы их осмотреть, мы повернули обратно, вниз по склону. Одна из купален, построенная специально для императора Менелика, находилась в кирпичном домике с крышей из гофрированного железа. В старости сюда охотно наезжала императрица, а после ее кончины домик пришел в запустение. Мы заглянули в окно и увидели простой кухонный стул. Из потолка торчал носик изъеденного ржавчиной желоба, откуда на кирпичный пол падала струйка воды и вытекала через сливное отверстие в углу.

Другая купальня предназначалась для общего пользования. Там труба была оснащена двумя желобами, направляющими воду в обе стороны от кирпичной стены. Одна сторона мужская, другая женская; каждая огорожена трехстворчатой ширмой. Пол — бетонный. В день нашего визита там обливался водой какой-то мальчонка, фыркая и брызгаясь, как в обычной душевой.

Когда мы вернулись, наш армянин и один из монахов передали нам вопрос абуны: кого зарезать на обед — козу, барана или теленка? Мы ответили, что съестное у нас взято с собой; кроме ночлега и воды для умывания, нам ничего не требуется. Армянин объяснил, что отказываться здесь не принято. Мы сдались: быть может, пяток яиц? Но нам сказали, что яиц как раз нет. Монахи решительно намекали на козу. В обители мясо было роскошью, и под видом нашего приезда братия, несомненно, решила устроить себе пир. Однако вегетарианские принципы профессора не дрогнули. В конце концов ему предложили мед, и он с готовностью согласился. Затем перешли к вопросу о нашем размещении на ночлег. Нам предложили выбирать между хижиной и шатром. Армянин предупредил: если мы заночуем в хижине, то непременно подхватим какую-нибудь мерзкую заразу, а если в шатре, то, не ровен час, станем добычей гиен. Сам он уже все обдумал и решил спать в машине. Мы вернулись в монастырь, и абуна самолично повел нас смотреть хижину. Ключ нашли не сразу, а когда дверь наконец распахнулась, нам навстречу выбежала тощая коза. В зловонной каморке даже не было окон. Видимо, она служила чуланом: на полу валялись какие-то тряпки и поломанная мебель. В соломенной крыше гудел пчелиный рой. Хижина еще не совсем готова, объяснил абуна, ведь он не ждал гостей. Подготовить ее недолго, но, быть может, мы не обидимся, если он предложит нам шатер? Шатер устраивал нас по всем статьям, и абуна с явным облегчением распорядился о его установке. Солнце клонилось к закату. Возле того дома, где нас принимали, была выбрана подходящая площадка, на которой вскоре раскинулся круглый шатер. (Впоследствии мы узнали, что шатер принадлежал старой императрице. Она нередко в нем ночевала во время своих поездок на воды.) Прямо поверх сена пол застелили коврами. На опорной стойке закрепили маленькую лампаду в форме кораблика; наши собственные коврики, провизию и бутылки перенесли сюда же и сложили у стенки. После этого нас пригласили войти. Мы сели по-турецки, абуна устроился рядом. В тусклом свете лампады он словно раздался вширь и вверх, а тень от его объемистого тюрбана и вовсе заполонила собою весь шатер. Водитель опустился на корточки лицом к нам. Абуна, лучась неизбывным добродушием, выразил надежду, что здесь нам будет удобно; мы сердечно поблагодарили. Разговор не клеился, и мы, все трое, застыли с бессмысленными улыбками. Вскоре кто-то приподнял полог, и в шатер вошел одетый в тяжелый коричневый бурнус монах с допотопным ружьем. Он поклонился и тут же вышел. Абуна объяснил: это сторож, который будет спать снаружи, поперек входа. Мы вновь притихли и неловко заулыбались. Наконец доставили ужин: корзину с полудюжиной больших лепешек из плотной, липкой субстанции, по виду смахивающей на каучук; затем добавились кувшины: один с водой, другой с таллой, напоминающей водянистое горькое пиво, а немного погодя — и два рога с медом, но совсем не таким, какой продают в Тэйме: это был дикий мед сероватого цвета, выскобленный прямо из дупла вместе с трухой, грязью, птичьим пометом, дохлыми пчелами и личинками. Для снятия пробы все кушанья сначала подносили абуне, а потом уже нам. Мы выражали свой восторг кивками и фальшивыми улыбками. Разложив перед нами снедь, монахи ушли. Тут армянин бессовестно бросил нас на произвол судьбы, сказав, что должен сходить проведать боя. Мы втроем остались в полутьме смотреть на съестное и глупо улыбаться.

В углу стояла наша корзина с крышкой, доверху набитая европейскими деликатесами от Айрин. В присутствии абуны нечего было и думать в ней порыться. Мало-помалу до нас дошла жуткая истина: наш хозяин откровенно напрашивается на ужин. Я оторвал от края лоскуток лепешки и попытался его сжевать.

— Положение пиковое, — забормотал профессор. — Придется симулировать недомогание.

Стиснув руками лоб, он стал медленно раскачиваться из стороны в сторону, испуская глухие мученические стоны. Приступ был разыгран безупречно. Абуна явно встревожился; тогда профессор схватился за живот, пару раз рыгнул и свалился навзничь, закрыв глаза и тяжело дыша; потом, опершись на локоть, он выразительными жестами показал, что ему необходим покой. Абуна все понял; всячески выражая свое сочувствие, он встал и ушел.

Через пять минут, когда я уже вскрыл консервы из рябчика и откупорил бутылку лагера, а профессор с вожделением уминал спелые оливки, вернулся наш армянин. Со значением подмигнув, он схватил кувшин местного пива и залпом выдул кварту-другую. А после разложил перед собой две лепешки, обильно сдобрил их медом, сложил вместе и засунул в карман.

— *Moi, je puis manger comme abyssin*[1], — бодро заявил он, подмигнул в сторону рябчика и, пожелав нам доброй ночи, ушел.

— Наконец-то я прочувствовал, — изрек профессор, доставая жестянку с порошком от блох, — что оказался в самом сердце Эфиопии.

---

[1] Лично я могу питаться как абиссинец *(фр.)*.

Посыпав порошком ковры и одеяла, он замотал голову светло-серым кашне и стал устраиваться на ночь. День выдался не из легких, и я, выкурив трубку, решил последовать его примеру. Лампада мерцала и нещадно дымила, грозя в любой момент пережечь веревку и спалить нас заживо. Я погасил пламя и уже начал задремывать, когда вернулся абуна с фонарем, чтобы справиться, не полегчало ли профессору. Какое-то время мы бестолково улыбались, а затем профессор в доказательство своего выздоровления указал на полупустой кувшин с пивом и оскудевший рог с медом. Абуна оглядел их с явным одобрением, но тут же, обведя взглядом шатер, заметил порошок от блох, лежавший толстым слоем на полу и одеялах. Призвав к себе сторожа, он строго отчитал его за такое небрежение. Сторож торопливо схватил метелку и прошелся по всему шатру. Порядок был восстановлен; после многочисленных поклонов, улыбок и благословений настоятель ушел.

Спал я, мягко говоря, неважно. Ночь выдалась убийственно холодной; по долине гулял злой ветер, который проникал во все щели шатра и под наши тонкие одеяла, да еще у входа кашлял и бурчал сторож. Еще до рассвета я выполз наружу и стал смотреть, как пробуждается монастырь. Похоже, никакой распорядок дня там не соблюдался. Монахи поодиночке и парами выходили из хижин и влачились на работы в лес и поля. Некоторые направились в сторону церкви, и мы с профессором последовали за ними. Монахи немного посидели на свежем воздухе, а после началась служба — определенно с кондачка. Кто-то затянул не то псалом, не то литанию, другие подхватили как могли; двое или трое стали читать вслух из больших рукописных книг на складных аналоях; остальные стояли, опираясь на посохи, или бубнили по углам, сидя на корточках. Фрески в алтаре были завешены зелеными шторами; один из священников объяснил нам жестами, что ради нас шторы отдернут в этот же день, только позже.

На завтрак мы вернулись к себе в шатер. Холодная ночь отбила у нас охоту к пиву и анчоусам, но куда было деваться, если, кроме них, да еще ягодного компота и фуагра, в корзине больше ничего не оставалось?

В шатер вошел сторож, прикончил пиво и подкрепился лепешками с медом. Он проявил неподдельный интерес к нашему личному имуществу и ощупал все предметы по очереди: консервный ключ, электрический фонарик, перочинный нож, пару щеток для волос. Я показал ему трость с вкладной шпагой, которую захватил в поездку без особой цели, и дал повертеть в руках; он в ответ продемонстрировал мне ружье и патронташ. Половину патронов заменяли стреляные гильзы; оружие дышало на ладан. Вести из него прицельную стрельбу было бы затруднительно и наверняка небезопасно. Я спросил сторожа, случалось ли ему убивать из этого ружья; помотав головой, он достал большой, плохо заточенный кинжал и воткнул клинок в землю.

Появившийся вскоре водитель заверил нас, что прекрасно выспался и сумеет освободить машину из горного плена, где она перекрывала подходы к монастырю и доставляла массу неудобств пастухам. Мы наказали ему непременно быть рядом, когда настанет время переводить разговоры со священнослужителем, который поведет нас осматривать храмы. Их было два: собор, который мы уже посетили, и небольшая часовня, где находился крест, сошедший с небес. Профессор, допускавший, что это вполне может быть фрагмент подлинного креста, доставленного сюда из Александрии после арабского нашествия, выразил глубокое благоговение; лицезреть этот крест посторонним не полагалось, но в знак особого расположения нам показали шаль, в которую он был завернут.

В соборе мы заплатили по семь долларов, чтобы для нас открыли фрески. Совсем недавно их подновили яркими красками, и священник с понятной гордостью предъявил нам результат реставрации. На одной стене висели изображения раса Кассы, Менелика и покойной императрицы. Эти образа, несомненно, были скопированы с фотографических портретов; в итоге лица курьезно выделялись отчетливыми эффектами света и тени, а также тщательной проработкой деталей на общем фоне чисто условной предренессансной композиции. Другую стену занимали конные иконы. Профессор набросал ее план и записал все имена святых.

Потом нам показали латунные кресты для крестного хода, а также иллюстрированные миссалы, не слишком древние. Кстати, в этом заключалась любопытная особенность Дебре-Лебаноса: хотя со времени принятия в стране христианства этот монастырь оставался центром духовной жизни Абиссинии, причем веками находился на этом самом месте, в нем, похоже, не сохранилось ни одной реликвии прошлого. Вероятно, монастырские сокровища были разграблены в ходе постоянных нашествий и беспорядков, какими отмечена история Абиссинии, а то и постепенно распроданы в тяжелые времена, но быть может, их просто не хотели показывать чужакам.

Впрочем, кое-что чрезвычайно интересное мы все же увидели. Это был алтарь. Нас, конечно, туда не допустили, но священник отдернул завесу и позволил нам ненадолго заглянуть в темное пространство. В центре стоял так называемый фавор, который представляет собой и престол, и дарохранительницу — деревянный шкафчик, изготовленный в виде квадратного в основании миниатюрного трехъярусного храма, над которым поднимался восьмигранный барабан, увенчанный круглым куполом. Вокруг фавора, покрытый густым слоем пыли (в алтарном пространстве уборка делается крайне редко), громоздился поражающий своим разнообразием хлам. Разглядеть все в подробностях не представлялось возможным, но при беглом осмотре я заметил плетеный стул, несколько ворохов одежды, два-три зонта, саквояж из искусственной кожи, какие-то газеты, заварочный чайник и эмалированное помойное ведро.

Из собора мы выходили около десяти; в час дня начиналась служба, которую мы оба жаждали посетить; закончиться она обещала не ранее половины третьего, а то и трех часов. Поэтому мы не сразу решили, как распорядиться своим временем. Можно было, конечно, остаться еще на одну ночь, а потом выдвинуться в Аддис-Абебу; можно было отправиться в Фиш, вотчину Кассы, что в пятнадцати милях от монастыря, и там переночевать в машине, ну или выехать сразу по окончании службы и попробовать добраться до Аддиса тем же вечером. Шофер выбрал последний вариант: наверняка он сумеет преодолеть это расстояние часов за пять-шесть, тем более по уже знакомой дороге. Запаса провизии на двое суток у нас не было, а возвращаться к абиссинской кухне как-то не хотелось. Вдвоем с водителем мы все же уломали профессора сразу отправиться в обратный путь; в крайнем случае всегда можно было заночевать в долине; к этой перспективе водитель добавил романтических красок своими мрачными рассказами о диком зверье и о грабителях. Солнце поднималось к зениту; жара сделалась удушающей. Мы лежали в шатре, курили и дремали, пока не пришел абуна, чтобы сопроводить нас на службу.

Не буду даже пытаться описывать этот ритуал; из литургии я не понял ни слова, и профессор, как ни странно, тоже. Несомненно, канон мессы был мне отчасти знаком, но здесь слова произносились за закрытыми дверями алтаря. Мы стояли на внешней галерее. Нам подстелили под ноги коврик и выдали молитвенные палки; благодаря этому мы отстояли двухчасовую службу. Вокруг находилось два-три десятка монахов и еще какие-то женщины с детьми, пришедшие из тукалов. Младенцам дали причаститься, остальным — нет. Среди монахов затесалось много калек и увечных: это, вероятно, были паломники, которые первоначально пришли к источнику в надежде на исцеление, но потом втянулись в монастырский быт. В общине, похоже, никто не проверял призвание свыше. Священники и дьяконы служили босиком, в длинных белых с золотом рясах. Время от времени кто-нибудь появлялся из алтаря, а один раз все прошли крестным ходом. Пение под аккомпанемент барабана и ритуальных трещоток-систрумов было монотонным и более или менее непрерывным. Для привыкших к западному богослужению действо это не походило на христианскую службу из-за своего тайного и сумбурного характера, который ассоциировался скорее с восточными культами.

Мне иногда виделась некая странность в том, что западное христианство, единственное из религий мира, открыто показывает свои таинства любому, но я, привыкший к этой открытости, никогда не задавался вопросом: является ли она неотъемлемой и естественной частью христианского мировоззрения? Более того, мы настолько прониклись этим духом, что многие считают развитие религии процессом усложнения, если не намеренного затуманивания; Церковь первого века рисуется в виде кучки набожных людей, которые совместно читают из Священного Писания, молятся и увещевают друг друга с той простотой, для коей возвышенные обряды и утонченные богословские изыскания последующих лет показались бы запутанными до неузнаваемости. В Дебре-Лебаносе я неожиданно для себя увидел классическую базилику и открытый алтарь как огромный позитивный сдвиг, сознательно приближаемый триумф света над тьмой, а богословие — как науку упрощения, посредством которой туманные и ускользающие идеи подвергаются формализации, делаются постижимыми и точными.

Церковь первого века грезилась мне темной и потаенной, как семя, зреющее во чреве; свободные от службы легионеры тайком ускользали из казарм и, приветствуя друг друга жестами и паролями, занимали чердачную каморку в каком-то переулке средиземноморского портового города; а рабы чуть свет выползали из серых сумерек в озаренные свечным пламенем, дымные часовни в катакомбах. Священники скрывали свое служение, занимаясь ремеслами, и были известны только посвященным; они преступали закон своей страны. И чистое зерно истины зрело в людских умах, не обремененных ни предрассудками и грубыми пережитками язычества, знакомого им с детства, ни мутными и непристойными бессмыслицами, что просачивались из эзотерических культов Ближнего Востока, ни заразительной магией поверженных варваров.

И мне открылось, как росли эти смутные святилища при посредстве западного разума, как превращались в большие открытые алтари католической Европы, где мессу служат в море света, на возвышении, у всех на виду, а равнодушные к таинству туристы в это время, бывает, переговариваются и шуршат страницами путеводителей.

К окончанию службы наш водитель с риском для жизни совершил выдающийся подвиг: задним ходом вывел машину из теснины вверх по склону. Мы распрощались с абуной и выбрались из оврага в сопровождении юных псаломщиков. Оказавшись в конце концов на ровной площадке, профессор достал из кармана пригоршню тайком захваченных с собою монет достоинством в полпиастра. Он приказал отрокам встать в очередь, и наш бой тычками и тумаками кое-как упорядочил их строй. Затем профессор стал вручать каждому по монете. Отроки явно не ожидали такого поощрения, но быстро смекнули, что к чему, и, получив свою награду, тут же занимали место в хвосте очереди. Наш бой раскусил эту нехитрую уловку и разогнал охотников до повторной наживы. Когда каждый получил свои полпиастра, а кое-кто даже по два раза, монеты еще оставались.

— Как по-вашему, — с некоторым смущением спросил профессор, — если бросить им монеты на драку, не будет ли это выглядеть пошло и высокомерно?

— Будет, — ответил я.

— Конечно будет, — с горячностью согласился профессор. — Такое совершенно недопустимо.

Псаломщики тем не менее продолжали виться вокруг нас, требовали продолжения и облепляли машину — мы не могли сдвинуться с места, не подвергая их опасности.

— *Ça n'a pas d'importance*, — сказал, как и следовало ожидать, шофер, заводя двигатель.

Однако профессор предпочел гуманный выход.

— Наверное, все же... — пробормотал он и бросил в гущу мальчишеской толпы пригоршню монет.

Когда мы прощались с Дебре-Либаносом, позади взметалось облако пыли, а в нем барахталась куча-мала голых черных тел. Любопытно было оказаться у истоков традиции. Каждого, кто после нас посетит Дебре-Либанос, будут, вне сомнения, осаждать эти маленькие разбойники;

профессор У. преподал им первый и самый простой урок цивилизации.

В течение первых трех часов обратный путь был ничем не примечателен. Дорога шла под уклон, мы выиграли время, и темнота настигла нас уже на краю равнины. Дальше мы продвигались медленно и неуверенно. Четыре-пять раз сбивались с пути и останавливались лишь при виде кустов или болота. Дважды забуксовали; пришлось толкать машину; два-три раза едва не кувырнулись в реку. Но именно эти русла служили нам ориентирами, так как все они располагались под прямым углом к нашему маршруту. Когда мы приближались к очередной водной артерии, армянин и бой шли на разведку в поисках брода. С одной стороны раздавался свист или еще какой-нибудь сигнал, и мы определяли нужное направление.

После каждой такой разведки профессор принимал решение остановиться на ночлег.

— Это немыслимо. До рассвета дорогу не найти. Возможно, мы уже заблудились.

И тут возвращался шофер с вестью о том, что маршрут успешно подтвержден.

— *J'ai décidé; nous arrêtons ici*[1], — объявлял профессор.

— *Ah*, — следовал неизбежный ответ. — *Vous savez, monsieur, ça n'a pas d'importance*[2].

На протяжении всей поездки бой сидел на переднем крыле автомобиля, высматривая редкие валуны и следы копыт, служившие нам указателями. Правда, один раз даже наш армянин пришел в отчаяние. Мы все час за часом ходили расширяющимися кругами, обшаривая совершенно пустую местность лучами электрических фонариков.

---

[1] Мы остаемся здесь. Я так решил *(фр.)*.

[2] А знаете ли, мсье, это не важно *(фр.)*.

И возвращались к машине ни с чем. Был уже одиннадцатый час, в воздухе сильно похолодало. Мы стали обсуждать, как будем согреваться в течение следующих восьми часов, и тут бой высмотрел впереди огни. Мы поспешили туда и уперлись прямо в караван, расположившийся на ночлег у костра. Наш приезд вызвал в лагере большой переполох. Мужчины и женщины выбегали из палаток или выпрыгивали из смятых куч одеял; животные вскакивали и рвались с привязи или метались на стреноженных ногах. На нас нацелились винтовки. Тем не менее армянин направился в самую гущу и, раздав в качестве жеста доброй воли некоторое количество мизерных денежных сумм, узнал дорогу.

Самое суровое испытание ждало нас на вершине горы Энтото, уже в пределах видимости Аддиса. Тот этап поездки был чреват опасностями даже при свете дня, но теперь, когда у каждого из нас одеревенело туловище и усиливался озноб, все остальное казалось несущественным. Дважды мы тормозили в считаных футах от пропасти, так как бой уснул, где сидел — на крыле автомобиля. Потом забуксовали: два колеса крутились в воздухе, а два других увязли в глубокой канаве, но в конце концов выбрались на дорогу — и в этот самый миг у нас кончился бензин. Двумя минутами ранее из-за этого могло бы случиться непоправимое. Но сейчас дорога шла под гору, и мы докатили до города на свободном ходу. К гостинице, где остановился профессор, мы подъехали совершенно измочаленными и даже не смогли пожелать ему спокойной ночи. Молча собрав свои бутылочки со святой водой, профессор едва заметно кивнул и направился к лестнице, но не успел он скрыться из виду, как я отключился. Хмурый ночной портье раздобыл для нас канистру бензина, и мы поехали дальше, в «Отель де Франс». Управляющий, вскипятив чайник, не ложился спать и ждал меня с бутылкой рома. В ту ночь мне спалось неплохо.

Еще в Лондоне я, наивно жаждавший попасть за границу, купил прямой билет до Занзибара: между этим островом и Джибути судоходная компания «Мессажери маритим» осуществляла рейсы два раза в неделю. Теперь, когда все возвращались домой, я пожалел о таком решении, с легкой завистью мечтая о Рождестве в Ирландии. До прибытия следующего парохода, «Генерал Вуазон», оставалось десять дней, но перспектива провести все это время в Аддис-Абебе или в Джибути меня не прельщала. Я уже собирался сдать билет и отплыть в северном направлении на одном итальянском судне с Айрин, когда мистер Плаумен, британский консул в Хараре, приехавший с семьей в столицу по случаю коронации, оказал мне большую любезность, пригласив вернуться вместе с ним и несколько дней погостить в его доме. Никакое другое предложение не смогло бы порадовать меня сильнее. Харар, арабский город-государство, выделялся среди других плодов эфиопского империализма романтическими ассоциациями: сэр Ричард Бёртон выбрал его местом действия своего романа «Первые шаги в Восточной Африке, или Исследование Харара»; там, между побережьем и высокогорьем, сходились караванные пути; там народности галла и сомали, смешиваясь с арабами, производили на свет женщин, которые славились своей красотой на всю Восточную Африку.

Поговаривают, что автомагистраль вскоре свяжет этот город с железной дорогой, но в настоящее время туда приходится добираться по коварному перевалу и узкой грунтовой дороге — этим маршрутом Артюр Рембо переправлял стрелковое оружие Менелику.

Утром 15 ноября мы уехали с одним из последних поездов особого назначения. В отличие от прибытий, отъезды проходили без лишней шумихи. Оркестра не было, зато на платформе толпилось все европейское население столицы. Даже водитель-армянин пришел нас проводить; весь мой вагон был увешан букетиками цветов — это постарались слуги британского чиновника, направлявшегося домой в отпуск. Явился на проводы и господин Халль: с моноклем и в цилиндре.

Наутро, с рассветом, поезд сделал остановку в Дыре-Дауа, и мы с четой Плаумен распрощались с нашими попутчиками. После почти бессонной ночи мы провели тот жаркий воскресный день в отеле «Боллолакос». Я сходил на службу в церковь, где безобразничали французские дети, принял ванну с песком на дне и лег спать.

Вечером у нас был ужин в теплой компании, куда входили Плаумены, гувернантка их детей, киприот — директор местного банка, брат господина Халля, занимавшийся торговыми делами в Дыре-Дауа, и его супруга-англичанка, которая прикрепила на грудь массивный эмалированный памятный знак, выпущенный в честь открытия Эппинг-Фореста для широкой публики; знаком этим был некогда отмечен ее отец, член муниципального собрания в лондонском Сити. Мы пили кьянти и судачили о коронации, сидя на открытом воздухе, под апельсиновым деревом, а нам на стол и на головы сотнями падали сверху мелкие красные муравьи.

В тот день лошадей четы Плаумен пригнать не успели, так что отъезд их семейства неизбежно откладывался до утра вторника, а прибытие в Харар — до четверга. Глава железнодорожного управления телеграфировал начальнику вокзала в Дыре-Дауа, чтобы тот заранее обеспечил для меня мулов и сопровождение: благодаря этому я мог продолжить путь уже наутро и приехать в Харар на день раньше гостеприимных Плауменов. Мне хотелось прибыть в город одному и без помпы.

Поэтому выдвинулся я с утра пораньше, верхом на флегматичном сером муле, в сопровождении говорившего по-французски верхового проводника-абиссинца, пожилого грума, который увязался за мной вопреки моим протестам, и крайне свирепого с виду носильщика из племени галла — нужно же было кому-то доверить мой багаж. Очень скоро этот персонаж с легкостью обогнал гигантскими скачками наших вьючных животных, даже не придерживая на голове мою дорожную сумку, в которой остались паспорт, аккредитив и самые необходимые предметы одежды. Я встревожился, и проводник не спешил меня успокаивать. Все галла — мошенники, объяснил он, а этот грязный тип — хлеще всех. Отдуваться за носильщика он не собирался, поскольку сам, в отличие от начальника вокзала, никогда бы не оказал доверия пройдохе, у которого на лбу написано криминальное прошлое. Да, носильщики, бывает, дают деру вместе с ношей, а когда оказываются под прикрытием гор, среди своих соплеменников, поймать их вообще невозможно; не так давно они с особой жестокостью убили одного индуса. Возможно, впрочем, добавил он, что именно этот носильщик просто хотел как можно скорее добраться до листьев *ката*.

А дальше, если вкратце, было так. Мы настигли его через несколько часов: сидя на корточках у дороги с охапкой листьев на коленях, он жевал зелеными зубами и губами; под воздействием наркотика лицо его заметно смягчилось, и оставшуюся часть пути он был достаточно покладист, чтобы со слегка озадаченным видом плестись позади всех.

Первые несколько миль мы двигались вдоль реки, то есть широкого песчаного русла, которое на считаные часы раз в год заполняется до краев бурными потоками горных вод, сметающими на своем пути заготовленную древесину, булыжники и городские помойки. Сухой сезон близился к концу: дорога размякла и пылила; передвигаться было тяжело, пока мы не достигли начала караванного пути. На склоне можно срезать расстояние, чем пользуются пешеходы и даже, когда поджимает время, верховые. По совету проводника мы выбрали более длинный, извилистый и неспешный путь, который огибает горный отрог и соединяется с каменистой тропой у самой вершины. От гостиницы до высокогорья по этой дороге можно добраться примерно за четыре часа. Мулы преодолевали подъем с легкостью: их все равно приходилось безостановочно погонять, но лишь для того, чтобы они попросту передвигали ноги. На вершине мы сделали привал.

Позади, насколько хватало глаз, осталась пустынная местность; скалистый горный склон, по которому мы поднялись, был занесен бесцветным песком, а на другом краю долины высились другие горные кряжи, без признаков жилья и хозяйствования. Единственной приметой жизни служил влачившийся из низины в нашу сторону караван верблюдов, связанных нос к хвосту. Зато впереди нас все изменилось до неузнаваемости. Там начинались владения племени галла, с деревушками и орошаемыми участками. По обочине кое-где виднелись кактусы и цветущий молочай, живительный воздух был напоен свежестью.

Еще три часа — и мы въехали в туземный постоялый двор, где наши сопровождающие рассчитывали найти что-нибудь съестное. Однако хозяин заявил, что местные власти недавно отобрали у него лицензию и эта несправедливость объяснялась только происками грека, державшего придорожную ночлежку в Харамайе. Тем не менее хозяин налил им консервную банку таллы, которую христиане тут же осушили, тогда как магометанин из религиозных соображений ограничился дополнительной пригоршней ката. После этого мы двинулись дальше. Еще через два часа перед нами предстало озеро Харамайя, желанная, сверкающая гладь между двумя зелеными склонами. Где-нибудь здесь мы и решили остановиться на ночлег, поскольку с заходом солнца городские ворота запираются, а получить пропуск чрезвычайно трудно. Я совершенно обессилел, а мулы при виде воды впервые оживились. Причем до такой степени, что удержать их на тропе уже не было возможности, поэтому я предоставил туземцам-боям отвести их на водопой, а сам, пешком преодолев последнюю милю по берегу озера, очутился у придорожной ночлежки.

Условия там предлагались самые примитивные; естественно, ни о какой ванне и прочих удобствах не могло быть и речи, равно как и о застекленных окнах. Зато хозяин-грек оказался человеком невероятного дружелюбия: он принес мне поесть и не умолкая тараторил на малопонятном английском. Времени было три часа пополудни. Видя мое изнеможение, он вызвался приготовить мне коктейль. В высокий стакан плеснул виски, мятного ликера и горькой настойки «Фернет бранка», а потом налил доверху воды и сказал: «На доброе здоровье, чертовски жаль, нет льда». После обеда я прошел к себе в каморку и отключился до позднего вечера.

Ужинали мы вместе с ним: ели неимоверно жесткую жареную курицу с консервированными спагетти. Он без умолку трещал о своем доме в Александрии, о сестре, которая училась на секретаршу, и об осевшем в Дыре-Дауа богатом дядюшке, который, собственно, и пристроил его к делу в этой ночлежке. Я спросил, чем занимается его дядюшка, и в ответ услышал, что у него «монополия»; это, на мой взгляд, было абсолютно адекватной характеристикой едва ли не всех коммерческих предприятий в Абиссинии. Я только не совсем понял, что именно он монополизировал; как ни крути, что-то чрезвычайно прибыльное, связанное с частыми поездками в Аден. Племянник надеялся продолжить этот бизнес, когда дядюшка уйдет на покой.

Во время ужина заявились двое вооруженных до зубов солдат с запиской для моего хозяина. Похоже, слегка раздосадованный этим визитом, он самыми простыми словами объяснил, что состоит в близких отношениях с пожилой дамой-абиссинкой благородных кровей; она не слишком хороша собой, но разве в такой глуши у него есть выбор? Она щедрая, но очень требовательная. Вот только что, во второй половине дня, он ее навещал, а она опять шлет своих охранников, чтобы те доставили его к ней. Вручив каждому по сигарете, он велел им обождать. Перекурив, они вернулись; хозяин предложил им еще по сигарете, но встретил отказ; не иначе как их госпожа в нетерпении, пожал плечами молодой человек и со словами «Вы на меня не позволите, так ли?» ушел с ними в темноту. А я вернулся на свою лежанку и заснул.

Следующим утром мы продолжили путь в Харар. На дороге царило оживление: один за другим шли караваны верблюдов, мулов и ослов, появились конники и вереницы женщин, сгибающихся под нешуточным грузом хвороста. Ни одной телеги какого бы то ни было вида я не заметил; вообще говоря, складывается впечатление, что в Абиссинии они не известны и что первым колесным транспортным средством в этих краях стал паровоз. После трех часов осторожной езды впереди появился город.

Со стороны Харамайи он представляет собой совсем не такое зрелище, какое отмечено у Бёртона в «Первых шагах в Восточной Африке»; похоже, автор описал вид со стороны сомалийского побережья — как будто город стоит на господствующей высоте; но мы обнаружили, что он раскинулся под нами коричневой заплатой неправильной формы у подножья гор. Вдали поднималась гора с плоской вершиной; абиссинцы выбрали ее своим прибежищем на тот случай, если против них поднимутся все соседи: на вершине есть пресноводное озеро и естественное укрепление, которое, по их расчетам, позволит им противостоять племени галла, пока из их собственных горных районов не подоспеет помощь. Для посещения этого места необходимо получить пропуск, подписанный местным дедейматчем.

Некоторые здания — британское консульство, заброшенный дворец Иясу V, капуцинский лепрозорий, церковь, а также виллы одного или двух индийских купцов — распространились за пределы своих стен; у главных ворот, подле маленьких горок зерна и разных сортов перца, сидели на корточках несколько женщин, образующих рынок; в городе установили временную и довольно ненадежную триумфальную арку — подарок от фирмы Мохаммеда Али в ознаменование коронации. У ворот поставили стражника; отстроили здание таможни, где нам пришлось оставить свою поклажу до возвращения — через несколько часов — начальника после обеденного перерыва.

Как и в большинстве средневековых городов, в Хараре не оказалось прямой улицы, ведущей от городских ворот к центральной площади. Вдоль стен, огибая многочисленные углы, тянулась очень узкая дорожка, которая далеко не сразу поворачивала к центру и расширялась до размеров главной улицы. По обеим сторонам этого узкого прохода стояли пришедшие в запустение дома — груды камней и щебня, одни заброшенные, другие подлатанные листовой жестью и служащие загонами для коз или домашней птицы, нередко бесхозные. Подобно многочисленным прокаженным, которые загнивали от стоп и кистей, город, казалось, умирал с краев; при этом в центре бурлило движение и веселье.

В Хараре есть две гостиницы, они носят звучные имена «Золотой лев» и «Бельвю»; обе широко известны своей непригодностью для проживания европейцев. Все мои сомнения в плане выбора одной или другой разрешил при нашем повороте на главную улицу некий толстячок в черной ермолке: он перехватил узду моего мула и направил меня к «Золотому льву». За время нашего краткого пребывания в городе я прикипел к этому человеку. Оказалось, этот редкостный добряк — армянин по фамилии Бергебеджян; он словоохотливо говорил на странном французском, и я с большим удовольствием выслушивал все его суждения; думаю, из всех известных мне людей он остается наиболее терпимым, лишенным каких бы то ни было предрассудков и предубеждений расового, религиозного, нравственного или любого другого свойства; пятна принципиальности не замутняли его рассудок, представлявший собою обособленное прозрачное озеро спокойных сомнений: если время от времени его гладь и нарушали всплески каких-либо предписаний, они не оставляли ряби; размышления скользили по этой поверхности во все стороны, но не могли ее деформировать.

К сожалению, гостиница его не отличалась столь же превосходными качествами. Основную прибыль давал хозяину бар, где в невероятных количествах уходила бесцветная горючая жидкость, которую гнал его соотечественник и поставлял под самыми разными этикетками —

«Very Olde Scotts Whiskey», «Fine Champayne» или «Hollands Gin» — в зависимости от вкусов клиентуры. Рядом с баром находилась крошечная столовая, где два-три человека из числа завсегдатаев (также хозяйских соотечественников) могли заказать жирные, неимоверно острые блюда. Номера для постояльцев располагались вокруг крошечного внутреннего дворика: там, среди кухонных отбросов, из последних сил выживали какие-то садовые растения. Само здание некогда служило городской резиденцией абиссинского чиновника. Приезжие заселялись сюда крайне редко — по словам владельца, хорошо, если один человек в три недели; однако сложилось так, что одновременно со мной там оказался еще и приехавший в командировку из Джибути француз, служащий Банка Индокитая. Мы с ним вместе отобедали: этот молодой человек проявлял чопорность и учтивость; от горячего ветра у него растрескались губы, он не мог улыбаться и оттого в ходе непринужденной беседы сохранял несколько угрожающий вид. Не кто иной, как этот новый знакомец, навел меня на неудачную мысль о возвращении в Европу через западное побережье Конго. Обслуживал нас хозяин гостиницы собственной персоной, делая невозможным отказ от неаппетитных блюд; после каждой трапезы нам приходилось немного помучиться.

В первый же день после обеда я прошелся по улицам и заметил, что значительная часть города пришла в упадок. Обращали на себя внимание современные постройки — Дом правительства, французский госпиталь, офисное здание фирмы Мохаммеда Али, а наряду с ними — собор миссии ордена капуцинов и старинная мечеть с двумя побеленными минаретами; остальное городское пространство занимало скопление лавчонок, редкие армянские, греческие и индийские магазины, пансионы с отдельными комнатами, обычно скрывающиеся в неказистых двориках, и многочисленные тедж-шалманы, они же распивочные, совмещенные с борделями, чей традиционный знак — красный крест над входной дверью — вызывал определенные недоразумения, когда в стране впервые развернула свою деятельность медицинская миссия Швеции.

Для Абиссинии вид этих зданий и этих людей был предельно чужд; в тот конкретный вечер различия подчеркивались тем обстоятельством, что все абиссинцы находились за закрытыми дверями — на приеме в Доме правительства, тогда как на улицах остались почти исключительно представители народности харари в традиционных тюрбанах. Женщины отличались необыкновенной красотой — такого я даже представить себе не мог. Уроженки Аддис-Абебы не могли похвастаться внешней привлекательностью: у них были пухлые, чопорные лица, забранные вверх неприглядной курчавой черной массой волосы, блестящие от растопленного масла, и гротескно раздутые от обилия нижних юбок фигуры. В Хараре женщины стройнее, с прямой осанкой, в их движениях сквозит грация народности сомали, но обезьяньи личики, черные как сажа, сменились у хараритянок утонченными золотисто-коричневыми чертами. Одежда их была изящна, не говоря уже об украшениях, которыми полностью пренебрегали сомалийки; волосы заплетены в бесчисленные тугие веревочки и покрыты яркими шелковыми платками; они носили длинные брючки, а грудь драпировали шелковыми шалями, которые пропускали под мышками, оставляя обнаженными плечи. Почти у всех сверкали золотые украшения. Бёртон тоже признавал красоту хараритянок, однако критиковал их голоса, резкие, по его мнению, и чрезвычайно неприятные. Ума не приложу, что навело его на такую мысль; в действительности, по сравнению с голосами арабских женщин, говор их звучал мягко и сладостно. (Ни один звук, исторгаемый представителями рода человеческого, не режет слух так, как пререкание двух арабок.) Как впоследствии сообщил мне армянин, за месячную мзду в четыре талера и кормежку можно заключить брачный союз с любой из этих чаровниц. Возможно, правда, что с иностранца родители потребуют больше. Эта сумма покрывает всю женскую работу по дому, так что в случае длительного пребывания в городе такие условия очень выгодны. Я объяснил, что дольше трех дней не задержусь. В таком случае, указал он, куда удобнее воспользоваться услугами замужних женщин. Ведь при оформлении союза с незамужней девушкой приходится улаживать некоторые предварительные формальности, требующие времени и денег.

За чертой города я прогулялся до лепрозория — небольшого скопления тукалов, находящегося в ведении священника-француза. В каждой хижине проживают четверо или пятеро больных; такие условия старый священник объяснил, как я считаю, совершенно жуткой фразой: «Поймите, мсье, из нескольких прокаженных как раз можно составить одного человека».

Я посетил собор и там познакомился с епископом Харарским: это был знаменитый монсеньор Жером, о котором я много слышал в Аддис-Абебе. В этой стране он живет сорок восемь лет, поначалу сталкивался с противодействием и терпел всяческие гонения, но в середине своего пути стал одним из самых влиятельных лиц при дворе. Он был наставником Тафари, и многие говорили, зачастую в резких выражениях, что именно он привил императору вкус к искусству политических интриг. В последнее время, когда сбылись амбиции его ученика, к советам епископа прислушиваются уже не столь истово.

Да и то сказать: советы эти едва ли сохраняют свою ценность, поскольку епископ сейчас очень стар и ум его несколько утратил свою былую остроту в государственных делах.

Он взял за правило привечать каждого, кто приходит к нему в храм, но тогда я этого еще не знал и был поражен, когда он вдруг устремился мне навстречу. Высокий, изможденный, как святые на полотнах Эль Греко, с длинными седыми волосами и бородой, с огромными блуждающими глазами и нервной, почти экстатической улыбкой, он двигался, словно трусцой, взмахивая руками и постанывая. После того как мы вдвоем сделали круг по собору, он пригласил меня к себе для беседы. Как мог я уводил разговор от церковных расходов в сторону Артюра Рембо. Вначале беседа не клеилась, потому что епископу, слегка тугоухому, послышалось не «поэт», а «претр», и он упрямо твердил, что, по его сведениям, в Абиссинии никогда не служил никакой отец Рембо. Потом непонимание было устранено, и, прокрутив в уме это имя, епископ вспомнил, что на самом-то деле очень хорошо знал Рембо: молодой бородач с больной ногой; очень серьезный, жил замкнуто, все мысли — о своих торговых делах, отнюдь не образцовый католик, но скончался в ладах с Церковью — насколько помнил епископ, в Марселе. Жил с туземной женщиной в тесном, не сохранившемся до наших дней домишке на площади; детей у них не было; женщина, вполне возможно, еще жива, родилась она не в Хараре и после смерти Рембо вернулась в Тигре, к своим соплеменникам... очень, очень серьезный молодой человек, повторил епископ. Видимо, такой эпитет казался ему наиболее уместным: очень серьезный и печальный.

Беседа меня разочаровала. Отправляясь в Харар, я питал надежду обнаружить какие-нибудь новые сведения о Рембо, а если повезет, то и повстречаться с его сыном-полукровкой, который держит магазин на какой-то глухой улице. Единственная существенная подробность, которую сообщил мне епископ, заключалась в том, что Рембо, живший в Хараре, в окружении множества лучезарных женщин, взял себе спутницу жизни из неприглядного племени тигре, сделав грубый, извращенный выбор.

В тот день, около шести, господин Бергебеджян предложил пойти на абиссинский вечер в Доме правительства, где только что закончился обед и готовилась музыкальная программа. Сам он был там незаменимым гостем, так как пообещал принести с собой лампу Аладдина, без которой зал окажется в полной темноте. Мы отправились туда, как положено, и были тепло встречены самим временно исполняющим обязанности наместника. Муниципалитету выделили значительную сумму для организации коронационных торжеств, и это целевое назначение было резонно истолковано как проведение ряда банкетов. Длились они уже неделю и были распланированы еще на две недели вперед, до возвращения дедей-матча из столицы. Как символ этого праздника, в углу зала установили подобие алтаря, на котором среди цветов красовалась большая фотография Тафари. Человек пятьдесят абиссинцев в белых шемахах, уже изрядно пьяные, кружком сидели на полу. У накрытого бархатной скатертью круглого стола нас ожидали зеленые стулья, какие можно увидеть в общественном парке. Исполняющий обязанности наместника сел за стол вместе с нами и разлил виски по вычурным стаканам. Среди гостей сновали рабы, предлагая бутылки немецкого пива. При свете нашей лампы началась развлекательная программа. Откуда ни возьмись появилось трио музыкантов с однострунными скрипками. Вокалисткой была абиссинская женщина внушительных габаритов. Исполняла она — резким голосом, шумно отдуваясь после каждой строчки — неимоверно длинную патриотическую балладу. С завидной регулярностью в ней звучало имя Хайле Селассие. Никто особенно не вслушивался, прямо как на музыкальных вечерах в Европе, но она с застывшим выражением доброжелательности бодро пела дальше, перекрывая гул разговоров. Когда среди публики застукали незваного гостя и с некоторыми нарушениями этикета выпроваживали за порог, вокалистка лишь обернулась и понаблюдала за процессом, не прекращая сладострастного пения. А под конец она получила немного пива и много шлепков по заду. Виски приберегали для нас и еще нескольких привилегированных гостей — их выделил сам хозяин, попросил у них стаканы и налил им из стоявшей на столе бутылки прямо в пиво.

Вторая песня оказалась куда длиннее первой; по традиции, популярной в европейских кабаре, в ней содержались указания на присутствующих в зале. Каждое имя встречалось одобрительными возгласами и неистовыми хлопками по спине. Хозяин вечера спрашивал, как нас зовут, и шепотом повторял на ухо певице наши имена, но если ей и удавалось их воспроизвести, то в искаженной до неузнаваемости форме. Через пару часов мистер Бергебеджян сказал, что должен вернуться в гостиницу — проверить, как готовится ужин. Это послужило сигналом к общему движению; трех или четырех сановников пригласили к столу, где появились фужеры, блюдо с «бисквитными пальчиками» и, наконец, бутылка шампанского. Мы выпили за здоровье друг друга, произнося, каждый на своем языке, краткие нечленораздельные тосты. Затем, после множества рукопожатий, вернулись в гостиницу, забыв на банкете лампу Аладдина.

После совершенно неудобоваримого ужина, который разделил с нами — с неулыбчивым клерком и мною — господин Бергебеджян, он разлил по стаканам подозрительный крепкий напиток с этикеткой «Кониак», а вскоре спросил, не желаем ли мы отправиться на следующий банкет. В городе играли свадьбу. На сей раз наша вылазка обставлялась с нешуточными предосторожностями. Прежде всего, господин Бергебеджян закрепил на поясе бандольер и надел кобуру; из кассового стола вытащил тяжелый автоматический пистолет, зарядил и убрал в кобуру; пошарив под барной стойкой, достал четыре-пять деревянных дубинок и раздал слугам; банковский клерк предъявил револьвер, я — свою трость с вкладной шпагой; господин Бергебеджян одобрительно покивал. Все это смахивало на подготовку Водяного Крыса к обороне поместья мистера Жабба. Владелец гостиницы запер дверь, что потребовало манипуляций с бесчисленными засовами и замками. Наконец, в сопровождении тройки слуг, вооруженных дубинами и фонарем типа «летучая мышь», мы вышли. В Хараре сейчас поспокойнее, объяснил господин Бергебеджян, однако рисковать не стоит. Когда мы ступили на улицу, в нашу сторону сверкнула красными глазами гиена и потрусила прочь. Не знаю, почему гиенам приписывают способность смеяться: в городах они появляются ночью, пожирают отбросы и выполняют менее ценные работы по раскапыванию трупов на кладбищах; в Аддис-Абебе они шныряли вокруг гостиницы, а следующим вечером, когда я гостил у семейства Плаумен и ночевал в садовой палатке, небольшая стая гиен хрустела костями в считаных ярдах от моего спального места, но мне ни разу не приходилось слышать от них ничего хотя бы отдаленно похожего на смех.

На улицах было темно хоть глаз выколи: нигде ни одного светящегося окна — и ни одной живой души, если не считать гиен, собак и кошек, дерущихся за отбросы. Путь наш, лежавший по узкому проходу между высокими обветшалыми стенами, то отмерялся ступенями вверх, то сбегал круто вниз к пересохшей канаве. Первую остановку сделали у дома бакалейщика-грека. Постучали в ставни, за которыми тут же погас проблеск света. Господин Бергебеджян окликнул хозяина по имени, и после долгого скрежета засовов нас впустили. Бакалейщик предложил нам «кониак» и сигареты. Господин Бергебеджян объяснил, что мы просим его сопровождать нас на банкет. Грек отказался: якобы ему нужно было заняться бухгалтерской отчетностью. Тогда господин Бергебеджян взял у него в долг немного серебра (как я отметил, заем был тут же должным образом отмечен в счетах), и мы ушли. Опять пустые черные проулки. Внезапно из канавы взмыл отдыхавший там полицейский, который со зверским видом бросился к нам. В ответ господин Бергебеджян насмешливо помахал револьвером; последовала легкая пикировка, после чего полицейский решил составить нам компанию. Через пару минут мы обнаружили еще одного полицейского, который спал, завернувшись в одеяло, на прилавке заброшенного бакалейного ларька; мои спутники его растолкали и позвали с нами. В конце концов мы дошли до небольшого дворика, куда из-за освещенной двери выплывали звуки песни.

Вооруженные до зубов, мы, конечно, выглядели устрашающе, но самый большой переполох вызвало, скорее всего, появление двух полицейских. Так или иначе, с нашим приходом поднялась дикая паника. В доме была только одна дверь, через которую мы, собственно, и вошли;

мимо нас устремился поток харарских девушек, которые толкались, спотыкались и скулили; некоторые ежились под своими покрывалами или пытались вскарабкаться по стремянке на тесный чердак. Господин Бергебеджян многократно заявлял о совершенно мирных целях нашего визита, но доверие восстановилось не сразу. Через некоторое время какой-то молодой человек принес нам стулья, и танцы возобновились.

В доме была единственная комната с коридором, загроможденным в одном конце мешками с кофе. Под стремянкой стояла большая печь из глины и щебня; на ней и рядом валялись два-три горшка и еще какая-то гончарная утварь. Напротив двери торчало круглое возвышение, накрытое ковром. У двери топтались немногочисленные гости-мужчины; на возвышении жались, сидя на корточках, девушки. Танцы исполнялись на ровном полу, под девичье пение и перестук ручных барабанов. Это была довольно милая сцена, освещенная единственной лампой-коптилкой; на стенах красовались раскрашенные плетеные блюда; в углу стояла жаровня с углями и ладаном; на возвышении ходила по кругу плетеная тарелка с лакомствами, передаваемая из одной девичьей руки с нанесенными хной узорами в другую.

Танец был простейший. Двое парней стояли напротив одной девушки, прячущейся под покрывалом, а парни прикрывали нижнюю часть лица шемахами. Танцующие шаркали по направлению друг к другу, потом шаркали обратно; после нескольких повторов этого движения они менялись местами, вращаясь на ходу, и повторяли ту же фигуру с противоположных сторон. Когда девушка оказалась поблизости от нас, господин Бергебеджян стянул с нее покрывало.

— Взгляните, — сказал он, — разве у нее не чудесные волосы?

Девушка сердито вырвала у него свой покров, и господин Бергебеджян принялся ее поддразнивать, дергая за шелковый краешек всякий раз, когда она проплывала мимо. Но, будучи человеком мягкосердечным, прекратил, как только понял, что наносит ей нешуточную обиду.

Мы находились в доме невесты; одновременно на другом конце города, в доме жениха, шли параллельные торжества. Туда мы тоже наведались — и застали в точности такую же картину, только более масштабную и богатую. Девушка определенно сделала выгодную партию. Эти торжества длятся по вечерам в течение недели перед венчанием; подруги и родня невесты собираются у нее, а друзья и родные жениха — у него. До реального дня бракосочетания они не общаются. По какой-то причине, которая так и осталась для меня тайной, эти сборища недавно были запрещены законом — оттого-то нам и оказали такой суровый прием. В доме жениха мы погостили около часа и вернулись в гостиницу. Полицейские увязались за нами и не уходили, пока им не подали по большому стакану приличного алкоголя. В ту ночь мне не спалось: подушки были жесткими, как доски, а за окнами без стекол и без ставен беспрестанно тявкали собаки и гиены, а время от времени еще и завывал рожок городского стражника.

Наутро банковский служащий съехал, и господин Бергебеджян повел меня на прогулку по городу. Из него получился замечательный экскурсовод. Мы заходили в магазинчики всех его друзей, пили восхитительный кофе и курили сигареты; похоже, с каждым из владельцев он проворачивал какие-то финансовые сделки: тут оставлял пару талеров, там получал примерно столько же. Зашли мы даже в суд, где слушалось дело о недвижимости: истец с ответчиком и все свидетели были закованы в кандалы; ответчик из племени галла доказывал свою правоту через переводчика. Он так распалился по поводу предъявленных ему обвинений, что переводчик за ним не поспевал и после многократных увещеваний дал ему закончить речь на родном языке. Позади здания суда в деревянной клетке томился лев; клетка была такой тесной, что зверю там было не повернуться, и распространяла такое зловоние, что во всем дворе было нечем дышать. Увидели мы и большой банкетный зал, который использовался для пиров с сырым мясом. Подросток-раб с палкой в руках муштровал мальчишек помладше. Команды были явно заимствованы из английского — не иначе как привезены каким-то старым воякой из КАР. Заглянули мы и в тюрьму, которая своей грязью могла соперничать только с клеткой льва. Господин Бергебеджян, по натуре довольно робкий, не пожелал заходить внутрь, говоря, что там каждую неделю трое-четверо умирают от тифа; одна блоха от любого заключенного убьет нас обоих.

В тот вечер, моясь на ночь, я обнаружил, что весь покрыт укусами блох, и с некоторой опаской вспомнил эту информацию. Камеры располагались вокруг небольшого двора; к стене каждой камеры были прикованы цепями трое или четверо мужчин. Длины цепей хватало ровно на столько, чтобы заключенные могли выползать на воздух. Те, кого кормила родня, вообще не покидали территорию; остальным разрешалось зарабатывать себе на пропитание на дорогах. Судьба этих неприкаянных выглядела куда как предпочтительней. Большинство заключенных отбывали наказание за долги, порой за совершенно пустяковые суммы; им не светило выйти на волю до полного погашения долга или, что более вероятно, до смерти.

В Хараре было не менее трех тюрем. Моего слугу однажды упекли за нарушение санитарно-гигиенических правил, и за его освобождение мне пришлось выложить пять долларов. Он резонно заметил: а откуда человек может знать, что в Хараре есть какие-либо санитарно-гигиенические правила? Его, как иностранца, считал он, просто замели ни за что.

Побывали мы и в паре тедж-распивочных. В эти утренние часы почти все такие заведения пустовали: в одних просто не было ни души, в других сидели на корточках там же и ночевавшие пьяницы, подпирая голову руками, и спорили с подавальщиками о расчетах; лишь в одном месте мы увидели подобие веселья: там компания, только что приехавшая из деревни, как раз начинала пьянеть; каждый сидел перед графином мутного напитка, один бренчал на музыкальном инструменте, похожем на банджо. Женщины, все без исключения, были невероятно уродливы. Господин Бергебеджян закатал у одной рукав и выставил напоказ язву на ее плече.

— Грязнули, — сказал он, любовно погладил женщину и дал ей монету в полпиастра.

Мы сходили на базар; господин Бергебеджян в самых дружеских выражениях охаивал все товары, но приобрел несколько серебряных браслетов, которые он сторговал для меня за ничтожную долю первоначальной цены. Зашли мы и в несколько частных домов, где господин Бергебеджян рассматривал все вещи и выставлял на погляденье, вытаскивал из сундуков одежду, снимал с полок мешочки со специями, открывал печки и снимал пробу со стряпни, щипал девушек и раздавал детворе монеты в полпиастра. Зашли в мастерскую, где три или четыре девушки ослепительной красоты искусно плели соломенные столики и подносы с великолепным рисунком. Господин

Бергебеджян, похоже, всюду находил теплый прием: он умел не просто адаптироваться к любому обществу, но полностью преображаться. Поразмыслив над этим вопросом, я с удивлением заключил, что самые многогранные личности из всех, кого я встретил за полгода зарубежных путешествий, а именно шофер, который возил нас в Дебре-Лебанос, и господин Бергебеджян, оказались армянами. Это нация редкостных способностей и тонкой чувствительности. На мой взгляд, только каждого из тех двоих и можно по праву назвать «человеком мира». Думаю, нам всем порой хочется видеть себя в таком свете. Изредка, когда этот ускользающий идеал начинает маячить слишком близко, когда я завидую то одному, то другому из своих знакомых, наблюдая у них способность адаптироваться к любому окружению или опыт контактов без границ, непробиваемую защиту от сантиментов и фальши или свободу от обывательских предрассудков, дальновидное распоряжение своими финансами или в меру теплое гостеприимство, тогда я сознаю, что, к великому сожалению, нипочем не смогу в полной мере стать «человеком мира», о каких пишут в романах, и в такие минуты хоть немного утешаюсь мыслью о том, что, будь я армянином, это сослужило бы мне добрую службу.

Часть третья

По всему свету в 1930–1931 годах

(Из книги «Далекий народ»)

В АДЕН Я ПОПАЛ в результате досадного стечения обстоятельств и, гневно противопоставляя его Занзибару, который рисовался мне блистательно прекрасным, заранее решил, что город мне не понравится. Как же я ошибался!

Занзибар и Конго, одни названия которых окружены романтическим ореолом, не дали мне ровным счетом ничего. Аден, напротив, оказался чрезвычайно интересным. Впрочем, на первых порах знакомства с Аденским поселением многое подтверждало мои опасения.

Местность эта, как известно каждому, кто путешествовал вдоль побережья Красного моря, образована потухшим вулканом, который соединен с Большой землей плоской, почти невидимой песчаной полосой; на ней ни деревца, ни цветка, ни травинки; единственная растительность — это островки редких бесцветных кустарников, заплатами выделяющиеся на фоне пепла; ни земли, ни воды, кроме тех, что доставляют по тоннелю нескончаемой вереницей повозок на верблюжьей тяге; канализация в гостиницах и в клубе, в офицерской столовой и в частных бунгало — то есть повсюду — до сих пор устроена так, как в полевом лагере. Архитектуры просто нет, если не считать ряда водонапорных башен, сооруженных в неустановленную эпоху. По горному склону хаотично разбросаны бунгало, как мусор от пикников после банковских каникул. Гостиница не дешевле отеля «Торр» в Найроби; у блюд местной кухни всего два вкуса — томатного кетчупа и вустерского соуса; ванная комната представляет собой кабинку с подвешенной на веревке консервной банкой; в дно банки врезан клапан, облепленный сталактитами зеленой слизи; чтобы помыться, человек, стоя на скользком бетонном полу, должен дергать за веревку, тогда ему на голову и спину польется струя воды; за немалую доплату и только по предварительной договоренности воду могут согреть; у швейцара на лбу написаны криминальные наклонности; на террасе постояльцам не дают проходу менялы. Единственное роскошество, призванное компенсировать все вышеперечисленное, — это засаленное чучело какого-то морского зверя с явно выраженными признаками мужского пола, которое держат в сундуке и за определенную мзду торжественно извлекают под видом русалки. Таких гостиниц во всей Англии уже днем с огнем не сыщешь.

При знакомстве с Аденским поселением обнаружились и другие неудобные на первый взгляд факты, и в первую очередь — разделение его на два района. Все, что у меня описано выше, касается района под названием Стимер-Пойнт, а в трех милях от него расположен район Кратер, средоточие всей торговли, что еще теплится в наши дни. Со времени основания Аденской колонии центр был именно здесь. С трех сторон его окружают отвесные скалы, а с четвертой стороны находится бывшая гавань, давно занесенная илом и закрытая для судоходства. Здесь изначально располагалась резиденция наместника, ныне это гостевой дом для вождей арабских племен; здесь же находятся заброшенные казармы, сохранившиеся лишь частично, и англиканская, некогда гарнизонная, церковь в неоготическом стиле; в ней служит капеллан, который регулярно проводит воскресные мессы при полном отсутствии паствы. Этот усердный и бесконечно добрый человек, недавно приехавший из Бомбея, перевез меня из гостиницы в Кратер и поселил в своем просторном, но ветхом пляжном доме, который таксисты окрестили «бунгало господина падре». В Кратере до сих пор проживают чиновники из политического отдела администрации, а также с полдюжины британских торговых агентов и клерков; остальные — различного происхождения азиаты, которые компактно селятся в проулках между водой и горными склонами.

Городок отличает удивительное разнообразие народностей и одежд. Арабы представлены на всех ступенях цивилизации: от учтивых пожилых джентльменов на государственной службе — их выдают неизменные очки в золотой оправе, шелковые тюрбаны и потрепанные зонты с богато декорированной ручкой — до слегка растерянных бедуинов прямиком из пустыни; внешне эти совсем не похожи на благородных дикарей романтической литературы; одежда их состоит из полоски одеяла, обернутой вокруг бедер и подпоясанной кушаком, из-под которого торчит рукоять кинжала; черные волосы, прямые и жирные, на затылке собраны в лохматый пучок, а на лбу подвязаны тряпицей; росту невысокого, со слабо развитой мускулатурой; лица совсем без растительности или с легким пушком на подбородке, вид несколько ошалелый, не от мира сего, а шаткая, подпрыгивающая походка только усугубляет это впечатление.

Через британского чиновника из политического отдела я познакомился с милейшим арабом, который стал моим переводчиком и провожатым по Кратеру. Он привел меня в свой клуб, занимавший просторное большое помещение на верхнем этаже, где в разгар рабочего дня представители городской арабской элиты возлежали на диванах и жевали кат; оттуда мы перешли в арабское кафе, где собирается публика рангом пониже, но тоже не чуждая приятного досуга: привалившиеся к стенам завсегдатаи сидели в легкой прострации, жуя кат.

— У этих простых людей, — отметил мой спутник, — тоже есть свои маленькие радости.

Впоследствии я получил приглашение на чай от президента и совета клуба. На этот раз пучки ката были убраны: их место заняли тарелки со сладким печеньем и финиками, а также сигареты в металлических коробках. Со мной был мой друг-переводчик, но президент пытался говорить по-английски, что существенно осложняло беседу.

Меня представили примерно десятку арабов. Расселись мы в два ряда, лицом друг к другу. Официант принес поднос с чаем и бутылки лимонада. Разговор зашел о плачевном состоянии местной торговли.

Дела пошли бы на лад и всем было бы хорошо, приговаривали все, да вот только банки отказываются повышать лимит и сроки выплат по овердрафту. Я позволил себе заметить, что мы у себя в Англии испытываем те же затруднения. Все вежливо посмеялись. Европейцы, как мне объяснили, всегда раздобудут необходимые средства. Даже индусы, известные своей плутоватостью и ненадежностью, получают более значительные ссуды, чем арабы; а как прожить, если не брать взаймы? До моих собеседников дошел слух, что я пишу книгу. Не соглашусь ли я в своей книге убедить банк пойти им навстречу? Я обещал попробовать.

(Обращаюсь к служащим Банка Индии, если таковые читают эту книгу: нельзя ли по возможности увеличить ссуды аденским арабам?)

Поговорили о Лондоне. Арабы сказали, что султан Лахджа там бывал и встречался с королем-императором. Поговорили о короле-императоре и милой принцессе Елизавете. Признаюсь, я не мастер вести подобные беседы. Разговор перемежался затяжными паузами. Одну из них внезапно нарушил сам президент:

— Мы все очень опечалены вашей потерей Эр-сто один.

Я подтвердил, что это была ужасающая катастрофа, и добавил, что хорошо знал одного из погибших.

— По нашему мнению, очень прискорбно, — посетовал президент, — что погибло столько ваших просвещенных соотечественников.

Мне виделся в этом новый взгляд на ту трагедию.

Разговор снова зачах, и тут один из присутствующих, до тех пор не принимавший участия в беседе, встал и, выпростав рубашку из брюк, продемонстрировал шрамы на боку от недавней операции по поводу желчнокаменной болезни. Это был местный корреспондент одной из лондонских газет. Он поведал мне, что некоторое время тому назад отправил редактору иностранного отдела газеты полную родословную имама Саны, составление которой стоило ему титанических усилий. Известно ли мне что-нибудь об этой публикации и, если нет, не трудно ли мне будет по возвращении замолвить за него словечко на Флит-стрит?

Как-то вечером в Кратере устроили ярмарку. При свете нефтяных факелов с прилавков торговали восточными сладостями и шербетом. За столиками велись незамысловатые азартные игры. Одна из них была проще некуда.

Банкомет сдавал пять карт рубашкой вверх, а игроки делали ставку в размере одной анны на ту или иную карту. Когда все карты были поддержаны (на одну карту принималась только одна ставка), их открывали. Выплата по выигрышной карте равнялась двойной ставке; с каждой сдачи три анны шли в карман банкомету. Группки мужчин водили хороводы между прилавками.

Единственной силой, объединяющей разношерстные этнические группы Кратера, были аденские отряды бойскаутов. Конечно, арабов невозможно ставить в один отряд с евреями, но очень занятно наблюдать, как юные представители двух этих народов мирно располагаются по разным сторонам костра и в свой черед запевают национальные песни, а время от времени даже подтягивают другой стороне. Инструктор скаутов, торговый агент родом из Англии, один раз пригласил меня на такие посиделки. Скаутам отвели заброшенную сержантскую столовую и площадь перед бывшей казармой. Мой знакомец отвечал в основном за арабский отряд, а у евреев была отдельная структура. Пришел я довольно поздно и увидел строевую подготовку евреев на отведенной для них части плаца: отряд состоял из длинных тощих парнишек в эффектной форме со множеством значков, которые от своих щедрот поставлял местный — все еще состоятельный — торговец. Арабы, кроме одного колоритного юного перса (к арабам в данном случае причисляли не только собственно арабов, но и всех без исключения христиан, а также индийских мусульман и сомалийцев), были экипированы скромнее. И численностью уступали евреям. Объяснялось это тем, что как раз в это время два скаута второго разряда праздновали заключение браков.

Для достижения очередного статуса всем, начиная с новичков, требовалось пройти испытания. Получение соответствующего статусу значка было для аденских скаутов делом чести. У некоторых подростков на левом рукаве уже не оставалось места для новых значков.

— После третьей или четвертой попытки мы, как правило, аттестуем всех, — объяснил инструктор. — Если ребята терпят один провал за другим, это их расхолаживает.

Двое или трое мальчишек сидели на корточках, привалившись спинами к углам каменных стен, и учились разводить костры. Обходиться полагалось двумя спичками; матери дали им с собой жестяные банки с каким-то невообразимым месивом, которое предстояло разогреть и съесть. За одно это, я считаю, они заслуживали медалей.

— Конечно, с английских ребятишек спрос другой, — пояснял инструктор, — а здесь надо глядеть в оба, не то парни живо добавят в растопку парафин.

Спичечный коробок инструктор держал при себе, но тем не менее спички заканчивались очень быстро. К инструктору то и дело подбегали запыхавшиеся малолетние создания.

— Сахиб, пожалуйста: нет гореть. Пожалуйста, еще спички.

Затем подходили мы, расшвыривали собранные в кучу щепки и трут, а сами следили, как подростки складывают их заново. Управлялись они быстро, а потом в середину втыкалась зажженная спичка, которая мгновенно гасла. За ней вторая.

— Сахиб, пожалуйста: нет гореть.

И так по кругу. Временами кое-где раздавались ликующие возгласы, и нас тотчас же подзывали засвидетельствовать настоящее возгорание. То тут, то там резко вздымалось пламя, а над ним — столб черного дыма.

— Нефть, — объявлял инструктор, и такой костер не засчитывался.

Вскоре пришел мальчик-сомалиец, готовый держать испытание по уставу скаутов. Материал отскакивал у него от зубов.

— Первый закон чесь скаата должна засужить всехопще доверие второй закон... — и далее по тексту, на едином дыхании.

— Молодец, Абдул. А теперь ответь: что значит «бережлив»?

— Начи перешлиф?

— Да, что ты подразумеваешь, говоря «скаут экономен и бережлив»?

— Разуваю у скаата нету денег.

— Ну, в какой-то степени. А что значит «чист»?

— Начи чист?

— Ты сам только что сказал: «Скаут чист в своих мыслях, словах и делах».

— Да, скаат чист.

— Ну хорошо, а что ты имеешь в виду?

— Ввиду мислих, ловахи деллах.

Создавалось впечатление, что участники этого диалога неуклонно теряют веру в умственные способности друг друга.

— Ввиду десятый закон скаатов.

Повисла пауза; мальчуган постоял сначала на одной чернокожей ноге, потом на другой, терпеливо глядя на солнце.

— Ладно, Абдул. Достаточно.

— Я сдал, сахиб?

— Да, да.

Мальчуган расплылся в широченной улыбке и вприпрыжку помчался через плац, заливаясь радостным смехом и обдавая пылью разжигателей костров.

— Конечно, с английских ребятишек спрос другой, — повторил инструктор.

Вскоре появились и два жениха в совершенно одинаковом праздничном облачении: шелковые юбки в яркую полоску, тюрбаны, кушаки, куцые плащики, декоративные кинжалы. Этим двоюродным братьям было лет по четырнадцать. Женили их неделю назад. Нынче вечером каждому предстояло впервые увидеть свою невесту. Юноши были в восторге от собственных костюмов и горели желанием продемонстрировать их всему скаутскому братству, а также инструктору.

Между тем евреи развели на пляже огромный костер. Вокруг него расселись оба отряда и устроили небольшой концерт. Каждый из двух отрядов исполнял — на своем родном языке — местные песни. Я поинтересовался у инструктора насчет их содержания, но тот не смог сказать ничего определенного. Исходя из того, что мне известно об арабских песнях, рискну предположить, что их тексты были совершенно несовместимы с десятым законом скаутов.

Думаю, английская община Стимер-Пойнта отличалась необычайным дружелюбием по той причине, что подавляющее большинство в ней составляли холостяки. В Адене центрами светского общения слыли не пятничные корпоративные вечеринки с «закатной рюмкой» в каком-нибудь частном бунгало, а клуб и офицерские столовые. В Занзибаре клуб вечерами практически пустовал — после восьми все сидели по домам с женами; в Адене бар и салон для игры в карты были переполнены до полуночи.

Недостатка в развлечениях не было. Только за время моего краткого визита — десять дней непосредственно в Адене — состоялись танцевальный вечер в клубе, бал в особняке наместника, а также пирушка, устроенная военными инженерами. И конечно, показ кинофильма.

Кино по четвергам на крыше Института содействия морякам — это отличительный признак аденского уклада жизни. Я отправился на это мероприятие вместе с вышеупомянутым командиром авиационного подразделения Аддиса. Для начала мы вместе с двумя его подчиненными отужинали в клубе. Соседние столики были заняты компаниями, которые, как и мы, зашли сюда перед началом сеанса. Одновременно во многих бунгало уже полным ходом шли званые ужины. В Адене принято по четвергам собирать гостей перед вечерними киносеансами, как заведено в Лондоне перед танцевальными вечерами. От клуба до Института содействия морякам рукой подать — каких-то сто ярдов, но мы поехали на двух авто. Компании прибывали одна за другой; у входа, наблюдая за этой кавалькадой, слонялись немногочисленные сомалийцы; нас опередил присланный из резидентства и уже припаркованный автомобиль с развевающимся флажком на капоте. На крыше стояли глубокие плетеные кресла. Первый ряд забронировали для гостей самого наместника. Остальные ряды были уже заняты примерно на две трети. Зрители, как положено, явились при полном параде. Теплая вечерняя тьма освещалась звездами.

Сеанс начался с кинjournalа «Патэ-Газетт»: нам показали отъезд короля из Лондона в Богнор-Риджис — хроникальные кадры почти двухгодичной давности, затем репортаж о скачках Гранд-Нэшнл без указания даты — предположительно, столь же древний. Далее последовала старая добрая комедия-бурлеск. Я повернулся к пригласившему меня летчику, чтобы отметить превосходное, не в пример нынешним фильмам, качество комедий, снятых на заре кинематографа, но, к своему удивлению, обнаружил, что мой знакомый крепко спит. Я развернулся к другому соседу: тот сидел, запрокинув голову, с закрытыми глазами и разинутым ртом. В пальцах постепенно догорала сигарета. Я забрал ее и потушил. Этот жест потревожил спящего. Он прикрыл рот и, не размыкая глаз, произнес: «Неплохо, да?» И у него вновь отвисла челюсть. Я повертел головой и в приглушенном свете мерцающего экрана увидел, что все зрители спят. После комедии показали ужасающую британскую драму под названием «Женщина, которая осмелилась». Про феминистку, внебрачного ребенка и богатого деда. Публика на крыше по-прежнему мирно почивала. Одна из причудливых особенностей аденского климата заключается в том, что здесь весьма затруднительно сохранять неподвижность и при этом бодрствовать.

Показ завершился фортепьянным исполнением «Боже, храни короля!». Все вскочили, как по команде, и вытянулись по стойке смирно, а затем, полностью взбодрившиеся, переместились в клуб, чтобы порадовать себя пивом, устрицами и партией в бридж.

Здешние жители отличались радушием, и как-то раз между обедом и ужином я предпринял серьезную попытку разобраться в некоторых тонкостях ближневосточной политики — попытку, в ходе которой я сначала разложил на столе географические карты, отчеты и записные книжки, а потом впал в неглубокий, но долгий ступор.

За все проведенное здесь время мне выпал только один по-настоящему напряженный день. Я имею в виду «небольшую прогулку по скалам» с мсье Лебланом и его «юношами».

В начале нашего знакомства с мсье Лебланом у меня не было никакой причины подозревать, на что я себя обрекаю, соглашаясь на предложенную им небольшую прогулку по скалам. Торговец, коммерческий агент и видный судовладелец, единственный в европейской колонии магнат, он, как поговаривали, рисковал по-крупному, не раз наживая и теряя несметные богатства. Я познакомился с ним по прибытии в Аден за ужином в резиденции. Он с едким сарказмом рассуждал об Абиссинии, где базировались его крупные торгово-промышленные предприятия, презрительно отзывался об Артюре Рембо, делился свежими сплетнями о фигурах европейского масштаба, а после ужина дал нам послушать принесенные с собой новейшие граммофонные пластинки. После четырех убийственных дней в Дыре-Дауа и Джибути это был просто бальзам для души.

Через пару дней тот человек пригласил меня на ужин в свой особняк, расположенный в Кратере. За мной прислали элегантное авто с облаченным в ливрею водителем-индусом. Роскошный ужин был сервирован на крыше; подавали охлажденное розовое вино («Не самое изысканное, но любимое: из моего небольшого винодельческого поместья на юге Франции») и лучший сорт йеменского кофе. Держа в руке тончайшие золотые часы, мсье Леблан предрек восход какой-то звезды — название я запамятовал. И с точностью до секунды она появилась над горными вершинами в своем зловеще-зеленом ореоле; под ночным небом светились огоньки сигар, откуда-то снизу доносился уличный шелест туземных голосов — все шло безупречно гладко и цивилизованно.

В тот вечер хозяин дома открылся для меня с новой стороны. Прежде я знал мсье Леблана как светского льва. Теперь же увидел мсье Леблана — патриарха. В апартаментах на верхнем этаже здания, где располагалась его фирма, вместе с нами сидели за столом дочь и секретарша хозяина дома, а также трое «юношей». Юноши были из числа его служащих; они постигали азы коммерции. Один француз и двое англичан — недавних выпускников Кембриджа.

Работали они на износ: порой, как сообщил сам мсье Леблан, по десять часов в день, а если в порту стоял пароход, то и до поздней ночи. Мсье Леблан не рекомендовал им посещать клуб и вращаться в обществе Стимер-Пойнта. Жили они по соседству, все трое в одном доме; причем жили безбедно, на правах близких друзей семьи.

— Если зачастят в Стимер-Пойнт, сразу начнут выпивать, резаться в карты и сорить деньгами. Здесь же они так загружены работой, что поневоле делают сбережения. А когда им требуется отдых, я отправляю их прокатиться вдоль побережья и посетить мои агентства. Они изучают страну и ее жителей, ходят в рейсы на моих пароходах, а через год-два, сэкономив почти все заработанное, еще и научатся вести дело. Для поддержания формы мы вместе совершаем небольшие прогулки по скалам. Теннис и поло — дорогие удовольствия. А за прогулки по скалам денег не берут. Юноши выбираются из города на свежий воздух, любуются прекрасными видами, а легкая разминка поддерживает их в надлежащей кондиции, потому и работа спорится. На какое-то непродолжительное время они отвлекаются от дел. Вы непременно должны как-нибудь к нам присоединиться.

Я с готовностью согласился. После душной атмосферы Адена легкая разминка на свежем воздухе обещала доставить мне удовольствие. Мы договорились встретиться в ближайшую субботу, во второй половине дня. На прощанье мсье Леблан дал мне почитать «Путешествие в Конго» Андре Жида.

Мсье Леблан — светский лев был уже мне знаком, а теперь еще и мсье Леблан — патриарх. В субботу мне открылся мсье Леблан — заряд энергии, а также мсье Леблан — игрок.

Для начала меня ждал обед с юношами в их «столовой», — похоже, на Востоке так принято называть любое место для совместного приема пищи. Я предстал перед ними в образе любителя пеших прогулок, не раз виденного мною на фотографических снимках: шорты, расстегнутая рубашка, прочные ботинки, шерстяные гетры и массивная трость. Во время отменного ланча молодые люди рассказали, как однажды под покровом темноты проникли в «башню молчания» парсов и какой получили нагоняй. Немного погодя один юноша сказал:

— Ну, пора переодеваться. Мы обещали быть у старика примерно в половину.

— Переодеваться?

— Решайте, конечно, сами, но думаю, так вам будет жарковато. Обычно мы надеваем только обувь и шорты. А рубашки оставляем в машинах. Нас забирают с пляжа. Я бы на вашем месте переобулся в туфли на каучуковой подошве, если есть такая возможность. На камнях бывает скользко.

По счастью, такая возможность у меня имелась. Я вернулся в дом капеллана, где остановился, и сменил обувь. В душу закрадывались недобрые предчувствия.

Мсье Леблан выглядел блистательно. На нем были идеально отглаженные белые шорты, шелковый ажурный жилет и белоснежные эспадрильи, зашнурованные крест-накрест вокруг лодыжек на манер пуантов. В руке он держал цветок туберозы и деликатно вдыхал аромат.

— Некоторые называют ее аденской лилией, — промолвил он. — Ума не приложу почему.

С ним был еще один незнакомец, гость мсье Леблана, сотрудник торгового представительства какой-то нефтяной компании.

— Боюсь, — признался он мне, — как бы не ударить в грязь лицом. Моего опыта вряд ли достаточно для столь энергичного времяпрепровождения.

Мы расселись по автомобилям и вскоре затормозили в тупике у подножия скал возле древних водохранилищ. Должно быть, подумалось мне, мы свернули не на ту дорогу, — но все вышли из машин и принялись раздеваться. Спутники Леблана сняли головные уборы; мы же с незнакомцем предпочли остаться в пробковых шлемах.

— Пожалуй, оставим трости в машине, — сказал мсье Леблан.

— Разве они нам не пригодятся? — (Я все еще лелеял в памяти славные подъемы на холмы Уиклоу.)

— Сами увидите: будут только мешать, — заявил мсье Леблан.

Мы прислушались к его мнению.

И выступили в короткий путь. Впереди пружинистой, легкой походкой шел мсье Леблан. Бодро и целеустремленно он двигался прямиком к отвесной стене утеса — ни дать ни взять Моисей, вознамерившийся разломить камень в поисках воды. И впрямь: гладкое полотно скалы рассекала, словно молния, неглубокая раздвоенная трещина. Остановившись непосредственно под ней, мсье Леблан сделал резкий скачок вперед и тут же на большой скорости, без видимых усилий начал подниматься по утесу. Причем он не взбирался, а скорее взмывал. Его будто затягивали наверх, а ему самому оставалось только удерживать вертикальное положение, мягко цепляясь ступнями и пальцами за каменные выступы.

Точно так же, один за другим, из поля зрения исчезли все компаньоны Леблана. Мы с незнакомцем переглянулись.

— Вы там живы? — донеслось откуда-то сверху.

Мы приступили к подъему. Около получаса карабкались по той самой расщелине. За все время нам не попалось ни одной выемки, где бы можно было перевести дух или по крайней мере постоять в естественной позе. Оставалось только переставлять ноги с одного уступа на другой; шлемы ограничивали обзор двумя футами выше наших голов. И вдруг мы настигли группу Леблана, сидевшую на уступе.

— Разрумянились, — заметил мсье Леблан. — Подготовка у вас, как видно, хромает. Это восхождение пойдет вам на пользу.

Однако стоило нам остановиться, как у нас мелко задрожали колени. Мы сели отдохнуть. Когда же пришло время возобновить подъем, встать на ноги с первого раза не получилось. Суставы, казалось, переживали то состояние, которое порой наступает во сне, когда за тобой гонятся бородатые радиожурналистки, а колени перестают выдерживать массу тела.

— Мы решили вас дождаться, — продолжал мсье Леблан, — потому что впереди на маршруте будет одно коварное место. Пустяк, в сущности, если знать дорогу, но вам все-таки нужен проводник. Я, кстати, сам обнаружил это препятствие. По вечерам я частенько выбираюсь один в поисках коварных мест. Однажды на всю ночь застрял. Сперва надеялся отыскать дорогу при лунном свете. Но потом вспомнил, что ночь ожидается безлунная. Так и скрючился — в более чем стесненной позе.

Коварное место представляло собой огромный нависающий выступ раскрошенной, облупленной горной породы.

— На самом деле все очень просто. Смотрите на меня и повторяйте в той же последовательности. Правую ногу ставим вот сюда... — Речь шла об идеально гладкой, до блеска отполированной каменной поверхности. — Затем не спеша тянемся левой рукой наверх, пока не нащупаем опору. Растянуться надо прилично... вот так. Потом заводим правую ногу под левую — это самое трудное — и нащупываем опору с другой стороны... Правой рукой просто удерживаем равновесие... вот так. — Мсье Леблан завис над пропастью, частично скрывшись из виду. Все его тело будто приобрело какую-то клейкость. Он держался, как муха на потолке. — Вот в таком положении. Основное внимание на ноги, а не на руки — не подтягиваемся, а отталкиваемся... как видите, порода не везде прочная. — Для убедительности он сгреб горсть твердых, казалось бы, каменных осколков у себя над головой и с бренчаньем отправил вниз, на дорогу. — Теперь просто переносим вес с левой ноги на правую и поворачиваемся... вот так. — И мсье Леблан исчез из поля зрения.

Все кошмары, подстерегавшие нас на каждом шагу, до сих пор являются мне в страшных снах о той экспедиции. Примерно через час жуткого подъема мы все же достигли кратера. Далее нам предстоял переход через воронку по рыхлому пеплу, а затем подъем по другому краю к самой высокой точке полуострова. Здесь мы задержались, чтобы полюбоваться видом — действительно завораживающим, — после чего начали спуск на побережье. Этот последний этап разнообразило то обстоятельство, что теперь наш путь пролегал под жгучими лучами солнца, с полудня раскалявшего скалы до нестерпимого жара.

— Если долго висеть на руках, ожоги будут, — предупредил мсье Леблан. — Надо козленком перепрыгивать с камня на камень.

Наконец, часа через три этих мучений, мы оказались на берегу. Там нас поджидали автомобили и прислуга. Для нас уже накрыли чайный стол, разложили купальные костюмы и полотенца.

— Мы всегда купаемся здесь, а не в клубе, — сказал мсье Леблан. — Там у них стоит заслон от акул... а в этой бухте, кстати, только за прошлый месяц сожрали двух мальчишек.

Мы поплыли в теплое море. Тогда к кромке воды подбежал рыболов из арабов и в надежде на чаевые стал кричать нам об опасности купания. Хохотнув в ответ, мсье Леблан легкими, но мощными гребками устремился на глубину. Мы вышли на берег и оделись. Туфли мои пришли в полную негодность, а на шортах зияла дыра — результат падения на раскаленной осыпи и последующего соскальзывания на несколько ярдов вниз. В машине у мсье Леблана были наготове чистый белоснежный костюм, рубашка из зеленого крепдешина, галстук-бабочка, шелковые носки, туфли из оленьей кожи, расчески из слоновой кости, парфюмерный спрей и лосьон для волос. Мы угощались банановыми сэндвичами, запивая их крепким китайским чаем.

На обратном пути мсье Леблан для дополнительной остроты ощущений сам сел за руль. Не стану отрицать: это приключение было почище всех остальных.

На следующий день — в воскресенье, 14 декабря, — страдая от боли в мышцах, весь в синяках, ссадинах и солнечных ожогах, я отправился в Лахдж, где собирался провести двое суток в гостях у султана, а во вторник воочию лицезреть собрание старейшин-данников.

Мы — полковник Лейк (начальник политического отдела администрации), шофер и я — ехали, подпрыгивая на песчаных ухабах, в шестиколесном армейском грузовике вдоль заброшенного железнодорожного полотна, хранившего волнообразный рельеф в тех местах, где некогда лежали шпалы. За два часа мы добрались до лагеря. Накануне сюда передислоцировали вновь прибывший аденский военный контингент. Судя по всему, разбить в данных условиях отвечающий стандартам бивуак весьма затруднительно; аллея сигнальных флагов вела к центру, вокруг которого были симметрично размечены места для палаток. С установкой палаток, как мы видели, тоже пришлось повозиться, не говоря уже о большом шатре кубической формы, где планировалось разместить дарбар наместника; дул сильный горячий ветер; чтобы сдерживать неугомонный песок, по земле разбросали сено и тростник, но без особой пользы. В воздухе вихрились облака песчаной пыли.

К моменту нашего приезда как раз завершилась установка большого шатра; участники этой спецоперации отошли, чтобы полюбоваться своей работой. От них отделился старший субалтерн, чтобы нас поприветствовать.

— Слава тебе господи, управились. С пяти утра не покладая рук трудимся. Теперь можно и по стаканчику пропустить.

Во время его речи шатер сначала вздулся куполом, затем прогнулся и в конце концов рухнул; смиренные низкорослые арабы вновь приступили к работе и начали выкладывать из камней почти метровой глубины фундамент, способный удержать колышки в рыхлом песке.

После завтрака в палатке, оборудованной под офицерскую столовую, нам удалось немного вздремнуть, а потом мы с полковником Лейком проехали оставшиеся до города две мили. Ничего примечательного в этом арабском поселении не было: те же серо-коричневые домишки с плоскими крышами, те же запутанные переулки. Дворец султана, спроектированный по европейским стандартам, в размерах уступал крепости Гебби в Аддисе, однако превосходил ее в смысле планировки и ухоженности; перед дворцом красовались регулярные сады, а сам город окружали не только ярко-зеленые лужайки, но и рощицы кокосовых и финиковых пальм.

Завершенное не так давно строительство электростанции позволило провести электричество почти во все объекты городского значения. Это новшество — предмет несомненной гордости; дабы заострить на нем внимание приезжих, султан инициировал такой проект (довольно неудачный), как возведение нового гостиничного комплекса непосредственно над электростанцией. К счастью, он еще был недостроен, и нас направили в старый гостевой дом — стоящую на окраине, у кромки полей, симпатичную, но изрядно обветшалую виллу в псевдоевропейском стиле. Здесь полковник Лейк оставил меня на попечение араба-управляющего, предварительно выяснив, что в доме живут еще двое постояльцев — немецкие инженеры, занятые на службе у султана. Кроме них, в городе не было ни одного европейца.

Немцы появились примерно через час. Молодые люди — оба, как я узнал позже, в возрасте двадцати двух лет — вернулись с работы в комбинезонах; они говорили по-английски, один чуть лучше другого, но оба весьма бегло, громко и невнятно. Первым делом они извинились за свой внешний вид. Сказали, что им даже неловко вести со мной беседу: сперва надо принять душ и переодеться. На верхней лестничной площадке у них было оборудовано нечто вроде душевой. Скрывшись на несколько минут за шторкой из мешковины, немцы вдоволь наплескались и сошли вниз — нагие, мокрые и успокоившиеся. Они вытерлись, расчесали волосы, надели элегантные льняные костюмы и распорядились подавать ужин. Извлеченные из-под кроватей бутылки «Амстела» инженеры отнесли в душевую лохань охлаждаться и вскрыли в честь моего приезда банку зеленых слив. Очень дружелюбные и щедрые мне попались соседи.

На ужин подавали чрезвычайно острое мясное рагу и салат. Изысканностью здешняя кухня не отличалась, как поведали немцы, потому что управляющий, по их подозрению, обманывал и султана, и их самих, присваивая положенные им пайки и вместо этого закупая продукты более низкого качества; препираться, впрочем, они не планировали; их жалованья с лихвой хватало на то, чтобы дополнять свой рацион печеньем, пивом и консервированными фруктами, а любой конфликт с управляющим грозил, по-видимому, выйти им боком. Кроме того, они предупредили, что сами привыкли к местному питанию, но у меня оно может спровоцировать ряд нешуточных заболеваний. Вначале немцы постоянно страдали дизентерией и крапивницей; а вдобавок противомоскитные сетки, слишком короткие и дырявые, не справлялись со своей функцией. Так что малярии, считай, мне было не избежать. Да и салат, приговаривали они, накладывая себе щедрые порции, кишит возбудителями тифа.

Передаю эти сведения лапидарно и просто, как будто услышал их именно в такой форме. Беседа, однако, длилась на протяжении всего ужина и еще минут тридцать после его окончания. Мои соседи говорили наперебой, а когда в их рассказе возникали нестыковки, один старался перекричать другого.

— Мы потому так хорошо владеем английским, что постоянно общаемся на нем с друзьями-голландцами в Адене, — объяснили инженеры (но опять же с множеством неясностей, противоречий и лишних подробностей). — От них, собственно, и нахватались.

Несколько раз наша беседа прерывалась. Электрические лампочки временами тускнели, начинали мигать и гасли. Причем один раз мы так долго сидели без света, что все вместе отправились было на электростанцию — выяснять, что там творится. Однако стоило нам выйти на улицу, как в помещении снова загорелся свет, и мы смогли вернуться к беседе. Звание «инженер», как я понял, предполагало решение самых разнообразных задач. В тот вечер немцам трижды доставляли записки из дворца: в первой сообщалось о неисправности ватерклозета, починить который требовалось завтра с самого утра; во второй — о необходимости вытащить из сточной канавы один из новых тракторов султана Ахмеда (родного брата султана Лахджа), а в третьей — о постоянных перебоях со светом. Такие неурядицы аккуратно брались на карандаш и доводились до сведения инженеров.

Наутро мне предстояла аудиенция у султана. Его высочество, невозмутимого вида мужчина средних лет, выбрал для нашей встречи полуевропейский костюм: тюрбан, черный сюртук и белые льняные брюки. Как глава рода Фадли, наследных правителей из племени абдали, а также, пусть и недолго, бывших властелинов Адена, он, безусловно, занимает исключительно влиятельное положение в протекторате.

Во всей Южной Аравии дворец султана — это единственное по-настоящему надежное место. Ведь в Лахдже нет приглашенного советника по вопросам безопасности и даже не делается попытки создать внутреннее охранное ведомство. На территории, подвластной султану, его полномочия регулируются только традиционными нормами права его собственного народа.

На балконе с видом на дворцовые сады мы потягивали восхитительный кофе и через переводчика вежливо справлялись о здоровье друг друга и о здоровье наших близких. Я похвалил впечатляюще прогрессивный характер его столицы: здесь и электрификация, и водопровод, и автобусное сообщение; султан указал, что в смысле прогресса за Лондоном все равно не угнаться. Потом он завел речь о писательстве: от наместника, сэра Стюарта, ему стало известно, что я пишу книги; сам он, по собственному признанию, книгу пока не написал, зато его брат написал, причем очень хорошую, с которой я непременно должен ознакомиться до отъезда из Лахджа. Султан поинтересовался, как я устроился в гостевом доме; я ответил, что условия просто роскошные; он указал, что в смысле роскоши за Лондоном все равно не угнаться. К слову: в тот момент я, как и предрекали немцы-инженеры, весь чесался от крапивницы. Султану я сказал, что в сравнении с Лондоном жизнь здесь куда более спокойная. Султан сообщил, что вскоре увеличит количество автобусов. Мы распрощались, и меня сопроводили к султану Ахмеду Фадли.

Брат его высочества жил на противоположной стороне главной площади в небольшом особняке с балконом. Султан Ахмед уже принимал визитеров. В гостиной сидели британский чиновник из политического отдела администрации, тот самый субалтерн, который ранее наблюдал за обрушением шатра, призванного стать дарбаром наместника, и султан Хаушаби; в числе присутствовавших был также секретарь; на узкой лестнице теснились многочисленная челядь и стража.

Султан Хаушаби — видный молодой человек в пышном одеянии — явно был не от мира сего. Забившись в угол, он смущенно похахатывал и украдкой засовывал в рот молодые веточки жевательного ката. Родственницы нечасто позволяли ему выбираться за пределы собственных владений. Султан Ахмед, статный мужчина лет сорока, с высоким лбом интеллектуала и изысканными манерами, неплохо владел английским. Он вел благочестивый образ жизни, отдавая предпочтение научным занятиям.

В своих владениях, почти таких же обширных, как у брата, он самостоятельно следил за пахотными угодьями, экспериментируя с новыми методами орошения, с новыми тракторами и удобрениями, с новыми видами сельскохозяйственных культур — ни дать ни взять просвещенный представитель английской земельной аристократии восемнадцатого века.

Он показал мне свою рукопись — жизнеописание династии Фадли со времен глубокой древности до кончины его отца (застреленного, к несчастью, в 1915 году британским часовым во время эвакуации Лахджа). Написанная изысканным каллиграфическим шрифтом, она была дополнена многочисленными родословными древами, выполненными красной и черной тушью. Султан Ахмед планировал издать несколько экземпляров для своих друзей и родных, не рассчитывая на большие объемы продаж.

От султана поступило предложение прокатиться. Когда он отдавал приказы, слуги целовали ему колени; где бы мы ни остановились, прохожие спешили приветствовать его таким же образом. У видавшего виды автомобиля — думается, это был один из шедевров немецких механиков, собравших данное транспортное средство из обломков побывавшей в авариях техники, — на капоте красовался герб из страусиных перьев; рядом с шофером сидел вооруженный охранник. Мы поехали в загородную резиденцию султана, которая находилась в паре миль от его дома, и прогулялись по садам, среди кустарников, цветущих в тени кокосовых пальм на берегу ручья. Он распорядился, чтобы для меня срезали букет, после чего садовники принесли большую охапку мелких, сладко пахнущих розочек и каких-то крупных белых копьевидных цветов с колючими листьями и удушающе едким ароматом, за которыми, как позже объяснили мне немцы, закрепилась слава афродизиаков, безотказно действующих на женщин. Кроме того, он подарил мне двенадцать горлянок дхальского меда; из них восемь впоследствии выкрал управляющий гостевого дома, который, не сознавая своего великодушия, избавил меня не только от терзаний по поводу этого непрошеного дополнения к моему багажу, но и от возможных угрызений совести по поводу моей неблагодарности.

Вечер я провел в компании немцев, мало-помалу выуживая из производимого ими звукового потока общие сведения об их незаурядной профессиональной биографии. В возрасте восемнадцати лет, окончив школу в Мюнхене, оба, как и многие их сверстники, отправились на поиски лучшей жизни. Выпускники разделились по двое, торжественно распрощались и разбрелись по всему свету. Лишенные каких бы то ни было средств к существованию, они могли полагаться только на обрывочные знания практической механики и врожденной, по их мнению, способности к языкам. Перебиваясь случайными заработками в автомастерских, они проделали путь через Испанию и Северную Африку в Абиссинию со смутным намерением когда-нибудь добраться до Индии. Два года назад, остановившись в Бербере, они прослышали, что султан Лахджа только что с позором выгнал за мошенничество своего инженера-француза; в надежде занять его место немцы пересекли залив, получили желаемое и по сей день состояли на службе у султана. Для его высочества они выполняли все виды работ: от ремонта проколотых шин до строительства железобетонной плотины в обмелевшем русле для орошения всех угодий султаната. Отвечали за электроснабжение и городской водопровод, чинили огнестрельное оружие дворцовых стражников, подготавливали чертежи и руководили строительством всех новых зданий, давали консультации по выбору сельскохозяйственной техники, своими руками установили дворцовый ватерклозет — единственный в своем роде на всю Южную Аравию. В свободное время друзья занимались восстановлением брошенных армейских грузовиков и переоборудованием их в автобусы. Опасались они только одного — как бы султану не взбрело в голову прикупить аэроплан; с этой техникой, считали они, общего языка им не найти. Пока что механики были всем довольны, но все же задумывались о скором переезде, памятуя об опасности Застоя Духа.

Султан Ахмед, совмещавший свои мирные занятия с должностью главнокомандующего армией, наутро проводил смотр почетного караула, добиваясь высокой степени единообразия в вооружении и снаряжении солдат. Задолго до прибытия наместника их выстроили на дворцовом плацу по такому же принципу, по какому уличный торговец раскладывает на прилавке клубнику: самый презентабельный товар — на видное место. Начиная со вчерашнего дня на лошадях и верблюдах прибывали старейшины-данники, которых расквартировывали по всему городу в соответствии с их рангом. Собравшись в парадной гостиной султана, средь мебели из мореного дуба и плюшевых драпировок, старейшины являли собой весьма примечательное зрелище. Никто из присутствующих, кроме членов семьи Фадли и министров, не пытался следовать европейской моде. Старейшины из глубинки облачились в лучшие, самые яркие наряды; чуть ли не у каждого на поясе висел инкрустированный драгоценными камнями меч старинной работы. Почти не разговаривая, они неловко переминались с ноги на ногу и подозрительно косились друг на друга, подобно мальчишкам в первые полчаса детского праздника. В своих владениях большинство приглашенных, несмотря на богатые родословные, вели скромный, доходящий порой до убожества образ жизни, поэтому на великолепие Лахджа они взирали с благоговейным трепетом; прибывшие из самых отдаленных районов несмело ступали босыми ногами по брюссельским коврам и таращились от смущения, ничем не напоминая проницательных киношных шейхов с соколиным взглядом. За время ожидания меня по очереди представили всем старейшинам, и с каждым я через переводчика обменялся парой фраз: спросил, долго ли они добирались, каковы виды на урожай и не оскудевают ли пастбищные угодья.

С прибытием делегации из Адена мы переместились в зал совета, где в рамках официальной церемонии старейшины были поочередно представлены по ранжиру; один за другим они пожимали руку наместнику, а затем усаживались в отведенное для каждого кресло. Поначалу излишняя застенчивость не позволяла некоторым в один заход пересечь весь зал, и они пытались отделаться робкими поклонами из дверного проема; шедшие позади, однако, напирали, вынуждая их потупить взоры, торопливо приветствовать наместника и трусцой продвигаться дальше. Все это походило на церемонию награждения победителей захолустных спортивных состязаний, где сэр Стюарт в роли жены сквайра и султан Лахджа в роли викария благожелательно, но твердо подвергали испытанию деревенских ребятишек. В голове не укладывалось, что каждый из этих столпов власти способен вести за собой воинов на поле боя и вершить правосудие на основании древнего путаного закона среди народности, насчитывающей то ли полторы тысячи, то ли двадцать тысяч душ.

С речами было покончено, банкет прошел гладко, и я поехал обратно в Аден, хотя по-настоящему дарбар начинался именно сейчас.

Жаль, что я не смог задержаться подольше, но мое пребывание в Адене подходило к концу. На следующий день лайнер «Эксплоратёр Грандидье» отбывал направлением на Занзибар. Полтора месяца я был отрезан от информации, поскольку загодя распорядился, чтобы всю мою почту переадресовывали в Занзибар. Определенных планов у меня не было, но после встречи с тем немногословным юношей в Хараре я стал задумываться о том, чтобы пересечь Африку и добраться до западного побережья. И после некоторых колебаний решился на этот шаг.

Меня предупреждали, что для посещения Занзибара я выбрал самое неудачное время. Если путешественник, оказавшийся в тропиках, сетует на температуру воздуха, местные жители с насмешливой снисходительностью замечают: «Разве это жара? Вам бы приехать сюда в таком-то и таком-то месяце». Но по общему мнению, декабрь на Занзибаре — время неблагоприятное.

На протяжении всего моего пребывания меня душит жара; глаза застилает туман, коварно искажая силуэты, которые маячат, словно в клубах пара турецкого хаммама.

Живу я в Английском клубе. Каждый день с рассветом просыпаюсь от жары; лежу в полном изнеможении под противомоскитной сеткой и обливаюсь потом; мне требуется время, чтобы собраться с духом и перевернуть подушку сухой стороной кверху; потом приходит бой с чаем и ломтиками манго; какое-то время лежу без одеяла, в ужасе от предстоящего дня. Все движения приходится выполнять очень медленно. Потом я безвольно погружаюсь в сидячую ванну с холодной водой, но уже наперед знаю, что, не успев обсохнуть, тотчас покроюсь каплями пота. Одеваюсь в несколько подходов. В этом городе принято носить длинные брюки на подтяжках, пиджак, сорочку с галстуком-бабочкой, носки, ботинки из оленьей кожи — весь комплект. Управившись с половиной этого списка, я опрыскиваю голову одеколоном и сажусь под электрический вентилятор. В течение дня неоднократно повторяю эту процедуру. В такие моменты жизнь становится мало-мальски сносной. Иду завтракать. Буфетчик, уроженец Гоа, предлагает мне яичницу с беконом, рыбу, джем. Я ограничиваюсь папайей. Потом иду в библиотеку и читаю книги по местной истории. Пытаюсь закурить. Вентилятор сдувает хлопья тлеющего пепла на мой костюм, а курительная трубка, раскалившаяся на жаре, обжигает пальцы. Через открытое окно едва ощутимый ветерок приносит с улицы запахи гвоздики, кокоса и гнилых фруктов. Вчера вечером в порт зашло грузовое судно. Я посылаю боя в банк справиться о моей почте; для меня по-прежнему ничего нет. Делаю заметки об истории Занзибара; чернила растекаются в лужицах пота, капающего на лист бумаги со лба; на страницах учебника истории остаются потные отпечатки моих пальцев. Картотека рассыпалась, и теперь вентилятор гоняет формуляры по библиотеке. Обед подают рано. Как правило, компанию мне составляет молодой чиновник, который на время отсутствия жены, уехавшей домой, переселился в клуб. Я поддразниваю его тем, что с серьезной миной задаю ему вопросы, на которые — точно знаю — он не сможет ответить, например: «Предусмотрены ли законом какие-либо взаимные юридические права, связывающие французских подданных, проживающих на Занзибаре, и британских — на Мадагаскаре? В какой статье бюджета протектората прописана арендная ставка, уплачиваемая за владения султана на материке? Какая договоренность была достигнута между итальянским правительством и султаном в вопросе передачи побережья Сомалиленда ниже по течению реки Джубба?» Или же поднимаю темы, обсуждение которых — я знаю наверняка — поставит его в неловкое положение: «Высказывались ли члены торгового совета в пользу займа правительству Кении из казначейства Занзибара? Действительно ли султан сам оплачивает собственные почтовые расходы, а наместник — нет; действительно ли султан владеет иностранными счетами, которыми заинтересовалась администрация?» Мой сотрапезник демонстрирует чудеса выдержки и обещает в тот же день получить интересующие меня сведения по своим каналам. После обеда ложусь вздремнуть. Каждый день, ровно в четырнадцать часов сорок минут, слабый теплый бриз полностью стихает. Просыпаюсь от резкого усиления жары. Снова погружаюсь в ванну. Потом опрыскиваю голову одеколоном и сажусь под вентилятор. Чай. Иногда я хожу за благословением в собор — там прохладно. Иногда в компании молодого чиновника выбираюсь за город на автопрогулку — мы разъезжаем вдоль плантаций кокосовых пальм и гвоздичных деревьев, сворачивая в аккуратные деревушки, в каждой из которых имеется полицейский участок и больница. Иногда ко мне захаживает приятель-турок, с которым мы познакомились на лайнере по пути сюда; он рассказывает о прелестях жизни в Ницце и довоенной славе Константинополя; обычно его коротко стриженные волосы прикрывает феска, но в Ницце, сообщает он, феску приходится снимать, потому что его принимают за египтянина и дерут втридорога за любую мелочь. Потягивая лимонный сквош, мы планируем путешествие в Хиджаз.

— Будем скакать до тех пор, — мечтает он, — пока в кровь не израним колени.

Теплые слова, сказанные мною между делом в адрес армян, его явно возмущают, однако благовоспитанность заставляет придержать язык. Он просто заводит красочный рассказ об изощренных пытках, которым его родичи подвергали армянское население.

Ужин на клубной террасе; сейчас немного прохладнее; от приема пищи можно даже получить удовольствие. Вечерами мы частенько выезжаем на прогулку или посещаем представление *нгома*. Как-то раз я побывал в местном кинотеатре, где публика, в отличие от аденской, отнюдь не клевала носом, — наоборот, аборигены, составлявшие основную массу зрителей, с истерическим надрывом реагировали на чудачества двух крепко выпивших американцев. А нгома, кстати говоря, любопытное зрелище. Первоначально эти танцы народа суахили, вне всякого сомнения, наделялись ритуальным смыслом, однако в наши дни их исполняют исключительно ради увеселения. Будь ты коренным островитянином или переселенцем, все виды деятельности на Занзибаре, в том числе и эти танцевальные номера, осуществляются с официального разрешения, подконтрольно и по лицензии. В полиции лежит список мест и дат выступлений, а посещение открыто для всех желающих. Пару раз здесь гастролировали труппы красавцев-негров с материка — в профессиональном отношении программа их была куда более разнообразной и сценичной. Однажды мы посетили представление, проходившее в абсолютной темноте; нас даже попросили затушить сигары. Если мы правильно поняли, нам показали нечто вроде игры в жмурки: в центре стоял человек, чья голова была полностью скрыта под высоким колпаком, сплетенным из соломы, а вокруг отплясывали остальные участники труппы, выкрикивая насмешки, грохоча жестяными банками и таким способом побуждая его на поиски. Глаз мог различить только прыгающий и качающийся на фоне неба соломенный хохолок на макушке центрального танцора. В другой раз с материка — как мне сказали, откуда-то из-под Танги — приехал замечательный оркестрик: четверо или пятеро виртуозов игры на тамтамах. Неожиданно было то, что эти мужчины запрокидывали головы, таращили глаза и передергивали плечами, как трюкачи-барабанщики в каком-нибудь парижском варьете.

Вероятно, единственное, что ускользает от благосклонного взора администрации Занзибара, — это колдовство, которое тайно и повсеместно практикуется по сей день. В свое время Занзибар и Пемба — особенно Пемба — считались главными на всем восточном побережье центрами обучения черной магии, а желающие овладеть этим искусством стекались в здешние края чуть ли не с Великих озер. Поговаривают, что интерес к познанию глубинных тайн вуду проявляют даже гаитянские знахари, которые нет-нет да и наведываются на острова. На сегодняшний день эта сторона жизни скрыта от глаз европейцев, и, даже прожив в стране немалый срок, иностранцы лишь изредка подмечают следы сильного, бесконечно разветвленного культа, который по-прежнему процветает где-то в гуще жизни. Да, вне всякого сомнения, процветает, и уже кажется вполне логичным, что не где-нибудь, а именно в этой высокомерной среде.

В целом же на Занзибаре не знают никаких печалей, а любое затруднение решается просто: достаточно приспособить установленный порядок к собственным нуждам. Султан есть образец декоративного правителя: у него горделивая осанка и незапятнанная личная жизнь. Никаких обоснованных притязаний на занимаемую должность у него нет; полномочиями его наделило британское правительство, которое отчисляет ему справедливый процент от поступлений в региональную казну, достаточный для удовлетворения скромных потребностей. В области сельского хозяйства активно развиваются — по сравнению с другими формами деятельности на восточноафриканском побережье — два основных промысла: выращивание гвоздики и кокоса. Блюсти закон и порядок здесь удается лучше, чем во многих городах Британских островов. Отдельного восхищения достойны медицинские услуги и санитарно-гигиенические условия; проложены километры отличных дорог. Органы регионального управления существуют на самообеспечении. Британия не вывозит с острова никакого сырья. Наоборот, мы щедро импортируем широко образованных, честнейших представителей нашего недоиспользованного среднего класса, готовых не покладая рук трудиться в интересах островитян за довольно скромную мзду. Разглядывая забавные, интуитивно понятные схемки, крестьяне суахили учатся, как не подхватить глистов и слоновую болезнь. И если в Омане под нашим влиянием сформировалась прослойка культурной, с декадентским налетом, арабской аристократии, то здесь мы оставили пласт добропорядочной, не брезгующей мылом молодежи в форменных школьных жилетах. Благодаря этому молодому обществу сюда без опасений стекаются иммигранты-индийцы.

Мы хотели заложить здесь основы христианской цивилизации, но вместо этого оказались на пороге основания индуистской.

Столицу острова, по моему разумению, можно причислить к достойным образчикам арабской архитектуры восемнадцатого века — нигде не встречал такого уровня сохранности.

Во времена Бёртона город, должно быть, поражал необычайной красотой и визуальной целостностью. Теперь же ни в одном из шикарных арабских особняков не найдешь ни одного араба; вместо них конторы заняли индийские клерки, а квартиры — добропорядочные британские семейства.

Двое суток я провел на Пембе. Пейзажи здесь такие же, как на Занзибаре, — заросли гвоздики и кокосовых пальм, гудронированные дороги. Вечером, как раз перед своим отъездом, я стал свидетелем весьма резкого спора о распределении рождественских подарков. Квартировал я в доме у двух одиноких стариков. Они запланировали централизованное празднование Рождества для проживающих на острове детишек из европейских семей, по случаю чего на «Галифаксе» сюда переправили партию милейших игрушек. Расставив детские стульчики, престарелые хозяева распределяли подарки:

— Это для такого-то мальчика.

— Это для такой-то девочки.

— В таком-то семействе двое или трое детей?

Поначалу в процессе дележа наблюдалось единодушие, чувствовался диккенсовский настрой. Но впоследствии, когда встал вопрос о том, кому же достанется большой и яркий резиновый мяч, я заподозрил, что у каждого из моих хозяев есть свой любимчик.

— Идеально для Мэри такой-то, какая она чудная девчушка.

— А у Питера такого-то братишка пошел в школу в Англии. Малыш Питер остался один-одинешенек.

Мяч кочевал из одной горы подарков в другую, порой скатывался вниз и прыгал между ними. Когда старики выхватывали друг у друга большой мяч, прежние аргументы — «чудная девчушка» и «один-одинешенек» — звучали воинственно. Странное было зрелище: двое разгоряченных старичков борются за игрушку. Далее последовало закономерное: «Ладно. Поступай как знаешь. Я умываю руки. Празднуйте без меня». Сдача позиций произошла резко и взаимно. Дело приняло иной оборот: теперь каждая из сторон пыталась навязать мяч претенденту соперника. Я деликатно воздерживался от любых попыток разрешить этот спор. Мир, однако, был достигнут, хотя и не сразу. Уж не помню, на каких условиях, но, если мне не изменяет память, мячом решили одарить третью кандидатуру, а оставшиеся подарки разделили в качестве компенсации между Мэри и Питером. Которые от такого расклада только выиграли. Вопрос, вне всякого сомнения, был решен со знанием дела. Тем же вечером я вернулся на «Галифакс». Некоторые из моих новых знакомцев пришли меня проводить. Разбудив буфетчика-гоанца, мы уговорили его приготовить для нашей компании лимонный сквош. Время перевалило за полночь; мы пожелали друг другу счастливого Рождества и засим расстались. А утром отправились на Занзибар, куда прибыли как раз к пятичасовому чаепитию. Писем для меня по-прежнему не было.

В отрыве от древнегерманских традиций — без рождественских поленьев, без оленьей упряжки, без ромового пунша — Рождество не воспринималось всерьез. На главной улице города только лавочники-индусы украсили свои витрины мишурой, хлопушками и сверкающим искусственным снегом; в соборе выставили неказистый вертеп; нищие тянули: «Я ошень хлистианин»; клубная жизнь, которая теплилась здесь до недавнего времени, полностью прекратилась.

Дождавшись наконец своей почты, я смог выехать в Кению. Сел на почти пустой итальянский лайнер. Немногочисленные пассажиры безмятежно проводили выходные дни на воде. Главным достоинством этого судна был старый добрый синематограф, а главной бедой — нашествие черных тараканов: они заполонили каюты и в огромном количестве дохли в ваннах. Одно такое насекомое, по словам некой дамы, англичанки, зверски ужалило ее в затылок. Они с мужем проживали в Найроби. Море увидели впервые, хотя в Кению перебрались одиннадцать лет назад. У мужа было свое кирпичное производство. Он поведал, что у его кирпичей только один недостаток — ограниченный срок службы; причем иногда они рассыпаются в труху еще до укладки; но в недалеком будущем он планировал внедрить новую технологию.

У нас была остановка в Дар-эс-Саламе. Разыскав представительство Бельгийского Конго, я изложил его сотруднику идею о возвращении в Европу через западное побережье. Тот сочувственно воспринял мой план и рассказал о еженедельном воздушном сообщении между Альбервилем и Бомой; стоимость перелета была ничтожно мала, а выгода от такого маршрута чрезвычайно велика. Бельгиец показал мне расписание рейсов двухлетней давности. Новое еще не доставили, но, по заверениям сотрудника, я мог не сомневаться, что любые поправки будут изменениями к лучшему. И я купился.

В последний день года мы прибыли в Момбасу, где все мое свободное время ушло на общение с иммиграционной службой.

Но мое дурное настроение постепенно развеивалось по мере того, как наш поезд, сходя время от времени с рельсов (если быть точным, на пути из Момбасы в Найроби это повторилось трижды), поднимался со стороны побережья в горы. Тем же вечером в вагоне-ресторане я разговорился с молодой леди, которая ехала готовиться к собственной свадьбе. В своем рассказе она сетовала, что за время двухлетней службы в Скотленд-Ярде ее мышление огрубело, однако потом, работая в одном из банков Дар-эс-Салама, она смогла восстановить и даже облагородить утраченное. Предстоящее замужество и переезд радовали мою собеседницу, поскольку в Дар-эс-Саламе днем с огнем не найти свежего масла.

Ночью я проснулся с желанием укутаться в одеяло. За истекшие недели я успел забыть, каково это — не обливаться потом. Наутро сменил белый китель на серый пиджак из тонкой шерстяной фланели. В Найроби поезд прибыл незадолго до обеда. На такси я добрался до клубного отеля «Мутгейга». Свободных номеров не оказалось, но секретарь знал о моем приезде и закрепил за мной статус временного члена клуба. В баре я увидел знакомых: с одними повстречался на борту «Эксплоратёр Грандидье», с другими знался в Лондоне. Розовый джин тек рекой. Кто-то сказал:

— Только не подумайте, что в Кении всегда так.

Слово за слово меня втянули в обеденную компанию. После обеда мы отправились на скачки. Один из попутчиков протянул мне жетон из плотного картона, который следовало закрепить в петлице; другой, по имени Раймон, представил меня букмекеру и разъяснил, на каких лошадей нужно ставить. Ни одна из них не пришла первой. Когда я предложил букмекеру некую сумму, он, зловеще понизив голос, произнес:

— Друг мистера де Траффорда — мой друг. Сочтемся позже.

Кто-то третий отвел меня в шатер, где подавали шампанское. Когда я хотел было в свой черед расплатиться за всю компанию, бармен протянул мне на подпись клочок бумаги и предложил сигару.

Вернувшись в «Мутгейгу», мы позволили себе еще шампанского — на сей раз из серебряного кубка, только что выигранного кем-то из присутствующих.

И опять я услышал:

— Только не подумайте, что в Кении всегда так.

Моим вниманием завладел один молодой человек в сомбреро с отделкой из змеиной кожи. Он оставил игру в кости, где только что просадил двадцать пять фунтов, и предложил мне отправиться с ним на званый ужин в отеле «Торрс». Мы с Раймоном пошли переодеваться.

По дороге снова заглянули в бар, чтобы выпить по коктейлю. Охранник в оранжевой рубашке поинтересовался, нет ли у нас намерения затеять драку. Мы оба ответили, что есть. Тогда он посоветовал:

— Лучше выпейте.

В тот вечер состоялся большой прием, под который отвели половину танцевального зала в «Торрсе». Молодая леди, сидевшая рядом со мной, сказала:

— Только не подумайте, что в Кении всегда так.

Спустя некоторое время мы снова вернулись в «Мутгейгу».

Там я встретил очаровательную американку по имени Кики, с которой уже был знаком. Она недавно проснулась. И сказала:

— Вам понравится Кения. Здесь всегда так.

Утром я очнулся в необыкновенно комфортабельном номере; бой-туземец, который принес мне апельсиновый сок, сообщил, что я нахожусь в «Торрсе».

У меня напрочь вылетели из головы и Момбаса, и сотрудники иммиграционной службы.

По окончании недели скачек мы с Раймоном покинули Найроби и направились через Рифтовую долину к озеру Найваша. Дорога, одна из лучших в стране, оказалась скверной: краснозем, изрезанный глубокими колеями. В пути мы встречаем поселенцев, возвращающихся в свои угодья; все одеты в яркие рубашки и широкополые фетровые шляпы; разъезжают на грузовичках; в кузовах разнообразный инвентарь, купленный в столице; встречаем представителей народности кикуйю: женщины идут с тяжелой поклажей, закрепленной на спине при помощи налобной лямки; у них рассеченные и раскрашенные ушные раковины, платья из кожи медного цвета; мужчины же стремятся выглядеть по-европейски: один поживился выброшенными кем-то шортами цвета хаки, другой — отслужившей свое шляпой. Когда мы проезжаем мимо, кикуйю, улыбаясь, неловко салютуют и приветствуют нас словами «джамбо бвана»[1] — примерно как британские малыши, которые до сих пор машут поездам своими носовыми платочками.

Пейзажи здесь великолепны: в Абиссинии я ничего подобного не видел; повсюду, насколько хватало глаз, вздымаются гребни гор. В Англии красивым считается такой пейзаж, где церковный шпиль виден за шесть полей, тогда как здесь выражение «бескрайние открытые просторы», навязшее в зубах из-за журнальных романов с продолжением в духе Франкау, обретает свой изначальный смысл. Яркий солнечный свет, лучи которого совершенно отчетливы и непрерывны в своем падении; солнечный свет яснее света дневного, солнечный свет с оттенком лунного, чья прохлада кажется здесь такой неуместной. В Европе солнечный свет — янтарный; в Африке — алмазный. Воздух дышит свежестью: готовая реклама зубной пасты.

Поселиться мы собираемся у Кики. Ей принадлежит одноэтажный, совершенно роскошный особняк на берегу озера. В свое время она приехала в Кению на несколько рождественских дней. Некто спросил, почему бы ей

---

[1] «Большой господин» *(суахили)*.

не задержаться подольше. Она объяснила, что здесь ей, в общем-то, некуда деваться. Тогда имярек сделал ей подарок на Рождество: полосу озерного берега длиной в две, если не три мили. С той поры она бывает здесь более или менее регулярно. У нее имеется муж, который отстреливает практически любых животных; имеется бильярдная, чтобы развешивать по стенам их головы. Помимо двоих детей, имеется также обезьянка, которая спит у нее на подушке.

Найваша меня пленила; зеленый склон сбегал от дома к воде, где была оборудована купальня с небольшой дамбой, позволяющей не запутаться в камышах. Купались мы обычно по утрам, обедали плотно и разрешали себе дневной сон. Кики появлялась после пятичасового чая. Коктейли сопровождались крохотными острыми колбасками. Как-то раз мы с Кики пошли прогуляться до муравейников, что ярдах в пятидесяти через сад.

— Вы просто обязаны прочувствовать, как болезненны их укусы. — С этими словами Кики прихватила листком муравья-гиганта и выпустила на тыльную сторону моей кисти.

Укус оказался жутко болезненным. Мало этого: несколько муравьев взбежали по штанине моих брюк вверх и там тоже начали кусаться.

В Кении быстро забываешь, что находишься в Африке; вспоминаешь об этом внезапно, и такое пробуждение не лишено приятности. Как-то в предобеденное время сидели мы на террасе за коктейлями. Муж Кики обсуждал с генералом некоего господина, чью кандидатуру они забаллотировали на выборах в «Уайтс»; Раймон обучал сынишку Кики игре в шмен-де-фер; мы расположились под полосатым тентом, наслаждаясь звуками граммофона, —

ни дать ни взять юг Франции. Внезапно на лужайке появилась женщина-кикуйю, которая, ведя за руку маленького мальчика, вразвалочку шагала в нашу сторону. Она заявила, что ей нужна таблетка для сына. Описала, что у него болит. Муж Кики вызвал своего камердинера, который и перевел все объяснения. В ответ камердинер порекомендовал мятные пастилки для рассасывания. Когда он принес коробочку, женщина уже протягивала руку, чтобы забрать это средство, но хозяева дома — к явному неудовольствию просительницы — настояли на том, чтобы дать лекарство непосредственно ребенку.

— Иначе она сама его заглотит — дай только за угол свернуть. Кикуйю, прямо как английская богема, испытывают нездоровую тягу к лекарственным препаратам; приходят клянчить в любое время суток.

В один из дней Кики внезапно появилась к завтраку — причем в бриджах и с двумя крупнокалиберными ружьями наперевес. Ей вздумалось поехать на львиную охоту.

А мы с Раймоном решили перебраться в его владения в городке Нджоро.

Сельское хозяйство никто — уж я-то определенно — не воспринимает как вид деятельности, подходящий для холостяка. В Кении одним из удивительных открытий стало для меня великое множество неженатых фермеров. Таков же и Раймон; впрочем, есть вероятность, что в большей степени он все же холостяк, нежели земледелец. В Нджоро мы с ним провели около двух недель; то Раймон, то я, бывало, отлучались на день-другой. Замечательная, хотя и немного беспорядочная вышла поездка. Его кухарку постоянно где-то носило. За старшего оставался подросток по имени Данстон, который бо́льшую часть дня проводил под открытым небом, сидя на корточках у костра и поддерживая температуру воды для ванны. Мне удалось выучить несколько слов на суахили. Проснувшись, я спрашивал:

— Уоппе чикуле, Данстон? — Что означало: «Где еда, Данстон?»

А Данстон отвечал:

— Хапана чикуле, бвана. — Что означало: «Нету еды, господин».

Случалось, я оставался без завтрака; иногда заставал Раймона — если, конечно, тот ночевал дома — сидящим в постели с банкой паштета из рябчика и бутылкой минеральной воды; в таких случаях приходилось настаивать, чтобы он поделился съестным; иногда, если телефонная линия работала без перебоев, мне удавалось дозвониться до ближайшей соседки, миссис Грант, и напроситься к ней на завтрак. Обедали и ужинали мы в гольф-клубе Нджоро или у соседей; случались также очень милые вечера в ирландском стиле, куда мы неслись по ухабам на трицикле, который Раймон выменял на свой автомобиль; новое транспортное средство было напичкано разными приспособлениями для ловли горилл в лесу Этури (такая затея пришла в голову Раймону, когда он прознал, что Берлинский зоопарк выплачивает за каждую особь по две тысячи фунтов), однако в плане пригодности для обычных визитов значительно уступало автомобилю.

Дома в Кении, как правило, строятся в том архитектурном стиле, который отражает периоды процветания или упадка. Гостиные нередко располагаются отдельно от спален — в другом здании; планировка дома зачастую осложняется нагромождением пристроек и флигельков, умножение которых объясняется то богатым урожаем, то внезапным всплеском оптимизма, то наплывом гостей из Англии, то рождением детей, то приездом практикантовфермеров — и вообще любым изменением домашнего уклада. И наоборот: многие дома служат печальными свидетельствами того, что начатое строительство было остановлено в трудные времена. Что же до внутреннего убранства, оно, как правило, поражает своим уютом. По грунтовой дороге без изгороди вы подходите к обшитому вагонкой бетонному строению, крытому гофрированным железом, но, переступив через порог, оказываетесь среди старинной мебели, книг и вставленных в рамы живописных миниатюр.

Приусадебных садов здесь крайне мало; мы отправились за несколько миль от Нджоро, чтобы полюбоваться одним из образчиков; прелестная хозяйка в золотистых туфлях-лодочках провела нас по травяным дорожкам, окаймленным подстриженными кустарниками, по японским мостикам над прудами с водяными лилиями, мимо высоких тропических растений. Впрочем, только единицы находят время для воплощения такой роскоши.

Выходные я провел у Боя и Дженесси, владельцев одного из самых великолепных кенийских имений; в центре усадьбы, раскинувшейся на вершине холма в окрестностях Эльментайты, стояло три внушительных каменных особняка с видом на озеро Накуру; здесь были представлены почти все элементы топографии: и травянистые лужайки, и кустарниковые заросли, и скальный рельеф, и река с водопадом, и даже вулканическая расщелина, к основанию которой мы спустились по канату.

На границах бушует лесной пожар, днем стоит низкая облачность, а ночью по линии горизонта стелется красное зарево. К выходным огонь усиливается. Мы в тревоге следим за любым изменением ветра; население регулярно информируют о ходе событий; к очагам пожара стягиваются дополнительные силы, чтобы «затормозить процесс»: не перекинулось бы пламя на другую сторону железнодорожных путей. Под угрозой находятся пастбища для сотен голов крупного рогатого скота.

Вечером мы спускаемся к озеру ради утиной охоты; на воде качаются тысячи фламинго; с первым выстрелом они облаком поднимаются ввысь, как пыль с ковра; оперение у них — цвета розового алебастра; покружив в небе, они снова приводняются, но уже на отдалении. В сотне ярдов от берега всплывает голова бегемота с разинутой в зевке пастью. С наступлением сумерек бегемот выбирается на вечернюю прогулку. Прижавшись друг к другу, мы замираем у подножек автомобилей. Слышится тяжелая поступь зверя и падение струек воды с его боков; он шумно чешется. В свете автомобильного прожектора, который мы специально направили на бегемота, виднеются огромное, покрытое коркой грязи туловище и пара маленьких, розоватых, возмущенных глаз; вскоре он трусцой устремляется в воду.

Кстати, вот еще несколько разительных контрастов кенийской жизни: пышное убранство зала в духе шотландской резиденции королевы Виктории — открытый камин с поленьями и торфяными брикетами, резная каминная полка, трофейные головы, холсты с изображением откормленной скотины, ружья, клюшки для гольфа, рыболовные снасти и сложенные газеты, но когда приходит время подавать шерри-бренди, вместо британского лакея в жилете появляется босоногий мальчуган-кикуйю в красной тужурке поверх белой робы. Типичный, густо поросший травой английский луг; миниатюрный коровник на заднем плане; породистый айрширский бык почесывает спину о стойку ворот; но при нашем приближении бросаются врассыпную вовсе не кролики, а стайка обезьян; и за стадом вместо деревенского простака в балахоне следит пастух масаи: чресла обернуты полоской ткани, на голове копна окрашенных косичек.

Вернувшись в Нджоро, я застал Раймона за тщательной подготовкой к охоте на горилл: повсюду на столах и даже на полу лежали ружья, фотоаппараты, подзорные трубы, револьверы, консервы и походные аптечки. На видном месте стоял ящик шампанского.

— Без этого никак — надо уважить бельгийскую погранслужбу... да и вообще лишним не будет.

В тот вечер я отужинал с Грантами. У них в доме гостила некая англичанка, чья дочь присутствовала на том уик-энде у Дженесси. С Грантами мы условились подняться на Килиманджаро, однако планы пришлось пересмотреть, а вместо восхождения решили отправиться в Уганду. К тому же я хотел посетить Кисуму, поэтому мы сошлись на том, что оттуда они меня и заберут в следующее воскресенье. На другой день я наблюдал, как Раймон загружает свой трицикл, а вечер мы провели в клубе «Нджоро» и определенно перебрали. Наутро я сел в поезд до Кисуму.

Ехал я вторым классом. Моим соседом по купе оказался рыжеволосый молодой человек на пару лет меня старше; его знакомый, с которым они обсуждали процедурную составляющую местного законодательства, вышел через несколько остановок, и мы остались вдвоем. Сидели какое-то время в тишине. Дорога тянулась неимоверно долго. Я погрузился было в «Анатомию меланхолии» Бёртона, которую стащил у Раймона. Но тут мой попутчик наконец заговорил:

— Далеко едете?

— В Кисуму.

— Но зачем?

— Просто так. Решил, что мне там понравится.

Пауза.

— Вы недавно в этой стране, верно?

— Да.

— Я так и подумал. Кисуму — дыра.

Потом он продолжил:

— Где вы успели побывать?

Я вкратце перечислил.

— Да, стандартный набор путешественника. Не поймите превратно: народ там, конечно, замечательный, но все же для Кении не вполне типичный.

Две-три станции мы проехали молча. Затем попутчик начал собирать свой багаж: вещевой мешок, какие-то корзины, небольшой упаковочный ящик и металлическую печную трубу.

— Послушайте, в Кисуму вам не понравится. Заночуйте лучше у меня.

— Договорились.

— Вот и славно.

Мы вышли на станции недалеко от нагорья Нанди и погрузили багаж моего спутника в фургон марки «форд», который был оставлен вблизи платформы под присмотром лавочника-индуса.

— Надеюсь, вы не против, если сначала мы заедем к моему шурину. Отсюда всего миль тридцать.

Мы долго ехали по рытвинам через необыкновенно живописную сельскую местность. На дорожных указателях значились только фамилии плантаторов. Наконец мы прибыли в пункт назначения. В доме жили постояльцы, среди которых я узнал своего бывшего одноклассника. Кстати, до этого момента мы с моим доброжелателем так друг другу и не представились. За домом был разбит сад в итальянском стиле: аккуратные живые изгороди из тиса, подстриженные газоны, обнесенная балюстрадой терраса и вид на кипарисовую рощу; вдали — благородные очертания холмов Нанди; после захода солнца там загорались огоньки местных деревень; а здесь в беседке под соломенной крышей домочадцы играли в покер. Мой спутник уладил свои дела; выпив по бокалу хереса «Бристоль крим», мы выдвинулись в путь. Уже совсем стемнело. Еще одна очень затяжная поездка. Наконец мы добрались до места. Нас встретил мальчик с фонарем в руке, а за ним вышла пожилая дама — теща моего покровителя.

— Мы уж думали, ты помер, — сказала она. — А это еще кто?

— Сегодня он переночует у нас. Забыл, как его зовут.

— Вам у нас не по нраву будет: еды в доме нет, а в столовой пчелы роятся.

Потом женщина обратилась к своему зятю:

— У Белинды весь зад отнялся.

Вопреки моим предположениям, речь шла не о ее дочери, а о суке породы ирландский волкодав.

Мы подошли к дому: просторному одноэтажному строению, мало отличавшемуся от соседних в этой общине. Из вежливости я его похвалил.

— Рад, что вам нравится. Я ведь, считай, своими руками его отстроил.

— У нас это уже третий дом на одном месте, — вставила теща. — От двух предыдущих ничего не осталось. Первый выгорел изнутри, а во второй молния ударила. Вся мебель, какая у меня была из Англии привезена, в огне пропала. Ужин три дня подряд слуги исправно готовили. А сегодня хоть шаром покати.

Впрочем, когда мы приняли ванну и переоделись из дорожных костюмов в пижамы, нас ждал превосходный стол. Вечер прошел под знаком истребления пчел, которые с наступлением темноты стали устраиваться на ночлег в разных ящиках и шкафчиках. Ползая друг по дружке, они кишели вязкой, забродившей массой; это зрелище напоминало процессы, наблюдаемые под микроскопом в подгнившем сыре; изрядное число насекомых летало по комнате и нещадно жалило нас прямо за ужином, тогда как на отшибе, в спальнях, среди постельного белья с ручной вышивкой, таились целые сторожевые отряды. Во всем доме стоял приглушенный гул. В комнатах расставляли лохани с кипятком, и перепуганный мальчишка-туземец черпаком смахивал туда сонных пчел. Часть мебели вынесли на воздух, чтобы заняться ею утром.

На следующий день мы обошли хозяйство — кофейную плантацию. Через некоторое время прибыл инспектор-геодезист, с которым мы объехали ближайшие окрестности, фиксируя неисправные водостоки. В сезон дождей, как рассказала мне пожилая хозяйка, ферма неделями бывает отрезана от соседей. Мы посмотрели, как наводится мост — под руководством, судя по всему, одного-единственного парня в резиновых сапогах. Страдалица Белинда лежала в корзине на веранде, а у нее над головой краснохвостый жако бессердечно передразнивал ее стоны.

Во второй половине дня геодезист подбросил меня на станцию, откуда уходил поезд до Кисуму — унылого городка, как и предсказывал мой безымянный радетель: череда новых, неопределенного стиля строений, небольшая пристань и железнодорожный узел; население — либо индусы, либо чиновники. Отель был переполнен; меня подселили в номер к летчику-ирландцу, который изучал маршрут до Кейптауна по заказу «Империал Эйруэйз». На следующий день, в воскресенье, во время церковной службы я стал свидетелем гневного порицания противозачаточных средств со стороны святого отца из Милл-Хилла. Управляющий отелем отвез меня на своей машине в деревню Кавирондо, жители которой до сих пор не носят ничего, кроме найденных на помойке хомбургских шляп. Вскоре приехала миссис Грант со своей компанией.

Мы прибыли в Эльдорет и там заночевали в еще одном особняке, самом английском из всех, мною виденных, — старинное серебро, семейные портреты, туалетные столики с ситцевыми оборками, — а на другой день оказались за рубежом, в Уганде.

Вообще-то, граница между двумя территориями ничем не обозначена. Мы пересекли ее в утреннее время, а ближе к вечеру добрались до Джинджи.

В Джиндже есть и гостиница, и поле для игры в гольф. Мне думается, это единственная в мире спортивная площадка, где действует особое правило, позволяющее игроку вручную доставать свой мяч из следов бегемота. Там, у озера, действительно обитает очень пожилой бегемот. Задолго до того, как для широкой публики открыли доступ к водопаду Рипон, гиппопотам регулярно совершал вечерний моцион по той части берега, которую ныне занимает город Джинджа. От этой привычки он не отказался и сейчас, хотя в этих местах появились и железнодорожные пути, и бунгало. Поначалу делались попытки его пристрелить, но в последние годы он был признан символом города, и жители, засидевшиеся в гостях за партией в бридж, нередко видят, как он бредет к себе по главной улице. Время от времени бегемот разнообразит свой маршрут и влачится прямиком через поле для гольфа — тогда-то и вступает в силу особое правило.

В гостинице для всей нашей компании места не хватило из-за проживающей там группы охотников на крупную дичь. И я поселился в гостевом доме для приезжих из метрополии. Этот тип жилья может оказаться как небольшим отелем, так и комнатушкой без мебели. В Джиндже кровать с матрасом все же предоставляли, но, увы, без одеял и постельного белья. Не успел я сгрести в охапку пальто моих спутников, как мы увидели чернокожее, расплывшееся в улыбке лицо у подножья гостиничного крыльца. Это был Данстон, который, заламывая руки, явился доложить о пропаже Раймона. На своем трицикле тот уехал вместе с соседом, присоединившимся к охоте на горилл, а Данстону и водителю из местных поручил следовать за ними на фургоне. На каком-то участке дороги эти двое отстали. И теперь мы имеем фургон с винтовками, провизией и нескончаемым «Хапана бвана де Траффорд»[1]. Данстон ожидал распоряжений. Мы велели ему перенести одеяла бваны де Траффорда в гостевой дом, застелить постель, а затем ждать дальнейших указаний. Сами же телеграфировали в Эльдорет, Нджоро и Найроби о местонахождении Раймонова фургона. Не знаю, воссоединился ли в итоге Раймон с фургоном, — наутро мы уехали в Кампалу.

Здесь я распрощался со своими спутниками и заселился в гостиницу. Мысль о возвращении в Европу обретала в моем сознании все более четкие очертания, подогревая желание как можно скорее добраться до Альбервиля и бельгийских авиалиний.

В середине дня следующего воскресенья я покинул Кампалу. Через озеро переправлялся на «Русинге» — компактном пароме под командованием четверки элегантных офицеров, которые в дневное время носили бело-золотую форму, а вечером — сине-золотую. В среду я высадился в Мванзе — крохотном городишке с преобладанием индийского населения. В гостинице меня подселили

---

[1] «Нету господина де Траффорда» (*суахили*).

к капеллану из Церковного миссионерского общества. За трапезой компанию мне составляли все тот же капеллан, а также пожилой деляга из Манчестера, занятый в торговле хлопком. Занятый по крайней мере до утра четверга. Сюда он приехал с юга ради встречи со своим местным начальством. Когда он вернулся, я поинтересовался с допустимым — хотелось бы верить — уровнем сарказма:

— Ну что, уволили?

— Ага, — ответил он, — можно и так сказать. Как, черт возьми, вы догадались?

Шутка не удалась.

Позже, за обедом, он так надрался, что принялся рассказывать совершенно непотребные анекдоты о бабуинах. Миссионер тут же вскочил и убежал к себе в спальню строчить записочки. Тем же вечером мы сели на поезд до Таборы, куда прибыли в полдень следующего дня. Я ехал в компании миссионера, человека довольно благовоспитанного.

Помимо всего прочего, в разговоре мы коснулись темы женского обрезания — обряда, ставшего камнем преткновения между миссионерами и антропологами. Миссионер поведал мне об интересном эксперименте, который проводился в его приходе.

— Искоренить эту практику невозможно, — сказал он, — но мы очистили ее от целого ряда сомнительных процедур. Сейчас операцию проводит моя жена в уютной атмосфере часовенки.

Хозяева гостиниц, казалось, вовлечены в некий сговор: каждая железнодорожная пересадка влечет за собой задержку на сутки, а то и двое. Ближайший поезд до Кигомы ожидался только в воскресенье, поздним вечером. В отеле Таборы было на удивление безлюдно даже по африканским меркам. Очень большое старинное здание. В дни расцвета германского империализма отель был построен для досуга особого гарнизона. Сейчас постройка находится под управлением угрюмого грека и стремительно приходит в упадок.

Сам же городок не лишен интереса. Его облик фиксирует различные этапы истории. Прекрасные манговые рощи напоминают о периоде арабской оккупации, когда на караванном пути к побережью это место служило главным пунктом работорговли и обмена слоновой кости. Заросли акации, форт и мой унылый отель остались со времен германской Восточной Африки. Главный вклад Англии — большая государственная школа для обучения наследников вождей. Громоздкое двухэтажное здание из бетона бросается в глаза: оно было построено на совершенно неподходящем участке для практических занятий по сельскохозяйственным дисциплинам — главной составляющей учебного процесса. На первых порах учреждение действительно принимало только будущих вождей, но теперь его двери открыты и для других подающих надежды аборигенов. В качестве формы обучающиеся носят свитера с нашивкой и регбийные кепочки с коротким козырьком; у каждого класса есть староста и свой вымпел; есть сводный духовой оркестр; здесь обучают ведению сельского хозяйства, машинописи, английскому языку, уделяют внимание физической подготовке, прививают школьный *esprit de corps*[1]. В школе имеется доска почета, список имен на ней ежегодно пополняется фамилией какого-нибудь мальчика. Но поскольку соревновательность среди учеников никогда не сулила им никаких особых преимуществ — об учебе в Макерере не мечтали даже са-

---

[1] Командный дух *(фр.)*.

мые амбициозные, — изначально так повелось, что маль-
чики сами избирали лучшего ученика.

Выборы, впрочем, принимали такую необъяснимо
причудливую форму, что их заменили простыми назна-
чениями. Меня пригласили посетить «шари» (местное
словечко для обозначения любого рода препирательств).
Собралась вся школа, а на повестку дня старосты вынесли
дисциплинарные нарушения. Судьи сидели в креслах на
помосте, а все остальные — на корточках посреди большого зала. К ответу призвали трех мальчиков: двоих —
за курение и одного — за отказ тянуть плуг. Их приго-
ворили к ударам палкой. Несмотря на отчаянное сопро-
тивление, малолетних нарушителей распластали на полу
их же собственные друзья, а сержант-инструктор, старый
вояка из КАР, нанес каждому два или три удара тростью.
Если сравнивать с наказаниями в английских частных
школах — легко, считай, отделались, но и здесь не обошлось без страдальческих воплей и самых невообразимых
корчей. Очевидно, эта сторона системы элитного обра-
зования еще не до конца усвоена в здешних краях. В тот
вечер в отель прибыл фермер, занимавшийся производством сизаля, — самоуверенный низкорослый австриец,
без конца высмеивавший британскую администрацию.
Некоторое время назад он вернулся на ферму, где работал в довоенные годы, — сейчас так поступают многие
немцы и австрийцы. По его разумению, если и через пару
лет Британия продолжит в том же духе управлять этими
территориями, их придется снова вернуть Германии.

— До войны, — сетовал он, — каждый туземец должен был приветствовать любого европейца, а иначе ему
разъясняли, что к чему. Теперь же, со всей этой наукой...

Субботним вечером в индийском кинотеатре я посмотрел индийский фильм по мотивам народной сказки.

Сидевший рядом со мной индус участливо помогал мне разобраться в хитросплетениях сюжета при помощи следующих комментариев: «Это злодей», «Это слон» и так далее. Когда же подошел черед объяснить, что герой влюбился в героиню — в целом это следовало из страстных телодвижений, — мой сосед сказал:

— Он хочет затащить ее в кусты.

Позднее тем же вечером я сел на поезд.

Городок Кигома — точнее, хаотичное скопление бунгало — почти ничем не выделялся из ряда других озерных поселений, которые мне довелось повидать: разве что численностью населения и нарочитой неразберихой в работе причалов и грузовых станций. Пароходы, курсирующие по озеру, принадлежат бельгийской компании «Chemin de Fer des Grands Lacs»[1]; все объявления — на французском и фламандском языках; в городе расположены офисы бельгийской иммиграционной службы, вице-консульства и таможни, а также громоздкое недостроенное здание торговой компании «Конго». Однако мысль о том, что я уже покинул британские владения, почти сразу улетучилась, когда на глаза мне попался полицейский наряд из Танганьики: стоя в дверях вокзала рядом с билетным контролером, стражи порядка принудительно вакцинировали местных пассажиров, когда те подходили к выходу.

День клонился к полудню, солнце пекло невыносимо. Мне не терпелось поскорее погрузить свой багаж на борт, но его задержали на таможне для досмотра — сотрудник погранслужбы еще не вернулся после обеда. Вдоль дороги на корточках сидели туземцы — дикари с заточенными

---

[1] «Железнодорожные сообщения Великих озер» (фр.).

зубами и длинными волосами: кожа глубокого черного цвета, плечи широкие, а ноги худы; вокруг туловища обмотаны лоскуты шкур и материи. На грузовике, в кузове которого тряслись ящики, тюки и монашки, подъехал довольно рослый представитель братства «Белые Отцы»; его упругая рыжая борода расползлась по широкой груди; от сигары поднимались клубы густого, едкого дыма.

На главной улице был маленький греческий ресторанчик, где я пообедал, а после обеда сидел на террасе и ждал открытия таможни. В обоих направлениях двигались нескончаемые потоки туземцев, большей частью приехавших из деревень и куда менее цивилизованных, чем те, с которыми я сталкивался после сомалийцев; если и попадались среди них мужчины в брюках, сорочках и шляпах, то эти определенно работали под началом европейцев; один из таких, ехавший на велосипеде, упал прямо напротив ресторана и поднялся в сильном расстройстве, но когда прохожие стали над ним потешаться, он тоже захохотал и продолжил путь весьма довольный собой, как будто это был удачный розыгрыш.

Около трех часов я получил свой растаможенный багаж, затем, после очередного долгого ожидания, купил билет и в конце концов предъявил на проверку паспорт британским и бельгийским пограничникам. Тогда мне разрешили подняться на борт «Герцога Брабантского». Это был видавший виды стимбот с паровым котлом, работавшим на дровах; пассажирский отсек, располагавшийся в ютовой надстройке, включал в себя тесный, душный палубный бар, ниже — две или три каюты плюс клозет, запиравшийся на амбарный замок. Основную часть короткой палубы занимал капитанский отсек — надстройка вроде двухкомнатного бунгало с латунным остовом двуспальной кровати под противомоскитными сетками;

основное убранство составляли многочисленные столы, стулья и валики, фотографии в рамках, зеркала, часы, фарфоровые и металлические фигурки, засаленный кретон и прохудившийся муслин, истрепанные атласные бантики и ленты, баночки с сушеными травами, подушечки для иголок и булавок — словом, все мыслимые и немыслимые дешевые безделки, не вяжущиеся с образом мореплавателя. На борту явно находилась женщина. Я на нее наткнулся: она сидела с вязаньем на палубе, в тени этой надстройки. Пришлось задать ей вопрос насчет кают. Она ответила, что муж ее сейчас отдыхает и тревожить его до пяти часов нельзя. Будто в подтверждение этих слов, из-за противомоскитной сетки донесся мощный храп, сопровождаемый фырканьем. В баре спали трое. Я вернулся на причал и обратился в конголезское бюро путешествий, где поинтересовался насчет моего рейса до Леопольдвиля. Со мной обошлись вежливо, но не сообщили ничего путного. Посоветовали навести справки в Альбервиле.

Вскоре после семнадцати часов появился капитан. Ничто в его внешности не указывало на связь с морскими перевозками: очень грузный, весьма неопрятный субъект в расстегнутом у шеи кителе, небритый, с торчащими усами, краснолицый, мутноглазый, с явно выраженным плоскостопием. Такой еще мог бы сойти за хозяина какой-нибудь харчевни. Пассажиров набралось человек двенадцать (отход был назначен на восемнадцать часов), и капитан, проверяя билеты и паспорта, вразвалку переходил от одного к другому. Каждый требовал для себя каюту. Вот отчалим — там видно будет, отвечал он. А подойдя ко мне, спросил:

— Где ваше медицинское свидетельство?

Свидетельства у меня не было; так я и сказал.

— Без медицинского свидетельства запрещено.

Я объяснил, что получил визу, купил билет, прошел паспортный контроль, причем дважды, в британском и бельгийском пунктах, но впервые слышу о каком-то свидетельстве.

— Сожалею, нельзя. Надо получать.

— Но какое именно свидетельство? О чем оно, по-вашему, должно свидетельствовать?

— Мне нет различия, о чем оно свидетельствует. Вы должны найти доктора, и пусть подпишет. Иначе вам нельзя в рейс.

До заявленного времени отхода оставалось три четверти часа. Я поспешил на берег и справился, где найти врача. Меня направили в какую-то лечебницу за чертой города, на вершине пригорка. Я метнулся в ту сторону. То и дело до меня доносился пароходный гудок, отчего я ненадолго переходил на бег трусцой. В конце концов, обливаясь потом, я достиг своей цели. Но оказалось, что в этом здании находится клуб, а лечебница — в двух милях оттуда, на другом конце города. Очередной гудок. Я живо представил, как «Герцог Брабантский» идет через озеро, увозя с собой все мои вещи, деньги и документы. Свое бедственное положение я описал наемному работнику из местных; он не понял, чего я добиваюсь, но уловил слово «доктор». И видимо, заключил, что я болен. Так или иначе, он отрядил со мной какого-то мальчугана и велел проводить меня к доктору на дом. Я вновь припустил что есть мочи, к негодованию моего провожатого, и через некоторое время оказался возле бунгало, перед которым в саду сидела англичанка с рукоделием и книгой. Нет, мужа нет дома. У вас приступ?

Я описал свои злоключения. Женщина предположила, что я смогу найти ее мужа на берегу; вероятно, он сейчас конопатит свою моторную лодку, или играет в теннис, или же взял напрокат машину и отправился в Уджиджи. Для начала имеет смысл посмотреть на берегу.

Опять вниз по пересеченной местности, через поле для гольфа, дальше сквозь заросли кустарника. И действительно, на дебаркадере, примерно в четверти мили от «Герцога Брабантского», я нашел двух англичан, возившихся с моторкой. Один из них и был тот самый доктор. Я прокричал ему свою просьбу. Он долго искал хоть какой-нибудь листок бумаги. Наконец его знакомый протянул ему завалявшийся конверт. Присев на корму лодки, врач написал:

«Мною проведено медицинское освидетельствование мистера...»

— Как ваша фамилия?..

«...мистера Во. У обратившегося не обнаружено инфекционных заболеваний, включая omnis t.b. и трипаносомиаз. Обратившийся вакцинирован».

— Пять шиллингов, будьте любезны.

Я протянул ему деньги, он протянул мне справку. Дело было сделано.

До пристани я домчался в десять минут седьмого, но «Герцог Брабантский» еще не отчалил. С благодарностью в сердце я, отдуваясь, взбежал по трапу и предъявил свое свидетельство. А немного переведя дух, объяснил доброжелательному греку, что едва не опоздал к отправлению. Но торопиться не стоило. Отчалили мы ближе к полуночи.

Пароход был уже заполнен до отказа. На нашей палубе появились четверо или пятеро чиновников-бельгийцев с женами, двое горных инженеров и несколько греческих коммерсантов. Среди прочих затесался и пухлый молодой человек с бледным лицом и мягким американским говором. Не в пример тем, кого я встречал за истекшие месяцы, он был в аккуратном темном костюме и белой сорочке с галстуком-бабочкой. С собой он вез огромное количество аккуратно упакованного багажа, включая пишущую машинку и велосипед. Я предложил ему промочить горло и услышал: «О нет, спасибо»; тон, которым были произнесены эти пять слогов, непостижимым образом выразил сначала удивление, потом обиду, затем упрек и, наконец, прощение. Впоследствии я узнал, что он принадлежит к церкви адвентистов седьмого дня и откомандирован своей миссией в Булавайо с аудиторской проверкой.

На шкафуте и полубаке, поверх мешков с почтой и различных грузов, лежала и сновала всевозможная живность и масса пассажиров-туземцев. Кого там только не было: козы, телята и куры, голые негритята, местные солдаты, молодые матери, которые кормили грудью младенцев, а в промежутках таскали их с собой на переброшенной через плечо перевязи, девочки со множеством косичек, разделявших пополам их скальпы, девушки с выбритыми макушками и залепленными красной грязью волосами, старухи-негритянки с гроздьями бананов, расфуфыренные дамочки, кичившиеся желтыми с красным палантинами и медными побрякушками, разнорабочие-негры в шортах, майках и раскрошенных пробковых шлемах. Поблизости стояло несколько дорожных печурок и без счета глиняных горшков с варевом из бананов. То тут, то там раздавались песни и взрывы смеха.

Ужин был накрыт в баре на нашей палубе. Мы теснились на скамьях. За этим же столом кормили троих или четверых маленьких детей. В высшей степени скверную еду стряпали и подавали двое оборванных прислужников. Капитан собирал деньги. Вскоре по рукам был пущен список тех, кому достались каюты. Меня в их числе не оказалось, равно как и американского миссионера, и всех без исключения греков. Впоследствии я узнал, что вместе с билетами капитану следовало вручить некую мзду. Нас, бесприютных, набралось человек двенадцать. Шестеро самых находчивых сразу после ужина растянулись в баре на скамьях, тем самым обеспечив себе ночлег. А мы, оставшиеся ни с чем, вышли на открытую палубу и уселись на свои чемоданы. Ни кресел, ни шезлонгов там не было. К счастью, ночь выдалась погожей, теплой, безоблачной и безветренной. Я расстелил прямо на палубе свое пальто, вместо подушки решил использовать холщовый саквояж и приготовился отойти ко сну. Миссионер нашел пару маленьких деревянных стульчиков и сидел на одном из них, прямой, как шест, кутаясь в половик, а на другой стульчик задрал согнутые ноги и водрузил на колени сборник библейских историй. Когда в топке разгорелись дрова, из трубы стали вырываться фонтаны ярких искр; в озеро мы вошли далеко за полночь; из прибрежных зарослей доносился нежный щебет. В считаные минуты меня сморил сон.

Через час я резко проснулся от озноба. Стоило мне встать, чтобы надеть пальто, как меня отбросило на леер. В тот же миг я увидел, как упали набок стульчики, на которых устроился миссионер, и он шмякнулся на палубу. Вся груда ручной клади рухнула и заскользила к борту. Из капитанского отсека послышался дребезг бьющегося фарфора. И одновременно со всем этим на нас обрушился ливень со шквалистым ветром. Через пару секунд ударила молния и грянул оглушительный раскат грома. Палубой ниже раздались тревожные возгласы пассажиров и разнообразные единоличные протесты перепуганной живности. Нам хватило тридцати секунд, чтобы собрать свой багаж и нырнуть в бар, но мы уже промокли до нитки. Да и условия здесь были ненамного лучше, так как окна, которые ранее были подняты, оказались не застекленными, а затянутыми тонкой металлической сеткой. Через нее прорывался ветер, хлестала вода и плескалась из стороны в сторону. Из кают с визгом выскакивали женщины-пассажирки с мертвенно-бледными лицами. В баре стало невыносимо тесно. Мы расселись, как за ужином, рядами вдоль двух столов. Ветер дул с такой силой, что в одиночку невозможно было отворить дверь. Те, кого укачало — американский миссионер не выдержал первым, — вынужденно оставались на своих местах. Завывающий ветер глушил всякие разговоры; мы просто вцеплялись в мебель, но нас швыряло и разметывало туда-сюда — то срывало с мест, то валило друг на друга; изредка кто-нибудь засыпал, но тут же просыпался от удара головой о переборку или стол. Чтобы не получить травму, требовались недюжинные мышечные усилия. Повсюду образовывались зловонные лужи рвотных масс. Женщины стонали, требуя от мужей поддержки. Дети вопили. Нас, промокших насквозь, бил озноб. Все притихли: тревога отступала и сменялась отчаянием. Неподвижные и угрюмые, люди глазели перед собой или подпирали головы руками — и так почти до рассвета, когда порывы ветра стихли, а потоки дождя присмирели. Тогда одни погрузились в сон, а другие поплелись к себе в каюты. Я вышел на палубу. Там по-прежнему стоял нестерпимый холод; наше суденышко неудержимо прыгало и раскачивалось на волнах, но шторм явно закончился. Вскоре над озером занялся зеленовато-серебристый восход; нас окутал туман, и оранжевые искры, вылетавшие из трубы, едва виднелись на фоне побелевшего неба. Стуча зубами, появились два стюарда, которые пытались навести в баре хоть какой-то порядок: они вытаскивали на палубу мокрые, свернутые в рулоны ковровые дорожки и разгоняли швабрами покрывавшую пол жижу. Внизу людские группки начали разъединяться; пропели петухи; до нас донесся стук чашек и желанный аромат кофе.

Когда мы входили в гавань и швартовались у недостроенного бетонного причала, на котором работали насквозь промокшие заключенные, скованные кандалами в бригады, Альбервиль почти полностью скрывался в тумане; белые здания расплывались пятнами на неопределенном фоне. Под зонтами стояли владельцы двух конкурирующих гостиниц — один бельгиец, другой грек; оба зазывали постояльцев. На борт поднялись портовые чиновники. Мы выстроились в очередь и по одному предъявляли документы. Мне задали неизбежные вопросы: какова цель моего визита в Конго? Сколько у меня с собой денежных средств? Как долго я намерен пробыть в стране? Где мое медицинское свидетельство? Пришлось заполнить неизбежный бланк, на сей раз в двух экземплярах: дата и место рождения отца? Девичья фамилия матери? Девичья фамилия разведенной жены? Постоянное место жительства? К этому времени я уже научился скрывать свою неуверенность относительно дальнейших планов. На заданный мне вопрос я ответил, что поеду прямиком в Матади, и получил пропуск для предъявления на пограничном контроле. Нас мурыжили два часа и только после этого разрешили сойти на причал.

Совершенно неожиданно дождь прекратился полностью и выглянуло солнце. От всех поверхностей повалил пар.

Я на двое суток задержался в Альбервиле. Город состоит из одной деловой улицы, магазинов и бунгало. Две гостиницы обслуживают тех, кто едет транзитом в Танганьику и обратно; ни кинотеатров, ни каких-либо других развлечений. За прилавками магазинов стоят белые люди; на железнодорожном вокзале тоже работают белые; туземцев в городе практически нет, если не считать домашней прислуги и горстки докеров. Я не пожалел времени на то, чтобы навести справки о воздушном сообщении. О нем никто ничего не знает. Ясно одно: в Альбервиле испокон веков не бывало воздушного сообщения. Мне отвечали: вероятно, в Кабало — там, быть может, и есть. А вообще говоря, в Кабало ходит поезд, вот как раз послезавтра будет. Нет, альтернативы нет: либо поездом до Кабало, либо пароходом назад в Кигому; другой транспорт отсутствует. С некоторым содроганием, предвидя грядущие сложности, покупаю билет до Кабало.

Поезд отправлялся в семь утра; время в пути — чуть менее одиннадцати часов, включая остановку на обед где-то у железной дороги. Вагон трясет; трясет так сильно, что порой даже невозможно читать. Ехал я первым классом, чтобы не столкнуться с американским миссионером, и оказался в вагоне один. Полдня лил дождь. Пейзаж вначале был приятным: раскачиваясь и ныряя вниз-вверх, мы миновали лесистую равнину с грядой холмов на горизонте, а затем поехали вдоль какой-то реки, испещренной отчетливыми заболоченными островками. К полудню въехали в унылую, заросшую однообразным кустарником местность, где не было видно никакой живности, кроме редких стаек белых бабочек; во второй половине дня рельсы милю за милей тянулись между стенами нескошенных, высотой в вагон, травянистых зарослей, которые скрывали окружающие виды, но зато милосердно защищали нас от послеполуденного зноя.

До Кабало — мрачное место — мы доехали уже перед закатом. Платформы там не было; станция распознавалась по куче древесного топлива и резкому обрыву рельсов; вправо и влево уходили тупиковые запасные пути; на одном пристроилось несколько обшарпанных и, похоже, брошенных грузовиков; рядом стояли два-три пакгауза из рифленого железа и грязная маленькая закусочная — других признаков жизни там не было. Впереди тянулись верховья реки Конго, которая в этом месте не превосходила ни одну из великих рек мира ни красотой, ни значимостью, — широкий водный поток, стиснутый болотами; мы оказались там в сезон дождей, когда речные воды набухли и побурели. К берегу притулились две-три баржи и колесный пароход, весь ржавый, напоминавший скорее подтопленный домик на Темзе, нежели плавательное средство. Ту часть береговой линии, что напротив железнодорожного полотна, укрепили бетоном; со всех сторон подступало затхлое болото. Словно по заказу, вскоре опустилась тьма и скрыла это неприглядное зрелище.

Я нанял боя, чтобы тот посторожил мой багаж, а сам направился в закусочную. Там сквозь комариное облако мне удалось различить знаменательную рекламу воздушного сообщения Кабало — Матади; сидя, как на корточках, на низких маленьких табуретах, двое-трое помощников начальника станции потягивали тепловатое пиво. Насупленная, растрепанная женщина, шаркая в домашних шлепанцах, расхаживала с подносом грязных стаканов. В ответ на мой вопрос она ткнула пальцем в сторону хозяина, осоловелого толстяка, который обмахивался, сидя в единственном кресле. Я спросил его, когда ожидается ближайший авиарейс в сторону побережья; тут все посетители, прикусив языки, уставились на меня. Хозяин захихикал. Кто ж его знает, когда будет *ближайший* рейс: *последний* был месяцев десять назад. Из Кабало можно выбраться двумя путями: либо поездом обратно в Альбервиль, либо по реке. Вечером в Букаму пойдет «Принц Леопольд».

Тут в нашу беседу вмешался один из железнодорожников, причем с пользой для меня. Между Букамой и городом Порт-Франкви ходят поезда. Если я телеграфирую и если телеграмма дойдет по указанному адресу, из города можно будет организовать мой перелет воздушным транспортом, обслуживающим линию Элизабетвиль — Матади. А если не получится, то из Букамы по недавно открытой бенгуэльской железной дороге можно добраться до Лобита-Бэй, что на побережье португальской Западной Африки. Так или иначе, есть полный смысл отправиться в Букаму. Кабало, добавил он, — дыра, тут делать нечего.

Прошло уже два часа, но «Принц Леопольд» так и не появился. Мы съели кошмарный (и непомерно дорогой) ужин в закусочной. С железнодорожного вокзала пришел адвентист седьмого дня, который все это время сидел там в темноте, дабы избавить себя от вида и запаха пива. Он тоже дожидался «Принца Леопольда». Еще каких-то два часа — и пароход прибыл. В ночи мы поднялись на борт и с рассветом отчалили.

Рейс продлился четверо суток.

«Принц Леопольд» оказался большим колесным пароходом; размерами он вдвое превосходил «Русингу» и вдвое уступал ей по численности экипажа. Создавалось впечатление, что всю работу выполняют капитан и стюард-грек: первый — молодой, нервический, второй — средних лет, невозмутимый; оба в высшей степени неопрятные. Разителен был контраст с теми щеголеватыми холостяками на озере Виктория, которые следили за белизной своих воротничков и по нескольку раз на дню меняли униформу. Ежедневно мы делали две-три стоянки в маленьких уединенных бухтах. Наш пароход доставлял почту, брал на борт грузы и лишь изредка производил посадку и высадку пассажиров. Все они оказывались либо греками, либо бельгийцами; либо коммерсантами, либо чиновниками; если не считать неизбежных утренних рукопожатий, общения практически не было. Адвентист седьмого дня слегка занемог; причиной своего недуга он полагал слишком слабый чай. Пейзаж был невероятно унылым: по обоим берегам — плоские папирусные болота, изредка прерываемые полосками пальм. Капитан развлекался тем, что из миниатюрной винтовки наносил царапины пробегающим антилопам. Порой ему мерещилось, будто он подстрелил какую-то дичь; тогда пароход останавливался и высаживал пассажиров-туземцев, которые с оглушительными гортанными воплями и улюлюканьем взбирались на склон. Зазвать их обратно было не так-то просто. Капитан следил за ними в бинокль: они скакали в высокой траве, то и дело исчезая из виду; вначале, кровно заинтересованный в успехе поисков, он выкрикивал приказы, потом, выйдя из терпения, требовал, чтобы все вернулись на борт; пассажиры уходили все дальше, откровенно наслаждаясь такой шалостью. Капитан раз за разом давал гудок. В конце концов они возвращались в прекрасном настроении, весело болтая — и всегда с пустыми руками.

Прибытие в Букаму планировалось на воскресенье (8 февраля). Поезд на Порт-Франкви отправлялся только вечером во вторник. Как правило, до вторника пассажиры оставались на борту — для них это было относительно удобно, да и прибыльно для судоходной компании. Воспользоваться этой возможностью мне помешала яростная и бессмысленная стычка с капитаном, которая вспыхнула на ровном месте в последней вечер нашего рейса.

Погруженный в абиссинские дела, я сидел у себя в каюте; ни с того ни с сего ко мне заглянул капитан и, выпучив глаза, сбивчиво потребовал предъявить документы на мой мотоциклет. Я ответил, что никакого мотоциклета с собой не везу.

— Что, мотоциклета *нет*?

— Именно так: мотоциклета нет.

Покачав головой и пощелкав языком, он убрался. Я продолжил писать.

Через полчаса он вернулся в сопровождении одного из англоговорящих пассажиров.

— Капитан просил вам передать, что он должен проверить документы на ваш мотоциклет.

— Но я уже сказал капитану, что мотоциклета у меня нет.

— Вы не понимаете. На мотоциклет необходимо иметь документы.

— Да нет у меня мотоциклета.

Меня вновь оставили в покое.

Капитан вернулся через десять минут.

— Будьте любезны предъявить ваш мотоциклет.

— У меня нет мотоциклета.

— В моем списке отмечено, что у вас есть мотоциклет. Будьте любезны предъявить его мне.

— Мотоциклета у меня нет.

— А в моем списке он есть.

— Ну извините. Мотоциклета у меня нет.

И вновь капитан ушел; затем вновь появился — теперь уже, вне всякого сомнения, в полном бешенстве.

— Мотоциклет... мотоциклет! Я должен видеть мотоциклет.

— Мотоциклета у меня нет.

Не стану притворяться, будто я сохранял хладнокровие. Меня тоже охватила ярость. Как-никак мы находились в самом сердце тропиков, где, как известно, страсти накаляются.

— Ладно, тогда я обыщу ваш багаж. Ведите.

— Весь багаж у меня здесь, в каюте. Два чемодана под койкой, один саквояж — на багажной полке.

— Показывайте.

— Ищите сами.

Как я уже сказал, недостойная, мальчишеская перепалка.

— Я — капитан этого парохода. Не ждите, что я буду ворочать ваш багаж.

— А я — пассажир. Думаете, я сам буду этим заниматься?

Подскочив к двери, он взревел, призывая на подмогу кого-нибудь из подчиненных. Никто не пришел. Трясущейся рукой я попытался взяться за перо. Он опять взревел. И опять. В конце концов приплелся сонный юнга.

— Вытаскивай из-под койки вон те чемоданы.

Я сделал вид, что пишу. Мне в затылок пыхтел капитан (каюта была крошечная).

— Ну как, — осведомился я, — нашелся мотоциклет?

— Это мое дело, сэр, — ответил капитан.

И вышел. Я счел, что инцидент исчерпан. Но через полчаса капитан вернулся.

— Собирайся. Немедленно собирайся.

— Но я остаюсь на пароходе до вторника.

— Убирайся сейчас же. Я капитан. Такой, как ты, не останется здесь даже на час.

Так и получилось, что я, вышвырнутый на пристань в Букаме, оказался в пиковой ситуации, с перспективой двухдневного ожидания поезда. Это унизительное положение усугубил адвентист седьмого дня, который подошел мне посочувствовать.

— Если не понимаешь языка, — изрек он, — не следует препираться.

□ □ □

Мне думалось, в Кабало я прикоснулся к самому дну, однако Букама оказалась еще того хлеще. Речные берега здесь соединяет железный мост, ведущий от европейского квартала к заброшенным хижинам туземных чернорабочих-мостостроителей. У воды стоят два разрушенных бунгало и заросший бурьяном общедоступный гостевой дом, заменой которому стал «Принц Леопольд»; номинально гостевой дом еще действует, и, надумай я ждать поезда на Порт-Франкви, именно там мне предстояло остановиться. Гостевой дом не меблирован и заражен спирилловым клещом. В отдалении от причала беспорядочно разбросаны хижины, в которых разместились билетные кассы и товарные управления Катангской железной дороги. Вверх по склону, к двум бесхозным конторам, греческому бару и сельскому магазину, ведет шоссе. На вершине пригорка — местная администрация: флагшток, бунгало официального дипломатического представителя и маленькая больница, у которой сидела на корточках группа понурых перебинтованных пациентов. Мимо прошаркал взвод туземных солдат. Стояла ужасающая влажная жара, куда хуже, чем на Занзибаре. С заходом солнца появлялись тучи беззвучных малярийных комаров. Я сидел в греческом баре; с меня ручьями лил пот и, как вода, стекал на пол; владелец знал лишь пару слов по-французски. С помощью этой пары слов он порекомендовал мне бежать из Букамы со всех ног, пока я не подцепил лихорадку. Сам он был пепельно-бледен и дрожал от озноба после недавнего приступа. В тот вечер ожидался поезд на Элизабетвиль. Я решил, что надо ехать.

Ждали мы долго, поскольку никто не мог сообщить время прибытия состава. Вокзал был погружен в темноту, за исключением одного окошка, где продавал билеты кассир с окладистой бородой. На земле тесными компаниями сидели туземцы. У одних были с собой фонари, другие разводили дровяные костерки, чтобы приготовить пищу. Из толпы доносился непрерывный барабанный бой, столь же трудноопределимый по месту, как стрекот кузнечика; время от времени раздавалось тихое пение. В двадцать два часа поезд прибыл. В вагоне висели тучи комаров; сеток не было; окна не открывались; лавки оказались жесткими и невероятно узкими. Двое греков всю ночь напролет уминали апельсины. В таких условиях я добирался до Элизабетвиля.

Там я окончательно и бесповоротно убедился, что на воздушное сообщение рассчитывать не стоит. «Недавно открытая» железная дорога на Лобита-Бэй опять закрылась. Движение по ней было возможно только в сухой сезон, когда незаконченный участок на бельгийском конце линии компенсировался моторным транспортом. Как ни парадоксально, самое быстрое сообщение с Европой требовало сделать крюк в сотни миль, через две Родезии и Южно-Африканский Союз. В Кейптауне меня ждал скоростной пакетбот до Саутгемптона.

Не так-то просто было доходчиво объяснить сотруднику иммиграционной службы, у которого мне требовалось получить разрешение на выезд из Конго, почему я существенно отклонился от маршрута, указанного в моем свидетельстве о въезде в страну. Но в конце концов он проникся моими затруднениями и не стал чинить препятствий. А пока суд да дело, я работал и отдыхал, наслаждаясь комфортом и покоем Элизабетвиля.

Шестидневная поездка по железной дороге. В Булавайо я приобрел роман, озаглавленный «Перекличка культур»: в нем главный злодей обезображивал лица своих жертв «соком тропического кактуса»; в Мафекинге приобрел персики; было дело — наше окно затуманили брызги водопада Виктория; было дело — все вокруг покрылось густой пылью великой пустыни Карру; было дело — мы наблюдали целую толпу головорезов, отпущенных из родезийских медных рудников: выяснилось, что у двоих нет паспортов, и полицейские с голыми коленками, задавшись целью найти тех отщепенцев, один из которых украл девять шиллингов у молодого проводника-полукровки, бегали по вагонам и заглядывали под сиденья. В Булавайо мы сделали пересадку и увидели, что в вагоне-ресторане официантами работают белые; после долгих скитаний нам уже казалось странным и даже в какой-то степени малоприличным, что белые люди обслуживают друг друга.

Наконец мы в Кейптауне.

У меня в кармане оставалось около сорока фунтов. Тем вечером отплывал какой-то пароход. За двадцать фунтов я купил место в каюте третьего класса, просторной и чистой. Стюарды посматривали на нас свысока, но добродушно; кормили, как в элитной частной школе: сытные обеды, пятичасовой чай с мясными закусками, к ужину — печенье. Среди пассажиров третьего класса был чрезвычайно тучный священник-валлиец. Его провожала паства. Эти люди стояли на пристани и пели, а он, истово размахивая руками, дирижировал до тех пор, пока слышались их голоса. Чаще всего раздавалась композиция с припевом «Я плыву домой», но хористы немного обманывались насчет радужного смысла этих слов: общая тема не вполне подходила к случаю. На самом деле речь шла не о путешествии из Кейптауна в Англию, а о смерти и возвращении души в лоно Создателя. Но это предсказание, видимо, никого не огорчало, да и жена священника пела с глубоким чувством, даже когда ее супруг прекратил отбивать ритм.

Морское путешествие оказалось приятным. По вечерам мы играли в «очко». По утрам боксировали или играли в «очко». Нередко пели хором; запевалами выступали раздосадованные члены команды по мотоциклетным гонкам на гаревом треке: для них сезон в Южной Африке закончился полным провалом.

На борту создали спортивный комитет, который попортил пассажирам немало крови; нарекания вызывал, в частности, священник-валлиец, поскольку отцу, путешествующему с ребенком, не пристало судить детский конкурс карнавальных костюмов.

— Главный приз своему сыночку отдаст, — предрекали пассажиры. — Разве не понятно?

А тот отвечал: пусть зарубят себе на носу, что на пересадке попутчики устроили ему настоящее чествование за самоотверженные усилия по организации палубных игр. Ему говорили: «Это еще проверить надо». А он: да лучше, дескать, вообще умыть руки, чем подвергать сомнению свою честь. Одно удовольствие было их слушать.

Вскоре, 10 марта, мы пришвартовались в Саутгемптоне.

В день приезда я ужинал в Лондоне. После ужина мы не сразу решили, куда пойти. Те названия, которые предлагал я, давно утратили популярность. В конце концов мы пришли к единому мнению и поехали в недавно открытый элитный ресторан, в данный момент довольно примечательный.

Находился он под землей. Мы спустились в пучину шума, словно в горячий бассейн, и окунулись туда с головой; от этой атмосферы у нас захватило дух, как от воспарений в пивоварне, где в чанах начинается брожение. От сигаретного дыма защипало глаза.

Нас провели к небольшому столику, стиснутому со всех сторон, да так, что наши стулья спинками упирались в чужие. Официанты, переругиваясь друг с другом, прокладывали себе путь локтями. В дымке просматривались знакомые лица; в какофонии звуков надрывались знакомые голоса.

Мы выбрали какое-то вино.

— К вину вы должны заказать что-нибудь из закусок.

Мы заказали сэндвичи по семь шиллингов шесть пенсов.

Ничего из этого нам не принесли.

За роялем сидел негр при полном параде; он еще и пел. Когда он уходил из зала, посетители махали ему руками и всячески старались привлечь его внимание. Он удостоил толпу несколькими снисходительными кивками. Кто-то выкрикнул:

— Жирком заплывает.

Подошел другой официант и спросил:

— До закрытия еще напитки заказывать будете?

Мы сказали, что нам пока ничего не подали. Он скривился, злобно ущипнул за руку другого официанта, ткнул пальцем в нашу сторону и что-то зашептал по-итальянски. Второй официант ущипнул следующего. В конце концов тот, которому достался последний щипок, принес какую-то бутылку и небрежно плеснул нам вина. В бокалах оно вспенилось и пролилось на скатерть.

Кто-то пронзительно крикнул мне в ухо:

— Ой, Ивлин, где тебя носило? Уж сколько дней не виделись.

По вкусу вино напоминало газированную воду с солью. Хорошо, что официант схватил со стола бутылку, не дав нам закончить:

— Время, с вашего позволения.

Я вернулся в самое сердце империи и оказался в том месте, где бывали «все». На другой день колонки светской хроники раструбили, кто присутствовал в том пресловутом подвале, душном, как Занзибар, шумном, как харарский базар, а учтивостью и гостеприимством — под стать тавернам Кабало и Таборы. Через месяц об этом смогли прочесть жены английских чиновников и, устремив свои взоры в направлении поросших кустарником пустошей или джунглей, леса или площадки для гольфа, позавидовать оставшимся дома младшим сестрам и пожелать каждой сделать выгодную партию.

Я оплатил счет желтым африканским золотом. Это выглядело как дань неокрепших наций своим наставникам.

Часть четвертая

Поездка в Бразилию в 1932 году

(Из книги «Девяносто два дня»)

Мы ПУТЕШЕСТВУЕМ, как и влюбляемся, не для того, чтобы собирать материал. Это просто часть нашей жизни. И меня, и многих из тех, кто лучше меня, влекут далекие, первозданные края, и в первую очередь пограничные территории, где сталкиваются культуры и этапы цивилизации, где идеи, оторванные от соответствующих традиций, подвергаются причудливым изменениям в процессе своих перемещений. Именно в таких местах я черпаю яркие впечатления, достойные преобразования в литературную форму.

Подобно плотнику, который при виде грубого полена испытывает желание отстрогать его, обтесать, оформить, писатель не может успокоиться, пока его впечатления остаются в аморфном, хаотическом состоянии, в каком их преподносит нам жизнь, а для писателя обработка впечатлений сводится к приданию им вида членораздельного сообщения.

Так что в течение пары месяцев буду заново проживать свое путешествие в Гвиану и Бразилию. Впрочем, я ни на минуту не отпускал его от себя.

Впечатления о той поездке хранились у меня в памяти, но имели совершенно неудобоваримый вид на протяжении кипучего, бурлящего минувшего лета и всплывали по частям в самые неподходящие моменты. Теперь, в этом приморском инкубаторе, я разложу их на письменном столе, подобно географическим картам, фотографиям и рисункам, а осенний листопад под лучами солнца будет напоминать мне о том, что скоро настанет время отправиться куда-нибудь еще.

Декабрь 1932 г.

Теплое солнце, спокойное море, легкий попутный ветер. Штормовая погода длилась целую неделю; теперь наконец-то выдалась минута взяться за перо. Откуда-то снизу появились пассажиры, доселе невидимые глазу. Взяв их на борт, небольшой тихоходный сухогруз старой постройки не старался им потакать. Малая скорость стала заметна только в штиль.

Публика, видимо, подобралась типичная для такого маршрута: трое-четверо возвращавшихся на острова плантаторов — все старомодного облика, смуглые, худощавые, с массивными цепями карманных часов; два пастора, черный и белый, одинаково учтивые; пара пьянчужек-англичан: на трезвую голову неизменно мрачные, они устроили себе «круиз», дабы поправить здоровье; какие-то невразумительные женщины разного цвета кожи, спешившие воссоединиться с мужьями или проведать братьев; благовоспитанная молодая негритянка с лиловыми губами; слегка чудаковатый юноша-филиппинец, неравнодушный к островам. До Джорджтауна ехали считаные единицы.

Причем как раз те, кто не располагал к общению. На первых порах, узнав, что в их страну направляется писатель, они слегка оживлялись и с наивной, но неистребимой в отдаленных краях верой в могущество пера высказывали предположение, что я сумею убедить имперское правительство «хоть как-то содействовать» улучшению местных экономических условий. В стране, уверяли они, полно золота и алмазов, нужно только «развивать добычу». Когда же я сообщил о своем намерении ехать не в столицу, а вглубь страны, их энтузиазм тут же угас. Спору нет, говорили мне, посещение Кайетура — дело хорошее, не зря же туда путешественники тянутся, человека три-четыре в год; доберешься — сам увидишь, какая там красота, только весьма накладно будет, да еще по пути, не ровен час, утонешь, а то и лихорадку подхватишь; или взять, например, саванну Рупунуни: там горстка белых обретается, есть даже одна белая женщина, только весьма накладно будет, да еще по пути, не ровен час, утонешь, а то и лихорадку подхватишь; к тому же те места проходимы лишь в определенные месяцы. Я лично, добавил кто-то из пассажиров, на Тринидаде зимовал — уж всяко лучше: там тебе и новый загородный клуб, прямо-таки отличный, и конные скачки, да и вообще большие деньги крутятся; или на Барбадос можно податься, там купание сказочное, как нигде.

И, признаюсь честно, я сам уже начал с тоской провожать взглядом череду островов, лежавших у нас по курсу. Перед этим двенадцать суток горизонт был пуст. Мне врезался в память самый первый остров — Антигуа: поросшие кустарником невысокие крутые холмы, бахрома пальм вдоль пляжа и толща ярко-синих вод, сквозь которую виднеется серебристое песчаное дно; старинный форт, охраняющий бухту, и скромный городок из деревянных домов с балконами; единственное масштабное сооружение — заново отстроенный после землетрясения строгий собор с блестящими башнями и добротной внутренней обшивкой из сосны; на улицах снуют любопытные чернокожие сорванцы; женщины в нелепых панамах с обвисшими полями, хлопающими вокруг чернокожих лиц, расхаживают ковыляющей от плоскостопия походкой; на всех углах бесцельно топчутся оборванцы-негры; в корзинах — выставленные на продажу рыбины с блестящей радужной чешуей, лиловой и алой, как отличительные признаки самца мандрила; по городу разъезжают авто, знававшие лучшие времена; на кладбище у церковных стен — памятники утраченной культуры: резные мраморные надгробья в стиле рококо, высеченные по заказу безвестных владельцев плантаций сахарного тростника в золотую эпоху расцвета Вест-Индских островов и привезенные сюда парусниками из Англии.

Характерно, что мрамор, самый величественный и хрупкий камень, душа почти всей скульптуры, нынче ассоциируется с заурядностью и безвкусицей: с теми, кто заявил о себе в журнале «Панч» около 1920 года, с «Угловым домом Лайонса», с памятником Виктору-Эммануилу; в определенном смысле так проявляется бегство от роскоши, которое спровоцировала, с одной стороны, «эстетика лавки древностей» с тягой к оловянной утвари и альбомам с образчиками вышивок, а с другой — проявившаяся несколько позже тяга к «модерну» цилиндрических конструкций из бетона и стали. Напоминаниями об аналогичных процессах многовековой давности служат надломленная колонна в сирийской пустыне и опутанная беспощадной растительностью в пампасах Южной Америки каменная плита с резным орнаментом — следы былого великолепия, которое на протяжении минувших эпох прокладывало себе путь в этих краях.

□ □ □

На Антигуа у нас была однодневная стоянка для высадки пассажиров и для разгрузочных операций: среди прочего в трюмах везли остролист для рождественских украшений. Связки веток, сбрасываемые на лихтеры под знойным небом, выглядели курьезно в отрыве от своих традиционных спутников, таких как рождественские поленья, пунш с виски и, конечно, Санта-Клаус, отряхивающийся от снега. Но поскольку я не в первый раз встречал Рождество в тропиках, все это уже было мне знакомо: и телеграфные бланки с праздничным орнаментом из ягод и малиновок; и озадаченные местные ребятишки в церкви перед вертепом со сценами Рождества Христова; и звучащая из граммофона шотландская застольная песня; и уличные попрошайки, которые с надеждой семенят за европейцами и повторяют: «Всех с Лождеством — я доблый хлистианин»; а безветренным, душным вечером — неизбежность горячего пудинга с изюмом.

У берегов Тринидада заканчивается морская синева; ее сменяют мутные, темные, грязноватые воды цвета облезлой штукатурки, густые от ила, который несут великие континентальные реки: Ориноко, Эссекибо, Демерара, Бербис, Курантин; вдоль всего побережья, среди дюн и мангровых рощ, зияют их разверстые устья, исторгающие в синее Карибское море воды с далеких гор. Впоследствии мне предстояло пройти пешком вдоль той части Континентального водораздела, где ласточкиными хвостами соединяются притоки Амазонки и Эссекибо, которые низвергаются каскадами ручьев и при отсутствии карт превращаются в обманки, потому как вечно текут в непредсказуемом направлении; мне предстояло либо переходить их вброд, либо карабкаться по скользкому валежнику, что придавал воде прозрачно-рубиновый или винно-красный оттенок древесины; в половодье мне предстояло долго и нудно грести, рассекая черную пучину; а по прошествии месяцев мне предстояло испытать горечь расставания с этими потоками, вновь прозрачно-голубыми, ставшими частью моей жизни. Но теперь, приближаясь к материку, я испытывал только легкое огорчение оттого, что купание уже не влечет меня как прежде.

Огорчение усугубилось, когда зарядил дождь — монотонный тропический ливень, всегда унылый, но особенно монотонный и особенно депрессивный, если застигает тебя на воде. Мы уже опаздывали на сутки, а теперь еще и на час пропустили прилив, поэтому нам пришлось в сырости и легком тумане встать на якорь и дожидаться разрешения на вход в Демерару. Примерно в миле от нас еле-еле просматривался бакен. Совсем новый, как мне сообщили будничным тоном.

На другой день, еще до полудня, мы прибыли к месту следующей стоянки. Портовый городок лежит в устье Демерары, на правом берегу; противоположный берег заполонили низкие, зеленеющие мангровые болота. У стенки пришвартовалось штук шесть небольших судов. На полном ходу мы подошли ближе, а потом выключили двигатель, чтобы нас течением отнесло к месту стоянки. Низкие деревянные пакгаузы, за ними — низкие крыши; все вокруг совершенно плоское. Дождь не прекращался ни на минуту; по воздуху плыл липкий запах сахара.

На берег мы сошли без помех. В этот раз не было никакого оживленно-развязного допроса, каким обычно приветствуют британского гражданина по прибытии на британскую территорию. Пожилой негр в соломенной шляпе лишь краем глаза взглянул на наши паспорта; таможенники не открыли ни одной сумки; мы миновали пакгаузы, где вокруг мешков с сахаром кишели тучи пчел, и вышли на подтопленную улицу. Такси заносило на поворотах; разбрызгивая лужи, оно мчалось к гостинице; увидеть город из окна во время ливня нечего было и думать.

Всю обстановку номера с голыми деревянными стенами, выкрашенными белой краской, составляли широкая кровать под противомоскитной сеткой и кресло-качалка; в воздухе веяло инсектицидом. Я обосновался.

Местные газеты прислали двух цветных журналистов, чтобы взять у меня интервью. С этой целью они следовали за мной на велосипедах от другой гостиницы. (Спешу оговориться: это отнюдь не свидетельствует о моей известности. У всех пассажиров первого класса, прибывающих в Джорджтаун, положено брать интервью для соответствующей рубрики.) Бедняги вымокли до нитки и полностью утратили бойкость, присущую их ремеслу. Они скрупулезно записывали каждое мое слово, будто я выступал свидетелем в суде высшей инстанции.

Правда ли, что я писатель? Да.

Писатель, у которого книжки выходят, или просто писатель?

Собираюсь ли я писать про Гвиану? Один из журналистов захватил с собой вырезку из английской газеты, которой я шутки ради заявил, что жуки в Гвиане размером с голубей и на них нужно идти с дробовиком. Неужели я приехал охотиться на жуков? — уточнили интервьюеры. Им не хотелось меня разочаровывать. Здешние жуки, конечно, необычайно крупны, но не до такой же степени.

Есть ли у меня представление о природных ресурсах страны? Когда я признался в своем невежестве, они явно оторопели: ведь это был их коронный, беспроигрышный вопрос, так как гости Джорджтауна в большинстве своем вынашивали планы добычи алмазов или золота. Журналисты уставились на меня с укоризной. Не дожидаясь следующего вопроса, я сообщил, что хочу совершить поездку вглубь материка.

— Ах вот оно что: на Кайетур?

После этого я мысленно дал себе клятву — которую почти сдержал — ни под каким видом не посещать этот известнейший водопад.

В страну я прибыл двадцать второго декабря, но только третьего января смог выдвинуться в глубинные области. В промежутке я старался хоть как-то спланировать предстоящую вылазку. Рождество оказалось подходящим и вместе с тем неподходящим временем: устраивало меня то, что большинство населения внутренних районов приехало на праздники в город, а не устраивало то, что к праздникам в Джорджтауне относились очень серьезно. Ощутимую долю сведений я почерпнул из случайных разговоров в гостиничном баре.

Мало кто из моих собеседников обнаруживал хотя бы поверхностные представления о пампасах, притом что некоторые могли назвать человека, некогда посетившего Кайетур; их отзывы повергали меня в уныние: одни рассматривали намеченный мною поход как пресный и весьма утомительный пикник, другие — как безотлагательный и мучительный способ самоубийства. Чтобы во мне не заподозрили охотника за алмазами, пришлось сознаться, что я просто хочу сделать снимки индейцев, ведущих первобытный образ жизни. И опять меня стали отговаривать.

— Вот увидишь: они уже и граммофон слушают, и на швейной машинке строчат. Цивилизованные стали, однако. Знаем, знаем, что у тебя на уме, — подмигивали мои собеседники, — голых девок пощелкать. Тогда лучше дуй в Бартику: заплатишь там паре-тройке проституток —

и пусть перед тобой покрутятся. В местной лавке «Умелые руки» купишь подходящие украшения из перьев. Все американские научные экспедиции так и поступают.

Если пересечь бразильскую границу, сказали мне, там, быть может, и найдется что-нибудь на мой вкус, но Гвиана — дохлый номер.

С собой я взял рекомендательную записку к иезуиту-миссионеру, живущему на реке Такуту. На моей карте местности обнаружилось целых три Такуту, однако две из них были всего лишь догадками, пунктирными набросками, зато третью четко пометили как важное место. Поэтому я предположил — и, как оказалось, правильно, — что это и есть искомая река. Она текла вдоль дальней границы саванны Рупунуни, образуя водораздел между Британской Гвианой и Бразилией. Эти места я и выбрал своей целью.

Мне порекомендовали навестить Бейна, комиссара округа, который по счастливой случайности приехал на Рождество в Джорджтаун. Так, после визита к генерал-губернатору я отыскал его в пансионе, где он остановился. Это был изнуренный немолодой креол с примесью индейской крови. Как и большинство жителей колонии, он когда-то добывал золото и алмазы. Как и другие в этой колонии, служил и землемером, и солдатом, и полицейским, и мировым судьей; к последнему призванию, которое вобрало в себя функции прочих, мистер Бейн недавно вернулся. Принял он меня очень тепло и оживленно, сообщил, что Рупунуни — красивейший в мире уголок и любой, кто наделен даром красноречия, должен попытаться написать о Рупунуни книгу. Сам он через день-другой собирался возвращаться пастушьими тропами в далекое поселение Курупукари — нам было практически по пути. Из Бартики почти одновременно выходила грузовая лодка, готовая его встретить. В ней мистер Бейн и предложил мне место.

— По всему, она должна меня опередить, — сказал он. — Только бы дожди не спутали нам все карты. Возможно, путь растянется дня на четыре, а то и на неделю с гаком. Груз колючей проволоки мне просто необходим, так что лодка нам послужит непременно. Если, конечно, не разобьется, — добавил он. — Вот у мистера Уинтера позавчера лодку на порогах в щепки разнесло.

Я понятия не имел, где находится Курупукари, но заключил, что где-то в нужном направлении. Вернувшись к себе, я стал искать это место на карте. У мистера Бейна была очень торопливая манера речи, поэтому, обнаружив в саванне название Йупукарри, я испытал прилив гордости. И только через два дня отыскал на той же карте населенный пункт Курупукари — правда, на сотню миль дальше. Вот тогда-то до меня дошло, что поход будет длиннее, чем ожидалось, и багажный лимит придется утроить.

Я понятия не имел, что мне может понадобиться. Мнения знакомых разделились; одни убеждали: «Возьми только ружье — остальное добудешь сам»; другие предостерегали: «В дикой природе ни на что нельзя полагаться. Фермеры вообще перебиваются одним фарином».

Я понятия не имел, что такое фарин, но догадывался: этим продуктом сыт не будешь. Мистер Бейн был краток:

— Берите пример с меня. Я как верблюд — могу днями напролет не есть. Так и надо жить в этих краях.

С этого момента мои планы то и дело менялись. Договоренность была такая: во вторник я сажусь на пароход до Бартики, а в среду пересаживаюсь в лодку и следую дальше; после этого совершенно случайно выяснилось, что по вторникам у парохода рейсов нет; пришлось отправить не одну телеграмму, чтобы лодку задержали до четверга.

После этого позвонил мистер Бейн и сказал, что в качестве помощника отрядит со мной чернокожего полицейского; такая договоренность выглядела вполне приемлемой, пока не позвонили агенты, чтобы сообщить: с присутствием полицейского мой багажный лимит снизится до ста фунтов. Делать было нечего, пришлось ужаться на три четверти.

После этого агенты позвонили вновь, чтобы напомнить: лодка будет открытая, для нее в сезон дождей необходим брезент. Последовали отчаянные и безуспешные попытки найти брезент в такой ситуации, когда все без исключения магазины Джорджтауна закрыты.

После этого позвонил мистер Бейн с известием, что, по сообщению агентов, мы поедем в открытой лодке, а дождям конца не видно. У меня даже не будет возможности обсушиться, а значит, я, как пить дать, заболею, но он не может рисковать, обрекая меня на такие мытарства.

После этого я отправился на личную встречу с мистером Бейном, который сказал, что лучше мне поехать в Такаму вместе с ним, а там, глядишь, найдется лошадь, которая довезет меня до Курупукари.

После этого я позвонил агентам и распорядился, чтобы мой багаж погрузили без изъятий, поскольку лодка теперь избавлена от массы моего тела.

После этого позвонил мистер Бейн и сказал, что предоставит в мое распоряжение своего жеребца, на которого планировал навьючить свою поклажу, но теперь свою поклажу отправит на лодке.

После этого я позвонил агентам, чтобы те вычли из общего веса моего багажа ровно столько, сколько весит личная поклажа мистера Бейна, перегружаемая в лодку.

Все эти и другие, менее существенные, нестыковки возникали каждые два-три часа. В итоге сборы превратились в сумасшедший дом.

Между тем на этой же неделе в Джорджтауне разворачивались самые разные события.

В конкурирующей городской гостинице рождественским утром, не выдержав одиночества, застрелился безвестный голландец.

По многочисленным обвинениям был арестован негр, известный среди своих как Кровавый Мздоимец. Он являлся главой криминальной группировки «Звери Берлина». Бандиты позаимствовали это название из какой-то киноленты, ни сном ни духом не ведая, что такое «Берлин», но уж больно красиво звучало. При всем том сами они были закоренелыми, отъявленными преступниками.

Под проливным дождем состоялись скачки, а в новогоднюю ночь устроили танцы. В моей гостинице организовали Каледонский бал с приглашенными волынщиками, при острой нехватке дам, но с заметным избытком весьма пожилых кавалеров, которые, хихикая, сидели на полу в бальном зале; намного более пристойное торжество прошло в клубе, где я отведал ядовитых пауков-бокоходов.

Через призму всех этих событий подготовка к путешествию вглубь страны, закупки хлородина и бинтов, капсюлей и гильз, муки и керосина выглядели надуманными и несущественными, а пустой лес в считаных милях от города — бесконечно далеким, чуждым городской жизни этого побережья в такой же степени, как и жизни Лондона. Мне представляется, что основу почти всех — а также итог всех без исключения — странствий составляет ощущение нереальности происходящего. Даже когда я в конце концов оказался напротив мистера Бейна в поезде на

Новый Амстердам, среди груды нашего невероятного багажа, мне стоило немалых трудов убедить себя, что мы уже в пути.

Считается, что железная дорога вдоль побережья Гвианы — старейшая в Британской империи. Она проходит по живописной равнине, над речками и каналами, сквозь пестрые, обветшалые деревушки. Станции до сих пор носят названия старых плантаций сахарного тростника, нынче поделенных на небольшие хозяйства, где выращивают кокосы и рис. Чем дальше от Джорджтауна в направлении Нового Амстердама, тем чернее кожа, ярче негроидный тип и жизнерадостнее характер местного населения. Жители Бербиса считают жителей Демерары бездельниками, а те, в свою очередь, называют их недотепами.

Мистер Бейн и я добрались до Нового Амстердама уже затемно. В вагоне были только мы и наш багаж. В пути мистер Бейн почти не умолкал.

Не могу понять, откуда взялась легенда о «сильных и молчаливых» начальниках заморских территорий. Возможно, кто-то начинает свой путь сильным и даже сохраняет определенную жилистость до зрелых лет, но большинство, добившись высокого положения на службе королю-императору, вызывают серьезные нарекания, единичные или множественные. Что же до молчаливости, то данное качество, по-видимому, обратно пропорционально их удаленности от цивилизации. Молчаливых нужно искать среди юных завсегдатаев лондонских ресторанов, а на широких открытых просторах, как показывает мой опыт, мужчины неудержимо говорливы и жаждут высказаться на любую тему, будь то сугубо личные переживания и сны, диеты и пищеварение, наука, история, нравственность или богословие. Причем любимый конек — богословие. Оно подобно наваждению, которое поджидает за углом любого одинокого мужчину. Стоит только взять легкомысленный тон в беседе с каким-нибудь обветренным шкипером, от которого несет ромом, — и через десять минут он уже будет доказывать или опровергать доктрину первородного греха.

Мистер Бейн, хотя и неутомимый в отношении своих обязанностей, не отличался физической силой; частые приступы лихорадки истощили его плоть и кровь, а кроме того, он мучился сильнейшей астмой, из-за которой по ночам спал в лучшем случае пару часов подряд. Да и молчаливым назвать его трудно. В течение двух впечатляющих недель, что мне предстояло провести в его обществе, он разглагольствовал на все мыслимые темы, причем охотно, уверенно, с энтузиазмом, не всегда убедительно, порой даже не вполне связно, без устали, с вдохновенной фантазией, с головокружительными зигзагами мысли и подчас пугающими театральными эффектами, используя в своем лексиконе странную смесь привычного ему и его подчиненным делового жаргона и более сложных, менее обиходных слов, почерпнутых из печатных источников. Как я уже сказал, он в разных ситуациях говорил обо всем на свете, но главным образом в форме умозрительных построений или житейских баек. В последних всегда фигурировал он сам и жестикулировал с особой театральностью. Все диалоги он передавал прямой речью, то есть говорил не «Я его выгнал», а «Тут я ему: „Пошел отсюда! Живо, живо. Пошел!"» — и с этими словами осуждающе выбрасывал вперед указательный палец, напрягался и вздрагивал, сверкая глазами, да так, что я начинал опасаться, как бы он не довел себя до припадка.

В воспоминаниях мистера Бейна сквозила одна трогательная и, к сожалению, редкая черта: памятуя и неоднократно рассказывая, как и добрая половина человечества, обо всех выпавших на его долю несправедливостях, он вместе с тем помнил и в открытую повторял любую похвалу в свой адрес: услышанные в детстве теплые родительские слова, поощрения за школьные успехи в геометрии; высокую оценку его чертежей в техническом училище, неисчислимые уважительные отзывы, причем неподготовленные, друзей и знакомых, выражения преданности подчиненных и доверия начальства, положительное мнение генерал-губернатора о его официальных докладах, свидетельства правонарушителей о милосердии, беспристрастности и мудрости вынесенных им приговоров — все это свежо и зримо сохранилось в памяти мистера Бейна, и все это, или почти все, мне выпала честь услышать.

Многие из его историй, как мне казалось, выходили за границы достоверного: например, о принадлежавшей ему лошади, что плавала под водой, и о проводнике-индейце, которому лазутчиком служил попугай: полетит этот говорун далеко вперед, рассказывал мистер Бейн, а потом вернется, сядет, как на жердочку, хозяину на плечо — и знай шепчет ему на ухо: что видел, кого на дороге засек и где тут воду найти.

На закате в вагоне стало холодно и сыро; из окон и коридора летели тучи комаров и укусами доводили нас до белого каления. Мистер Бейн мрачно подмечал, что комары-то, как пить дать, все малярийные. О хинине говорят разное; мистер Бейн рекомендовал употреблять его постоянно, в больших дозах, отмечая как бы между прочим, что он вызывает глухоту, бессонницу и импотенцию.

С поезда мы пересели на пароходик-паром и стали уныло перемещаться в направлении города. На берегу стоял пансион, принадлежавший весьма стесненному в средствах белому человеку, у которого мы и поужинали в комариной осаде; все имевшееся в пансионе спиртное было выпито под Новый год. После ужина, пытаясь отделаться от комаров, мы отправились на часовую прогулку по городу. На тускло освещенных улицах было безлюдно. Восемьдесят лет назад Новый Амстердам был процветающим, хотя и сонным городком со своим клубом и высшим обществом, а нынче здесь проживает хорошо если с десяток белых: всех остальных выжили отсюда комары и доконал упадок торговли сахаром. На уличном углу мы увидели иорданита, который выступал с пламенной речью перед горсткой вялых бездельников и одним настороженным полицейским. Проповедник, одетый в длинный белый халат и тюрбан, размахивал металлической трубкой; рядом сидел сонный мальчик с большой Библией в руках. Иорданиты — одна из множества причудливых сект, процветающих среди чернокожего населения. Она получила свое имя не от реки, как может показаться, а от фамилии недавно почившего мистера Джордана с Ямайки. Секта преследует как религиозные, так и политические цели и вместе с тем, по слухам, ратует за многоженство. Представший перед нами оратор, бегом описывая небольшие кружки, выкрикивал:

— Почему вы, черные люди, трусите белого человека? Почему убоялись его бледный лицо и голубой глаз? Почему страшитесь желтый волос? Да потому, что все вы — блудодей, вот причина. Имей вы чистый сердцем, то вы бы не трусили бы белого человека.

Заметив нас, он, похоже, смутился.

— Мальчик, следощий текст.

Но мальчик уже клевал носом над Библией. Иорданит стукнул его по голове обрезком металлической трубки, и ребенок торопливо зачитал стих из Иезекииля, после чего проповедник переключился на другую тему.

— Черный человек имеет очень неполноценный комплекс, — подхватил мистер Бейн, когда мы отошли, чтобы возобновить прогулку.

Наутро мы вышли с рассветом. Над городом висела огромная радуга. По пути к пристани я заметил очаровательную старую лютеранскую церквушку, реликвию голландского владычества, которая накануне вечером была скрыта в потемках.

На борту колесного парохода — скучный, ничем не примечательный день на реке Бербис. Однообразные стены растительности по обоим берегам, изредка прерываемые хижинами бовиандеров[1]. Время от времени из зеленых теней вырывалось неустойчивое каноэ, и неряшливая бородатая фигура доставляла на борт или забирала связку корреспонденции. На палубе мы развесили гамаки. Работавший на пароходе стюард смешивал какое-то подобие коктейлей на основе джина и каждые два часа подавал тошнотворные блюда. В целом день сносный.

Кроме нас, на топ-палубе расположились фермер-бельгиец с женой-индеанкой, с несколькими, но не всеми детьми и золовкой. Я впервые в жизни увидел индеанок. В силу родства с европейцем они носили шляпы, чулки и туфли на высоком каблуке, но очень стеснялись, по-монашески прятали глаза и глупо хихикали, если с ними заговорить; у них были приземистые фигурки и пустые монголоидные лица. В городе они обзавелись граммофоном и парой пластинок; на протяжении всех двенадцати часов рейса их радости не было предела. Разговор шел

---

[1] *Бовиандеры* — люди неопределенного происхождения (в основном дети от браков голландцев с индейцами и неграми), которые живут в отдельных хижинах по берегам крупных рек. Как правило, выращивают манок и рис и рыбачат. Бóльшую часть времени типичный бовиандер ведет себя как Водяная Крыса из сказки «Ветер в ивах» и возится с лодками. *(Примеч. авт.)*

между бельгийцем и мистером Бейном, преимущественно о лошадях. Здесь, видимо, бытовали совсем иные стандарты, отличные от тех, которым обучил меня капитан Хэнс.

— Я вам толкую, мистер Бейн: моя буланая давала сто очков вперед всем кобылкам в округе. С нею не требовались ни шпоры, ни кнут. Только запрыгнул в седло, а она уже летит как ветер — никакая сила ее не остановит. А если не захочет сворачивать на какую-нибудь дорожку, то никакая сила ее не заставит. Как я только вожжи ни натягивал — уносила меня раз за разом не в ту сторону. А уж как на дыбы вскинется...

— Да, как на дыбы вскинется, — с меланхоличным восхищением подхватывал мистер Бейн, — любо-дорого посмотреть.

— А уж если сбросит тебя, так непременно еще сама сверху поваляется, покуда не переломает тебе все кости. Она ведь таким манером одного из моих батраков укокошила.

— А что скажете насчет моего Тигра?

— Славный был жеребчик. Посмотришь, как он глаза таращит, — и все ясно.

— А вы когда-нибудь видели, как он резвится? Ой, что вы, носился по всему загону. Но хитрюга был знатный. Умудрялся кого хочешь лягнуть — только волю дай.

— Да, славный был жеребчик, Тигр ваш. Что с ним стало?

— Хребет сломал. Сиганул в речку со скалы, а в седле-то мой батрак сидел.

— А все же, знаете ли, кто взбрыкивал, так это, доложу я вам, Акула моя...

И дальше в том же духе. Наконец, с определенной опаской, в разговор вступил и я:

— А что завтрашний мой жеребец? Он тоже хорош?

— Один из сильнейших скакунов во всей стране, — ответил мистер Бейн. — Почувствуете себя как в Англии, на Гранд-Нэшнл.

День тянулся дальше. Стюард носился туда-сюда с огромными порциями рыбы в соусе карри, затем с пирогами и каким-то сероватым чаем, затем опять с рыбой и кусками жесткой, темной говядины. Дамы продолжали слушать свой граммофон. Фермер надумал вздремнуть. Мистер Бейн переключился на меня. Наконец, около семи вечера, мы прибыли в порт назначения и в темноте спустились в каноэ.

— Тихонько, тихонько, если сноровки нет, тут и утонуть недолго, — предостерегал мистер Бейн, тем самым давая понять, какая удушающая забота ждет меня в ближайшие дни.

Проблема заключалась в следующем. Генерал-губернатор в благости своей попросил мистера Бейна за мной приглядеть и подчеркнул, что я нахожусь в непривычных условиях новой для себя страны, а сам он лично заинтересован в моем добром здравии. Мистер Бейн в благости своей истолковал это как возложенную на его плечи ответственность за нечто очень ценное и очень хрупкое: случись что — генерал-губернатор никогда ему не простит; а ведь опасность кроется в каждом повседневном действии. Если я помогал оседлать спокойного вьючного бычка, мне кричали: «Осторожно, отойдите, не то он вам копытом мозги вышибет». Брал в руки ружье — и слышал: «Осторожно, вдруг выстрелит — и вам каюк».

К счастью, через три дня пути его назойливое внимание стало угасать, но за те три дня дело дошло до того, что любая мелочь грозила подорвать мое уважение и привязанность к этому человеку.

□ □ □

Каноэ с неразличимым гребцом на корме отошло от парохода по темной воде; противоположный берег был погружен во тьму. Мы стали карабкаться по скользкому склону (мистер Бейн заботливо предостерегал меня от падения) и в какой-то момент с трудом разглядели пригорок, а на нем — неизвестное сооружение. Лодочник поднял над головой фонарь, и мы полезли дальше. Мистер Бейн тем временем с досадой вопрошал:

— Йетто? Где же Йетто? Ему было ясно сказано ждать здесь с моим гамаком.

— Йетто утром приходить, приводить лошади. А теперь он бегом на танцы. Гамак не слыхать от него.

— Йетто совсем плохая стал. — Мистер Бейн перешел на местный говор. — Йетто совсем конго.

В таких бесславных обстоятельствах и уничижительных выражениях я впервые услышал имя человека, к которому впоследствии проникся сердечной привязанностью.

Мы взобрались на холм, где под соломенным навесом в гамаках спали двое. Проснувшись, они сели и уставились на нас. Чернокожий мужчина с женой. Мистер Бейн поинтересовался, не знают ли они, что Йетто сделал с его гамаком.

— Она пошел на танцы.

— Танцы где?

— Вниз по реке. У индейцы. Все парни на танцы.

В поисках Йетто мы поплелись под гору. Почти бесшумно, держась берега, прошли на веслах вниз по течению. Не так-то просто было сохранять равновесие в узкой и мелкой лодчонке. Наконец мы услышали музыку и спрятали лодку в кустах.

Танцевальный вечер гремел в большой индейской хижине. Тут не было предрассудков: присутствовали и бразильские пастухи-вакерос, и бовиандеры, и чернокожие, и компания одетых, полуцивилизованных индейцев. Два бразильца играли на гитарах. К нам с приветствием вышла хозяйка.

— Доброй ночи, — сказала она, пожимая нам руки и приглашая идти за собой.

В лоб спрашивать про Йетто было бы невежливо, поэтому мы уселись на скамью и выжидали. Среди гостей ходила девушка и угощала всех темным хмельным напитком домашней выгонки: протягивала кружку очередному гостю, ждала, чтобы тот выпил до дна, и тут же наполняла для следующего. Танцевали только двое-трое негров. Индейцы сидели молчаливыми рядками, надвинув на глаза мягкие шляпы и мрачно уставившись в пол. Время от времени кто-нибудь из них вставал и с безразличным видом подходил к девушке, чтобы пригласить ее на танец. Парочка шаркающей походкой, будто бы на европейский манер, делала круг по комнате, затем расходилась, не обменявшись ни словом, ни взглядом, и возвращалась на прежние места. Как я узнал позже, индейцы — нелюдимый народ: чтобы пробудить в них общительность, нужны долгие часы неограниченных возлияний. Признаться, чем больше я наблюдал индейцев, тем сильнее меня поражало их сходство с англичанами. И те и другие любят жить своей семьей и селиться на расстоянии от соседей. С недоверием и неприязнью относятся к чужакам. Лишены амбиций и тяги к прогрессу. Любят домашних животных, охоту и рыбалку. Сдержанны в проявлении чувств, донельзя честны и совсем не воинственны. В любой ситуации, как мне видится, ставят целью не привлекать к себе внимания; по всем статьям, кроме пристрастия к крепким напиткам и, вероятно, недальновидности, они составляют полную противоположность неграм. Но в этот отдельно взятый вечер их выделяло из общего ряда только неумение веселиться.

Через некоторое время мы обнаружили Йетто: он с виноватым видом пил в углу. Это был крупный чернокожий мужчина средних лет, совершенно по-особенному некрасивый. Выглядел он комично: большие руки и ноги, огромный рот, нелепые усики, как у Гитлера. Мистер Бейн долго беседовал с ним на предмет гамака; часто звучала фраза «ты совсем конго». Потом Йетто ушел с танцев и отправился с нами на поиски гамака. В конце концов, около десяти часов вечера, мы с мистером Бейном расположились на отдых в гостевом доме.

Утром Йетто с какими-то парнями привели лошадей, и мои вчерашние опасения быстро улетучились. Передо мной в углу загона стояли миниатюрные пони и жевали увядшие верхушки пучков травы; эти апатичные существа не утруждались даже стряхнуть слепней, облепивших их крупы. У моей лошадки на холке запеклась кровь: в ночи ее укусила летучая мышь.

Навьючить вола оказалось делом затяжным; провозились мы до полудня. С нами собирался в путь чернокожий мужчина, который тоже ночевал в пансионе. Это был управляющий ранчо, находившегося милях в десяти-двенадцати, — там у нас планировалась первая остановка. Оседлав лошадей, мы приготовились выдвигаться. Мой пони заартачился.

— Поводья ослабьте, — посоветовали мне.

Я ослабил вожжи, пнул пони в бок и ударил. Он попятился.

— Поводья ослабьте, — посоветовали мне.

Я покосился на остальных: они бросили поводья и сложили ладони на луке седла. В этой части света так принято: поводья никогда не натягиваются, разве что при редких рывках лошади. Команды подаются лошади через посредство шеи. Многие наездники стремятся устроить эффектное представление: вакерос любят, вскочив в седло, заставить лошадь пролететь по воздуху пару прыжков, а затем пустить ее в галоп; при этом продолжительность галопа не важна, главное — скрыться из поля зрения наблюдателя, чтобы через несколько часов однообразной трусцы, вблизи ранчо или деревни, снова перейти на галоп, да так, чтобы у лошади пена пошла изо рта, натянуть поводья и спешиться в небольшой пыльной буре. Я нередко видел подобное на заре кинематографа, но не знал, что такие трюки проделываются и в реальной жизни.

Через равнину мы пустились кентером, но преимущественно двигались легкой трусцой — на протяжении грядущих недель я приноровился к этому аллюру; местность была совершенно плоской и невыразительной, за исключением муравейников и редких пальмовых островков; твердая земля и песок с пучками серовато-бурой травы; тысячи ящериц сновали туда-сюда и бросались под копыта лошадей — другие признаки жизни отсутствовали, если не считать черного воронья, которое при нашем приближении нехотя отрывалось от разбросанных по пути туш, чтобы тут же вернуться обратно за нашими спинами. Здесь, как и в лесу, туши попадались через каждые полмили. Многие животные погибли совсем недавно и лежали обглоданными процентов на сорок; мы переходили на кентер и задерживали дыхание; иные уже превратились в кучу костей, до белизны объеденных муравьями, и только между ребрами всегда виднелся ком полупереваренной пищи.

Во время поездки мистер Бейн беседовал с чернокожим фермером об истории; мне удавалось послушать лишь урывками, так как мой пони постоянно отставал, но их голоса доносились до меня постоянно: непринужденные, певучие, то взмывающие до вершин катастрофы, то струящиеся гладко, торопливо, неодолимо в мерцающем полуденном зное.

Слух выхватывал отдельные фразы: «...и видишь, что ничего, кроме воды, нет. Так говорит Библия. Вода покрывала лицо земли. Затем Он отделил землю от воды. Как Он смог это сделать, мистер Йервуд? Очень просто, убивая крабов, а все панцири крабов перемолол приливами и превратил в песок...»

«...затем пришел Наполеон. Сам — маленький капрал, но развелся и взял в жены дочь императора. Попомните мои слова, мистер Йервуд, все эти большевики вскоре начнут поступать точно так же...»

«...а почему же англичане так долго не могли одолеть мелких буров? Да из благородства. Возьмут пленных и тут же отпустят, чтоб те хорошенько подумали...»

Добравшись примерно за три часа до нашего места назначения, мы увидели три сарая и обнесенный проволокой загон для скота. Я, признаться, ожидал большего. Ранчо представлялось мне — видимо, под влиянием кинематографа — несколько иначе: как надежные побеленные строения, внутренний двор с необъятным тенистым деревом в центре, стена с балюстрадой, кованые железные ворота, полумрак в комнатах со старинной испанской мебелью, лампада, горящая перед образом Мадонны в стиле барокко, красотки с кнутами и гитарами. Не сказать, что здесь, в Варанане, я ожидал увидеть именно такую картину, но чувствовал, что слово «ранчо» упало в моих глазах.

Мистера Бейна уже дожидались подчиненные: полицейские, возвращающиеся на службу, лесники, ответственные за расчистку дороги; с прошлого приезда у него оставались провизия, упряжь и несколько лошадей. Он решил множество вопросов, и к утру все было готово для нашего отъезда. Сумрачного молодого полицейского по фамилии Прайс приписали ко мне (или меня к нему): он стал моим личным помощником. Йетто старался далеко не отходить, смущенно улыбался и получал одно нарекание за другим. Положение его было неопределенным: отчасти посыльный, отчасти конюх, отчасти повар, отчасти носильщик.

Мистер Йервуд зарезал для нас курицу и, когда мы отужинали, подсел к нам за стол, чтобы хлебнуть нашего рома. Они с мистером Бейном заговорили о животных, и в течение вечера их рассказы становились все менее правдоподобными. Под конец мистер Йервуд принялся описывать некую «морскую обезьяну», которую якобы когда-то видел своими глазами, — огромную, черную как смоль, с оскалом острых зубов; плавала она с головокружительной скоростью и имела привычку таиться на дне, где поджидала купальщиков, утягивала их на глубину и там колошматила о скалы. Аккурат такая судьба постигла одного из приятелей мистера Йервуда: когда тело его всплыло на поверхность, в нем, как выразился мистер Йервуд, все косточки были раздроблены.

Дабы не потерять лицо, мистер Бейн, в свою очередь, припомнил, как однажды вечером, гуляя в районе горы Рораймы, повстречался с двумя недостающими звеньями эволюции: мужчиной и женщиной, чуть больше среднего роста, но согбенных и напоминающих движениями обезьян; голые, покрытые мягким рыжеватым пушком, они с полминуты разглядывали мистера Бейна, затем пробормотали что-то нечленораздельное и ушли обратно в чащобу. На этом тема животных была исчерпана. Часы показывали десять вечера — позднее время для этих мест, так что мы разошлись по своим гамакам, но для отпугивания летучих мышей оставили гореть фонарь.

□ □ □

Записывать все ежедневные подробности нашего путешествия до Курупукари было бы чересчур утомительно. Всем заправлял мистер Бейн, я же просто держался рядом; после остановки на ранчо мы были в пути еще шесть суток, проезжая в среднем по пятнадцать миль в день. Мистер Бейн не раз объяснял, что сам он в обычных условиях преодолевает это расстояние с одной ночевкой, потому как всю дорогу скачет во весь опор. В пути мы встретили только одну живую душу — индейца, владеющего португальским; тот мягко трусил на своих двоих, направляясь к реке с каким-то малопонятным поручением. Два дня мы ехали лугами, а на третий оказались в прохладе и полумраке лесистых пустошей. Описание зеленой, цвета морских глубин, тени джунглей встречается достаточно часто, но, я считаю, постичь ее невозможно, пока не увидишь своими глазами. Широкая тропа, по которой мы ехали, напоминала английский проулок: с каждой стороны возвышалась протяженная глухая стена леса высотой до полутора сотен футов; на первые двадцать футов от земли поднимался густой подлесок, выше просматривались совершенно голые и строго вертикальные колонны непримечательных стволов, которые переходили в сплошной полог листвы с редкими проблесками солнечного света. Над расчисткой тропы от валежника постоянно трудились рабочие, но тут и там на ней все равно лежали упавшие деревья. В таких случаях обычно прорубался узкий проход через подлесок; тогда нам приходилось спешиваться и вести лошадей под уздцы. Кроме того, через каждые несколько миль дорогу пересекали обмельчавшие речушки, которые удавалось преодолеть вброд. А в сезон дождей, рассказывал мистер Бейн, приходится наводить переправу из поваленного дерева и ползти по нему, удерживая плывущую лошадь под уздцы, переправлять поклажу на другой берег, разгружать и снова навьючивать животных — и так четыре-пять раз на дню. Где-то заболоченные участки тропы целиком покрывали гатью; в других случаях вырубали только подлесок, и деревья оказывались посередине тропы; как-то раз мы подошли к участку, где сожгли девственный лес, а на его месте появилась молодая поросль; земля была засыпана белым песком, который слепил глаза после лесного полумрака и затруднял продвижение лошадей.

Каждый, кто побывал в этих краях, отмечает мнимую пустоту леса. Настоящая жизнь течет на высоте в сотню футов — на верхушках деревьев: именно там буйствуют разнообразные цветы, а также обитают попугаи и обезьяны: приматы нежатся на солнце и спускаются на землю только при ураганном ветре. Порой мы замечали, что тропа усыпана лепестками цветов, которых снизу даже не было видно.

В первый же день в зарослях кустарника мы встретились со змеей. Наших тяжело навьюченных пони примерно на милю опережали мистер Бейн и я. Он делился со мной своим отношением к браку («...кого соединил Бог, да не разлучит человек. Это так. Но скажите мне следующее. Что есть Бог? Бог — это любовь. И если люди разлюбили друг друга...»), как вдруг, натянув поводья, театрально прошептал:

— Стоп. Глядите. Впереди жуткая здоровенная змея. — В ту пору он еще полагал, что моей жизни постоянно угрожает опасность. — Не приближайтесь: она может на вас броситься.

И впрямь: ярдах в двадцати посреди тропы клубком свернулась огромная змея.

— Какой это вид?

— Мне такие еще не попадались. Смотрите, какая жуткая здоровенная башка, — шептал мистер Бейн.

Голова и вправду была очень странной формы, распухшая, коричневая, совершенно не похожая по окрасу на пятнистые кольца. Мистер Бейн спешился, и я тоже. С великой осторожностью, шаг за шагом он приблизился к этой твари. Она не двигалась, и потому, осмелев, он стал бросать в нее щепками. Ни одна не попала в цель. Он подошел еще ближе, настороженно давая мне знак отступить назад. Вдруг змея резко изогнула шею, рыгнула, и мне на миг почудилось, будто у нее отвалилась голова. Вскоре стало ясно, что произошло. Мы потревожили не кого-нибудь, а питона, причем в неподходящий момент — когда он заглатывал крупную жабу. Задние ноги уже исчезли в глотке, туда же медленно всасывалось тело; «жуткая здоровенная башка» оказалась верхней половиной жабьего туловища, торчавшего из змеиной пасти. Питон отвернул свою изящно заостренную морду и скользнул в кусты, а жаба, не выказав ни радости, ни удивления, тяжело заковыляла в сторону и забилась под бревно, чтобы осмыслить этот опыт.

Заросли всегда полнились звуками, особенно в темное время суток. Мы ложились спать рано, обычно между семью и восемью часами вечера, потому что после наступления сумерек заняться было решительно нечем: ни тебе стульев, ни столов, фонарь светит тускло — даже с книгой не посидишь. После ужина мы сразу заваливались в гамаки. Следующие десять-одиннадцать часов нам ничего не оставалось, кроме как лежать и слушать звуки дикой природы. К ним совсем рядом примешивались астматические хрипы бедного мистера Бейна, песни, но чаще перебранки — в любом случае недоступные моему пониманию — наемных работников у костра и прерывистый топот наших стреноженных вьючных животных, пасущихся в загоне; зачастую мы слышали грохот падающих стволов, но вокруг, выше и в пределах этих звуков постоянно присутствовали лесные голоса. Меня нельзя назвать знатоком дикой природы, в отличие от мистера Бейна, чей натренированный слух различал бесчисленные шумы, сливавшиеся для меня в сплошную трескотню; однако даже я безошибочно распознавал отдельные звуки: где-то поблизости явно обитали обезьяны-ревуны, которых я никогда не видел воочию, если не считать одного музейного чучела маленькой рыжей зверушки, но рычали эти обезьяны зачастую не хуже львов, а то и грохотали вдалеке, как драги, в свое время не дававшие мне уснуть в Порт-Саиде. Водились здесь и лягушки: одни квакали пронзительно, как их сестры на юге Франции, другие — гортанно и хрипло. Одна птица, не зря названная коровьим желтушником, мычала по-коровьи, другая, звонарь, издавала две резкие металлические ноты, как будто стучала молотком по медному тазу, третья рокотала, как заводящийся мотоциклетный двигатель; некий родственник дятла часто-часто барабанил клювом, а были и такие, которые свистели на все лады, как мальчишки-рассыльные. Кто-то из пернатых вызывающим тоном бесконечно вопрошал: «Qu'est-ce qu'il dit?»[1] Какое-то насекомое жужжало на совершенно особый лад.

— Прислушайтесь, — сказал однажды мистер Бейн, — очень интересно. Это «шестичасовой» жук — у нас потому его так прозвали, что он всегда жужжит ровно в шесть часов.

— Но сейчас четверть пятого.

---

[1] «Что он сказал?» *(фр.)*

— Вот именно, это и есть самое интересное.

Я еще не раз слышал в этих краях «шестичасового» жука, причем в любое время дня и ночи.

Тем не менее опытные «бушмены» утверждают, что по звукам «буша» способны точно определять время, как мореплаватели — по солнцу.

До Курупукари, большой отметки на карте, мы дошли на седьмой день; в течение всей недели этот пункт неизменно фигурировал в наших разговорах. Там действительно был флагшток, но он мертво лежал на траве, еще не полностью собранный. При мне его смонтировали и воздвигли; теперь мистер Бейн надеется получить для него флаг. Но ни спуска к воде, ни жилья поблизости не было, только на расчищенной вершине маленького пригорка виднелось одинокое деревянное строение.

В этом месте находится излучина Эссекибо, поэтому оно напомнило нам полуостров; даже в засушливый сезон река поражала своими масштабами, тем более что лесистые островки, у которых она разделяется на рукава и соединяется вновь, зрительно увеличивали ее в размерах, а прямо напротив стойбища в нее впадал широкий ручей; во время половодья песчаные дюны и каменные утесы скрыты под водой, но сейчас они, сухие и высокие, кого угодно могут сбить с толку; к тому же речные пороги перемежались с неподвижными омутами, что создавало впечатление декоративной водной системы, за которой хорошо просматривались зеленые кручи леса, что позволяло с расстояния оценить исполинскую высоту деревьев и веселую пестроту их цветущих макушек, невидимых снизу, из-под лесного полога.

Деревянный дом на сваях, поднятый футов на десять-двенадцать над землей, был, подобно большинству строений в этих краях, одноэтажным. Веранда служила гостиной: там стояли два кресла и стол; кроме того, она служила еще и государственной канцелярией: по стенам были развешаны какие-то типографски отпечатанные, порядком истрепанные уложения, календарь и устаревшая карта мира; здесь же стояла конторка с ячейками для лицензий, бланков, марок: тут совершались разнообразные акты, подпадающие под юрисдикцию местных властей: взимался налог на прогон скота, регистрировался отвод земельных участков, заверялись лоцманские свидетельства, принимались письма, которые затем ненадежным речным транспортом переправлялись на морское побережье. За порядком следил проживающий здесь же чернокожий сержант полиции. Под нами, между сваями, содержалось — с минимальными ограничениями — более десятка заключенных.

Мистеру Бейну отводилась комнатушка, куда помещался шкаф без замка, в котором он хранил, точнее, пытался хранить немногочисленные личные вещи. Этот проходной двор, составлявший разительный контраст с аккуратными, компактными резиденциями государственных служащих в Британской Африке, с некоторой натяжкой мог считаться домом мистера Бейна. Во всем необъятном округе не было ни единого пристанища, которое мистер Бейн мог бы запереть на ключ; он вечно мотался туда-сюда по скотогонной тропе и через долину к конечной погранзаставе близ Бон-Саксеса, брал с собой гамак и ночевал в становьях вакерос или на разбросанных по саванне мелких фермах, год от года живя в походных условиях и лишь изредка, во время официальных визитов, заселялся в джорджтаунский пансион. Такая работа под силу не каждому.

В Курупукари нас ждала неутешительная весть: лодка из Бартики так и не пришла; от этого мистер Бейн, необъяснимо веривший в обратное, вдруг впал в столь же необъяснимую депрессию. Так и живем, сказал он, пора бы уже привыкнуть. Река обмелела, через пороги перевалить чрезвычайно трудно, может статься, нас только недели через две отсюда заберут, а скорее всего, и вовсе сюда не доберутся — мало ли что: лодка разобьется, команда вся утонет. О колючей проволоке и съестных припасах надо забыть. Как же правильно он поступил, что взял меня с собой... и так далее.

Между тем наши обстоятельства приблизились, хотя и не вплотную, к осадному положению. У нас оставалось полторы коробки печенья и жестянка молока; ну, в доме, конечно, были мешки с фарином, составлявшим основной рацион заключенных, и немного копченостей.

Фарин — растительный продукт, приготовленный из корня маниока: это гранулы цвета тапиоки, по виду напоминают крупные опилки: на зуб — невероятно твердые, с привкусом упаковочной бумаги. Едят фарин всухую или для размягчения запаривают в кипятке; можно употреблять с молоком или же с водой, в которой варилось тассо, но это уже роскошь.

Тассо готовят следующим образом. Для жителей окрестных деревень любой охотничий трофей — это событие. Индейцы, быстро прознав о подстреленной дичи, загадочным образом появляются ниоткуда и вьются, как чайки вокруг траулера при разборе улова. Охотники вырезают отборные куски мяса, готовят и тут же едят. Индейцам отдают голову и потроха. Остальное режут тонкими ломтиками, обваливают в соли, а затем вялят. За пару дней жгучее солнце и горячий ветер саванны превращают эти ломтики в черные кожистые лоскуты, которые не портятся сколь угодно долго. На них не посягают даже обычно всеядные муравьи. Продукт кладут на чепрак — и под седло: мясо отбивается, а у лошади не появляется нагнетов.

Перед употреблением в пищу мясо по возможности отскребают от пыли, смешанной с солью, и отваривают. Оно размягчается, но остается волокнистым и полностью утрачивает вкус. Могу представить, что начинающий путешественник осилит чуть-чуть фарина, добавленного в густое ароматное рагу, а тассо — только с большим количеством свежих овощей и лепешек. Но в саванне едят фарин и тассо без всего.

По прошествии четырех суток о лодке по-прежнему не было ни слуху ни духу. Ближе к вечеру один из заключенных сообщил, что слышит звук мотора. Мы с мистером Бейном поспешили на берег реки. Мистер Бейн отчетливо слышал тот звук; мой же притупленный слух уловил его только через полчаса. До последнего пребывавший в пессимистическом расположении духа, мистер Бейн заявил, что это наверняка совсем другая моторка, но в конце концов, уже на закате, мы увидели, как в нашу сторону очень медленно движется серое пятно. Острое, не в пример моему, зрение мистера Бейна и горстки заключенных, возглавляемых столь же зорким сержантом, позволило им вмиг распознать нашу лодку. Еще полчаса — и она поравнялась с нами. Открытая лодка с низкой осадкой и подвесным мотором. На борту была команда из четырех-пяти человек, каждый со своей версией случившегося. Причалив, они разбили лагерь возле лодки, и мы до глубокой ночи слышали их кичливые споры у костра. В приподнятом настроении, будто разомлевшие от вина, мы отошли ко сну.

Разгрузка заняла все утро, и я, увидев, как мои запасы мало-помалу складываются у стены комнатушки, огорчился, что столько набрал. Но Йетто заверил, что он сам, лошадь и полицейский без труда справятся с такой поклажей. В тот же день мы вплавь переправили лошадей на другой берег и стреножили их в загоне, чтобы наутро сразу отправиться в путь. Вьючную лошадь еле-еле удалось загнать в реку; на переправе она наглоталась воды.

Казалось, к моему отъезду все готово. Я даже составил нечто вроде плана для завершающего этапа пути. Мистер Бейн сказал, что от Бон-Саксеса можно сплавиться на каноэ по реке Такуту до Боа-Висты. Название мне ничего не говорило, но мистер Бейн объяснил, что это важный город в Бразилии, почти как Манаус, наиболее важный город штата Амазонас. Сам он там никогда не бывал, но бывал один его знакомый; в своем описании мистер Бейн наделил этот город особым шиком (жестокое место со свободным нравами, где готовятся бунты и совершаются политические убийства; оттуда в Манаус регулярно ходят колесные пароходы), представив его как город неописуемого величия, где есть дворцы и оперные театры, бульвары и фонтаны, чванливые военные в шпорах и белых перчатках, кардиналы и миллионеры; оттуда же прямиком в Лиссабон отправляются большие лайнеры. Мистер Бейн нарисовал прекрасную картину, яркую и живую, полную глубоко личных и проникновенных фрагментов: трудно было поверить, что этот город он знал только понаслышке. Во время рассказа у него сверкали глаза, а руки описывали круги. Я даже прочувствовал то необычайное везенье, которое выпало его знакомому, посетившему Боа-Висту и Манаус.

Накануне моего отъезда мы вдвоем с мистером Бейном устроили задушевный и веселый ужин. Наутро я отправил Йетто и полицейского через реку — сопровождать поклажу: они должны были навьючить нашу выносливую лошадь и выдвинуться раньше меня. Вскоре после полудня я тоже переправился на другой берег. Мистер Бейн пришел меня проводить. Мы нашли и оседлали лошадь, я сел верхом и после долгих выражений взаимной привязанности поскакал по тропе без сопровождения.

Стоило мне остаться одному, как все обстоятельства начали складываться чуть-чуть не в мою пользу.

В прекрасном расположении духа я пустил лошадь медленной рысью и уже чувствовал себя настоящим первопроходцем, как вдруг передо мной возник живший неподалеку бовиандер, который угрюмо сидел на пне рядом с кучей жестяных банок, определенно изъятых из моих припасов. Этот человек расплылся в приветливой улыбке и снял шляпу.

— Йетто и Прайс велят — тащи обратно, — объяснил он. — Лошадь не хочет везти. Он прилечь норовит.

— Прилечь?

— Все время. Уж они его и палкой, а он чуть пройти — и снова шмяк. Этот лошадь больше не снесет. Парни ему облегчить.

Осмотрев кучу банок, я понял, что из моих припасов без разбора выкинуты все мясные консервы. Казалось, исправить ничего нельзя. Я выбрал банок пять, завернул их в гамак, притороченный к седлу, и наказал бовиандеру вручить остаток мистеру Бейну с моими наилучшими пожеланиями. А сам поехал дальше, но уже не в таком радужном настроении.

Миль через шесть я наткнулся на свою вьючную лошадь, захромавшую и уже без седла; вьюк валялся неподалеку. Я кликнул Йетто. Через какое-то время он вышел из леса, где они с Прайсом решили вздремнуть.

— Лошадка устал, — сказал Йетто. — Не хочет с грузом идти.

Мы распаковали и перебрали все припасы, чтобы оставить только самое необходимое. Тут как по волшебству появился парнишка-индеец, и я доверил ему отнести излишки груза в Курупукари. А сам поехал вперед, к стойбищу, где мы условились переночевать. Там я прождал два часа, но следов своей поклажи так и не увидел. Пришлось вновь седлать лошадь и ехать обратно. Йетто и Прайса я нашел примерно в миле от того места, где мы расстались: они сидели на стволе поваленного дерева и подкреплялись фарином. Рядом паслась лошадь, тюки валялись на земле.

— Лошадка больной. Не идет совсем.

День уже клонился к вечеру. Мне ничего другого не оставалось, кроме как вернуться в Курупукари, поэтому, оставив Прайса сторожить поклажу и приказав Йетто отвести вьючную лошадь обратно, я поскакал к реке. Та поездка остается одним из самых ярких воспоминаний об этой скотогонной тропе. Понурый и злой, я был вознагражден роскошью этого вечера. Саванна не знает сумерек: солнце пять-десять минут пылает на горизонте великолепными золотыми и алыми всполохами, потом заходит, а дальше — темнота. Медлительная, как зевота, раскрывается она не сразу. Все краски постепенно сгущались, оттенки зеленого были глубоки и чисты до предела, голая земля и поваленные стволы лучились коричневым; все полутона, прерывистые и преломленные осколки света исчезли, оставив только бездонные глубины чистого цвета. Потом разлилась мгла, расстояния стали непредсказуемы, препятствия вдруг сошли с мест и приблизились; тропу почти полностью накрыла ночь, но верхушки деревьев все еще горели солнечным светом, хотя постепенно тускнели, а цветение их прекращалось. И со всех сторон внезапно прорывались топот, и свист, и говор леса, а маленькая лошадка-пони, которая пошла на второй круг, но, привыкшая к вечной перемене мест и утратившая инстинкт возвращения домой, вдруг стала прядать ушами, вскинула голову и со свежими силами заспешила вперед, как будто для нее уже занимался новый день.

До загона я добрался уже глубокой ночью. Стреножив лошадь, снял с нее седло и уздечку и отнес их к воде. На другом берегу реки была кромешная тьма. Мне пришлось долго кричать, прежде чем раздался ответ, и через двадцать минут у моих ног вдруг оказалось каноэ. Мистер Бейн встретил меня без малейшего удивления. Он прекрасно понимал, что в одиночку я далеко не уйду.

На другой день произошла очередная перестановка. Сержант привел мне ослицу по имени Мария и глуповатого молодого негра по имени Синклер, который уже не первый день без видимой цели слонялся в дом и из дома.

На третий день мы повторно отправились в дорогу и встретились с остальными на том месте, где прежде я оставил поклажу: теперь все были в сборе — Йетто, Прайс, Синклер, лошадь, Мария и ваш покорный слуга, — и наша команда принялась распределять грузы и обязанности. Йетто хвалился — и этим поспешили воспользоваться остальные, — что может прошагать пятьдесят миль с грузом в сто фунтов. Я не раз видел, как все кому не лень взваливают тюки на спину Йетто и тот принимает поклажу с добродушной гордостью. Что до Синклера, парень он был пренеприятный, зато немного умел готовить. Остальные двое моих спутников его ненавидели и в последние дни предпочитали обходиться без пищи, лишь бы не брать съестное из его рук. Он попросил разрешения вести ослицу, и я согласился. После этого он заявил, что невозможно одновременно нести поклажу и подгонять осла, который все время петляет и требует понуканий. В действительности Мария, конечно, этим не грешила. Она быстро смекнула, что отставать вместе с моими напарниками ей невыгодно: те, когда я не видел, перекидывали на нее свой груз. Поэтому она бодро трусила впереди, наравне с лошадью. Это сводило меня с ума: каждые несколько миль завязки навьюченного на Марию тюка ослабевали, и его содержимое начинало сыпаться на тропу, отчего мне приходилось останавливаться, чтобы снова и снова собирать вещи.

Каждый вечер Йетто жаловался на Синклера:

— Хозяин, мальчишка ни на что не годна. Зеленая совсем, дисциплину не слушает.

Я что ни день готовился дать юнцу расчет и отправить восвояси, но всякий раз вспоминал несъедобную стряпню Йетто и начинал сомневаться в правильности своего решения. А Синклеру в подобных случаях всегда удавалось завоевать мое расположение. Он в нужный момент приносил мне полотенце; он весьма кстати находил лаймовое дерево и, когда я возвращался после купания в ручье, без лишних слов подавал мне ром с соком лайма; он точно знал, что мне потребуется в следующую минуту — карта, путевой дневник, авторучка, очки, — и раскладывал эти вещи у гамака, да так, чтобы все было под рукой. Таким образом, несмотря на свою лень, лживость, вероломство, неприветливость и тщеславие, он оставался при мне в течение всего похода, вплоть до самой границы.

К этой и без того пестрой компании прибился один призрачный персонаж по имени Джаггер. Я часто видел его на ступеньках дома в Курупукари, где он ошивался без дела, и не раз слышал, как мистер Бейн выговаривает ему за какую-то провинность, связанную с почтой. Формально, по строгим джорджтаунским меркам, он был чернокожим, но сугубо формально: мне еще не встречалось лица, настолько же лишенного какого-либо четкого оттенка. Его кожа была выдержана в мертвецких гризайлевых тонах, а глаза — в желтоватых, как истоптанный снег, причем с розовой окантовкой. Увязавшись за нами, он сам нес свои вещи и съестные припасы; никого не обременял и ничего, кроме общения, не просил, всегда помогал советом. По-английски изъяснялся грамотно и не без изящества, говорил монотонным, шелестящим голосом, который мог показаться надменным, если бы не сопровождался гримасой неизменного страдания и самоуничижения.

Мне не довелось полностью узнать историю его житейского краха, каким-то боком связанного с судебными тяжбами, завещаниями и ростовщиками. Для Йетто все было просто:

— Родные браття ему ограбили.

В начале пути у Джаггера подскочила температура, и на дневной привал он явился значительно позже остальных, еле передвигая ноги. Повесил гамак, лег и отвернулся, не желая ни есть, ни разговаривать. Когда мы собрались продолжить свой поход, я забеспокоился. Создавалось впечатление, что бедняга вот-вот умрет у нас на руках; в таком состоянии ему нечего было и думать добраться до саванны пешком. Я почувствовал, что джентльмену и христианину сейчас самое время проявить свои убеждения по примеру сэра Филипа Сидни.

— Йетто, — сказал я в тот вечер, — думаю, Джаггеру стоит завтра поехать на моем пони. Мне не трудно пройти пешком несколько этапов.

— Не надо, хозяин, — ответил Йетто. — Его не придет.

— Не придет?

— Очень прихворал. Лежит в гамаке там, где нас завтракали.

— Но ему полегчает?

— О да, хозяин, ему все будет хорошо. Прихворал просто.

В тот же вечер мы повстречали нескольких вакерос, которые гнали стадо в пятьдесят голов крупного рогатого скота. Я дал пастухам таблетки хинина для Джаггера и проинструктировал, как его выхаживать, но так и не узнал, суждено ли ему было добраться до саванны.

В первую неделю конного похода рядом со мной постоянно находился мистер Бейн, который сыпал все новыми воспоминаниями, не оставляя мне возможности пообщаться с другими спутниками. Теперь же, вечерами, и особенно после дождливых дней, когда я каждому выдавал порцию рома, во мне зрела убежденность, что у нас подобралась очень приличная компания, в которой выделялся Йетто.

Как и большинство колонистов, Йетто попробовал себя на разных поприщах. Когда в Джорджтауне ожидали принца Уэльского, Йетто сформировал из полицейских едва ли не первую роту почетного караула и даже сумел обменяться рукопожатиями с принцем. Однажды Йетто отправился в пресловутую экспедицию на Кубу; рассказ об этом он предварил следующим вопросом:

— Хозяин, вы когда-нибудь знал темнокожего человека из Гренады — Адамс его фамилия?

— Нет, к сожалению, не помню такого.

— Она от меня двадцать долларов скрал.

Адамс прикарманил общественные средства и бежал в Тринидад.

У Йетто прежде была жена, но семейная жизнь пришлась ему не по нраву. Он своими глазами видел джорджтаунские бунты. Но вершиной его жизненного опыта стал большой куш, который он в бытность свою «порк-нокером» сорвал на золотом прииске. В город Йетто вернулся с восемью сотнями долларов в кармане и спустил их за полтора месяца.

— А чего такого, хозяин: взял моя машину и катался по городу с три девушка, а потом моя купил им золотые цацки, а после обошли все лучшие кабаки и гостинцы. Но ром я не пил, честно, хозяин, и пиво не пил. Мне джин и виски подавай. Бывало, моя сутки не спал, так и катался всю ночь с девушки.

— Но скажи мне, Йетто, ты хотя бы выбирал себе девушек получше, если так сорил деньгами?

— Нет, хозяин, девушка были одни и те самые, но моя любил их радовать. Очень хорошая были девушки, но с других брали доллар за ночь. А моя покупал им золотые цацки, джин, виски, на машине катал туда-сюда, туда-сюда. Йетто все очень обожали, когда при деньгах... Но тогда моя совсем зеленый был. Теперь-то моя набрал мудрости.

— А как бы ты сейчас распорядился этими деньгами?

Повисла пауза; я думал, Йетто скажет: купил бы ферму или лавку, остепенился бы после тяжкой, неустроенной жизни.

— Ну, хозяин, скажу так. Все бы ухнул бы на себя. Купил бы одежку шикарную и перстни. Тогда б девушки мне задарма давали — чтоб моя потом на них потратился. А потом-то зачем тратиться?

Раскрыв свой огромный рот, он зашелся хохотом; только золотые зубы сверкали при свете костра.

Но Йетто был не чужд и других, не совсем обывательских радостей. В течение упоительных полутора месяцев, когда у него водились деньги, в городе выступала итальянская оперная дива («...мишурный блеск дешевой трагедии... стареющая примадонна, знававшая великих князей и английских милордов, соглашается на убогие гастроли в компании своего никчемного, но преданного агента и, с каждым годом снисходя до более отдаленных мест и менее почтенной публики, стоит сегодня на краю последней адской пропасти — в концертном зале Джорджтауна...»).

— Самые дешевые кресла было по два доллара, но моя пошел с девушка. В зале одни белые, а эта пела чудесно, для каждая песенка наряды другой цвет, и тем боле на любом языке, хошь на французском или на английском, хошь на итальянском или на германском, а уж тем боле на испанском. Да уж, та дамочка на всех языках знала. Мы аж слезу опустили.

В последний раз Йетто поднимался по тропе в компании ветеринарного инспектора и его жены. В глазах Йетто присутствие дамы придавало особый шик событиям того дня. В целом это была великолепная прогулка — с раскладными походными столами, корзинами для пикника и шейкером для коктейлей. В сопровождении отряда носильщиков они проходили пешком по десять миль в день. Все места, где останавливалась компания, Йетто возводил в ранг священных. «Тут миссис Макдугал подстрелил агути... А вот тут она так устал, что мистер Макдугал снял с ней сапожки... Здесь миссис Макдугал искупался...» Йетто запомнил все ее привычки и предпочтения.

— Миссис Макдугал сильно меня полюбил. Даже один раз фотографировал. Говорит: «Теперь я щелкну Йетто»... сказано — сделано. Доктор Макдугал обещался прислать фотокарточка. Завтра укажу вам то дерево, под который миссис Макдугал меня щелкнул. А как добрались мы до Такамы, говорит: «Не знаю, что б мы делали без Йетто». Моя что угодно сделаю за ради миссис Макдугал!

На третий день после выхода из Курупукари мы перебрались через пересохший ручей и попали в небольшую саванну, которая в честь этого ручья получила название

Сурана; там находилась деревня индейцев. В деревне жили весьма развитые представители народности макуши, привыкшие к непосредственной близости нескольких ранчо и оживленной тропы.

В Суране было десятка полтора хижин. Мне навстречу вышел вежливый англоговорящий юноша и показал пустую глинобитную, крытую соломой хижину, где я мог заночевать, а также, в полумиле оттуда, родник, где я мог умыться. Позднее местные женщины вынесли мне в подарок гроздь бананов. Деревня отличалась гостеприимством. Многие жители стянулись на нас поглазеть и побеседовать с моими спутниками.

— Йетто все обожают, — сказал Йетто.

На следующий день мы добрались до Аная, что на краю саванны. После нескольких недель, проведенных в лесной чащобе, где было не повернуться, вид открытой местности произвел на нас невероятное впечатление.

— Этот дом такой полезный для здоровья, — отметил Йетто, — что вы всю ночь дрожать будете.

В тот вечер в доме были и другие постояльцы: например, неприветливый сириец с дряблым белым лицом, совершенно комичный в своем костюме для верховой езды.

— Это очень жестокий человек. Один раз она связывал индейцев и всю ночь избивал, пока мистер Бейн его не остановил.

Предсказание Йетто о полезности этого места попало в точку. После мягких и душных лесных ночей здесь стоял смертельный холод.

На следующий день мы отправились на мучительную верховую прогулку, лишь первую из многих, маячивших впереди. От страшной жары, раскалившей землю, у меня обгорело лицо — не спасла даже широкополая шляпа.

Изнеможение оказалось заразным: я чувствовал, как оно исподволь пронизывает меня снизу вверх от спотыкающегося жеребца, а от меня, сверху вниз, пронизывает его. Чтобы конь не сбивался с трота, приходилось его подгонять. Как только он переходил с трусцы на шаг, трупная жесткость седла становилась невыносимой. Но сильнее всего изнуряла жажда. Впоследствии я провел немало более долгих и более жарких дней без воды, но сейчас был первый опыт, да к тому же я еще не успел отвыкнуть от тенистых зарослей и журчания лесных ручьев. Местами хорошо различимая тропа иногда сужалась и терялась среди высохшей осоки; чтобы снова ее отыскать, приходилось долго петлять, теряя время и силы. Часто она разветвлялась на две примерно одинаковые тропки. Таким образом я, должно быть, прошагал вдвое больше нужного и прибыл к месту назначения около пяти часов.

Это ранчо принадлежало человеку по фамилии Кристи. Я знал о нем только то, что мне рассказали накануне вечером: он очень стар и «очень набожен». Меня предупредили, что его вера не позволяет проявлять радушное гостеприимство, вполне естественное для жителей саванны. Он скрепя сердце позволял — а как не позволить? — путникам стреноживать своих лошадей у него в загоне и ночевать у него в пристройке, но на большее рассчитывать не стоило.

Плохая видимость в саванне объясняется обилием курателлы. Низкие кустарники, от шести до десяти футов высотой, растут по всей территории ярдах в двадцати один от другого, иногда плотнее, и с расстояния напоминают рощу, но стоит чуть приблизиться, как становится ясно, что они соседствуют небольшими группами. Кустарники почти не отбрасывают тени: поверхность их листьев с одной стороны очень грубая, и из-за этой особенности они получили свое просторечное название «наждачное дерево». Их древесина хрупкая и не подходит для практических целей. На мой взгляд, единственным положительным качеством этой поросли был элемент неожиданности, который она придавала путешествиям. В некоторых странах цель путешествия видна с самого начала: она неотступно маячит перед тобой, час за часом, миля за милей, оставаясь такой же далекой в полдень, какой была на рассвете; от постоянных попыток ее разглядеть болят глаза. За наждачными деревьями зачастую скрывался от посторонних глаз какой-нибудь домик, чаще всего низкий, серо-коричневый, ничем не отличающийся от других местных домов. Его не видно до тех пор, пока практически не подойдешь вплотную. Часы изнеможения и отчаяния внезапно оборачивались моментом ликования, облегчения и внутреннего восторга, пониманием, что страдания закончились. И лошадь, и я — мы оба пошатывались от усталости, когда неподалеку показался дом индейцев. Затем еще один — несколько женщин у входа на корточках. Они вбежали в дом и спрятались, как только увидели меня на горизонте, но я подъехал к двери и крикнул в темноту, жестами показывая, что хочу пить. Женщины смущенно хихикали, подталкивая друг дружку, и одна из них вынесла мне калебас с холодной водой. Потом я сказал «Кристи»; они повторили «Кристи» и захихикали еще громче. Наконец одна из них вышла и указала мне направление. Еще через двадцать минут я был на ранчо. Оно представляло собой горстку хижин, беспорядочно разбросанных, точно мусор после пикника. Вокруг не было ни души. Я спешился и обошел территорию. Самый большой дом в центре был наполовину недостроен, но рядом с ним стоял еще один, с ветхой соломенной крышей, настежь распахнутый со всех сторон и отличавшийся от остальных построек дощатым полом, на пару футов приподнятым над землей. В гамаке, потягивая холодную воду из носика белого эмалированного чайника, полулежал мистер Кристи.

У него были длинные седые усы и седая курчавая голова, иссушенное солнцем лицо такого же лихорадочно-бледного цвета, как и у большинства колонистов, но безошибочно узнаваемой негритянской фактуры. Чернокожим и даже белым запрещено без особого разрешения селиться на индейских землях, и я узнал, что в течение первых лет десяти его проживания правительство неоднократно пыталось его выселить, но в конце концов Кристи оставили в покое. Я поприветствовал старика и спросил, где можно напоить моего коня. Он мечтательно, немного рассеянно улыбнулся и сказал:

— Я тебя ждал. Мне было видение о том, что ты уже на подходе.

Кристи вылез из гамака, огляделся в поисках обуви, нашел только один башмак и, прихрамывая, подошел, чтобы пожать мне руку.

— Я всегда узнаю нрав любого посетителя по тому, каким он является мне в видениях. Иногда вижу свинью или шакала, но чаще — разъяренного тигра.

Не удержавшись, я спросил:

— А каково же было мое обличье?

— Сладкозвучный гармониум, — вежливо ответил мистер Кристи.

Он указал на узкую, извилистую тропу, ведущую к роднику. Расседлав жеребца, я повел его в поводу. Конь заржал, учуявши воду, и мы оба жадно припали к роднику; ноги у жеребца дрожали, он был весь в мыле, но, к счастью, без нагнетов. Я окатил его водой, отвел в загон и предоставил блаженно кататься в пыли. А сам повесил гамак в пристройке для путников близ дома мистера Кристи и проспал два часа, пока не появились мои сопровождающие. У них с собой была моя сменная одежда. После их прихода я снял сапоги и бриджи, принял ванну и выпил кружку рома. В тот вечер одной кружкой я не ограничился, но точное количество выпитого определил только утром, когда обнаружил пустую бутылку. Синклер, чуя, что назревает скандал, по дороге сорвал несколько плодов лайма. Первую кружку он услужливо наполнил сам: плеснул в нее рома, выжал сок лайма, добавил тростникового сахара и доверху налил холодной, довольно мутной воды. Я не стал вникать в ссору наемных работников, и Синклера не выгнали. Великолепный сладкий алкоголь, изнеможение после тяжелого дня, зной, жажда, голод, последствия падения, а также фантасмагорические рассуждения мистера Кристи преобразили тот вечер и на дюйм вознесли над реальной действительностью.

Лампа, стоявшая на полу в центре сарая, причудливо освещала снизу лица присутствующих: скулы отбрасывали тени на глаза, а самый яркий свет падал на брови и верхние веки, подбородки и носы. Все, кто оказался поблизости, стянулись посмотреть, как я ужинаю. Расхаживая вокруг лампы, мистер Кристи рассказывал мне о Боге.

Он спросил, исповедую ли я «веру», и получил утвердительный ответ — с уточнением, что я католик.

— Добрые католики *порой* встречаются, — признал мистер Кристи, — они далеки от истины, но зрят в правильном направлении. На днях я разглядывал вечерний хор блаженных, поющих перед престолом Божьим, и, к своему великому удивлению, узнал среди них покойного епископа Гвианы... но они слишком много на себя берут. Их пастырям нравится обращение «отец». Есть только один Отец — тот, что над всеми нами.

— А как вы смотрите на то, что дети так же обращаются к своим папашам?

— Быть папашей — это сущий кошмар. — У мистера Кристи было множество детей от любовницы-индеанки. — Воистину сказано... — И он процитировал какой-то источник (моя память его не сохранила), где сказано, что дети — это проклятье. — Невесть зачем мой старший сын недавно прижил ребенка с бескультурной женщиной. А теперь еще надумал взять ее в жены.

— Но если живешь, подобно вам, в условиях саванны, так ли уж серьезна нехватка культуры?

— Если женщина ни в какую не поет, это очень серьезно, — сурово ответствовал мистер Кристи.

Мы поговорили о дядюшке кого-то из моих приятелей: тот некогда служил в этих краях миссионером и уехал в Англию из-за тяжелейшего нервного срыва.

— В того человека вселился дьявол, — заявил мистер Кристи. — Знаете, что он сделал? Он сварил курицу там, где я возносил молитвы. С тех пор я туда ни ногой. Место осквернено.

Я сообщил ему, что тот священник благополучно выздоровел и служит на Южном побережье.

— Нет, нет, уверяю, это заблуждение. Он явился мне прошлой ночью, и во время нашей беседы его голова — о ужас! — каталась по полу. Я сразу понял: он все еще одержим.

Каждое воскресенье мистер Кристи по четыре-пять часов выступал с проповедями перед соседями-индейцами. Я спросил, увенчалось ли его служение какими-нибудь успехами.

— Успехами — нет; вряд ли можно назвать это успехами. Я здесь уже тридцать лет, и никто до сих пор не принял веру. Даже моя собственная семья одержима дьяволом.

Он поделился, что работает над переводом Священного Писания на язык макуши, «но вынужден прибегать к многочисленным заменам и опущениям».

— Очень многое вызывает у меня несогласия... но тревоги нет. В скором времени так или иначе будет конец света.

Пару лет назад он увидел, как в небе вспыхнуло некое число — это и было количество оставшихся дней.

Я спросил, как он понял, что число это несет именно такой смысл.

— А какой же еще? — изумился он.

Пока я сидел, медленно попивая ром, мистер Кристи поведал и о многих других сходных случаях. Например, когда скончалась его сожительница, ему был голос: «Старая лошадь мертва».

— Это не означало, что она смахивала на лошадь. В некоторых отношениях она была очень даже миленькой. Это означало, что мне больше не удержаться в седле.

Не так давно ему явились все святые, восседающие на небесах.

— Их было много? — спросил я.

— Сосчитать не представилось возможным, потому как, если ты помнишь, они бестелесны, но у меня такое впечатление, что было их крайне мало.

Я спросил, верит ли он в Троицу.

— Верю ли? Да я жить бы не смог без этой веры. Но ошибка католиков в том, что они предуказывают тайну Троицы. А по мне, здесь все просто.

Он поведал, как папа римский приказал убить французского адмирала и в золотой шкатулке отправить его сердце в Рим, а также о том, как масоны крадут тела с кладбищ и хранят в подвале под каждой ложей. Масона, добавил он, легко опознать по клейму «ВОЛ» на ягодицах.

— Не иначе как от слова «волонтер», — добавил он. — Только к чему это — ума не приложу.

Вскоре в хижину вошли несколько посетителей из окрестных деревень и расселись на корточках вокруг лампы. Я распорядился приготовить какао и всех угостить. Одна из дочерей мистера Кристи была замужем за выходцем из Ост-Индии. Усадив мне на колени голого ребенка, хозяин дома попытался заинтересовать меня подробностями своего конфликта с полицейским в Анаи по поводу незаконной продажи табака. Обвинение было, по его словам, полностью сфабриковано на почве личной неприязни. Однако мне уже стало невмоготу разбираться в его проблемах.

Немного погодя меня сморил сон, но, проснувшись, я обнаружил, что гульба все еще в разгаре, а мистер Кристи все еще рассуждает о видениях и мистических числах. Когда я продрал глаза в следующий раз, гости уже разошлись, но было слышно, как мистер Кристи расхаживает в темноте вокруг дома и что-то бормочет себе под нос.

Следующий день прошел гладко.

Ранчо, куда я направлялся, принадлежало джорджтаунскому китайцу мистеру Вонгу, который по-крупному играл в карты и в связи с этим был настоящим героем в глазах Йетто. Всеми делами ведал управляющий, сеньор Дагуар — смуглый, добродушный мужчина, имевший вышколенную любовницу-индеанку. Мастер на все руки, он развесил на карнизах хижин изготовленные им самим плетеные кожаные уздечки и хлысты, а также декоративные седла. Одет он был с показным шиком: бразильское сомбреро с кожаной отделкой, крупные серебряные пряжки по бокам накладных голенищ и заткнутый за одну из пряжек нож с серебряной рукоятью; к голым мозолистым пяткам ремешками крепились большие шпоры.

Я спросил, где можно умыться, и мне показали тропинку, ведущую через огород к полосе кустарника. Дойдя по ней до конца, я пробрался сквозь заросли и вдруг оказался у крутого обрыва над темной, достаточно широкой речной стремниной. После бескрайней засушливой саванны это неожиданное открытие стало приятным сюрпризом. Точно такой же глинистый утес с полоской зарослей виднелся на противоположном берегу — там находилась Бразилия. Из-за отсутствия этого ранчо на карте я даже не сообразил, что подошел вплотную к пограничной реке Иренг. Впоследствии я вдоволь насмотрелся на эту реку и успел ее возненавидеть.

На берегу кишели мошки-кабури — отвратительные насекомые, такие мелкие, что от них не спасает никакая противомоскитная сетка; размножается этот гнус в проточной воде и нападает целым роем. Укусы ощущаются лишь тогда, когда насекомые насосались крови; на месте укуса остается красное пятно с черной точкой в середине и невыносимое жжение.

В моих впечатлениях этого периода насекомые занимали существенное место. Всю предшествующую неделю я испытывал жуткий дискомфорт от «bêtes rouges»[1]: эти микроскопические красные твари сыплются с кустов на одежду и проникают под кожу, вызывая нестерпимый зуд, — его не снимает ни крабовое масло, ни антисептическое мыло; ноги и руки у меня были расчесаны в кровь.

---

[1] «Красные звери» *(фр.)*.

Не будет преувеличением сказать, что за несколько недель, отделявших меня от окончательного прощания с Джорджтауном, на моем теле не осталось ни одного живого места: зуд не отступал ни днем ни ночью.

Вечером к нам в гости пришла семья португальцев с гитарой. При входе и выходе каждый (а было их человек восемь) торжественно пожимал мне руку.

Из деревни выше по течению приплыли на каноэ два всклокоченных, пучеглазых индейца племени патамона, которые привезли с собой обезьяну для обмена на порох: ранчо Вонга находится на оконечности саванны и является ближайшим к району Пакараима оплотом цивилизации.

Через два дня мы добрались до Сент-Игнатиуса, где мне предстояло десять дней гостить у отца Мэтера, самого доброго и щедрого среди всех домовладельцев колонии.

Мы застали его в столярной мастерской; он — полная противоположность фольклорному «коварному иезуиту» — вышел поздороваться, отряхивая от стружек рубашку и брюки цвета хаки. Почти вся простая мебель для гостиной была сработана его руками: прочная, ладно подогнанная, тщательно отшлифованная, она резко контрастировала с топорной и недолговечной самодельной утварью, которая преобладала даже в Джорджтауне. Он любит и изучает природу во всех ее проявлениях; более всего импонируют ему лес и птицы, о которых он накопил обширные знания, основанные на собственном опыте. На океанское побережье он выбирается нечасто; в таких случаях речные пейзажи — для меня невыносимо однообразные — дарят ему неисчерпаемые возможности для наблюдений; иногда его вызывают в холмистые районы, но по большей части пасторское служение отца Мэтера ограничивается малолюдными окраинами Сент-Игнатиуса, а исследования направлены на мошкару, что вечерами слетается на свет его лампы.

Я произвел расчет с Йетто, Синклером и Прайсом, потому что чернокожим не советуют долго оставаться на индейской территории. Перед расставанием они изъявили желание сфотографироваться для портретов и по очереди надели видавшую виды матерчатую шапочку Йетто в комплекте с принадлежащим Прайсу шейным платком в горошек.

Сент-Игнатиус разительно отличался от миссий в Африке, где обычны огороженные скопления построек, большие школы, где ряды курчавых черных голов терпеливо впитывают в себя «образование»; добротные жилища католических священников и скученная богобоязненная паства; служители культа и монахини из числа местных жителей — в безукоризненных одеждах из белого льна и пробковых шлемах; чернокожие дети с прикрытыми вуалью для первого причастия лицами; простые песнопения и экзаменационные испытания. Напротив, это был самый уединенный оплот веры. Если бы не стоящее на берегу реки скульптурное распятие, это место могло бы сойти за небольшое ранчо.

Рядом с домом располагалась церквушка из жести и соломы, внутри которой на земляном полу стояли скамьи высотой около шести дюймов; дневной свет и свежий воздух попадали в здание через открытую западную стену; невзирая на все препоны и проволочное ограждение, за алтарем регулярно неслась чья-то курица.

В доме почти круглый год жил в полном одиночестве отец Мэтер. Другой священник, отец Кири, использовал дом в качестве своей штаб-квартиры, но появлялся там достаточно редко: за исключением сезона дождей, он постоянно разъезжал по окрестным деревням. Заботы о доме, фермерском хозяйстве, складах и лавках легли на плечи отца Мэтера.

Я нередко замечал, что прислуга священников как класс отличается крайне низким интеллектом. Не знаю, отчего так повелось: то ли добрые люди из сострадания дают работу тем, кого не наймет никто другой, то ли из бедности берут к себе тех, кто дорого не запросит, а может, сама прислуга от непрерывного укрощения плоти утрачивает необходимые навыки или же, не выдерживая постоянного сравнения с носителями высочайшего благочестия, мало-помалу теряет рассудок. Как бы то ни было, чаще всего мое наблюдение подтверждается. Впрочем, хозяйство отца Мэтера служило исключением из общего правила. Конечно, и там не обошлось без слабоумного паренька-макуши, который во время еды вечно просовывал свою круглую, как луна, физиономию в дверной проем и клянчил табак, но этому доверяли только подсобные работы во дворе. Зато две вдовы-индеанки, которые готовили, плели гамаки, выгоняли цесарок из спален и по большому счету «вели дом», не вызывали ни малейших нареканий. Равно как и Дэвид Макс-и-Хунг, главный над всеми вакерос. Этот благочестивый и умелый юноша свободно владел английским, португальским и двумя индейскими языками. Сам наполовину китаец, наполовину индеец-аравак, в жены он взял бразильянку. Во время моего приезда Дэвид находился на выгоне (каждое ранчо всегда отправляет на выгон своего представителя, чтобы тот опознавал собственный скот и не допускал разбойного клеймения); именно по причине его отсутствия мое пребывание на ранчо приятно затянулось: в первый же вечер отец Мэтер сказал, что в это время года о моих планах добраться до Боа-Висты на каноэ можно забыть. Однако туда нетрудно добраться верхом, а по возвращении Дэвида я могу рассчитывать на лошадей — и на самого Дэвида в качестве проводника. Потому-то я и остался, радуясь отдыху и ежечасно узнавая от отца Мэтера все больше и больше об этой местности.

С моей точки зрения, жизнь на граничащих с Бразилией землях — это уникальный опыт для подданных Британской империи. От горы Рорайма до реки Курантин, то есть на протяжении около пятисот миль, располагается единственный оплот британской государственности — Бон-Саксес, которым превосходно руководит мистер Мелвилл, наполовину индеец, женатый на бразильянке. Далее ближайшее представительство империи можно найти только в Боа-Висте. Здесь, в Бон-Саксесе, нет ни флагов, ни военных, ни таможни, ни паспортного контроля, ни иммиграционных формальностей. Индейцы, скорее всего, даже не берут в толк, на территории какой страны находятся: они бродят туда-сюда через границу Бразилии и Великобритании так же спокойно, как до эпохи Уолтера Рэли.

На всей территории есть только один магазин, да и тот разделен пополам: одна половина находится в Бразилии, другая — в Британской Гвиане. Владеет этой торговой точкой португалец, сеньор Фигейреду. На своем берегу реки он продает товары бразильского происхождения — скобяные изделия, боеприпасы, спиртное различных неудобоваримых сортов, сахар и фарин, в небольших количествах — консервированные фрукты, сласти, табак, конскую упряжь и подержанные вещи, выкупленные у разорившихся скотоводов; на британской же стороне португалец предлагает товары джорджтаунского производства, преимущественно мужскую и женскую одежду, мыло, различные масла для волос, которые пользуются широким спросом в узком кругу особо просвещенных индейцев, и патентованные лекарственные средства с броскими гравированными этикетками и под незнакомыми названиями: «Решительная регенерация от Редвейс», «Канадское целебное масло», «Растительный продукт от Лидии Пинкхэм». Если бразильцу потребуются товары с британской стороны (и наоборот), то страждущий вместе с мистером Фигейреду переправится через реку и купит все необходимое. Любые обвинения в контрабанде предъявляются покупателю.

Однажды мы с отцом Мэтером пошли завтракать к сеньору Фигейреду. Он подавал нам блюда одно за другим: тушеное тассо с рисом, молотое тассо с фарином, парную говядину с бататом, парную свинину, яичницу, бананы, консервированные персики и ликер «Крем де какао» местного разлива. На время нашего завтрака он выпроводил из дома всех женщин, за исключением красавицы-дочери, которая прислуживала за столом. После завтрака мы направились в магазин, где сеньор Фигейреду легко и незаметно превратился из гостеприимного хозяина в лавочника: он перелез через прилавок и любезно обосновал цену на кофе. В радиусе двухсот миль у него нет ни единого конкурента, так что цены в его магазине заоблачные, но при этом живет он скромно, ходит всегда в старой пижаме, а для работы по дому привлекает родню.

Через неделю Дэвид — учтивый, безупречно деловой молодой человек в очках — вернулся с выгона и сразу же взялся за организацию моей поездки в Боа-Висту.

К нам присоединился и шурин Дэвида, бразилец Франсиску; мы распределили поклажу, причем не слишком равномерно: на долю моей лошади пришлись только гамак, одеяло и комплект сменной одежды. Первого февраля, сразу после завтрака, мы выдвинулись по направлению к границе. Солнце пряталось за тучами, накрапывал мелкий дождик.

Брод находился примерно в трех милях вверх по течению от Сент-Игнатиуса. Наши лошади брели по мелководью, вытягивая шеи вперед, чтобы напиться; на середине реки мы уже оказались в Бразилии. Где зигзагом, где ползком вскарабкались на другой берег, верхом пробились сквозь заросли, низко наклоняясь в седле, чтобы не расцарапать лица колючими ветвями, — и вновь оказались на открытой местности, плоской и пустынной, как только что покинутая нами саванна; даже, пожалуй, еще более пустынной, ибо здесь не было никаких признаков жизни: ни следов копыт, ни бродячих животных — просто пустая равнина, редкая бесцветная трава, муравейники, наждачные деревья, одиночные купы взъерошенных пальм, серое небо, порывы ветра и унылый непрерывный дождь.

На четвертый день пути мы добрались до пустой хижины на берегу Рио-Бранко, прямо напротив Боа-Висты.

С того самого вечера в Курупукари, когда мистер Бейн впервые упомянул название Боа-Виста, это место стало приобретать для меня все более важное значение. Отец Мэтер был там всего один раз, да и то в тяжелой стадии тропической малярии, а потому мало что смог мне рассказать, за исключением того, что некоторые монахини-немки оказались опытными и преданными своему делу медсестрами. Все остальные, особенно Дэвид, отзывались об этом городе с восторгом. Все, что я напрасно искал в магазинчике Фигейреду, можно было, с его слов, приобрести в «Боа-Вист»; сеньор Дагуар превозносил современный, роскошный вид города: электрическое освещение, кофейни, прекрасные здания, красивые женщины, политические и криминальные страсти. От мистера Бейна я слышал о быстроходных моторных лодках, постоянно курсирующих между этим городом и Манаусом. Во время нашего утомительного перехода до здешних мест я с нетерпением ждал спокойного отдыха в Боа-Висте, чувствуя, что все неудобства, которые мне пришлось претерпеть, лишь составят выгодный фон для тех благ, что маячили на горизонте. Я настолько уверовал в эти мечты, что при виде первых убогих строений на дальнем берегу не испытал ни дурных предчувствий, ни каких-либо эмоций, кроме восторга и радостного предвкушения.

Река была необычайно широкой и мелководной: настолько мелководной, что мы, вглядываясь поверх песчаных дюн, оросительных каналов и какого-то довольно большого острова, воспринимали этот город будто бы вознесшимся на крепостную стену, тогда как в действительности он находился на одном мертвенно-плоском уровне со всей равниной. От двоих пастухов-вакерос, которые лежали у берега в гамаках, Дэвид узнал, что в ближайшие несколько часов прибудет лодка, чтобы переправить их через реку. Пастухи изучали нас с тем выражением, которое, как я впоследствии понял, характерно для жителей Боа-Висты, в отличие от обитателей ранчо: на лицах местных вакерос отражалось презрение, смешанное в равных долях с доброжелательностью и намеком на то, что перейти к отрытой агрессии мешает им только собственная лень.

С помощью Дэвида я попытался навести справки о размещении на ночлег. И думать нечего, ответили мне.

— Но, как я понял, в городе есть две отличные гостиницы.

— А, так то было во времена «Компании». Тогда здесь чего только не было. А нынче приткнуться негде. Вот уж два года, как все гостиницы позакрывались.

— Где же тогда останавливаются приезжие?

— Приезжие в Боа-Висту не суются. А кто по делам наведается, того деловые партнеры приютят.

Я объяснил, что направляюсь в Манаус и мне нужно дождаться лодки. С полным безразличием они процедили, что знать не знают ни о какой лодке до Манауса. Затем один из них добавил, что, возможно, мне как-нибудь посодействуют иностранцы-священники, коли ноги не унесли: в прошлый его приезд на иностранцев-священников какой-то мор напал, да и на всех местных тоже. После этого пастухи разговаривали только друг с другом.

Мой пыл уже почти сошел на нет, когда мы увидели лодку, которая отчалила от противоположного берега и медленно плыла по направлению к нам. В нее втиснулись мы все: Дэвид, Франсиску, я и угрюмые вакерос, кое-как погрузив и седла, и поклажу; в результате кромка борта оказалась в какой-то паре дюймов от воды. Затем, то работая веслами, то шлепая вброд и налегая на корму, мы все же переправились через реку. Возле самой воды на корточках сидели женщины, которые молотили грязным бельем о прибрежные камни. Мы втащили свои пожитки на крутой берег — и оказались на главной улице. Очень широкая, покрытая засохшей и растрескавшейся во всех направлениях бугристой грязью, она к тому же была изрезана пересохшими канавами. С каждой стороны тянулся ряд одноэтажных, побеленных глинобитных домов с черепичными крышами; на пороге каждого дома сидели жители, порой целыми компаниями, и сверлили нас дерзкими, враждебными и вместе с тем апатичными взглядами; тут же крутились голые дети. Остатки подвесного электрического кабеля свисали с ряда покосившихся столбов или валялись в катушках и мотках вдоль сточной канавы.

Улица вела на небольшой пригорок, и в середине подъема мы поравнялись с миссией бенедиктинцев. После

Джорджтауна я нигде не видел более впечатляющего зрелища. Сложенное из бетонных плит, это здание со скромно украшенным фасадом, уцелевшими застекленными окнами и резной дверью с электрическим звонком, а также с обнесенной балясинами верандой, да еще с бетонными вазонами по углам, выходило на зеленую полосу сада, разделенную на симметричные клумбы с бордюрами из кирпичей.

Мы немного оробели, потому что с дороги вид у нас был потрепанный и не слишком опрятный; к тому же за последнее время мы отвыкли от резных входных дверей и электрических звонков. Но звонка опасаться не стоило: он не работал. Мы нажали на него раз, потом, с перерывом, другой. Тогда из окна высунулась голова и по-португальски велела нам стучаться. Стучались мы до тех пор, пока та же самая голова не появилась вновь — с виду тевтонская, светловолосая и лысоватая, с торчащим вперед подбородком и невинными глазами на морщинистой физиономии.

— Этот господин и сам приезжий. По-португальски изъясняется так, что не разбери поймешь, — сказал Дэвид. — Вроде говорит, что священник тут имеется, но, похоже, вышел.

К этому времени я уже привык ждать; мы сидели на пороге среди своей поклажи, пока на садовой дорожке не появился тощий молодой монах в белом облачении. Он, казалось, воспринял наше появление как неизбежность, отворил дверь и привел нас в душное, зашторенное помещение, организованное по всем законам геометрии, как бывает только в религиозных домах: у четырех стен — четыре жестких стула, на стенах симметрично развешаны олеографии на религиозные темы, точно в центре — столик под вышитой скатертью, на нем горшок с искусственными цветами, все сверкает чистотой — сразу было видно, что монахини не сидят сложа руки.

Монах был немецко-швейцарского происхождения. Мы пообщались на ломаном французском; я объяснил свое положение. Он мрачно кивнул и сказал, что сроки отправления следующей лодки на Манаус предугадать невозможно, зато в ближайшее время ожидается прибытие нового приора, и лодка, которая его доставит, рано или поздно отправится назад. А пока я могу при желании остаться здесь.

— Это вопрос пары дней или пары недель?

— Вопрос пары недель или пары месяцев.

По сведениям Дэвида, у Пограничной комиссии была своя лодка, которая курсировала с промежутком в несколько дней; он предложил, что съездит в город и там наведет справки. Монах, которого звали отец Алкуин, с довольно мрачной вежливостью показав мне комнату и душевую, объяснил, что сам он и другой гость уже позавтракали, но для меня скоро принесут снедь из женского монастыря. С того дня, когда мы покинули Сент-Игнатиус, я впервые вкусно поел, а затем переоделся и лег поспать. Вскоре вернулся Дэвид с обнадеживающей вестью: лодка Пограничной комиссии окажется у здешних берегов дней через пять, а неделю спустя после этого придет торговый баркас. Дэвид гордо улыбался, но не только потому, что принес хорошую новость, но еще и потому, что на свое жалованье купил потрясающий новый пояс. Распрощавшись со мной, Дэвид и Франсиску забрали лошадей и отправились отдыхать на другой берег.

За считаные часы пребывания в Боа-Висте все мои иллюзии, связанные с этим городом, потерпели крах. Исчезли; их разметало землетрясение, с корнем вырвал смерч, а ветер унес в небо клочками соломы; их опалило серой, как Гоморру; их смели иерихонские трубы, их перепахали и засыпали солью, будто Карфаген, а потом разобрали завалы, чтобы за деньги переправить по кирпичику на другой континент, словно они приглянулись мистеру Хёрсту; они пали, как великая Троя. Отправляясь на разведывательную прогулку, я уже не мечтал увидеть тот город, чей образ был моей живительной влагой в дни изматывающей походной жажды: тенистые бульвары, киоски с цветами, сигарами и красочными журналами, террасы отелей и кофейни, церковь в стиле барокко, построенная миссионерами в семнадцатом веке, и бастионы старого форта, площадь с эстрадой, окруженной фонтанами и цветущими кустарниками; вальяжные, слегка высокомерные горожане — одни в форме позвякивают шпорами, другие с южной элегантностью крутят в руках тросточки, кланяются в пояс и приподнимают шляпы-канотье, стряхивая белыми перчатками невидимые пылинки с белых льняных гетр; темнокожие красотки, нежащиеся на балконах или кокетливо выглядывающие из-за вееров, сидя за столиками в кафе. Все эти нелепые и в высшей степени маловероятные ожидания сровнялись с землей, как замки из песка под набегающим приливом.

Более тесное знакомство с городом никак не помогло их восстановить. Весь город состоял из широкой главной улицы, по которой мы пришли, двух параллельных второстепенных улиц и под прямым углом к этим — еще из четырех-пяти. Стоило пройти по любой улице с четверть мили, как она разветвлялась на множество запутанных пешеходных троп. Все городские дороги назывались *авенидас* и носили имена политических деятелей местного пошиба. Задуманный с претензией, просторный, прямоугольный город зиял незастроенными участками. Магазин был в единственном числе, хотя и довольно крупный, чуть больше и богаче, нежели у Фигейреду, а довесками к нему — десятка полтора захудалых торговых лавчонок; незастекленная рекламная тумба обещала услуги цирюльника-хирурга: укладку волос для дам, удаление зубов, а также исцеление от венерических заболеваний; виднелись полуразрушенный дом, где жили монахини, открытая всем ветрам школа, где трясущийся в лихорадке учитель монотонно бранил огромный класс равнодушных малолетних сорванцов; радиоузел и небольшая хибара, где за неимением почты принимали письма; работало два трактира: тот, что на главной улице, представлял собой сарайчик, где подавали фарин, бананы и рыбу, а перед ним, под деревом, жались три столика; вечерами здесь собиралась горстка любителей выпить кофе при свете единственного фонаря; второй, тот, что в переулке, выглядел более привлекательно. Там был бетонированный пол, был даже прилавок для продажи сигарет и орехов: завсегдатаям предлагался комплект домино, а помимо кофе — теплое пиво по грабительской цене.

Не считая бенедиктинского приората, единственным местом, в определенной степени претендовавшим на великолепие, была церковь — современное здание в желтую и оранжевую горизонтальную полоску, богато украшенное бетонной лепниной; снаружи висели старые колокола, а внутри были оборудованы три роскошных алтаря с украшенными вышивкой завесами и покровами; запрестольные перегородки радовали глаз резьбой, статуи — величиной и яркой раскраской, пестрели искусственные цветы, сверкали полированные подсвечники, выставляли напоказ свою роспись деревянные скамьи, на мраморной купели огромными буквами читалось имя крупнейшего городского торговца, наличествовала фисгармония —

все новенькое, чистое, как в больнице, — и ни одной курицы или свиньи во всем здании. Я поинтересовался, какая благотворительная организация сделала возможным постройку такого дорогостоящего храма, и в ответ услышал: как и многое другое, храм появился «во времена Компании».

В городе мне удалось найти лишь одного говорящего по-английски человека: им оказался исключительно необаятельный субъект, внебрачный сын известного человека из Джорджтауна, с которым я познакомился в рождественские дни. Между мною и его сыном сейчас установилась лишь очень хрупкая связь, поскольку молодой человек признался, что ненавидит своего отца и не раз подумывал его застрелить.

— Я теперь женат и ровно пять раз обращался к нему с просьбой о деньгах, но ответа так и не получил.

Как и все обитатели Боа-Висты, он был донельзя тощим; влажные черные волосы лезли ему в глаза — светложелтые, под цвет лица. Говорил он меланхолично, растягивая слова. По моим впечатлениям, это был едва ли не единственный горожанин, которого я видел за работой. Он владел небольшой кузницей, где изготавливал клейма и чинил оружие. Почти все остальные жители, как можно было подумать, не занимались вообще ничем, увязнув в порочном круге полуголодного существования. Возможно, от случая к случаю они зарабатывали какие-то гроши в сезон паводков, когда сюда чаще ходили лодки из Манауса: это фермеры приезжали за покупками и за рабочей силой для перевозки скота водным путем. За все время, проведенное в Боа-Висте, я, пожалуй, не видел, чтобы хоть кто-нибудь, кроме школьного учителя, зарабатывал или тратил какие-либо средства. Даже в кафе большинство посетителей приходили только посплетничать и сразиться в домино, а потом уходили, не заказав даже чашки кофе. В нескольких милях от города находилось поселение солдат-резервистов, которые обосновались со своими женами на небольших наделах земли; только они могли изредка оставить здесь пару шиллингов. Престарелый секретарь городской управы, очевидно, получал некое жалованье, как, несомненно, и объезжающий окрестности ветеринарный инспектор, который изредка появлялся в городе, как и радист, и злодейского вида чиновник, которого прозвали Мытарем. Но тысяча других жителей день за днем лежали в гамаках, а по вечерам собирались у порога, чтобы посплетничать. Землю раздавали бесплатно, причем весьма плодородную, судя по овощам, которые выращивали монахини, однако рацион горожан состоял в основном из фарина, тассо и небольшого количества рыбы — все это покупалось за бесценок. Но такая ситуация сложилась не вследствие легкомыслия или идиллической недальновидности. У горожан был болезненный, недовольный вид. Тучных здесь не водилось ни среди мужчин, ни среди женщин. Вообще говоря, судьба женщин выглядела совсем уж безотрадной. У них не было имущества, которое требовало бы догляда, как не было и кухонных забот; детей они выпускали бегать голышом или в лохмотьях. Все женщины отличались миловидностью: невысокие, худенькие, тонкие в кости, с изящными чертами лица; некоторые даже заботились о своей внешности и появлялись на воскресной мессе в легких платьях, чулках и туфельках, с дешевыми цветными гребешками в волосах.

Из разрозненных и не совсем надежных источников я почерпнул кое-какие сведения из истории Боа-Висты. Прошлое города оказалось довольно печальным. Даже самые патриотичные бразильцы мало что хорошего могут сказать о жителях штата Амазонас: в основном это потомки заключенных, выпущенных на волю после отбытия срока; подобным образом французы выпускают преступников на свободу не где-нибудь, а в Кайене, что во Французской Гвиане, дабы те еще помучились, наскребая себе на жизнь в негостеприимном краю. Практически все жители — наполовину индейцы, наполовину португальцы. Точной переписи населения не проводилось, но недавний обзор, помещенный в «Географическом журнале», показывает, что жители попросту вымирают: семьи обычно становятся бесплодными через три поколения; иммигранты-иностранцы, в основном немцы и японцы, постепенно вытесняют оставшихся вглубь территории, так что для многих Боа-Виста — последнее пристанище перед вымиранием. Лучшие люди уходят на ранчо, худшие остаются в городе.

По своей природе они склонны к убийству, каждый человек, даже самый бедный, носит при себе оружие, и только всеобщая апатия удерживает их от частого кровопролития. В мое присутствие перестрелок не было; точнее, их не было уже несколько месяцев, но я все время находился в новой для себя атмосфере, где в воздухе постоянно витал запах насилия. Служивший в приорате немец, который ни днем ни ночью не расставался с заряженным ружьем, очень удивлялся, когда видел, что я иду за покупками без револьвера, а кузнец в силу своей профессии вообще крайне редко заговаривал о чем-либо другом: наибольший доход сулила ему переделка спусковых пружин для повышения скорострельности револьверов.

Осужденных за убийство было крайне мало. Два самых громких процесса последних лет закончились оправдательными приговорами. Один из подсудимых, молодой британец, приехал сюда из Гвианы мыть золото. Будучи бесправным на чужой земле, однажды вечером в кафе он под хмельком выразил готовность застрелить любого, кто перейдет ему дорогу. Это бахвальство восприняли как провокацию, а через несколько вечеров он был убит выстрелом в спину и ограблен на пороге собственного дома. Второй случай оказался более примечательным. Двое уважаемых граждан, некий доктор Зани и некий сеньор Омеро Крус, беседовали на веранде, как вдруг подъехал их политический противник и застрелил доктора Зани. На процессе ответчик не признал свою вину, настаивая, что убийство произошло по ошибке, ибо его настоящей мишенью был сеньор Крус. Суд принял сторону защиты и постановил, что смерть наступила в результате несчастного случая.

Время от времени предпринимались попытки улучшить состояние городской среды. Незадолго до войны сюда приехал состоятельный немец и начал покупать скот. Он предложил и реально заплатил фермерам столько денег, сколько те в глаза не видели, и оснастил целую флотилию больших моторных баркасов, чтобы доставить скотину на рынок в Манаусе. С финансовой точки зрения план был продуман до мелочей и мог принести значительную выгоду всему округу, но волею судеб провалился. Еще до прибытия на рынок первого каравана судов немца застрелил чиновник, которого тот обошел своим вниманием при раздаче взяток. Защита утверждала, что убитый был застрелен при попытке избежать ареста за нарушение сезонного запрета на сбор черепашьих яиц. Убийцу оправдали, а баркасы так и не вернулись в Боа-Висту.

В числе более свежих деловых начинаний фигурировала та самая «Компания», которая не сходила с языка у горожан. Я так и не узнал полной истории этого фиаско, потому что в нем были серьезно замешаны бенедиктинцы, а мне, живущему в приорате, не хотелось досаждать им расспросами. Согласно мрачному утверждению кузнеца, скандал был настолько шумным, что самого архиепископа доставили в Рим и бросили за решетку по приказу папы. Определенно, причиной тому послужило нечто большее, чем неумелое управление делами. Отец Алкуин никогда об этом не упоминал и лишь однажды проронил, что все пошло не так, как они надеялись. Насколько я мог понять, факты сводились к следующему.

Пару лет назад охваченные благотворительным рвением богатые бенедиктинцы в Рио приняли решение возродить старые планы по обеспечению процветания и самоуважения города Боа-Висты. С географической и политической точек зрения город занимал ключевые позиции на огромной территории бассейна северной Амазонки. Монахи спали и видели, как вместо убогого лагеря головорезов на этом месте вырастет благополучный город, маяк культуры, освещающий темные земли вокруг, миссионерский центр по обучению индейцев и обращению их в истинную веру. Они даже возомнили, что это место станет церковным государством в миниатюре, где промышленность, торговля и власть будут находиться в милостивых руках Церкви; подобная счастливая мечта, озаренная неограниченными возможностями, могла созреть только у тех, кто плохо знаком с нынешним духом Боа-Висты.

Компания, соответственно, была основана под высшим церковным покровительством, финансировалась за счет средств бенедиктинцев и управлялась братом одного из церковных иерархов. Избранный для достижения высоких целей метод выглядел, опять же, достаточно разумным в глазах любого, кто ожидал нормальной организации труда. Вместо того чтобы переправлять скотину на бойни Манауса, ее собирались забивать на месте, а мясо заготавливать впрок. Предполагалось, что дешевая консервированная солонина быстро вытеснит с прилавков тошнотворное тассо и станет более ценным и удобным для экспорта товаром, чем живой скот. Консервный завод предоставлял бы постоянную и денежную работу всем желающим, а Компания могла в лучших традициях большого бизнеса обеспечивать город товарами первой необходимости и развлечениями, на которые тратилась бы заработная плата; быстрый товарно-денежный оборот Компания планировала использовать для развития сферы общественных услуг. Никто не вынашивал никаких скрытых помыслов, план разрабатывался с благими намерениями и был направлен на улучшение качества жизни горожан. Стратегия, изложенная на бумаге в Рио, выглядела безупречно. Развернулась масштабная деятельность.

Перво-наперво был построен консервный завод, оснащенный по последнему слову техники; электростанция давала свет улицам и домам, появились прекрасная церковь, больница и маленькая школа; на подходе были настоящая большая школа, приорат и женский монастырь; работникам выплачивали щедрое жалованье; открылись две гостиницы и кинотеатр; первая в истории Боа-Висты холодильная установка показала местному населению, что такое лед. Казалось, все идет как нельзя лучше.

Однако монахи в Рио не приняли в расчет глубоко укоренившийся местный антагонизм к любому благочестию и достоинству; все предрассудки дополнительно подогрел неожиданный приезд безответственного американца, который отстаивал собственный план улучшения городской жизни. Его самый амбициозный проект предусматривал строительство автомобильной трассы и железной дороги среди непролазных лесных дебрей, отделявших город от

Манауса, — проект, по масштабам сопоставимый со строительством Панамского канала. Обнаружив, что бенедиктинцам уже предоставлены разрешительные документы, которые сделали и без того завиральную идею строительства юридически невозможной, американец принялся убеждать жителей, что они многое потеряют, если откажутся от его перспективного плана, который обеспечит им более высокие зарплаты и совершенно другой уровень жизни. Граждане, по своей природе склонные видеть злой умысел в любом, даже самом незначительном, начинании, встретили в штыки грядущие великие перемены. Американец напирал на иностранное происхождение большей части приверженцев ордена и на сговор между главой Компании и верховным иерархом из Рио; в итоге, когда монахи и монахини добрались до своего нового дома, поголовно все горожане были убеждены, что за их счет орден собирается провернуть какую-то махинацию. От тех, кто сходил на берег, требовались немалые усилия и предосторожности — местные жители встретили чужаков оскорбительными выкриками и градом камней.

С той поры все было против бенедиктинцев, которых постоянно унижали и бойкотировали. Консервный завод доказал свою несостоятельность: никто не соглашался использовать лед — неестественную, хрупкую, как и все чуждое, субстанцию, которую даже невозможно без потерь донести до дома; больница тоже оказалась не нужна: следуя заветам предков, горожане предпочитали болеть и умирать в своих гамаках; никто и не думал платить по счетам за свет, так что электростанцию пришлось остановить. Священников косила лихорадка, одного за другим их приходилось отправлять назад, в Манаус. Компания обанкротилась и вынужденно свернула все дальнейшие работы. Город так и не увидел ни приората, ни большой школы, ни женского монастыря. Когда я появился в Боа-Висте, дела там шли хуже некуда. Отец Алкуин остался последним священником, но здоровье его было настолько подорвано, что лишь сверхъестественный героизм заставлял несчастного продолжать служение. Часто ему хватало сил только доковылять до церкви, чтобы отслужить мессу; после этого он валился в постель и до позднего вечера ничем не мог сбить лихорадочный озноб. Прекрасное здание, в котором он нашел временный приют, некогда предназначалось для больницы. Теперь в двух просторных палатах обретались плотник, который изготавливал скамьи для церкви, и ветеринарный инспектор, который оборудовал там лабораторию, куда изредка наведывался между обходами ранчо: он исследовал распространенную форму конского паралича, спровоцированного, по его мысли, глистами. Мельчайшие искорки добра теплились в этом городе лишь благодаря молчаливым, неутомимым и преданным своему делу монахиням: они, ютясь в кошмарных прибрежных трущобах, не давали погибнуть школе для горстки дочерей местных буржуа и выхаживали двоих — негра и престарелого искателя алмазов: те добрались из какого-то захолустья поодиночке, но оба — уже в предсмертном состоянии, которое не позволяло им считаться с городскими предрассудками. Как я уже и сказал, город достиг дна: каждый день ожидали прибытия нового приора, который все исправит и наведет порядок.

Приорат — это название теперь перенесли на больницу — не стал исключением из вышеизложенного правила о том, что клиру прислуживают недалекие люди. К нам приставили одного непроходимо глупого мальчишку-индейца. У него было круглое смуглое лицо с приклеенной безрадостной ухмылкой, сквозь которую глядели ряды остро заточенных зубов. Он хихикал, когда его замечали, и время от времени в порыве доверительности гордо демонстрировал засаленный лист из тетради в линейку, на котором пытался скопировать алфавит, написанный для него отцом Алкуином. Мальчик, предельно честный, буквально оцепенел от восторга, когда я перед отъездом выдал ему небольшое вознаграждение. Его главной обязанностью было приносить стряпню из кухни женского монастыря, что в четверти мили от больницы. Блюда прибывали уже остывшими и припорошенными пылью, но всегда точно по расписанию. Еще ему доверяли звонить в колокол во время молитвы «Ангел Господень»: за полчаса до начала он уже стоял у колокольной веревки, ожидая, когда стрелки часов займут нужные места. Остаток дня мальчик разговаривал с пленницей — обезьяной, привязанной к садовому дереву, или подолгу разглядывал колбы с глистами в лаборатории ветеринара.

Единственным другим обитателем дома был немец, первым узнавший о нашем прибытии, — типичный, если не считать его странностей, представитель той нации, которую разбросало по всему свету после массового исхода из Германии и немецких колоний тех воинов и студентов, которые лишились всяческих иллюзий в результате поражения 1918 года.

Внешне герр Штайнглер не отличался особой привлекательностью. Я так и не выяснил род его занятий в Боа-Висте. У него была крошечная и совершенно нерентабельная плантация в верховьях реки Урарикуэры, где он жил в полном одиночестве и, как я понял из наших бесед, в крайней нужде. Он невнятно упоминал о каких-то делах в городе и зачастую топтался в лавках, обмениваясь сплетнями; говорил, что ждет какое-то письмо, но когда в один прекрасный день из Манауса пришла лодка, для него никаких посланий не оказалось; иногда он вдруг объявлял о своем скором отъезде, но так и не уехал. Говорил, что не может оставить недужного отца Алкуина. Мне, по правде говоря, думается, что немец просто не хотел покидать то место, где ему было с кем перемолвиться словом на родном языке, а вдобавок ему нравилась местная кухня. Ел он с показной жадностью, по-мальчишески громко ахал и вскрикивал от восторга, когда накладывал себе еду, потому что у себя на ферме якобы питался только фарином и тассо.

Возможно, он потому и оставался в приорате, что на ферме его ждала абсолютная нищета.

Немец был убежденным атеистом и не скрывал своего презрения к деятельности тех, кто его приютил. Однажды я попытался указать, как ему крупно повезло, что у некоторых еще сохраняются такие благородные убеждения, — монахини, к примеру, весь прошлый год выхаживали его после тяжелой болезни; но он возразил: «Нет, это все пустое. Религия нужна разве что малым детям», а когда речь зашла об ожидании нового приора, добавил: «Не сомневайтесь, это лишь очередная ступень в его карьере».

Выглядел немец чрезвычайно странно: несмотря на свою образцовую выправку пехотинца, он как-то нелепо приволакивал ноги в растоптанных сандалиях. Ходил он всегда в залоснившемся, изношенном костюме из голубой саржи, повязав узкий черный галстук на мятую манишку и надев соломенную шляпу-канотье. Из-под брюк выглядывали голые лодыжки, а сандалии всегда были собственного изготовления. Выходя на улицу, он непременно брал с собой смехотворную тросточку черного дерева с покореженным серебряным набалдашником. Почти каждый вечер мы вместе наведывались в кафе, однако немец редко соглашался со мной выпить, на первых порах говорил, что пиво признает только со льда, но впоследствии до меня дошла истинная причина: выпивка была ему не по карману, поэтому он не принимал любезностей, на которые не мог ответить тем же; тогда я, чтобы не задевать его самолюбие, стал всякий раз придумывать, за что нам просто грех не выпить: за скорейшее прибытие лодки, за здоровье отца Алкуина, за мой день рождения — тогда у немца замечательно шло теплое пиво и любая последующая шутка вызывала радостный смех.

Общались мы на вымученной смеси французского и английского: ни одним из этих языков герр Штайнглер толком не владел; более того, складывалось впечатление, что на самом деле он вообще не владеет языком: в кафе его беглый португальский вечно приводил ко всяким недоразумениям, и даже его немецкий, судя по всему, ставил в тупик отца Алкуина. Трудность заключалась прежде всего в том, чтобы определить, на каком из своих многочисленных языков пытается заговорить герр Штайнглер. Особенно неловкой получалась застольная беседа, так как отец Алкуин совсем не знал английского и лишь номинально владел французским, поэтому бо́льшую часть времени они с герром Штайнглером пытались пробиться сквозь преграду немецкого, либо проясняя недопонимания по-португальски, либо втягивая в разговор меня, чтобы я не оставался в стороне. В таких случаях герр Штайнглер внезапно отвешивал поклон в мою сторону, лучезарно улыбался и нёбом издавал какой-то необыкновенный клекот.

Как правило, плохое самочувствие не позволяло отцу Алкуину полноценно питаться; когда его била лихорадка, он вообще не выходил из комнаты, но, если наступало облегчение, обычно подсаживался к нам и пил бульон.

Подозреваю, что отец Алкуин относился ко мне без особой теплоты и вряд ли понимал, что я делаю в его доме, но никогда не сетовал на мое присутствие, как и на все остальные трудности жизни в Боа-Висте. Сильные эмоции у него вызывали только франкмасоны. Не исключено, что они каким-то зловещим образом приблизили фиаско «Компании».

Правда ли, что король Англии масон?

Я ответил, что, по-моему, да, это правда.

— И благодаря этому стал королем? Масоны возвели его на трон?

— Нет, он король по законному наследственному праву.

— Тогда как же он, бедняга, попал к ним в лапы?

Бесполезно было объяснять, что английские масоны — по большей части директора школ или генералы, далекие, насколько мне известно, от преступной деятельности.

— Все они так говорят, пока не заберут над тобой власть. А принц Уэльский, он тоже масон? Потому до сих пор и не женится? Масоны запрещают браки?

Наверное, по прошествии некоторого времени он и меня начал подозревать в тайном масонстве, невзирая на мою добросовестную помощь в воскресной мессе.

При всей порочности этого городка церковные службы привлекали на удивление большое число прихожан; в основном, надо думать, потому, что еженедельное гнусавое пение воспитанниц женской школы становилось единственным развлечением в городе. Эти малышки, которых монахини рассаживали по местам, надевали по такому случаю чистые муслиновые вуали, а те, кто из семей побогаче, — длинные белые хлопчатобумажные перчатки и притом украшали себя бесчисленными жетонами, цветными лентами и поясками — свидетельствами разных степеней благочестия. Дрожащими, жалобными голосками они выводили народные псалмы, слащавые и короткие. Бо́льшая часть мест в зале отводилась этим девочкам. Рядом с ними стояли пожилые женщины в лучших платьях и чистых чулках. Благодаря этому еженедельному расцвету женственности в окружении свечей, искусственных букетов и архитектурных изысков в виде бетонной лепнины фасадов воскресная месса была наиболее близка к тому прекрасному зрелищу, которое некогда представлял собою город Боа-Виста; потому-то мужчины собирались толпами, чтобы вдоволь налюбоваться. В храм они не заходили — это было бы нарушением бразильского этикета, но толпились на крыльце и время от времени отходили покурить. Обычный мужской костюм в городе заменяла пижама искусственного шелка; более чистоплотные и аккуратные еженедельно отдавали ее в стирку и по воскресеньям держались с утонченным и чопорным видом. За несколько минут до «Хвалы Господу» мужчины на виду у всех разворачивали свои носовые платки, расстилали их на голых досках настила, а потом, когда звонил колокол, осторожно преклоняли одно колено. Затем поднимались, отряхивали платок, складывали его, как было, и убирали в нагрудный карман. Впрочем, так поступали только самые набожные. По большей части мужчины всю мессу стояли на ногах, прислонившись к стене и впери́вшись в девичьи затылки. Один священник рассказал мне, что на первых порах своего служения в этой стране ругался с мужчинами и пытался им доказать, что так не положено слушать мессу.

— Мы не мессу слушать пришли, — отвечали они, касаясь рукоятей револьверов в кобурах. — Мы пришли убедиться, что ты к нашим женщинам не лезешь.

Мне, по сути, было нечем себя занять. Я обнаружил экземпляр проповедей Боссюэ и жития святых в нескольких изданиях на французском языке — можно было их почитать; можно было пойти в радиоузел и убедиться, что никаких вестей о лодке пограничного комиссара не поступало, или же наведаться к англоговорящему кузнецу и поглазеть, как он возится со старинными автоматическими пистолетами. Этот молодой человек не ходил со мной в кафе из-за того, что недавно избил владельца: он безмерно гордился своим поступком, для которого, впрочем, не требовалось большого мужества: хозяин кафе был очень стар и немного увечен. Можно было угостить бананами пленную обезьяну или поизучать глистов в лабораторных колбах. Можно было понаблюдать, как плотник в силу редкой необходимости распиливает доски. Казалось, недостатка в занятиях не было, но при всем том дни тянулись невероятно медленно.

Кузнец, который знал все, что происходит в городе, клялся сообщить мне, как только будет замечена лодка комиссара, но совсем забыл, и только через шесть дней моего пребывания в приорате я однажды утром случайно узнал от герра Штайнглера, что лодка пришла накануне вечером и должна отчалить через час, а сам комиссар в данный момент находится в радиоузле. Я поспешил к нему с расспросами. В сопровождении отца Алкуина я бы чувствовал себя гораздо увереннее, но как раз в тот день его свалила лихорадка. В одиночку же я был никем и ничем. Комиссар, дружелюбный человек маленького роста, в прекрасном настроении от перспективы краткого отпуска в Манаусе, наотрез отказался взять меня в свою лодку. У меня язык не поворачивается его за это винить. Потенциально каждый в этом регионе — беглый преступник, а комиссар ничего обо мне не знал, кроме того, что вид у меня достаточно потрепанный и слишком уж я спешу убраться подальше от Боа-Висты. Я предъявил ему свой паспорт и аккредитивы, но все напрасно. Я умолял его телеграфировать в Джорджтаун, чтобы там подтвердили мою личность, но, по его словам, на ожидание ответа могла уйти целая неделя. Я протягивал ему большие комки засаленных банкнот. Он не взял. Уж кто-кто, а он насмотрелся на иностранцев, которые неведомо откуда сваливаются поодиночке в самый центр штата Амазонас; а тот факт, что я оказался при деньгах, и вовсе превращал меня в злодея. Он улыбнулся, похлопал меня по плечу, предложил сигарету — и строго по расписанию его лодка уплыла без меня.

Я не держу на него зла. Вряд ли британские комиссары сделали бы больше для заблудшего бразильца. Но когда его лодка с тарахтеньем удалялась вниз по течению Рио-Бранко, меня охватила подавленность, граничившая с отчаянием.

С тех пор моей единственной целью стал поиск любой другой возможности покинуть Боа-Висту. Затея с торговым судном, о котором говорил Дэвид, становилась все более сомнительной по мере того, как я пытался вытянуть из судовладельца любую конкретную информацию о дате отправления. Судно принадлежало управляющему главного магазина — унылому молодому человеку по фамилии Мартинес. Я ходил к нему каждый день, чтобы хоть о чем-нибудь договориться. Он, казалось, рад был поболтать, но не давал мне никаких надежд. Пусть сперва эта посудина придет в город, а там видно будет. Судно, должно быть, уже в пути — везет вам нового приора; вот пришвартуется — у нас будет масса времени переговорить насчет отъезда. Тут, знаете ли, многое приходится учитывать: грузы, почту, других пассажиров. День за днем все надежды, которые я возлагал на торговое судно, медленно, но верно улетучивались. Обычная в таких случаях досада начала сменяться тревогой, поскольку все население города, как могло показаться, минимум три дня в неделю колотилось в лихорадке. Я не был готов рисковать своим здоровьем и становиться полуинвалидом из-за сомнительного интереса к путешествию по Рио-Бранко. Поэтому я отказался от идеи добраться до Манауса и решил вернуться в Гвиану.

Это путешествие выглядело совсем не сложным с британской территории, где тебе обеспечены поддержка и благорасположение миссий и фермеров, но по другую сторону границы обернулось бесконечной чередой трудностей. Сеньор Мартинес сказал, что может устроить мое возвращение, но шли дни, а лошадей все не было. При этом он подыскал мне сопровождающего — покладистого паренька Марко, лет пятнадцати или шестнадцати: тот приехал из деревни и неделями слонялся у магазина в поисках работы; этот юноша, походив с расспросами из дома в дом, за несколько дней договорился о найме лошади, принадлежавшей, кстати, не кому-нибудь, а сеньору Мартинесу и содержавшейся на ранчо, что на другом берегу реки. Оставалось найти еще одну лошадь, а лучше двух — и провизию. У сеньора Мартинеса нашлось несколько банок сахарного печенья и сардин, в другом магазине — две жестянки колбасного фарша, монахини напекли лепешек и сделали сыр. Этого вполне хватило бы на трехдневный конный переход до Даданавы. Нерешенным оставался вопрос насчет лошадей, но помощь пришла, откуда мы не ждали.

До этого момента герр Штайнглер бесстрастно выслушивал мои сетования и лишь время от времени замечал: «Les peuples ici sont tous bêtes, tous sauvages; il faut toujours de patience»[1] — пока однажды ему не пришла в голову мысль, что он сам может оказаться полезным. Осторожно затронув эту тему, он сказал, что, найди я лошадь, мне еще понадобится седло: и то и другое одинаково важно. Я согласился. Герр Штайнглер продолжал: у него, между прочим, есть отличное седло, которое он не готов просто так уступить первому встречному, превосходное новое седло европейской работы, в отличном состоянии — редкая и бесценная вещь в здешних местах. Однако, видя мои затруднения и чувствуя связующую нить, какая обычно возникает между европейцами в чужих краях, он готов уступить это седло мне.

Он отвел меня к себе в комнату и вытащил его из-под кровати. Седло, сделанное по английскому образцу, но явно халтурной местной работы, очень старое, в плачевном состоянии, наполовину распоротое, с твердой, как металл, подкладкой, все потертое и донельзя изношенное, без нескольких пряжек. Я спросил, что он хочет взамен.

Между европейскими джентльменами, изрек он, торг о деньгах неуместен. Сейчас он позовет одного знакомого, — пусть оценит эту вещь. Этим знакомым оказался плотник из соседней комнаты — вне всякого сомнения, жулик. Похвалив и перевернув седло, он случайно оторвал еще одну пряжку и тем самым поставил в неловкое положение и себя, и герра Штайнглера, а потом сказал, что, с учетом всех обстоятельств, умеренная цена составит 20 000 реалов (пять фунтов стерлингов). Я выслушал эту

---

[1] «Люди здесь — все звери, все дикари, всегда нужно проявлять терпение» (*фр.*).

оценку и в свой черед указал, что седло, конечно, вещь необходимая, а такое, как у герра Штайнглера, — в особенности, но, при всем моем восхищении, седло без лошади мне как-то ни к чему. Я бы взял его за эту цену, кабы мне нашли вьючное животное под стать такому седлу.

С этого момента герр Штайнглер неутомимо отстаивал мой интерес. Он тут же надел шляпу-канотье и вышел, крутя в руке свою потешную тросточку, а к вечеру сообщил, что у Мытаря есть как раз такой жеребец, какой мне нужен; в возрасте, конечно, признал он, но невероятно силен, широк в кости, хорошо выезжен — в саванне такой незаменим. Мы отправились к Мытарю. Жеребец был примерно таких же достоинств, как седло, и, что удивительно, стоил ровно столько же. По-видимому, в здешних умах сумма в 20 000 реалов была вершиной того, на что способна замахнуться алчность. Я тут же купил лошадь. Не знаю, получил ли герр Штайнглер какой-нибудь процент от сделки или просто хотел остаться в друзьях с Мытарем. Что до меня, я решил, что лучше будет прикинуться простаком и смыться, нежели показать свою прозорливость и тем самым обречь себя на лишний час в Боа-Висте.

В тот вечер герр Штайнглер оказал мне еще одну услугу: он свел меня с секретарем городской управы — почтенным седобородым старцем, который согласился уступить мне внаем для поездки в Даданаву свою вьючную лошадь из загона на дальнем берегу — всего за 4000 реалов. Я расплатился и пошел спать, довольный перспективой скорого освобождения.

Наутро я распрощался с отцом Алкуином. Планы моего отъезда в открытую обсуждались за столом более недели, но не отложились в лихорадочном сознании бедного монаха. Он был крайне удивлен, и, когда я передал ему пожертвование, чтобы возместить расходы на мое питание и ночлег, священнослужитель внезапно осознал, что ни разу палец о палец не ударил ради меня, и открыл то, что прежде тщательно скрывал: у него имелось деревянное вьючное седло, которое он мог предоставить в мое распоряжение. Получив таким образом и оснащение, и благословение, я почувствовал, что наконец-то отправляюсь в путь.

Но это было не так просто: силы хаоса все еще грозили моему отступлению и наносили сокрушительные удары. Следующие двое суток обернулись дешевым фарсом, который временами поднимало до высот фантазии долгожданное появление приора.

Известие о том, что он уже близко, поступило утром в день моего отъезда. Приорат мгновенно заполонили монахини. Они трудились по-монашески, проявляя одновременно нечеловеческие и сверхчеловеческие качества, — куры и ангелы, которые странным образом слились в трепещущей, кудахчущей, целеустремленной суете усердия и трудолюбия; они взбивали матрасы приора и протирали от пыли каждую бороздку в его покоях, семенили туда-сюда с плетеными креслами-качалками и свежим постельным бельем, расставляли в коридоре, ведущем в его комнату, кустарники в кадках, вставляли пальмовые листья за рамы картин, расстилали вышитые салфетки на каждой полке и каждом карнизе, убирали книжный шкаф искусственными цветами, сооружали над входной дверью триумфальную арку и красивым почерком выводили программу наспех организованного концерта. Мне оставалось только сожалеть, что во время приема меня уже здесь не будет.

Я планировал во второй половине дня перевести через реку коренастого жеребца серой масти, купленного у Мытаря, проследить, как приведут двух других лошадей, переночевать у загона на другом берегу и с утра пораньше отправиться в сторону Даданавы.

Переправу организовал сеньор Мартинес: он нанял мне каноэ и еще одного проводника, с которым я и Марко должны были встретиться в три часа. Мои проводники явились в половине пятого: второй оказался ребенком лет восьми-девяти. Сеньор Мартинес объяснил, что тот заменяет своего старшего брата, который слег с лихорадкой.

Мы перенесли седла и поклажу к берегу, а потом нашли каноэ, изрядно перегруженное; борта ушли под воду на опасную глубину. Для жеребца спуск в обычном месте оказался слишком крутым, поэтому было решено, что мы с младшим мальчиком пойдем на веслах вверх по течению к пологому берегу, по которому навстречу нам спустится Марко с лошадью. В половине шестого мы добрались до места и не обнаружили ни Марко, ни лошади. Солнце заходит в шесть. Полчаса мы с младшим мальчиком сидели, скрючившись, в каноэ — я был со всех сторон зажат тюками и оттого злился, а он лениво играл с моими личными вещами. После долгого ожидания пришлось плыть обратно, к первоначальному месту посадки, уже в полной темноте. Мы свистели и кричали на все лады, пока в потемках не замаячил Марко верхом на сером жеребце. Общались мы лишь при помощи повторов и жестов, не зная ни слова на языках друг друга, а также с пользовались той телепатической связью, которая, похоже, возникает между двумя людьми, которым необходимо обсудить нечто срочное: мы выяснили, что конь не давал себя оседлать и поймать его было не так-то просто — на это потребовалось время; что Марко готов переправить коня на другой берег вплавь, даже в темноте, или хотя бы попробовать, но, с моей точки зрения, это безумие; что поклажу надо оставить на месте: Марко пусть повесит свой гамак на берегу и всю ночь охраняет тюки, а я вернусь на рассвете — тогда и переправимся. Не могу объяснить, как именно мы пришли к такому решению, но в конце концов ситуация полностью прояснилась. Затем я поспешил обратно в приорат, откуда не так давно уходил с цветистыми благодарностями и добрыми пожеланиями.

Из-за своих злоключений я совершенно забыл о приоре. И увидел его только за столом в трапезной, куда примчался к ужину, с опозданием на десять минут, запыхавшийся и мокрый до колен. Вышло так, что в этот момент он вел рассказ о тяготах своего пути в здешние края. Передо мной встала ребром проблема этикета, одна из тех, которые с легкостью решаются на женских страницах воскресных газет. Но мне-то что было делать? Ускользнуть незаметно нечего было и думать: приор уже пригвоздил меня к месту откровенно неприязненным взглядом. Просто опуститься на стул, шепотом извинившись за опоздание, я тоже не мог: мне требовалось как-то объяснить отцу Алкуину свое внезапное возвращение, а новому хозяину дома — сам факт своего существования. Оставалось только прервать рассказ приора моей собственной историей. Нельзя сказать, что приор этому очень обрадовался. Отец Алкуин попытался меня выгородить, довольно неуклюже объяснив, что я — англичанин, который останавливался здесь по пути в Манаус.

— А с какой целью ты пытался форсировать Рио-Бранко под покровом темноты? — сурово спросил приор.

Я сказал, что направляюсь в Даданаву.

— Но где Манаус, а где Даданава?

Очевидно, мои оправдания показались ему в высшей степени неправдоподобными и подозрительными. Однако, проявив милосердие своего ордена, он разрешил мне присесть к столу. Умственно отсталый бой убрал суповые тарелки, и приор продолжил свой рассказ. К обеденному меню в честь высокого гостя добавили рыбное блюдо — ничего хуже нельзя было придумать, потому что в последние десять дней он питался одной рыбой, причем именно той, которой его сейчас потчевали, жесткой и безвкусной. Брезгливо изучив свою тарелку поверх очков, он приказал убрать ее со стола. Герр Штайнглер с явным сожалением проводил ее глазами.

Приор, вне всякого сомнения, был человеком добрейшей души, но его присутствие не способствовало созданию непринужденной атмосферы в трапезной. За время пути он совершенно обессилел и не имел никакого желания присутствовать на концерте монахинь. У него уже сложилось самое нелестное мнение о герре Штайнглере, а мое появление лишь усугубило его общее недовольство. Приезд его был связан с задачами реорганизации города, а мы с герром Штайнглером оказались, видимо, теми элементами, которые следовало изучить и устранить. Приор закончил свой рассказ о задержках и неудобствах своей поездки, с отвращением взглянул на пудинг и, не дав герру Штайнглеру доесть первое блюдо, встал, чтобы произнести невероятно длинную молитву. А затем недружелюбно попрощался и, ворча, затопал прочь, на торжественное мероприятие в школе.

На рассвете я увидел, как приор идет служить мессу; теперь он держался более любезно. Я с ним попрощался, повторно выразив свою благодарность, и спустился к реке. Младший бой и Марко уже были на месте, поклажа осталась в целости и сохранности, и после опасных, изнурительных трудов продолжительностью в час мы переправили и каноэ, и жеребца на другую сторону, а ребенок перегнал каноэ обратно и стал ждать, пока Марко заберет других лошадей. Оказавшиеся рядом вакерос с ходу распознали вьючного жеребца. Он был жалкий, низкий в пясти, но и поклажа у нас ничего не весила, и оставалась надежда, что он все же доставит ее в Даданаву. Лошадь сеньора Мартинеса куда-то делась. Через два часа Марко вернулся, улыбаясь, пожимая плечами и мотая головой.

Опять назад, в Боа-Висту. До полудня пришлось ждать каноэ. Я снова явился в приорат, опоздав к обеду на добрую четверть часа. Сомнения приора в моей честности уступили место сомнениям в моем здравомыслии. Я вновь простился, повторно рассыпавшись в благодарностях и еще более пылких извинениях. Сеньор Мартинес, наконец-то стряхнув дремоту, вызвался лично сопроводить меня на другую сторону и найти беглую лошадь. Непререкаемым тоном он отдал ряд приказов, которые были вяло исполнены. Подогнали его моторную лодку, наняли экипаж из четырех-пяти человек, и грандиозная экспедиция началась. Через несколько часов нашлась ушедшая на несколько миль лошадь; ее заарканили и приставили к делу. Но беды не кончались. Крупная свинья, некоторое время шнырявшая вокруг поклажи, нашла способ залезть рылом в вещевой мешок и сожрала все лепешки и сыр — мой основной рацион на ближайшие несколько дней.

Назад в Боа-Висту, опять в приорат, как раз к завершению ужина. Теперь приор уже смотрел на меня с нескрываемым отчаянием. В женском монастыре мне удалось купить всего одну лепешку и некоторое количество сыра. На следующее утро, уже без дальнейших переговоров с хозяевами, я выскользнул из приората и окончательно покинул Боа-Висту.

Часть пятая

Война 1935 года

(Из книги «Во в Абиссинии»)

Аддис-Абеба

Л ЕТОМ 1935 ГОДА «Ивнинг стэндард» опубликовала карикатуру, изображавшую Трон правосудия, на котором в характерных позах восседали три обезьяны: первая лапами прикрывала глаза, вторая зажимала уши, третья — рот, а внизу шла подпись: «Не вижу Абиссинию, не слышу Абиссинию, не поминаю Абиссинию». Возможно, это отражало настроения Женевы, которые в корне отличались от лондонских. У нас кресла редакторов, а также владельцев газет и издательств занимали, как могло показаться, исключительно те представители антропоидной расы, которые не видели, не слышали и не поминали ничего другого.

Абиссиния была Главной Новостью. На этом наживался всякий, кто бахвалился своими связями с Африкой — какими угодно. Путевые заметки, годами пылившиеся на прилавках с уцененной литературой, переиздавались в броских суперобложках. Литагенты развернули бойкую торговлю вторичными правами на серийную публикацию всеми забытых статей. В архивах раскапывались фотографии любых грозного вида личностей — индейцев Патагонии, охотников за черепами с острова Борнео, австралийских аборигенов, — пригодные для иллюстрации абиссинских нравов. В такой обстановке любой, кто и впрямь провел пару недель в Абиссинии, да еще прочел с десяток книг, коими ограничивалась полная британская библиография по этой теме, мог претендовать на звание специалиста; под этой непривычной, однако же и не чуждой мне личиной я устроился в ту единственную лондонскую газету, которая, судя по всему, трезво оценивала ситуацию, на должность «военного корреспондента».

За этим последовала пьянящая декада приготовлений, когда знакомые видели перед собой воплощение скромного героизма, а торговцы тропическим снаряжением — кладезь разнообразных познаний.

В ту пору стояла несусветная жара. Я бродил сквозь городские миазмы от картографических заведений до дипломатических представительств. В холле моего клуба росла гора упаковочных ящиков с наклейками «Джибути», причинявшая серьезные неудобства другим. Немного сыщется удовольствий более всеохватных, а для меня — еще и более редких, нежели совершение дорогостоящих покупок за чужой счет. Я проявлял по отношению к себе разумную щедрость: так мне казалось, но лишь до той минуты, пока моему взору не предстал багаж конкурентов — моих собратьев по профессии: винтовки, подзорные трубы, сундуки с защитой от муравьев, аптечки, противогазы, вьючные седла и обширнейший гардероб, рассчитанный на любое мыслимое бедствие, будь то светское или природное. Тогда-то у меня и забрезжило смутное чувство, которое впоследствии отчетливо передалось окружающим: я же ни бельмеса не смыслю в профессии военного корреспондента.

□ □ □

После той суеты — десять спокойных дней знакомого маршрута. Девятнадцатого августа — прибытие в Джибути: духота знакомых бульваров; тощие, раскованные сомалийцы, подавленный юноша у вице-консульства, неутомимые, обреченного вида уличные торговцы, все те же округлые французы, чьи необъятные талии перехвачены широкими матерчатыми поясами; обносившиеся завсегдатаи кофеен, нынче лопающихся от притока беженцев из районов боевых действий (в основном с острова Додеканес) и авантюристов, которые выторговывают себе эфиопские визы; знакомая вечерняя прогулка по пальмовой роще; волнения из-за поездов и багажа. Знойная, почти бессонная ночь. Двадцатого числа, незадолго до полудня, мы пересекли эфиопскую границу.

Пассажиры железнодорожного вагона оказались типичными представителями возрастающего потока иностранцев, стекавшихся со всех концов света в столицу, над которой нависла угроза.

Нас было шестеро, мы попивали воду «Виши» со льдом из своих термосов и с тоской глазели на беспросветное запустение пейзажа.

Одним из этой компании был мой товарищ из Лондона, репортер некой радикальной газеты. На протяжении последующих месяцев мы с ним виделись постоянно; его рвение и усердие стали для меня непреходящим укором. Мне даже в голову не приходило, что человек может настолько точно соответствовать интересам своих нанимателей. Ситуация, весьма малопонятная для большинства из нас, была для него кристально ясна: император — притесняемый антифашист.

Другой мой коллега был личностью совершенно иного склада. Время от времени он раздавал нам свои визитки, но мы так и не запомнили его имени, однако впоследствии, за несколько недель жизни в Аддисе, этот комичный персонаж примелькался и стал известен как Испанец. Жизнерадостный, смуглый и тучный, он без умолку говорил на английском, французском и немецком, практически недоступных для восприятия. Его оборудование, как он с гордостью признавал, было в основном приобретено в дешевых магазинах. В поезде он переоделся в галифе, надел пару шоколадного цвета сапог для верховой езды и бойскаутский ремень с револьверной кобурой. Затем он поставил рядом с собой на сиденье оловянный анероид и с ребяческим восторгом объявлял об изменениях высоты над уровнем моря, очищая один за другим слегка подгнившие бананы, коих умял за время поездки огромную корзину.

Нам открылось, что испанская журналистика работает совсем не так, как английская. С момента нашего отправления из Марселя он сочинял статьи для своей газеты: одну о Хайфе, две о де Лессепсе, одну о Дизраэли.

— У меня есть отличная книга по истории Африки на немецком языке, — пояснил он. — Оттуда я перевожу отрывки, когда репортажи писать не о чем. Моя газета занимает самое видное место в Испании, но для редакции дело чести отправить корреспондента в такую даль. Свежие новости должны поступать бесперебойно.

Если остальные вели образ жизни, восхитительно свободный от финансовых забот, которые требуют особого внимания даже в обычной поездке, то Испанца хронически лихорадило по поводу каждой траты; после приезда в Аддис-Абебу еще долго можно было видеть, как он с огрызком карандаша и листком бумаги в руках высчитывает, сколько получит талеров за свои франки в Джибути, а потом скептически осмысливает полученные результаты; он, очевидно, был легкой добычей для мошенников: его каюту на судне, сетовал он, перевернули вверх дном и украли пачку денег; в Джибути его постигло еще более странное несчастье: оставив под моим присмотром бумажник, он пошел купаться, а по возвращении заявил, что недосчитывается тысячи франков. Многословно и жалобно сокрушаясь о своей потере, он твердил, что отложил эту сумму на подарок для своей дочурки. Но я не предложил возместить пропажу, и вскоре к нему вернулась былая веселость. Он очень удивился, когда обнаружил, что трое из английских журналистов, не считая меня, — новички в своих редакциях и, по всей вероятности, временные сотрудники, а уж в профессии иностранного корреспондента и вовсе не имеют никакого опыта.

— В моей газете я самый важный и дорогой кадр, — сказал он.

— Английские редакторы нипочем не пошлют на такое задание того, чьей жизнью дорожат, — заметили мы ему.

— У меня есть револьвер. И ботинки, которые змея не прокусит. Как вы думаете, сколько все это стоило?

Кто-то предположил: десять шиллингов.

— *Гораздо* меньше, — кичливо заявил он.

Это был один из немногих известных мне людей, которые, как я думаю, и вправду полагают, что у цветных рас темная кожа потому, что они не моются. В его планы не входило надолго задерживаться в Эфиопии, поскольку, по его словам, будучи парижским корреспондентом своей газеты, он не сможет удовлетворительно выполнять обе миссии одновременно.

— Быстренько проедусь на мотоцикле вдоль линии фронта — вот и все, — говорил он.

По Аддис-Абебе, где каждому приписывались какиенибудь темные дела, впоследствии пронесся слух, что Испанец (в отсутствие более вероятной кандидатуры) — папский шпион.

Четвертым членом нашей компании был крепкого телосложения врач-американец, намеревавшийся предложить свои услуги эфиопскому Красному Кресту. К нему прибился мистер Просперо, которого он спас от бессрочного заточения в одной из гостиниц Джибути. Мистер Просперо был оператором какой-то американской студии документальных фильмов. Несколькими неделями ранее он как сыр в масле катался в Японии, где имел собственный дом, собаку и полностью выкупленный седан, а снимал исключительно цветение сакуры и придворные церемонии. В считаные часы вырванный из этого праздного блаженства, он без гроша в кармане — все его средства заранее переправили телеграфным переводом в Аддис — был высажен в Джибути, хотя на всем свете не сыщется города, который бы менее сочувственно относился к иностранцам, жаждущим перехватить денег на железнодорожный билет. После этого жизнь его превратилась в затяжное мученичество, которое он переносил стойко, но угрюмо, как будто олицетворяя упадок духа, постигший, хотя и в меньшей степени, нас всех. В Аддисе его разместили в гостинице «Империал», на первом этаже, рядом с единственным входом; к нему в номер подселяли всех прибывающих документалистов вместе с их раскладушками и горами технической аппаратуры, так что вскоре его комната с нагромождением фото- и кинокамер, мятого исподнего, коробок с пленкой и початых банок с консервированной фасолью превратилась в уродливый конгломерат мастерской, склада и трущобной ночлежки. Я постоянно встречал мистера Просперо, и всегда в бедственном положении: то, промокший до нитки, он со скрежетом крутил ручку своей камеры в непроницаемой пелене дождя; то, подобно мячу в свалке регбистов, лежал ничком под босыми ногами обезумевшей толпы, то хромал, то стонал от несварения желудка, то метался в лихорадке. Он сделался персонажем античной трагедии, которого неотступно преследуют враждебные мойры. Через некоторое время из Америки прислали афишу, которая рекламировала его съемки. На ней был изображен по-военному молодцеватый и более чем по-военному неустрашимый юноша, спокойно стоящий за своей камерой, пока у него над головой рвались снаряды, а у колен катались переплетенные тела обнаженных воинов. Поверх этой кровавой бойни шли крупные буквы:

ЧТО Ж, ПАРНИ, МОЖНО НАЧИНАТЬ ВОЙНУ.

ПРОСПЕРО НА МЕСТЕ

Шестым и, несомненно, самым веселым из нас был англичанин, который вскоре неожиданно получил мировую известность: мистер Ф. У. Рикетт. Он сел на наш пароход в Порт-Саиде и в течение недели зарекомендовал себя как разбитной и незлобивый попутчик. С самого начала вокруг него витала какая-то тайна. Впрочем, каждый, кто ехал тогда в Аддис-Абебу, становился предметом некоторых домыслов. Мистер Рикетт в открытую говорил о какой-то «миссии», но под давлением нашего Радикала лишь уклончиво намекал, что везет абуне памятники коптской культуры. Он более охотно рассказывал о своре гончих, которых держал в Мидленде, а когда получал (это происходило нередко) длинные шифрованные телеграммы, опускал их в карман и равнодушно сообщал: «Это от моего егеря. Говорит, ожидается недурная охота на лисят». Мы с Радикалом записали его в торговцы оружием, которые, по слухам, толпами зачастили в Аддис-Абебу. В цветистых репортажах о полученной им концессии, которые через две недели распространились по всему миру, особо подчеркивалось «малозаметное прибытие» в страну мистера Рикетта и его проживание в «скромном пансионе». Ничто не могло отстоять дальше от его намерений и ожиданий. Он забронировал единственный на эфиопских железных дорогах вагон класса люкс и лелеял самые невероятные мечты о его роскоши, уверовав даже, что там будет своя кухня и свой повар. Между прочим, он любезно позвал с собой меня. Когда же мы приехали на вокзал, выяснилось, что наши места — в самом обычном вагоне. Точно так же он заказал роскошный многокомнатный номер люкс в отеле «Империал». И только когда стало понятно, что деваться нам некуда, мы поехали в превосходный пансион фрау Хефт.

Медленно тянулся день, ставший еще более гнетущим после обеда в придорожной закусочной; маленький поезд дергался и болтался, пробираясь по невыносимой местности среди валунов и муравейников. Здесь не наблюдалось даже следов дождя, из голого песка торчали редкие кустики, такие же бесцветные, как и окрестные камни; реки давно пересохли. На закате мы остановились на ночлег в Дыре-Дауа. Я вспомнил, с каким облегчением уносил оттуда ноги пять лет назад. Теперь, в вечерней прохладе, когда гостиничные огни освещали темные массы цветущих бугенвиллей, город показался мне довольно приятным. Начальник железнодорожной полиции пришел с вокзала вместе с нами, чтобы пропустить по стаканчику. Чисто выбритый, одетый в форму цвета хаки, владевший французским, он принадлежал к новой формации эфиопских чиновников. От него мы узнали последние новости из Европы. Мистер Иден устранился от парижских переговоров. Это означает, сказал чиновник, что Англии придется воевать с Италией.

— Все зависит от Лиги Наций, — заметили мы.

— Нет-нет. Причина в том, что вам не нужна сильная Италия. Это хорошо. Вы же знаете, Эфиопия не может вам угрожать. Мы друзья. Сообща мы разгромим итальянцев.

Переубеждать его не имело смысла; вместо этого мы со всей возможной непринужденностью приняли свою временную популярность, чокнулись и выпили за мир.

На рассвете следующего дня мы вернулись на свои места в поезде и тем же вечером добрались до Аддис-Абебы.

Я и предположить не мог, какую большую роль сыграет в нашей жизни этот отрезок пути в ближайшие несколько месяцев. За время, остававшееся до Рождества, я проехал его шесть раз и узнавал каждую деталь: переход от пустыни к холмистой местности, вид на озера, выжженные поля, ущелье Аваш, гостиницу со свечным освещением в городке Аваш, где в каждую поездку, кроме этой, нас высаживали из поезда на ночь; станцию, где жил страус; нищего, читающего молитвы, маленькую девочку — исполнительницу пантомимы; расписную арку приозерной гостиницы в Бишофту, означавшую, что подъем почти закончился и мы находимся на обозримом расстоянии от Аддиса; енотоподобную мордочку билетного контролера, который во время нашего подъема по переходным мосткам пришел спросить, кто будет обедать в закусочной. Но в то время мы все считали, что при объявлении войны нас сразу изолируют. В первый же день разбомбят мост через Аваш, а железнодорожная линия будет перерезана в сотне мест. Мы все планировали маршруты эвакуации в Кению или Судан. Из всех участей, которые мы время от времени предрекали Хайле Селассие, — спасение на британском самолете, смерть в бою, убийство, самоубийство — никто, мне думается, никогда серьезно не предполагал, что случится на самом деле; а в действительности с наступлением окончательной катастрофы, отчаявшийся и утративший веру, преданный Лигой Наций, брошенный своей армией, преследуемый восставшими племенами, когда враги будут находиться на расстоянии однодневного перехода от его дворца, а их самолеты — регулярно барражировать у него над головой, император спокойно проследует до станции, сядет в поезд и доедет до Джибути по железной дороге. Даже наименее романтичные из нас никогда такого не предполагали.

Накануне войны создавалось впечатление, что Аддис-Абеба по своему характеру и виду мало отличается от города, который я знал пять лет назад. Воздвигнутые для коронации триумфальные арки обветшали, но все еще стояли на своих местах. Амбициозные здания в европейском стиле, которыми Хайле Селассие намеревался украсить свою столицу, находились на той же зачаточной стадии строительства; ныне поросшие клочками растительности, подобно руинам на рисунке Пиранези, они стояли на каждом углу как напоминание о бесплодном модернизме, предмет радости для фотокорреспондентов, которые надеялись позже представить их как разрушения, нанесенные итальянской бомбардировкой.

В Аддис-Абебе было несколько гостиниц, которые на момент нашего прибытия возмутительно процветали. «Какофилос», где, по общему мнению, нам следовало остановиться, был полностью забит журналистами и фотографами, ютившимися в ужасающей тесноте по двое-трое в номере, даже в пристройках. Это убыточное предприятие, занимавшее громоздкую, обшарпанную, могильно-мрачную халупу, приобрел буквально перед началом катаклизмов и назвал в свою честь некий грек, плотный, среднего роста, нелюдимый. Он взирал на своих постояльцев с достойной восхищения неприкрытой и непритворной гадливостью и с немилосердным пренебрежением к их комфорту и достоинству. Одни переходили с ним на покровительственный тон, другие — на властный, третьи — на льстивый; в ответ все получали одинаковое презрение. Он прекрасно знал, что в течение еще пары месяцев никакое действие или бездействие не сможет помешать его бурному процветанию, а после — хоть трава не расти. Чем меньше постояльцы съедят, тем больше прибыль; из-за своей захламленной конторки в углу он с язвительной ухмылкой наблюдал за толпами страдающих несварением журналистов, в том числе и немолодых, которые, занимая высокое положение в своих странах, украдкой несли в гостиничный ресторан, как школяры, идущие на чай в своих частных школах, бумажные пакеты со свежими лепешками, банки сластей, апельсины и бананы, рассованные по карманам. Господин Какофилос никогда не извинялся и крайне редко жаловался. Ни одна вещица, даже самая дешевая, не могла сгинуть в буйных сценах, которые вспыхивали все чаще по мере того, как журналисты обживались в этом месте. Когда постояльцы выкидывали из окон спальную мебель, хозяин заносил ее стоимость в их недельный счет. Если они стреляли из револьверов по ночному сторожу, хозяин просто советовал тому получше прятаться. В номерах содержались целые зверинцы грязных домашних животных; господин Какофилос равнодушно ждал, чтобы у их владельцев лопнуло терпение. Его гостиница шла номером первым в городе, и ничто не могло пошатнуть этот статус. Здесь время от времени вывешивались правительственные коммюнике; здесь Ассоциация иностранной прессы устраивала свои желчные сборища; здесь после закрытия радиостанции мы стягивались в пустой и просторный, кишащий блохами холл и рассаживались в потрепанных плетеных креслах, чтобы взбодриться алкоголем и выпустить пар.

Нас с мистером Рикеттом отвели в пансион «Немецкий дом», не столь помпезный, но куда более гостеприимный. Стоял он на боковой улице рядом с отелем «Сплендид», но его непосредственное окружение было не настолько внушительным. Напротив располагалась управляемая русским князем дубильня, из которой при неблагоприятном ветре долетали столь отвратительные запахи, что нам приходилось наглухо затворять окна и разбегаться по городу; иногда у наших ворот на целый день оставляли грузовик с вонючими шкурами; однажды для каких-то связанных с его мерзким ремеслом целей его высочество приобрел партию гниющих коровьих ног. Он был обходителен и придерживался экзотических вкусов в одежде. Только-только приехав в Аддис, он получил приглашение на обед в британское представительство, где его встречали с почетным караулом. Через несколько дней князь открыл дом терпимости. Теперь он интересовался в основном, но не исключительно, торговлей мехами. И лишь изредка со смутной тоской вспоминал о партии девушек, которые после битвы при Вал-Вале были отгружены из Каира, но теперь таинственно и без всяких объективных причин застряли где-то на таможне.

Однако, невзирая на отталкивающее местоположение, за воротами (которые охранял седовласый воин с семифутовым копьем) все было восхитительно. Фрау Хефт происходила из немцев, переселившихся в Абиссинию из Танганьики, когда эту страну после войны прибрало к рукам британское правительство. В городе проживало большое количество ее соотечественников, которые в основном сидели на мели, пробавляясь ремонтом автомобилей или розничной торговлей. «Немецкий дом» стал местом их встреч: там они играли в карты и время от времени обедали. В пансионе Хефтов так по-настоящему и не переняли пренебрежения к малой экономике и к скромным пожеланиям новых постояльцев. Многие из наших запросов казались владелице мучительно сложными.

— Журналисты хорошо платят, — признавалась она по секрету. — Но с ними очень трудно. Одному подавай утром кофе, другому чай, да еще всегда горячий.

Но она без устали хлопотала, чтобы нам угодить.

Фрау Хефт была невероятно рачительной хозяйкой. Каждый день с восхода до полудня на ступенях столовой разворачивался миниатюрный рыночек. Полдюжины местных уличных торговцев терпеливо сидели на корточках, разложив мясо, яйца и овощи. Каждые полчаса появлялась либо сама владелица, либо герр Хефт, подвергали сомнению качество продуктов, приценялись и в напускном негодовании приказывали продавцам сворачивать торговлю. И только когда приходило время готовить обед, хозяйка все же делала покупки.

У герра Хефта был оглушительно шумный малолитражный автомобиль, который в любое время дня и ночи предоставлялся в наше распоряжение. При гостинице имелось и свое такси, которое бородатый шофер использовал в качестве детской для своего новорожденного ребенка. Когда намечалась поездка, шофер извлекал младенца с заднего сиденья, а потом, управляя автомобилем, баюкал на коленях.

По двору свободно гуляли два гуся, которые щипали всех, кто проходил мимо. Герр Хефт все время обещал их зарезать, но, даже когда я уезжал из страны, птицы были еще живы. Еще имелась свинья, которую он таки зарезал, и фрау Хефт наготовила великолепное изобилие колбас и паштетов. Вообще кухня ее, по меркам Аддиса, была отличной. Когда мы ели, герр Хефт зависал над столами, отслеживая, что уходит сразу, а что остается на тарелках. «Вкусно, нет? — спрашивал он, искренне огорчаясь, если кто-нибудь отказывался от блюда. — Делать тебе яйки, да?»

Из столовой дверь вела в комнату Хефтов, и все, что было в доме ценного, хранилось там. Если кому-то требовалось разменять банкноту в сто талеров или принять аспирин, сменить полотенце или перекусить ломтиком колбасы, купить бутылку кьянти, радиобюллетень или запасную часть для автомобиля, получить выстиранное белье или счет за неделю, фрау Хефт ныряла под кровать и выдавала требуемое.

Для большинства английских журналистов и фотографов пансион «Немецкий дом» вскоре сделался штаб-квартирой. Мы нанимали собственных слуг, украшали свои номера коврами из обезьяньих шкур от русского князя и туземными картинами от бродячих художников, то есть в целом жили вполне сносно. Американцы, более подверженные влиянию «Бедекера», решительно хранили верность господину Какофилосу.

В городе было два увеселительных заведения, «Ле Селект» и «Перроке», более известных под фамилиями хозяев, «Мориатис» и «Идо». В каждом имелись бар и зал для просмотра звукового кино. Мадам Идо также держала кухню и распускала слухи, будто там отменно готовят. Время от времени она развешивала по городу рекламу особых деликатесов: «Грандиозный ужин», «Рубец по-кански» — и ностальгирующие журналисты валили к ней толпами, чтобы потом горько разочароваться. Она была родом из Марселя, мадам Мориатис — из Бордо. Между ними велось непримиримое соперничество, но если мадам Мориатис делала вид, что не подозревает о существовании конкурентки, то мадам Идо за словом в карман не лезла.

— Бедная женщина! — приговаривала она. — Что она тут потеряла? Ехала бы к себе в Бордо. У нее даже физиономия постная.

Господин Мориатис, настоящий красавец-негодяй, был греком; мсье Идо, настоящий страшила-негодяй, — французом. Оба, по слухам, поколачивали жен, однако мадам Идо утверждала, что ей это даже нравится. Мадам Идо создавала вокруг себя атмосферу притворного веселья, а мадам Мориатис — подлинного уныния. С мадам Мориатис можно было мрачно обсудить красоты Франции и вероломство абиссинского национального характера; она все время извинялась за несовершенство предлагаемых ею увеселений, и собеседники пытались ее подбодрить.

— Шика не хватает, — сетовала она и была совершенно права. — Мне хочется большего. Сюда бы итальянцев — мы бы устраивали танцы во время аперитива, а наверху сделали бы номера с туалетными комнатами — на европейский манер.

Мадам Идо все норовили ущипнуть и шлепнуть пониже спины, говорили, что фильмы у нее сущий кошмар, а спиртное — отрава. «Ле Селект» претендовал на респектабельность и временами устраивал благотворительные утренники, которых не чурались члены дипломатического корпуса. В «Перроке» на такую чепуху не разменивались. Оба заведения процветали на контрасте, потому как после часа, проведенного в любом из них, клиент стремился в другое.

Большинство приезжающих в Аддис-Абебу жалуются на те или иные недомогания. У меня была легкая дизентерия вкупе с сильной простудой; я двое суток лежал пластом с головокружением, слабостью, дурнотой, и только череда не допускающих возражений телеграмм с Флит-стрит возродила во мне чувство ответственности: «Требуется всесторонний телеграфный отчет яркий материал также все новости», затем «Просьба указать срок отправки всестороннего телеграфного отчета», далее «Предполагаем сбой работе телеграфа» и, наконец, «Каковы альтернативные средства связи случае сбоя?».

Способ доставки телеграмм предоставлял безграничные возможности для потерь и задержек. Рассыльным их выдавали пачками, штук по двенадцать в каждой. Эти служащие читать не умели: они бродили по городу, заходя в гостиницы и прочие места, где можно было ожидать скопления иностранцев, и предъявляли пачку телеграфных конвертов первому встречному белому; тот просматривал их все, мог распечатать любой приглянувшийся конверт и отдавал обратно те, что его не заинтересовали. Часто сообщения шли до нас более суток, и, по мере того как указания Флит-стрит становились все более фантастическими и несуразными в контексте сложившейся ситуации, а запросы — все более легкомысленными, мы чаще всего были даже благодарны за отсрочку, которая порой избавляла нас от необходимости отвечать.

Однако на третий день такой рассыльный добрался до моей комнаты с самым первым, весьма разумным заданием, так что я вылез из кровати и, слегка пошатываясь, вышел на проливной дождь в поисках чего-нибудь «яркого».

Первые шаги в должности военного корреспондента обернулись страшной канителью: пришлось обходить всевозможные представительства и в каждом оставлять визитные карточки, сидеть у фотографа в ожидании снимков для журналистского удостоверения, регистрироваться в пресс-бюро.

Это последнее представляло собой обитый жестью сарайчик в самом конце главной улицы. В этом городе его вполне можно было отнести к местам увеселения. Здесь по утрам и днем, в течение первых шести недель и до той поры, когда все, даже его устроители, потеряли надежду на выполнение им хоть какой-нибудь полезной функции, можно было найти с десяток остервенелых журналистов обоих полов и почти всех национальностей: те ждали каких-нибудь интервью. Во главе этого бюро стоял обходительный тыграец с глазами-бусинками, доктор Лоренцо Тэсас. Это был в высшей степени деликатный человек с массой достоинств, но, будучи при этом еще и судьей Особого суда, начальником тайной полиции и личным советником императора, он редко присутствовал собственной персоной. Его замещал другой тыграец по имени Дэвид, столь же тактичный и даже лучше владевший языками, горячий патриот, который не мог своей властью ни принять даже самое заурядное решение, ни предоставить простейшую информацию.

— Я должен спросить доктора Лоренцо, — так звучал неизменный ответ на любое обращение.

У них была отлажена безупречная система затягиваний и проволочек. Если проситель шел напрямую в какой-либо правительственный департамент, его направляли в пресс-бюро. В пресс-бюро его просили подать заявку в письменном виде, чтобы ее можно было передать человеку-невидимке — доктору Лоренцо. На том раннем этапе у абиссинцев не было причин враждебно относиться к прессе. Вообще говоря, многие из них, включая императора, стремились ее умиротворять. Просто в этой стране всегда именно так относились к европейцам. *Как многие белые* видят в негре существо, которому на повышенных тонах отдаются приказы, так и абиссинцы видят в нас, европейцах, народ, которому нельзя доверять, а нужно чинить препятствия, срывать самые невинные планы, лгать при любой возможности избежать правды, а также намекать на всяческие преимущества, дабы столкнуть нас лбами. Без какого-либо злого умысла. У них такое отношение проявлялось инстинктивно, они не могли его изменить, а более близкое знакомство с нами давало им все основания для того, чтобы еще больше напрячься, а не расслабиться.

Почти все нетерпеливые личности, обивающие порог доктора Лоренцо, хотели одного. Мы хотели попасть во внутренние районы страны. Поездки по Эфиопии, даже в редкие периоды ее спокойствия, были делом невероятно трудным. Многие писатели рассказывают о сложной схеме мздоимства и радушия, по которой приезжего гоняют от одного начальника к другому, и о том безразличии, с которым в считаных милях от столицы воспринимается пропуск, выданный императором. Теперь же, когда проливные дожди по всему высокогорью поднимали уровень воды в реках и размывали скотогонные тропы, когда тайно собирались и продвигались к границам войска, а лишившиеся своих гарнизонов подвластные народы становились бунтарями и разбойниками, возможности передвижения в любом направлении становились крайне эфемерными. Но в любом случае в течение первых нескольких недель после приезда большинство из нас лелеяло постоянно подпитываемую пресс-бюро надежду, что мы попадем в район боевых действий. Ни один из нас туда не добрался. В последний раз, когда я видел доктора Лоренцо — более чем через три месяца после Десси, — этот маленький человечек, одетый в хаки вместо щегольского сюртука, в окружении группы докучливых журналистов на территории адвентистской миссии заверял, что очень скоро — возможно, через несколько дней — будут разрешены поездки на север. По сути, только когда фронт подступил совсем близко, а отступление правительственного штаба не поспевало за наступлением итальянцев, хоть кто-то из репортеров узнал, что такое выстрелы.

Тем временем в наших умах все еще сохранялась картинка, предназначенная для оставшихся дома родственниц и подруг: мы на поле боя, припав к земле в воронках от снарядов, отважно строчим на портативных машинках под градом рвущейся шрапнели, чтобы тут же передать свои репортажи туземному гонцу, который нанижет их на раздвоенную палочку и побежит по назначению сквозь облака ядовитого газа. Мы официально обращались за разрешением на передвижение по стране, освобождая правительство от какой-либо ответственности за нашу безопасность, и ожидали незамедлительного ответа.

У Радикала, который знал свое дело, таких иллюзий не было. Суд, правительственные учреждения и различные представительства — это все «новостные центры». А его место — возле пункта радиосвязи. Совершенно иначе мыслил мой непосредственный сосед по «Немецкому дому», американец, который объявил о своем предстоящем отбытии в Тыграй. Под нашими окнами целая бригада заколачивала ящики с его провизией, а в стойлах ожидал караван самых крупных мулов. Радикал уже переоделся из столичной одежды и ходил по раскисшим улицам так, будто пробивался через отсутствующие на карте джунгли. Бедолага, он был одним из когорты, окружавшей Лоренцо в Десси.

Казалось, Аддис замер.

Мистер Рикетт, правда, подпитывал наши надежды на хороший материал. На второй день нашего пребывания он пообещал мне, что в субботу вечером поступят важные новости. Наступила суббота, и он довольно уныло признался, что ничего не смог организовать; сказал, что подвижки, вероятно, будут в следующую среду. Складывалось впечатление, что он сам увяз в бесконечных отсрочках, свойственных абиссинской официальной жизни, и что я даже через десять дней застану его за какими-нибудь дискуссиями в «Немецком доме». Соответственно, мы с Патриком Балфуром, старинным приятелем, который до меня работал корреспондентом «Ивнинг стэндард», решили в понедельник отправиться на юг по железной дороге.

В поезд набились беженцы. Самую безрадостную группу представляли собой греки с Родоса и Додеканеса. Многие из них родились в Абиссинии; почти все приехали в страну с греческим или турецким гражданством. Другого дома они не знали; это были квалифицированные ремесленники, которые зарабатывали здесь на более благополучную жизнь, нежели та, что сложилась бы у них среди своего народа. Затем в результате недоступных их пониманию изменений на карте они обнаружили, что внезапно стали итальянцами, а теперь их гонят на побережье с перспективой вербовки в рабочие бригады или в солдаты, чтобы заставить воевать с принявшей их страной. В нашем поезде таких было не один и не два: они задумчиво посасывали апельсины в вагоне второго класса.

Еще три года назад поездка из Дыре-Дауа в Харар занимала два дня. Теперь там проложили автомобильную дорогу.

Из Дыре-Дауа мы выехали незадолго до полудня. К нам с Патриком и его слугой присоединился еще один англичанин, старый знакомый по имени Чарльз Г., который отправился в поездку главным образом для того, чтобы развеяться. Еще с нами был моложавый и очень робкий абиссинский аристократ, который хотел, чтобы его подвезли, и внушал нам пустые надежды на свою полезность.

Мы отправились на двух автомобилях и, кружа по бесчисленным извилистым, крутым подъемам, со стонами преодолевая узкие, обрывистые участки горной дороги, вскоре оказались на перевале — раньше на это ушло бы четыре часа напряженной езды. Здесь находились блокпост, баррикада и новые ворота из рифленого железа, которые впоследствии описывались многими поэтически настроенными корреспондентами как древние «Врата рая».

Ворота эти определенно подчеркивали контраст между провинцией Харар и окружающей девственной природой. За ними лежала бесцветная пустая местность, которую было видно из поезда; миля за милей валунов и пыли, муравейников и кустов, а далеко на горизонте — раскаленная, плоская пустыня Данакиль, где в жарком мареве сходила на нет река Аваш. Впереди, за неприветливым абиссинским часовым, горы покрывал узор из полей с высокими стеблями сельскохозяйственных культур и кофейными террасами, из аккуратных маленьких ферм с палисадами цветущего молочая и верхушками соломенных крыш, украшенными яркими стеклянными бутылками и эмалированными ночными горшками. Не прошло и четырех часов после отъезда из Дыре-Дауа, как мы увидели стены и минареты Харара.

Возможно, я был чересчур велеречив, когда живописал моим компаньонам ожидающие нас красоты.

После всего, что мне запомнилось и было рассказано попутчикам, реальность слегка разочаровывала. В ней произошли перемены. Первое строение, которое приветствовало нас с близкого расстояния, представляло собой громоздкий, безобразный недостроенный дворец; белое с изогнутой передней стеной зубчато-европейское нечто, похожее на гостиницу южного побережья. Дворец стоял за городскими стенами, возвышаясь над кирпичной кладкой палевого цвета. В стенах зияли проломы, а вместо петляющей, как диктовала средневековая оборонная стратегия, узкой, идущей от главных ворот до центра города улочки, куда не выходило ни единого окна, под стенами была проложена совершенно прямая дорога. На ней стояла и двухэтажная гостиница с балконом, душем-ванной и неописуемой камерой ужаса, отмеченной на двери буквами «WC». Гостиницу держал жизнерадостный и корыстолюбивый грек по фамилии Карасселлос, про которого все без какой-либо на то причины говорили, что на самом деле он итальянец. Это здание, в котором мы взяли номера, было возведено напротив здания суда, и все пространство между ними занимало вавилонское столпотворение разгневанных истцов и ответчиков, которые разоблачали перед прохожими продажность судей, заведомо ложные показания свидетелей и порочность всей судебной системы, по милости которой они проиграли тяжбу. Примерно каждые полчаса дело доходило до рукопашной, и солдаты тут же затаскивали драчунов внутрь для немедленного наказания.

Но похоже, главное изменение коснулось соотношения между абиссинцами и харарцами. Судя по всему, в тот момент город был сугубо абиссинским. Здесь сосредоточилось большое количество войск. Было учреждено бельгийское военное училище. В связи с кризисом множились абиссинские чиновники, которые со своими женами и детьми заполонили весь город. Ряды харарцев быстро таяли; те, кто мог себе это позволить, бежали через границу на французскую или бельгийскую территорию, большинство же уходило в горы. Эти мирные жители не хотели выступать ни за одну из сторон в предстоящей битве, но особенно страшились, как бы их женщины не попали в лапы абиссинских солдат. Вместо восхитительных девушек, которых я описывал прежде, мы увидели обритые наголо, натертые маслом, похожие на губки головы, обтрепанные белые одежды, безвольные, мрачные лица и серебряные кресты идущих за абиссинскими солдатами проституток.

Позже к нам заглянул на стаканчик виски начальник полиции. Это был чиновник старой школы, питающий слабость к бутылке. В этот момент у начальника полиции был сильный насморк, и он заткнул ноздри листьями. Это придавало ему слегка угрожающий вид, но злонамеренности в нем не было. В Харар пока еще приезжало очень немного журналистов, и выданные пресс-бюро маленькие желтые карточки — удостоверения личности, которые в Аддисе были объектом презрения, — здесь, похоже, воспринимались как свидетельства высокого статуса. Слуга Патрика, говоривший по-французски бегло, но нечленораздельно, выступил в качестве толмача. Иными словами, он поддерживал оживленный и нескончаемый разговор, в который время от времени вклинивались и мы.

— Что он говорит, Габри?

— Говорит, у него насморк. Надеется, что вы в добром здравии.

Затем они продолжили свою доверительную беседу. Диалог, однако, закончился обещанием, что мы получим пропуск, который позволит нам добраться до Джиджиги.

В ожидании пропуска в Джиджигу мы с Патриком за один день завербовали по шпиону. Оба значились как «лица, находящиеся под британским покровительством» и давно сидели в печенках у сотрудников консульства. Это было единственным, что нас роднило.

Мой, Вазир Алибег, афганец, был импозантным старым жуликом с фигурой лондонского бобби и манерами дворецкого. По-английски он говорил и писал почти безупречно. Состоял когда-то на британской правительственной службе, но в каком качестве — прояснить не удалось. Незадолго до нашего знакомства сделался профессиональным письмоводителем в Хараре. Среди британских индусов, арабов и сомалийцев, которыми кишел базар, он распустил слух, будто имеет большой вес в консульском суде, чем побудил этих несчастных расстаться со своими сбережениями и поручить ему ведение их дел. Мне он представился главой обширной сети, охватывающей районы Огаден и Ауса. Он никогда не просил денег для себя — только для «поощрения» своих «агентов». В честь нашей первой встречи мне была передана важная новость: в Дыре-Дауа прибыла группа туземцев из пустыни Данакиль, чтобы пожаловаться наместнику на передвижения итальянских группировок по их землям; отряд в составе туземных и белых войск проник в пустынную юго-западную часть Ассаба и обустраивает базу около горы Муса-Али. Месяцем позже подтверждение именно этого слуха спровоцировало всеобщую мобилизацию и развязало войну. У Вазира Алибега был врожденный нюх на жареные факты, который мое восприятие данного сообщения подстегнуло настолько, что он продолжал в каждом письме подробно описывать мне все более и более невероятные события до тех пор, пока я не снял его с денежного довольствия, заметив, что написанные его старательной рукой депеши адресуются практически каждому журналисту в Аддис-Абебе. После этого он использовал мое письмо о своем отстранении, с тем чтобы набить себе цену в глазах других адресатов — как доказательство жертв, приносимых ради оказания им эксклюзивных услуг.

Шпион, завербованный Патриком, звался Халифой, но вскоре стал известен европейскому сообществу как Мата-Хари. Это был аденский араб, чья непотребная внешность лишь в малой степени подтверждала обоснованность такого прозвища. В тот вечер он подошел к нам на балконе гостиницы и, даже не представившись, опустился возле нас на корточки, украдкой оглянулся и при помощи немыслимых подмигиваний и телодвижений выразил желание поехать с нами в Джиджигу толмачом.

В консульском суде он появлялся нередко, но исключительно в качестве задержанного по обвинению в пьянстве, насилии и поистине огромных долгах. Он не скрывал того факта, что жизнь его в последнее время проходит главным образом за решеткой. Видя, что его рассказ нас забавляет, он стал мерзко хихикать. На нем был огромный рыхлый тюрбан, который, как волосы пьяной старухи, постоянно распускался, синий блейзер, белая юбка и набор кинжалов. Абиссинец Габри, слуга Патрика, невзлюбил его с первого взгляда.

— *Il est méchant, ce type arabe*[1], — приговаривал Габри, который за пределами своей страны оказался привередливым путешественником.

Ему не нравилось находиться среди магометан и иностранцев. Он еще мирился с Хараром — как-никак там проживало множество его соотечественников, но перспектива поездки в Джиджигу вызывала у него отторжение.

Начальник полиции прикомандировал к нам двух женоподобных, плаксивого вида солдатиков, которые со

---

[1] Нечестивый он, этот араб *(фр.)*.

своими допотопными винтовками не отходили от нас ни на шаг.

В результате долгих переговоров мы уселись в перевозящий кофе грузовик, направлявшийся в Харгейсу. Не обошлось без привычных уже заминок, поскольку водитель-сомалиец в попытке найти дополнительных пассажиров решил в последнюю минуту сделать круг по городу, и вскоре стало ясно, что мы нипочем не доберемся до Джиджиги засветло. Оба наших служивых начали нервно предрекать риск ограбления, но все обошлось.

Перед закатом начался дождь и лил в течение четырех часов; мы продвигались медленно. Света фар хватало лишь на несколько футов; грузовик шел юзом и бултыхался в грязных лужах. Наш водитель хотел затормозить и дождаться рассвета, объясняя, что даже в лучшем случае, если повезет добраться до Джиджиги, в город нас не пустят. Мы уговорили его продолжить путь и наконец доехали до военного поста на окраине города. Здесь стоял еще один грузовик, забитый беженцами, — тот, что обогнал нас на дороге. Беженцам отказали в праве на въезд, и теперь они все, человек двадцать-тридцать, несчастные и сонные, жались друг к другу в полной темноте, под промокшими коврами. Наши солдатики, спрыгнув на землю, вступили в переговоры с водителем; тот показал перевозимый им мешок с консульской почтой; мы с Патриком предъявили наши удостоверения личности. Ко всеобщему удивлению, заграждения отодвинули, и мы проехали в город. Судя по всему, город спал непробудным сном. Сквозь темноту мы только разглядели, что находимся на большой площади, в данный момент превратившейся в одно большое озеро глубиной по щиколотку. Мы посигналили, и вскоре нас окружили абиссинские солдаты: некоторые из них были пьяны, один держал фонарь «летучая мышь». Они направили нас в какое-то подобие загона; ворота отворились, и солдаты пошли спать дальше.

Никаких гостиниц в Джиджиге не было, но фирма Мухамеда Али держала на чердаке торгового склада свободную комнату, где во время своих периодических визитов останавливался харарский консул. У нас был карт-бланш на ее использование, и мы заблаговременно телеграфировали местному управляющему, чтобы тот нас ожидал. Вскоре появился его представитель — в пижаме, с зонтиком в одной руке и с фонарем в другой.

Нас подстерегали новые неприятности: Мата-Хари попытался затеять драку, потому что караульные не разрешили нам забрать свои вещи. Их должен был проверить таможенник, у которого рабочий день начинался только завтра утром. Поскольку там были наши припасы, а перекусили мы в последний раз около полудня, перспектива была нерадостная. Индус из компании Мухамеда Али сказал, что дело это безнадежное и что лучше нам пойти к себе в комнату. Мы с Матой-Хари, Чарльзом и собственными солдатами пошли на поиски таможенника. Постучали в дверь его дома; открыть нам отказались, но прокричали в замочную скважину, что таможенное управление находится во Французском доме. В темноте уже собралась горстка абиссинцев. Мата-Хари всячески провоцировал их на драку, но наш харарский охранник проявил готовность к примирению, и в конце концов нас повели, как нам показалось, через многие мили слякоти к другой постройке, где горел свет и толпились часовые. Что представляет собой Французский дом, пока оставалось загадкой. Изнутри доносились громкие голоса. После того как Мату-Хари чуть не застрелил один из часовых, дверь открылась и появился небольшого роста абиссинец, чисто выбритый, одетый по-европейски, в роговых очках — представитель молодого поколения. Позже мы узнали, что его совсем недавно назначили на должность, а весь предыдущий год он провел в тюрьме по обвинению в казнокрадстве. Извиняясь на беглом французском за причиненные неудобства, он прошел вместе с нами к грузовику. Мы получили свой багаж, а потом в сопровождении индуса поднялись к себе в комнату, поужинали и проспали на полу до рассвета.

Во всех поездках возникает один и тот недоуменный вопрос: где ночуют слуги-туземцы? Они могут в любое время появиться в незнакомом населенном пункте — и вроде как их сразу окружают гостеприимные свойственники, обнимают, ведут к себе домой и потом угощаются твоими припасами. Наша компания распалась и без сожаления исчезла в ночи — все, кроме Габри, которого отвращала Джиджига. По отношению к сомалийцам он был жутким ксенофобом: даже отказывался от еды, объясняя, что их стряпня не пригодна для абиссинцев, да и нас чуть не уморил голодом, когда отказался покупать провизию под предлогом чрезмерно высоких цен.

Мата-Хари, судя по его утреннему виду, спал в грязи, но не исключено, что он просто нарвался в конце концов на драку. К нам в комнату он пришел в каком-то экстазе, лопаясь от таинственности. У него была новость чрезвычайной важности. Он даже не мог произнести ее вслух и настоял на том, чтобы нашептать каждому в отдельности на ухо. Французский консул, граф Дрогафуа, брошен в застенки. Мы попросили уточнить это имя. Помотав головой и подмигнув, он достал огрызок карандаша и клочок бумаги. А потом, озираясь через плечо, чтобы удостовериться в отсутствии соглядатаев, тщательно вывел крупными печатными буквами: «ДРОГАФУА». А ведь минувшей ночью, добавил он, мы спали как раз в доме этого Дрогафуа. Сегодня его расстреляют. Арестованы, кстати, еще двенадцать католиков; этих зашьют в кожи и сожгут заживо. В городе находятся четверо мальтийских священников. Их, наверное, тоже расстреляют. Пообещав скоро вернуться со свежими новостями, он еще раз со значением подмигнул и стал на цыпочках спускаться по лестнице.

В несколько озадаченном расположении духа мы сели завтракать консервами из рябчика, запивая их кьянти. Не успели мы обсудить, сокрыта ли в его рассказе хоть крупица правды, как пришел таможенник, наш друг со вчерашнего вечера, чтобы представиться по имени, Кебрет Астатки, и осведомиться о нашем благополучии. Он сказал, что деджазмач Насебу, губернатор Харара, проводит этот день в Джиджиге по пути к югу и будет рад нас видеть. Соответственно, мы пешком отправились в Гебби.

Дождь прекратился, и город предстал в более радостном обличье. Он состоял из одной главной площади и двух боковых улиц. Единственным европейцем в городе, кроме таинственного Дрогафуа и мальтийских священников, был грек, на которого — тот ехал мимо на велосипеде — указал нам Мата-Хари.

— Это Алкоголь, — объяснил он; как мы выяснили позже, данное прозвище носил владелец местной монополии на продажу спиртного.

Гебби, как и большинство абиссинских учреждений, было малопримечательным скоплением крытых жестью сараев; в самом большом из них в нарядные верхние комнаты пришлось подниматься по внешней лестнице. У главного входа были привязаны два подросших львенка; приставленный к ним раб поборолся с одним ради нашего удовольствия, за что получил талер и глубокую царапину на бедре. Здесь же имелась и неизбежная маленькая армия оборванцев-вассалов, которые, сидя на корточках, прижимали к груди допотопные винтовки.

Первым делом нас провели в очень тесную, увешанную коврами каморку губернатора Джиджиги, чиновника старой школы Фитаурари Шавара; он сидел в окружении местной знати при закрытых ставнях, в одуряющей атмосфере. Этот седоватый хмурый человечек видел сражение при Вал-Вале и там немного осрамился: в самый разгар боевых действий его застукали в собственной палатке за продажей патронов своим же воинам. Нас представил его личный переводчик, и после обмена несколькими любезностями мы больше получаса сидели в никем не нарушаемой тишине. В конце концов нас вывели на воздух и потом вверх по лестнице в покои Насебу. Деджазмач был одет в европейскую форму и говорил по-французски. Как и все франкофоны Абиссинии, за исключением одного только императора, он был чисто выбрит. Проявил осведомленность в европейских делах. Мы вместе пили кофе и обсуждали конституцию Комитета пяти, Комитета тринадцати, Совета Лиги, а также другие темы, которые в те дни представлялись важными.

Потом Патрик спросил, есть ли хотя бы толика правды в рассказе о французе, арестованном в Джиджиге.

— Арестован какой-то француз? — переспросил деджазмач с невинным изумлением. — Я наведу справки.

Он хлопнул в ладоши и послал слугу за Кебретом. Несколько секунд они переговаривались на амхарском; затем последовало подтверждение — да, похоже, нечто в этом роде имело место, — и после этого он поведал нам всю историю, а Кебрет тем временем извлекал из своих многочисленных карманов целую подборку соответствующих документов.

Дрогафуа, он же граф Морис де Рокфей дю Буске, приехал в Эфиопию девять лет назад в поисках средств к существованию. На первых порах его дом находился под наблюдением полиции. Принято было считать, что он живет в непозволительной роскоши, но мы с Патриком, посетив впоследствии его дом, увидели две самые простые комнатки, которые определенно знавали лучшие времена. Накануне нашего приезда была арестована выходившая из его дома пожилая сомалийка; при личном обыске у нее в подмышечной впадине нашли катушку пленки, которую она, по собственному признанию, несла в итальянское консульство в Хараре. Кебрет показал нам пленку: фотоснимок каких-то грузовых автомобилей и пять страниц весьма приблизительной информации (вроде той, какую регулярно поставлял мне в письмах Вазир Алибег), описывающей систему обороны Джиджиги.

Графа с графиней арестовали, у них в доме провели обыск. Кебрет сказал, что там нашли обширную переписку с итальянскими офицерами, находящимися по ту сторону границы, а также списки местных агентов, на которых сейчас идет облава. Он показал нам паспорт графа и, наконец, самого графа, который вместе с женой находится сейчас под стражей в одном из флигелей Гебби. Поскольку значительную часть агентов графа составляли юнцы, которые окончили миссионерскую школу, беспочвенные подозрения легли и на францисканскую братию. Мы сфотографировали Гебби и дом графа, подросших львят и приставленного к ним раба, место заключения и капитана стражи. Но когда мы выразили желание запечатлеть следователя, который произвел арест, наступил драматический момент.

— Вы хотите сделать фото следователя? — переспросил Кебрет. — Он перед вами. Это я.

Так что мы сфотографировали еще и Кебрета, лучезарно сияющего за очками в роговой оправе, и вернулись к Мухамеду Али с таким чувством, будто разузнали кое-что стоящее. Казалось, налицо все компоненты газетной сенсации, даже посаженная в тюрьму «невеста». Более того, ни у одного другого журналиста не было возможности заполучить эту историю до нас. Мы радостно предвкушали телеграммы, летящие к нашим коллегам в Аддис. «Постыдно прошляпил историю Рокфея!» и «Расследовать сидящую тюрьме графиню Джиджига». Было утро пятницы. Чтобы успеть к субботнему выпуску, требовалось отправить материал по телеграфу до девятнадцати часов. Мы с Патриком лихорадочно печатали свои донесения, Чарльз в это время занимался наймом машины для доставки материалов на ближайшую радиотелеграфную станцию в Харшейсе, что в Британском Сомалиленде, а Кебрет любезно выписал ему пропуск на эту поездку.

Когда наши депеши были успешно отправлены в дальний путь, мы с Патриком вышли прогуляться по городу, и нам еще раз улыбнулась удача. Был полдень, и прохожие толпой двигались в маленькую мечеть, чтобы совершить намаз. Подъехал автомобиль, и из него вылезла приземистая фигура в черной папахе. Это был турок Вехиб-паша, ветеран галлипольской кампании, один из самых загадочных жителей страны. Он уехал из Аддиса в обстановке строжайшей секретности. Ходили слухи, что в сторону Огадена. Одни поговаривали, что он отправился с религиозной миссией ратовать за мусульманский крестовый поход против итальянцев; другие настаивали, что Вехиб-паша должен стать новым мусульманским расом;

на это назначение намекали многие. Патрик когда-то брал у него интервью в Аддисе и счел, что тот в высшей степени неразговорчив.

До чего же отрадно было видеть, как его разозлило наше появление. Он ринулся под своды мечети, поручив своему спутнику и секретарю, элегантному юноше-греку с черной бородкой поэта и огромными печальными глазами, довести до нашего сведения, что нам запрещено преследовать его господина, а если мы все же что-нибудь нащелкаем, наши фотокамеры будут немедленно уничтожены. Тогда мы послали за ним в мечеть Мату-Хари, наказав ему после этого поспрашивать на рынке, чем сейчас занимается паша. Полученный через несколько часов ответ, который удалось вытянуть, отделив его от более очевидных намерений Маты-Хари, сводился к тому, что паша нанял большую бригаду рабочих и завтра с караваном грузовиков отправляется на юг копать волчьи ямы — ловушки для итальянских танков.

Чувствуя, что наша поездка в Джиджигу увенчалась триумфальным успехом, мы с Патриком уломали водителя-метиса на следующий день вернуться в Харар. Оставался только деликатный вопрос: надо ли отблагодарить деньгами Кебрета? Когда мы обратились за советом к Габри и Мате-Хари, те сказали, что, конечно же, каждого чиновника за каждую услугу надо благодарить деньгами; Габри, правда, забеспокоился, как бы мы не расщедрились сверх меры. Соответственно, когда Кебрет в тот вечер пришел с нами выпить, Патрик протянул ему банкноту и с величайшим тактом высказался в том смысле, что мы будем рады, если он выделит некоторую часть средств городской бедноте в знак признательности за наше прекрасное времяпрепровождение.

Кебрет не испытывал пиетета перед этими эвфемизмами; он поблагодарил, но сказал, сохраняя полное самообладание, что времена изменились и эфиопские чиновники нынче регулярно получают зарплату.

На следующее утро — пятичасовая задержка. Наш водитель-метис находил один предлог за другим: то ему требуется доставить какую-то правительственную почту, то он ждет другого пассажира, то муниципальный чиновник еще не подписал ему пропуск. Наконец Мата-Хари объяснил, в чем загвоздка, — на дороге стреляют: как случается в этой стране, из части сбежала горстка солдат, которые теперь воюют с гарнизоном.

— Этот водитель очень боязлив, — заключил Мата-Хари.

Вскоре, когда насмешки наших подчиненных побудили метиса к действию, опасность уже миновала. Менее чем в миле от города мы встретили солдат, которые волокли каких-то сильно избитых пленников.

— Может, их до смерти запорют. А может, просто повесят, — сказал Мата-Хари.

Мы все еще лопались от самодовольства. Гадали, получены ли в Лондоне хоть какие-нибудь из наших сообщений и кому повезет больше: Патрику, если он успеет в вечерний субботний выпуск, или мне, если я успею в утренний понедельничный. Мы ожидали телеграмм с поздравлениями. Мне действительно пришла телеграмма. В ней говорилось: «Что известно насчет англо-американской нефтяной концессии?» Наши сообщения явно задержались; но, поскольку возможных конкурентов на горизонте не было, мы не переживали. Я ответил: «Коммерческой разведкой обращайтесь местному агенту Аддисе» — и, все еще в приподнятом настроении, пошел ужинать в консульство.

Наутро доставили еще одну телеграмму суточной давности: «Остро необходимы полные сведения нефтяной концессии». Я ответил: «Нахожусь Хараре нет никакой возможности получить новости Аддиса». Перед обедом пришла третья: «Где сведения нефтяной концессии предлагаю срочно вернуться Аддис».

Стало ясно, что в наше отсутствие произошло нечто важное, затмившее даже материалы о Рокфее и Вехиб-паше. Двухдневный поезд до Аддиса отправлялся из Дыре-Дауа во вторник утром. Мы с Патриком в тоске готовились к отъезду.

Харар внезапно потерял свое очарование. Новости о событиях в Джиджиге просачивались в крайне преувеличенных формах; город охватила шпиономания. Мату-Хари без промедления арестовали сразу после вечернего возвращения. Мы его выкупили, но, по всей видимости, он с минуты на минуту ждал повторного ареста. Начальнику полиции, наверное, поставили на вид за выданное нам разрешение на поездку в Джиджигу, или, быть может, у него просто усилился насморк; так или иначе, его отношение к нам резко изменилось, он стал неприступным и подозрительным. Общее смятение передалось мистеру Карасселлосу. Половину его друзей только что арестовали и подвергли перекрестному допросу по подозрению в пособничестве Рокфею. Он ожидал, что солдаты с минуты на минуту придут и за ним.

Рокфея и туземцев-заключенных доставили в воскресенье вечером. В понедельник на протяжении всего дня к нам заглядывал Мата-Хари с обрывочными, самыми невероятными новостями о суде над Рокфеем; что тот содержится в общей тюрьме, что император собственной персоной едет на его казнь; что Рокфей будто бы хвастался: «Через несколько дней город будет в руках итальянцев, и за меня отомстят». Но эта история уже не представляла для нас никакого интереса.

В Хараре никто слыхом не слыхивал о нефтяной концессии. Первые полученные сведения застали нас в Дыре-Дауа, где молодой чиновник объяснил, что император сдал бо́льшую часть страны в аренду Америке. В Аваше мы узнали, что к этому делу приложил руку мистер Рикетт. В среду вечером, уже в Аддисе, мы обнаружили, что сведения устарели. А ведь это был сенсационный материал, который в течение нескольких дней грозил изменить международную политическую обстановку.

Мистер Рикетт, как агент группы американских финансистов, заполучил у императора беспрецедентно масштабную концессию на разработку недр. Речь шла о граничащих с итальянскими владениями районах, куда итальянские войска, предположительно, собирались бросить свои силы в надежде аннексировать эти территории.

Если бы концессия была выдана в 1934 году, правительство Соединенных Штатов вряд ли допустило бы итальянскую оккупацию. Однако в сентябре 1935 года, когда война стала уже неизбежной, вашингтонский Государственный департамент выступил против императора и запретил ратификацию концессии. Таким образом Соединенные Штаты фактически признали право Италии на завоевание, отказав императору, суверенному правителю, в праве предоставлять концессии в собственной державе. Император обратился к традиционной политике стравливания народов белой расы, и эта политика провалилась. После этого у императора не осталось козырей, за исключением международного правосудия, коллективной безопасности и высокомерной самоуверенности его воинских подразделений. Он достаточно умело разыграл первые две карты; третья оказалась пустышкой.

По возвращении в Аддис-Абебу мы обнаружили, что временное белое население выросло еще больше. Непосредственно перед началом войны число аккредитованных журналистов и фотографов перевалило далеко за сотню. Они представляли собой практически все разнообразие рода человеческого. Среди них были похожий на обезьянку суданец, который путешествовал по бразильскому паспорту, а писал для египетской газеты; латвийский полковник с моноклем, про которого говорили, что прежде он работал инспектором манежа в немецком цирке; немец, который странствовал под именем Гаруна аль-Рашида: такой титул, по его словам, был дарован ему во время Дарданелльской кампании покойным турецким султаном; на голове у немца не было ни единого волоска: брила его жена, помечая многочисленные порезы клочками ваты. Почтенный американец, всегда в выцветшей черной одежде, который, казалось, только что сошел с кафедры сектантского собрания; он писал образные депеши, очень длинные и напыщенные. Австриец в тирольском костюме, с вьющимися соломенного цвета волосами, с виду — лидер группы какого-нибудь среднеевропейского молодежного движения; пара молодых краснолицых жителей колонии — приехав как охотники за удачей, они теперь вели оживленный бизнес с бесчисленными конкурирующими организациями; двое неразличимых японцев, которые, радостно улыбаясь миру, сияли через очки в роговой оправе и очень ловко подолгу играли в пинг-понг в баре мадам Идо. Все они образовывали экзотический фон, который очень радовал, поскольку профессиональные журналисты бо́льшей частью являли собой толпу растревоженных, беспокойных, не доверяющих друг другу субъектов, угнетенных невозможностью получить новости.

В течение всего сентября ситуация оставалась совершенно прозрачной. Все ждали, когда Италия решит, что ей удобно начать войну.

Со всех концов страны приходили сообщения о значительных перебросках войск. Приказа о всеобщей мобилизации пока не было. Однако тот или иной специальный корреспондент почти ежедневно телеграфировал о вступлении приказа в законную силу: «На севере бьют барабаны войны — император поднимает знамя Соломона». Флит-стрит почти ежедневно телеграфировала запросы: «Каково истинное положение дел всеобщей мобилизацией?» Это событие, как и многие важные события военного времени, так часто предвосхищалось и отрицалось, что к моменту его фактического свершения оно уже не вызывало никакого интереса.

Наш запрос на ознакомительную поездку за пределы столицы остался без ответа. За информацией о событиях внутренней жизни страны мы были вынуждены обращаться к армии греческих и ближневосточных шпионов — завсегдатаев бара мадам Мориатис. Большинство из них работало по совместительству, получая деньги не только от нескольких конкурирующих журналистов одновременно, но и от итальянского представительства, или от абиссинской секретной полиции, или от обоих.

Центром неофициальной информации служил железнодорожный вокзал. При каждом отправлении поезда на перроне собиралась половина белого населения и фактически вся пресса. Сенсационные происшествия приключались редко; бывало, арестовывали индуса с контрабандными долларами; не обходилось без слез; пару раз в официальную поездку отправлялся какой-нибудь абиссинский сановник, провожаемый огромной свитой: приближенные кланялись, обнимали его колени и крепко целовали в заросшие бородой щеки. На вокзале в Аддисе всякий раз вспыхивали потасовки между арабами-носильщиками и железнодорожной полицией. Это придавало яркости описаниям паники и неумеренных причитаний, которые мы, как положено, отправляли телеграфом на Флит-стрит.

Вечерние прибытия были поинтереснее, так как в этом сезоне любой приезжающий в Аддис потенциально мог быть общественным деятелем — возможно, вторым Рикеттом. В течение нескольких дней вокруг двух добропорядочных полковников-англичан множились всякие лихорадочные измышления, пока не выяснилось, что это просто эмиссары Всемирной лиги за ликвидацию фашизма. Был еще негр из Южной Африки, который выдавал себя за тыграйца и представлял другую Всемирную лигу — за ликвидацию, если не ошибаюсь, белой расы; был грек, который объявлял себя принцем из династии Бурбонов и тем самым удовлетворял какие-то свои собственные неуточненные и нереализованные амбиции. Был американец, который представлялся французским виконтом и работал на основанную в Монте-Карло лигу в поддержку эфиопской «Отчаянной эскадрильи» для бомбардировки Ассаба. И явный авантюрист из Британии, который якобы был одним из телохранителей Аль-Капоне и теперь искал работу; а также бывший офицер ВВС Великобритании, который начал жить на широкую ногу, завел себе пару лошадей, бультерьера и отпустил кавалерийские усы, — он тоже нуждался в работе. Все эти необычные личности тянули по меньшей мере на абзац.

А еще таинственное и, как я теперь склонен полагать, несуществующее формирование йеменских арабов, которое спорадически пробивалось в наши донесения. По одним сведениям, эти силы пока находились в Йемене в ожидании приказа о наступлении от имама Саны. Им предстояло пересечь Красное море на целой флотилии доу, напасть на Ассаб и вырезать весь гарнизон. В другом варианте они уже обретались в Аддисе и составляли боевой корпус. Постоянно рассказывали о том, как они маршируют строем около дворца и присягают служить императору своим оружием и фортуной. На территории базара и впрямь попадались почтенные йеменские торговцы. Если двое из них усаживались рядом, чтобы выпить по чашке кофе, то в подписях к фотографии говорилось, что это военные консультации.

С каждой почтой Вазир Алибег присылал мне кучу новостей, пока я не приказал ему остановиться.

Он с легкостью нашел других корреспондентов, и, по мере того как сгущались тучи, а репортажи делались более спекулятивными, служба новостей Вазира Алибега становилась главным поставщиком большей — и все увеличивающейся — части утреннего газетного чтива во Франции, в Англии и Америке.

Каждый раз, когда Мата-Хари выходил из тюрьмы, он тоже писал примерно так:

«ЭФИОПСКИЕ НОВОСТИ НА 11 СЕНТЯБРЯ»

«Волнения в 3 часа ночи».

«Солдаты. Бои у форот Базары некторые солдаты вошли в дом Базары кровь, текет из разбитых голов...»

«Дагаш Мач сказал эфиопские войска нападут на итальянские войска до сезона дождей...»

«Дагаш Мач об лекции 8-го числа для солдат, к сожалею, в 15 часов, солдаты к своему нещастью и унижению кродут овощи и пр.».

«Грузовик проехал по ноге сомалийца».

«Новости из арабских газет, скоро будет война между шестерьмя провительствами».

«Сомалийский торговец Махмуд Варофай вырыл яму у себя в саду и положил деньги, раскопал через несколько дней проверить деньги и не нашел, сразу спятил».

Подобное несчастье постигло далеко не одного только Махмуда Варофая. Во время кризиса казалось, что такое приключается сплошь и рядом. Садовник в «Немецком доме» пострадал именно такими образом и проявлял все признаки потери рассудка, пока, к разочарованию остальной прислуги, неумеренно наслаждавшейся этим зрелищем, великодушный Гарун аль-Рашид не дал ему денег.

Ассоциация иностранной прессы время от времени устраивала собрания, в высшей степени приятные, поскольку по своему характеру они сочетали в себе пародию на суд и одновременно попойку. Больше всех говорили французы и американцы; англичане порывались организовать подписку по сбору средств и поддерживать хоть какое-нибудь подобие конституционного порядка. Испанец был выбран членом комитета при шумном одобрении. Из Радикала получился добросовестный и слегка озадаченный казначей. Американцы бывали насмешливы или задумчиво-печальны в зависимости от того, как на них влияла та или иная выпивка. Один постоянно вскакивал с криком: «Господин председатель, я протестую, поскольку вопрос рассматривается с неуместным легкомыслием». Французы время от времени уходили в едином порыве и образовывали независимую организацию.

Нашей основной функцией был протест. Мы «протестовали единогласно и самым настоятельным образом», или мы «почтительно заявляли императорскому правительству», что телеграфные тарифы слишком высоки, пресс-бюро неудобно расположено и не укомплектовано персоналом, что негр-авиатор оскорбил французского репортера, а некоторым отдельным лицам отдается предпочтение при отправке сообщений в позднее время, что официальные бюллетени очень скупы и слишком нерегулярны; мы ходатайствовали как о разрешении поехать на фронт, так и о том, чтобы нам точно сказали, разрешат ли нам когда-нибудь туда поехать. Никто не обращал на нас ни малейшего внимания. Через некоторое время привычка протестовать стала автоматической. Ассоциация распалась на мелкие группы и пары, которые протестовали друг против друга, телеграфировали свои протесты в Лондон и Женеву, неслись во дворец и подавали протесты личным секретарям императора при каждом повороте событий. Но так стало позже; в те свои ранние дни Ассоциация иностранной прессы проявляла беззаботность школьного дискуссионного клуба.

За одной неделей следовала другая, наполненная шепотками и слухами; приезжало все больше журналистов и киношников. Я купил вечно недовольного, унылого бабуина, который делил со мной комнату в «Немецком доме» и крайне мало разнообразил те скучные дни. В «Ле Селект» и «Перроке» проходили разнузданные вечера. Испанец собирался вернуться к исполнению своих обязанностей в Париже. Мы с Патриком закатили в его честь ужин, который был для него омрачен потерей авторучки стоимостью в шесть пенсов.

— Кто взял мое перо? — все время спрашивал он с искренним пылом. — Я не могу работать без моего пера.

Наконец второго октября вышло давно витавшее в воздухе заявление о том, что завтра будет объявлена всеобщая мобилизация. Ему предшествовала официальная жалоба о нарушении границы Эфиопии в районе горы Муса-Али. Были развешены приглашения прессе посетить «крайне важную церемонию», которая должна состояться завтра в старом Гебби. Все понимали, что это означает.

В тот вечер в барах было как никогда весело. Наутро, в половине одиннадцатого, мы все собрались у дворца. Нас провели прямо в галерею, где было нечем дышать, и оставили там.

Никто не знал, чего точно следует ожидать, и даже самые нахальные из журналистов решили выждать и посмотреть, что будет дальше, прежде чем писать свои репортажи. Ожидались разнообразные, почти богослужебные процедуры; в каком-то месте нам сказали, что император самолично установит свой штандарт; на сборном пункте поставят алый шатер; зазвучит великий барабан Менелика, молчавший с 1895 года.

Действительно, мы хорошо слышали барабанный бой из нашего места заточения: отдельные удары, медленные, как звон церковных колоколов. Когда наконец двери распахнулись и все вышли на террасу, мы увидели большой, обтянутый буйволовой кожей поверх деревянной основы барабан. Возможно, он принадлежал (или не принадлежал) Менелику; все белые сказали, что принадлежал, а мистер Дэвид вежливо согласился.

Каменный лестничный пролет вел с террасы на плац, где сейчас собралась большая, но не очень, толпа. Исключительно мужчины. Через плечо одного журналиста я увидел, как он печатает описание женщин под похожими на грибы зонтиками. Ни женщин, ни зонтиков не было; просто черные курчавые головы и белые одежды из хлопка. Дворцовая полиция пыталась сдерживать толпу, но люди проталкивались вперед, пока непосредственно внизу ступеней не осталось лишь маленькое свободное пространство. Здесь мистер Просперо и полдюжины его коллег усердно работали за своими треногами.

Барабан умолк, и люди тоже хранили полное молчание, пока гранд-камергер зачитывал указ. Читал он очень громко и отчетливо. В конце раздались три скоординированных взрыва аплодисментов. Затем мужчины бросились ко дворцу; это произошло неожиданно и спонтанно. Они хотели видеть императора. У большинства были сабли и винтовки. Яростно размахивая оружием, они устремились на маленькую группу фотографов, а те, напуганные до полусмерти, стали удирать в безопасное место, таща за собой, насколько возможно, свое громоздкое оборудование. Толпа поймала бедного мистера Просперо, сбила его с ног и поколотила, не так чтобы со зла, а просто потому, что он попал под горячую руку. В конце концов кто-то со смехом помог ему подняться на ноги, но тот успел получить травмы острыми предметами.

Наверху указ зачитывался журналистам на французском языке доктором Лоренцо. Из-за гвалта его не было слышно. Миниатюрным черным памятником он стоял на стуле, требуя внимания. Очень много шума исходило от самих журналистов. Мне редко доводилось их видеть в более неприглядном виде. У доктора Лоренцо в руке была пачка экземпляров указа. Журналисты не хотели слушать чтение Лоренцо. Они хотели заполучить свои экземпляры и рвануть с ними на телеграф. Лоренцо все время выкрикивал на французском: «Господа, господа, мне надо сказать вам нечто очень важное».

Он держал бумаги над головой, а журналисты подпрыгивали, пытаясь их выхватить, как плохо воспитанные дети на рождественском празднике.

Солдаты тем временем довели себя до состояния неистовства и пробивались сквозь ряды журналистов, рыча во всю глотку.

Лоренцо провел с десяток из нас во дворец, где относительно упорядоченно смог сделать для нас второе объявление. Он сам явно испытывал глубокое потрясение; его маленькие черные ручки дрожали под накрахмаленными белыми манжетами.

— Его величество сегодня получил телеграмму от раса Сеюма из Тыграя, — сказал он. — Сегодня на восходе солнца четыре итальянских военных самолета пролетели над Адуа и Адди-Гратом. Они сбросили семьдесят восемь бомб, вызвав большие человеческие жертвы среди гражданского населения. Первая бомба разрушила больницу в Адуа, где укрывались многие женщины и дети. Одновременно итальянские войска вошли в провинцию Агаме, где сейчас идут ожесточенные бои.

Не успели мы отправить свои телеграммы, как общее возбуждение почти сошло на нет. После полудня ликующая толпа рассеялась и тихонько подремывала в своих тукалах. На греко-итальянской продуктовой лавке закрепили ставни и поставили перед ней охранника, а в это время у задней двери журналисты бились с представителями французской миссии за право купить последние банки икры.

Всю вторую половину дня мы катались по городу в поиске «инцидентов», но везде была тишь да гладь. Новости о бомбардировке Адуа успели разойтись по всем базарам, но, видимо, не вызвали особого волнения. Уж очень далеко был этот город, Адуа. Из Аддиса почти никто в Адуа не ездил. Знали, конечно, что это название города, где сорок лет назад белых так славно покромсали на куски. Там обитали тыграйцы, народ, который жители Аддиса недолюбливали.

Европейцы, левантийцы и американцы, в свою очередь, от страха покрывались холодным потом. В это время белый советник императора организовал ежедневное чаепитие для особо благожелательно настроенных корреспондентов. Эта группа стала центром, из которого исходила вся эфиопская пропаганда. Днем третьего октября «Источник», как его все здесь называли, распустил слух о том, что сегодня вечером ожидается авианалет на Аддис. Эффект был гальваническим. Одна группа журналистов спешно заключила сделку на аренду особняка прямо у итальянского представительства. Упаковав свои припасы, багаж и залежи дешевых сувениров, эти люди тайно отправились в свой новый дом. К сожалению, они нарушали постановление местной власти, которое запрещало менять адрес без предварительного разрешения. Я невольно подозреваю, что полицию навел на них господин Какофилос; когда он, всего лишь часом позже, приветствовал их водворение под стражей в его гостиницу, в воздухе витало некое мрачное торжество. Сходная участь постигла молодого невротика-канадца, который ушел прятаться на вершину горы Энтото. Другие журналисты укрылись в близлежащих миссиях и больницах или же подселили к себе в номера шоферов из опасения, что с началом воздушной тревоги в их машины набьются чернокожие женщины с детьми. Говорят, кое-кто всю ночь просидел в противогазе за игрой в покер. Пугливость оказалась заразной. При звуке проезжающего мотоцикла мы подскакивали к окну и смотрели на небо. Несколько заядлых пьянчуг в тот вечер остались трезвыми, боясь, как бы не заснуть слишком крепко. Впрочем, ночь осталась не потревоженной никакими звуками, кроме обычных, таких как конкурирующие громкоговорители двух кинотеатров или воющие на кладбище гиены. Лишь немногие из нас хорошо выспались. Наиболее вероятным временем для налета были первые два часа после рассвета, но солнце — лето наконец-то полностью вступило в свои права — принесло успокоение. После слегка напряженных выходных мы вернулись к обычному порядку вещей. Вечером в понедельник у мадам Идо имела место совершенно разгульная сцена, где среди прочих популярных в международных кругах песен, среди хаоса опрокинутых столов и разбитой посуды была исполнена «Giovanezza».

В коммюнике, зачитанном в драматической обстановке доктором Лоренцо, утверждалось, что первая бомба при нападении попала в «больницу», разрушив здание и убив множество женщин и детей. Когда мы начали искать подробности, у нас возникли подозрения: а была ли там вообще больница? Таких понятий, как местная больница, просто не существовало; на фронте еще не появились подразделения Красного Креста; медицинская помощь в стране оказывалась только в миссиях. В штабах этих организаций слыхом не слыхивали о больнице в Адуа, а в консульствах — о работающих в ней гражданах соответствующих стран. Публикация этих новостей уже производила желаемый эффект в Европе; в газете «Таймс» появилось письмо, которое, дойдя до нас, сильно всех рассмешило: в нем выражалась надежда, что «благородные медсестры погибли не напрасно», но в Аддис-Абебе начали подозревать обман. Мистер Дэвид и доктор Лоренцо под давлением вынуждены были признаться, что знали не больше, чем обнародовано в первом бюллетене; больница действительно имелась, но сейчас разрушена, стойко заверяли они, хотя была четко обозначена красным крестом; помимо этих сведений, никакими другими они не располагают.

Но вдруг из других источников на нас потоком хлынули подробности. Два года назад какого-то слугу-абиссинца лечили там от боли в ноге многочисленные американские врачи и медсестры; больница находилась в красивом здании в центре города.

Обнаружился один грек, хорошо знавший это учреждение. Там заправляли шведы, и находилось оно на небольшом отдалении по дороге на Адди-Грат.

Нашелся какой-то архитектор-швейцарец — правительственный подрядчик, веселый парень, женатый на метиске; на его совести были самые безобразные из недавно построенных общественных зданий; так вот он смог дать Патрику конфиденциальную, но абсолютно правдивую информацию об убитой медсестре: та была по происхождению шведкой, но гражданкой Америки; ее разорвало на кусочки. Он это услышал по телефону от приятеля, который как раз оказался там же.

Самую обстоятельную версию изложил американский негр, служивший пилотом при эфиопском правительстве. В субботу утром я застал его у портного в процессе заказа новой парадной формы. Он рассказал, что якобы находился в Адуа во время бомбежки. И более того, непосредственно в больнице. Да к тому же пил какао вместе с этой медсестрой за пять минут до ее смерти. Она была красивой тридцатидвухлетней женщиной ростом пять футов пять дюймов. Когда упала первая бомба, они сидели в больнице, четко помеченной на крыше красным крестом. Если верить пилоту, он тут же бросился проверять сохранность своей машины, находившейся в миле от города. Других мужчин, кроме него и доктора, в городе не было. Население состояло исключительно из женщин и детей. Он пролежал около своего самолета несколько часов, пока вокруг рвались бомбы. По его словам, итальянцы летали неумело и бомбили очень беспорядочно («Мистер Во, понимаете ли вы, что я был на волосок от смерти?»). Наконец он вернулся и увидел только руины; медсестра погибла. Он тут же полетел обратно в Аддис, где глубоко тронул императора своим рассказом.

Вскоре из Лондона и Нью-Йорка начали поступать телеграммы: «Срочно требуется имя биография фото американской медсестры взорванной Адуа». Мы ответили: «Медсестра не взорвана» — и через несколько дней эта женщина перестала фигурировать в новостях.

Железная дорога, по нашему мнению, была обречена. Во вторник восьмого числа «в Джибути отправился последний, вне сомнения, поезд». На вокзале произошел натуральный бунт, во время которого исступленные беженцы пытались штурмовать вагоны, а полиция выдворяла пассажиров, законным порядком забронировавших себе места. Эта сцена была первой, которая хоть как-то приблизилась к описаниям, еще в августе заполонившим мировую прессу. Сейчас это уже было неинтересно, время ушло — оно будто бы текло вспять из-за отставания событий от даты публикации.

Операторам приходилось еще хуже, чем корреспондентам. Громоздкая аппаратура делала их легкой мишенью, а большинство местных солдат имели раздутое представление о ценности своих портретов для противника. Кинокомпании вложили в свои экспедиции особо крупные суммы, а дивиденды оказались крайне низкими.

Одна группа киношников, купив расположение вождя, который со своими приближенными встал лагерем на холмах близ Аддиса, смогла изобразить эффектную имитацию рьяного несения службы. Позже в Десси эфиопский Красный Крест позволил вовлечь себя в довольно живописное надувательство, инсценировав собственные героические действия под огнем: при этом вместо крови лился йод, а фейерверк и сигнальные ракеты заменяли бомбежку. Один видный фотограф вез с собой комплект маленьких бомбочек, которые несложно было бы подорвать при помощи электрического кабеля со своего места за камерой. На французской таможне он затруднился обосновать их назначение, и я до сих пор не знаю, пустил ли он в дело свой боезапас. Те, кому довелось участвовать в военных действиях в Китае, где, как оказалось, можно было нанимать по сходной цене, причем на условиях посуточного расчета, целые армейские корпуса, а за небольшую доплату еще и прореживать их ряды настоящим ружейным огнем, горько жаловались на размах абиссинской продажности.

Белое население города жило своей обычной жизнью. Мадам Мориатис проявляла признаки отчаяния, ежедневно заговаривала о резне и уговаривала мужа собирать пожитки. Однажды вечером, когда у нее демонстрировался фильм «Пег в моем сердце», на французском языке, кинозал посетила живописная свита одного из провинциальных магнатов, его сопровождали женщины-телохранительницы и два подросших львенка, которых оставили на ступенях под присмотром рабов. Кратковременная угроза банкам со стороны вкладчиков, желавших немедленно снять со счетов свои средства, сошла на нет. Курс талера вырос; на железной дороге машинисты бойко занимались контрабандой серебра. Различные государственные деятели и военачальники вернулись из изгнания и примирились с императором. Французское население организовало у себя корпус обороны. Воины племени исса сбили итальянский самолет и несколько дней скрывались, не зная, хорошо или дурно они поступили. Приехал египетский принц, чтобы заложить краеугольный камень больницы Красного Полумесяца. Поговаривали об активности йеменских арабов. Такими вот незначительными новостями мы и пробавлялись в своих посланиях. Некоторые корреспонденты заговаривали об отъезде, а самый именитый ветеран уже отбыл. Мы, оставшиеся, возлагали все надежды на поездку в Десси, которая раз за разом откладывалась. Когда же речь заходила об отъезде императора, даты назывались самые разные, как то: годовщина его восшествия на престол или День святого Георгия.

В начале ноября были наконец-то разрешены поездки в Десси. Энтузиазм по этому поводу тут же пошел на убыль. Говорили, что император на самом деле туда не собирается, что это лишь способ установить пристальное наблюдение за журналистами и убрать их от греха подальше, что каналы связи работать не будут, а крупная южная операция начнется в наше отсутствие. В конце концов лишь единицы из числа тех, кто громко требовал разрешения, надумали им воспользоваться. Среди них был и Радикал; мы с ним договорились ехать вместе.

Как только об этом стало известно, мы оказались в центре внимания. Весь персонал «Немецкого дома» и девушка без определенных занятий, которая слонялась среди дворовых построек, хихикала, а иногда и появлялась в спальнях со шваброй, вызвались нас сопровождать. Мрачный сириец по имени господин Карам, который недавно взял привычку подстерегать меня по воскресеньям после мессы и приглашать выпить с ним кофе, предложил продать нам грузовой автомобиль. Но возникла одна загвоздка: грузовичок этот на самом-то деле не принадлежал господину Караму. Тот приобрел на него опцион у своего соотечественника-сирийца и надеялся продать с выгодой. Это выяснилось только позже, когда он пришел в жуткое смятение из-за отсутствия запасных частей. Мы сказали, что возьмем грузовик только при условии полного оснащения; продавец же божился, что укомплектует машину сразу после подписания купчей. И только когда мы вместе с ним зашли в магазин, обнаружилось, что купить запасные части в кредит невозможно, а оплатить наличными получится, лишь если мы сделаем первый взнос. И еще одно пережитое им потрясение. Чтобы проверить двигатель, мы наметили пробную поездку на гору Энтото. Продавец не смог раздобыть бензин. В конечном счете мы каким-то чудом наполнили баки. Джеймс, мой переводчик, который не получил ожидаемых комиссионных и вследствие этого начал коситься на господина Карама с подозрением, на следующее утро торжествующе доложил, что господин Карам сдал грузовик в аренду подрядной строительной организации, которая почем зря жжет наш бензин. Бедный господин Карам просто пытался добыть средства на приобретение новой покрышки. В итоге мы арендовали этот грузовичок всего на месяц, но за сумму, как я подозреваю, очень близкую к его полной продажной цене. С этого момента господин Карам терзался опасениями, как бы мы не смылись на этой грузовой машине. Он неотлучно находился в гараже, где работала бригада, увеличивая ценность нашего транспортного средства за счет установки крытого кузова и встроенных ящиков для канистр с бензином, и при этом жалобно упрашивал нас поставить подписи на клочках бумаги, дабы гарантировать, что мы не уедем дальше Десси. Так получилось, что на различных заключенных нами соглашениях стояла именно моя подпись. Когда через месяц мы с Радикалом разъехались в разные стороны и я вернулся в Аддис-Абебу на попутной машине, господина Карама трясло от подозрений. Он был убежден, что все сговорились против него, а Радикал, угнав грузовой фургон, переметнулся к итальянцам.

В преддверии нашей поездки мы при содействии Джеймса подобрали необходимый штат. Но Джеймс и мой бой, абиссинец, давно враждовали. При найме слуг дело нередко доходило до слез. Самым важным лицом был повар. Мы заручились согласием человека, который выглядел как повар и впоследствии подтвердил это впечатление. Толстый, рыхлый абиссинец с укоризненным взором. Интересен он был лишь тем, что его прежнего хозяина, немца, убили и расчленили в окрестностях Иссы. Я спросил, почему он не попытался того защитить.

— *Moi, je ne suis pas soldat, suis cuisinier, vous savez*[1].

Такая позиция меня устроила; я его нанял. В дороге он сильно страдал от неизбежных лишений и почти каждый вечер плакал от холода, роняя слезы на шипящие угли костра, но дело свое знал досконально и умудрялся приготовить четыре блюда, а то и пять в единственной закопченной кастрюле при наличии небольшой дымящейся охапки хвороста.

Шофер устраивал нас ровно до того момента, когда мы выдали ему жалованье за две недели вперед для покупки одеяла. Вместо этого он приобрел патроны и тедж,

---

[1] Я же не солдат, я повар, поймите *(фр.)*.

обстрелял базар и был закован в кандалы. Вместо него наняли харарца, который вступил в мусульманский союз с Джеймсом против остальных слуг. Мы с Радикалом оказались в гуще почти непрерывного заседания арбитражного суда. Эту компанию дополняли помощник повара и подручный шофера. В Англии мы закупили полевое снаряжение и приличный объем съестных припасов, которые дополнили на местном рынке мукой, картофелем, сахаром и рисом; наши журналистские удостоверения были официально подтверждены для поездки; слуг сфотографировали и обеспечили специальными пропусками; к тринадцатому ноября, объявленному пресс-бюро датой нашего отъезда, все было готово.

До нас долетали слухи о происшествиях на дороге, ведущей в Десси. Часть ее проходила по самой окраине района Данакиль, а тамошние недружественные племена взялись за свой традиционный промысел: убивать вестовых и отставших солдат из числа абиссинских войск; кроме того, между императорской гвардией и нерегулярными войсками случались ожесточенные стычки, приводящие к жертвам; сведения об этом доходили до нас в весьма утрированной форме. У канадского журналиста, который должен был за неделю до нас отправиться в путь с караваном мулов, внезапно и без объяснений отозвали разрешение. Дэвид и Лоренцо вмешиваться отказались; в течение двух суток перед тринадцатым числом оба были вне пределов досягаемости, но в ночь на двенадцатое объявлений о переносе сроков не последовало, наши пропуска были в порядке, и мы с Радикалом решили прикинуть, далеко ли сможем продвинуться без их помощи. В лучшем случае мы добрались бы до места по дороге, не расчищенной от следов недавних бесчинств; а в худшем — поездка превратилась бы в любопытный эксперимент над методами эфиопского правительства. С нами решил ехать корреспондент «Морнинг пост».

Погрузку в основном завершили накануне. Ближе к ночи, поставив грузовой фургон вблизи «Немецкого дома», мы отправили двух боев ночевать в кузове. В наши планы входило продолжить путь с рассветом, но когда мы были полностью готовы, Джеймс обвинил повара в растрате, абиссинцы отказались ехать с водителем-харарцем, а мой собственный бой ударился в слезы. По всей видимости, ночью была устроена отвальная и теперь ее участники мучились от похмелья. Единственными, кто сохранял самообладание, были те двое, что охраняли фургон. Лишь около девяти утра честь каждого была восстановлена. По улицам ходили толпы народу, а фургон с нанесенными краской по бортам названиями наших газет и с развевающимся «Юнион Джеком» слишком бросался в глаза. Проезжая мимо пресс-бюро, мы убедились в отсутствии каких-либо объявлений. Потом опустили боковые занавески, и мы, трое белых, залегли среди ящиков с припасами в надежде на то, что наш грузовой фургон примут за правительственный транспорт.

Битый час мы лежали пластом, затаившись в жутком дискомфорте: на разбитой дороге переполненный фургон трясло и подбрасывало. Потом Джеймс объявил, что путь свободен. Мы сели, подвязали занавески и увидели открытую местность. Аддис уже скрылся из виду; несколько эвкалиптов на горизонте позади нас отмечали городскую черту, а впереди простиралась плоская травянистая равнина с рассекавшей ее дорогой, местами голой, израненной колеями и следами копыт, а местами различимой только по валунам, обозначавшим ее направление. Ярко светило солнце, дул прохладный ветерок. Бои сзади принялись распаковывать свои котомки и в огромных количествах уминать ароматную, насыщенную специями пасту. На смену утреннему раздражению пришла всеобщая бодрость.

Ехали мы без остановки часов пять или шесть. Дорога радовала глаз. Девушки из племени галла выходили нам помахать и встряхивали кипами заплетенных косичек. Мужчины отвешивали троекратные поклоны; поскольку много месяцев по этой дороге не проезжал никто, кроме абиссинских чиновников и офицеров, у местных жителей всякое дорожное движение теперь ассоциировалось с властями.

После первых двадцати миль мы повсюду видели солдат. Одни в полдень были еще в лагере; другие плелись вдоль дороги группами человек по двенадцать, иногда с мулами, которые везли их поклажу; рядом с некоторыми шагали женщины. Эти военные отстали от армии раса Гетачу, которая неделей раньше прошла через Аддис.

Дорога извивалась и петляла, следуя рельефу местности; время от времени мы оказывались под телефонной линией: это был двойной воздушный провод, по прямой пересекающий проселочные дороги. Мы понимали, что на этих участках таится опасность.

Первый телефонный пункт назывался Коромач. До него мы добрались в три часа дня. На середину дороги вышел одетый в форму абиссинец, который сделал нам знак остановиться. Джеймс и харарец выразили желание его задавить; мы пресекли этот порыв и выбрались со своих мест. Конторой служило маленькое неосвещенное подобие фаллопиевой трубы, находящееся примерно в сотне ярдов от дороги. Там сидели на корточках человек двадцать или тридцать разношерстных, вооруженных винтовками солдат и вместе с ними командир в новехонькой форме цвета хаки. Офицер-телефонист при посредничестве Джеймса объяснил, что получил из Аддис-Абебы приказ остановить две партии белых, которые следуют без пропусков. Это стало сильным аргументом в нашу пользу: мы уж точно представляли собой только одну партию, а также имели пропуска, которые тут же и предъявили. Офицер унес их в угол и долго изучал; да, признал он, пропуска у нас имеются. Показал их командиру, и эти двое, сев рядом, завели какой-то разговор.

— Начальник — хороший человек, — сказал Джеймс. — Телефонный человек — очень плохой человек. Говорит, нам дальше нельзя. А начальник говорит: разрешение есть, значит можно.

Видя, что вооруженный человек принял нашу сторону, мы слегка обнаглели. Чем, собственно, какой-то гражданский субъект может доказать, что получил телефонограмму? Как он узнал, кто с ним говорит? С какой стати решил, что распоряжение, если таковое было, относится к нам? И теперь мы при исполнении своих законных обязанностей задержаны на основании некоего приказа, якобы полученного по телефону от неизвестного источника. Командир — это было очевидно — телефонам не доверял. Заполненная от руки типографская карточка имела для него больший вес, чем какой-то шум, идущий из дырки в стене. На этом этапе обсуждения Джеймс покинул нас и исчез в фургоне. Через минуту он вернулся с бутылкой виски и кружкой. Мы поднесли командиру добрых полпинты чистого алкоголя. Тот осушил кружку залпом и, немного поморгав, извинился за этот инцидент, а потом в сопровождении своих солдат довел нас до фургона; телефонист, хотя и остался при своем мнении, сердечно помахал нам на прощанье.

Из-за той задержки мы потеряли полчаса. Темнело сразу после шести; у нас еще не было сноровки разбивать лагерь, поэтому через полтора часа мы свернули с дороги и остановились на ночлег под прикрытием небольшого пригорка.

Стоял смертельный холод. В ту ночь никто из нас толком не спал. Просыпаясь, я каждый раз слышал голоса дрожащих и болтающих у костра боев. За час до рассвета мы объявили подъем, при свете звезд позавтракали и снялись с места. С первыми лучами солнца мы уже вырулили на дорогу. Расчет был на то, чтобы проскочить через Дебре-Берхан, пока в Аддисе не проснулись чиновники из Гебби и не предупредили местных о нашем приближении. Дебре-Берхан находился на расстоянии примерно трех часов езды. По дороге это была последняя телефонная станция. Если удастся ее миновать, путь на Десси будет свободен.

Мы уже пересекли территорию племени галла и находились среди коренных абиссинцев, но эта часть страны была малонаселенной, и многие фермы остались бесхозными — владельцы ушли на фронт. Местами по обе стороны дороги тянулись поля с высокими кукурузными стеблями, вытоптанными там, где прошли солдаты; по такой дороге, более или менее ровной, расстояния преодолевались быстро. В паре миль от Дебре-Берхана Джеймс предупредил, что пора прятаться. Мы опустили занавески и, прикрывшись мешками и багажом, залегли, как раньше.

Создавалось впечатление, что эти две мили растянулись до бесконечности; мы уже стали думать, что благополучно миновали станцию, когда фургон внезапно остановился и вокруг нас раздались шумные препирательства. Мы затаили дыхание, надеясь, что Джеймс хитростью проложит нам дорогу, но через каких-то пять минут из-под занавески выглянула его голова. Наша задумка не удалась; мы сконфуженно выползли из своего укрытия. Оказалось, что вокруг нас зеленеет деревенский луг. По одну сторону высилась изрядных размеров церковь, которая дала название этой большой деревне. Рядом находились огороженный комплекс губернаторских построек и здание суда; со всех сторон — беспорядочные кучки хижин, какие-то довольно высокие деревья; местность производила приятное впечатление. Куда меньше приятного сулила окружившая нас толпа солдат. Это были старики, которые остались дома, проводив тех, кто моложе, на войну. Дряхлые оборванцы, некоторые вооружены копьями, но большинство — допотопными ружьями.

— Простите, что потревожил, — вежливо сказал Джеймс, — но эти люди желали нас застрелить.

В центре стоял мэр, типичный мелкопоместный дворянин из абиссинцев, рослый, тучный, одноглазый. Мы не сразу поняли, можно ли ждать от него дружелюбного отношения; стали искушать его при помощи виски, но услышали, что человек постится, — это было не к добру. Он сказал, что получил распоряжение нас задержать. Пришлось объяснить, что мы уже слышали эту историю в Коромаче; там недоразумение разрешилось. Люди поняли свою ошибку. Мы предъявили ему свои пропуска. Да, признал он, документы в полном порядке. Ему просто требуется переписать наши имена и составить для нас рекомендательное письмо к другим дорожным патрулям; так что не соизволим ли мы пройти с ним в государственную канцелярию.

Это обнадеживало, но Джеймс добавил к своему переводу:

— Я думаю, сэр, что это врун-человек.

Теперь к нашей группе присоединилась женщина-прокаженная; все вместе мы неторопливо зашагали по траве к губернаторским постройкам.

Главным зданием служила прямоугольная неприветливая хижина. Мы зашли внутрь. Телефонист в тот день занемог; он лежал на своей койке в самом темном углу. Рядом с ним сидел начальник полиции: беззубый старик в немыслимой фуражке набекрень. Эти трое какое-то время поговорили о нас.

— Они не хотят разрешить нам ехать, но они немного боятся, — объяснил Джеймс. — Вы должны притвориться, что вы гневаетесь.

Мы притворились, что гневаемся.

— Они *много* боятся, — сказал Джеймс.

Полемика следовала почти тем же курсом, что и вчера, но одноглазого мэра не впечатлили наши разрешения на проезд. Сначала он сделал вид, что не может их прочесть; затем посетовал, что подпись какая-то сомнительная, потом заявил, что разрешение на поездку в Десси у нас действительно имеется, а вот получить разрешение на выезд из Аддис-Абебы мы не удосужились. Это простая формальность, добавил он; пока не поздно, лучше повернуть назад и оформить все как положено.

И тут мы сделали неверный ход. Предложили, чтобы он сам оформил за нас документы по телефону. А он только этого и ждал. Конечно, так он и поступит. Только это не быстро делается. Негоже людям нашего положения стоять на солнцепеке. Нам бы сейчас поставить палатку да отдохнуть. Его люди помогут.

Продолжи мы сердиться, у нас, возможно, что-нибудь бы и получилось, но мы дали слабину и выразили свое согласие, поставили палатку и уселись покурить. Через час я отправил Джеймса разузнать, на каком мы свете. По возвращении он сообщил, что никаких попыток связаться с Аддисом не предпринимается. Нам нужно вернуться в канцелярию и снова гневаться.

Мы застали мэра, когда тот вершил правосудие: единственный глаз-бусина сверлил участников тяжбы, которые на расстоянии нескольких дюймов от него отстаивали каждый свою позицию с неукротимой энергией, обычной для абиссинского судопроизводства. Мэру решительно не понравилось, что его отвлекают. Он большой человек, заметил он. Мы объяснили, что и сами — большие люди. Он добавил, что телефонист сильно занемог, что линия занята, а в Гебби никто не отвечает, и вообще сейчас пост, время обеденное, час уже слишком поздний и еще слишком ранний, что он занят серьезным общественным делом, а Джеймс ведет себя оскорбительно и лживо, переводит не все, сказанное мэром, и не все, сказанное нами, а вместо этого пытается затеять ссору по простому вопросу, для которого есть только одно решение: нам следует дождаться второй половины дня, а потом явиться на прием повторно.

Не знаю, что сказал Джеймс, но в результате судопроизводство было приостановлено и состоялось посещение телефонной хижины, где начальник полиции вращением руки изобразил неработающее устройство. Мы составили телеграмму на имя Лоренцо, протестуя — в обычных для Ассоциации иностранной прессы выражениях — против нашего необоснованного удержания в плену вопреки безоговорочному разрешению. Надежды на то, что Лоренцо растрогается, было мало; но замысел состоял в том, чтобы произвести впечатление на мэра.

— Они *сильно* боятся, — сказал Джеймс.

Что не помешало местному начальству преспокойно усесться за обед, оставив текст нашего сообщения в руках прикованного к постели, а теперь уж, наверное, агонизирующего телефониста.

415

— Они *слишком* боятся, чтобы это отправить, — сказал Джеймс, пытаясь хоть как-то оправдать такое положение.

Вернувшись к себе в палатку, мы обнаружили, что в наше отсутствие были мобилизованы все мужские и женские ресурсы деревни, в результате чего поперек дороги перед нашим фургоном выросла баррикада из камней и древесных стволов. Пройдя немного назад по той же дороге, мы обнаружили еще одну баррикаду. Все лелеемые нами надежды на добрую волю мэра теперь развеялись.

Вторая половина дня прошла в серии безрезультатных переговоров. Мэр упрямо не отсылал наше сообщение, равно как и последующие, которые мы писали другим официальным лицам. Была предпринята попытка убедить его поставить свою подпись под нашими сообщениями и отметить факт их предъявления и отклонения. Ничего не вышло. Мы решили заночевать в Дебре-Берхане и натянули остальные палатки.

Наша внезапная покорность озадачила мэра, и он впервые проявил признаки боязни, которую ему с самого начала приписывал Джеймс. Он явно боялся того, что мы смоемся под покровом темноты. Чтобы этого не допустить, он попытался отрезать нас от фургона; они с начальником полиции вразвалку подошли к нам во главе своей охраны, теперь усиленной деревенским дурачком, совершенно голым парнем, который передвигался скачками и что-то невнятно бормотал, пока его не отогнали камнями, после чего он сел на корточки там, где его не могли достать, и провел остаток дня, показывая своим противникам непристойные жесты. Нам сказали, что мы выбрали для лагеря очень холодное и опасное место. Не ровен час, мы станем добычей грабителей или львов; палатки может снести ветром; не соизволим ли мы перейти в более защищенное место? Мы ответили, что их забота о нашем благополучии запоздала: прояви они ее раньше, мы, без сомнения, нашли бы место получше на пути в Десси.

Потом они прибегли к возмутительной лжи. Сказали, что на проводе сам император; он позвонил, дабы сообщить о находящихся в пути десяти грузовиках, заполненных журналистами, которые должны к нам присоединиться; не возражаем ли мы против того, чтобы подождать их до завтрашнего утра и продолжить путь сообща?

Наконец, чтобы мы уж точно никуда не делись, к нам приставили охрану; не просто группку часовых, а всю деревню, включая прокаженную, дурачка, шефа полиции и самого мэра. Последний в нескольких шагах от нас натянул палатку, ветхую квадратную тряпицу, которую под громкие издевки наших боев, откровенно наслаждавшихся происходящим, два раза сдувало ветром. Было жутко холодно. Мы позавтракали, разобрали лагерь, загрузили машину и приготовились ждать. В восемь вышел мэр и сказал, что мы должны возвращаться. Барьер позади нас убрали. Мы забрались в фургон. Даже сейчас мэр боялся нашего внезапного броска в сторону Десси; он выставил поперек дороги своих людей с винтовками наперевес. Начальник полиции подпортил торжественность обороны, подскочив к нам и попросив сделать его фотопортрет. Затем в бодром настроении мы поехали обратно в Аддис-Абебу, куда при совершенно отчаянной гонке успели до темноты.

Эта короткая поездка вызвала легкий скандал. Как только стало известно о нашем отъезде, чиновники из пресс-бюро помчались по всем гостиницам с отпечатанными на машинке датированными вчерашним днем уведомлениями, в которых говорилось, что отъезд в Десси откладывается на неопределенное время. На дороге при выезде из Аддиса была возведена мощная баррикада и выставлен блокпост. Французские журналисты подали протест о посягательствах на наш режим наибольшего благоприятствования; Блаттенгетта Херуи объявил, что мы всего лишь проводим краткий отпуск в палаточном лагере, что в пяти милях от столицы; американский журналист телеграфировал домой, что мы закованы в цепи. Господин Карам околачивался неподалеку от нас, неуверенно протягивая счет на десять фунтов; он твердил, что обратная дорога в Дебре-Берхан изначальным нашим договором не предусмотрена. Мы не пропустили ни одной важной новости и через Джеймса, который подаренными шестью спичками завоевал уважение одного из наших стражей, заполучили несколько интересных подробностей налетов в Данакиле и стычек между полками близ Десси. В целом наша вылазка удалась.

Через два дня после нашего возвращения доступ в Десси был открыт для всех, на этот раз всерьез. В итоге на Десси выдвинулся весьма разношерстный караван. Мы с Радикалом и корреспондентом «Дейли экспресс» были единственными английскими журналистами, работающими на постоянной основе; американский проповедник, коммунист-фрилансер и безработный немецкий еврей представляли более авторитетных нанимателей. И только кинокомпании путешествовали с размахом.

Первенство не давало никаких возможных преимуществ, но к этому времени привычная конкуренция многих вывела из равновесия, поэтому некоторые грузовики устроили гонки. Малолетний канадец намного обогнал остальных участников и прибыл в Десси на день раньше; полагаю, что ему по прибытии в родной город устроили торжественную встречу за этот подвиг. Остальные предпочли более неторопливые поездки; останавливались в пути, чтобы порыбачить и поохотиться, а также накропать описание природы, которая через несколько миль после Дебре-Берхана стала разнообразной и пышной.

На второй день, пополудни, мы выскочили, внезапно и без предупреждения — поскольку дорогу построили недавно и еще не внесли в атласы и карты, — на огромный откос, перед нашими колесами оказался каменистый обрыв; далеко внизу лежала широкая долина, основательно возделанная и покрытая разбросанными повсюду полукруглыми холмиками, каждый из которых был увенчан либо церковью, либо кучкой хижин. Под этой жуткой отвесной скалой дорога дробилась на множество очень крутых поворотов; если смотреть сверху, уклон в некоторых местах казался почти перпендикулярным; для колес едва хватало места; на внешней стороне кромка осыпалась, исчезая в пространстве; на углах дорога резко наклонялась не в ту сторону. Наш харарский водитель издал громкий вздох отчаяния. Прямо вниз по срезу скалы, пересекая на каждом повороте дорогу, вела почти отвесная пешеходная тропа. Якобы для того, чтобы облегчить грузовик, а на самом деле потому, что было безумно страшно, мы с Радикалом решили идти вниз пешком. Это был жуткий спуск; с каждым шагом воздух становился все теплее, как будто мы карабкались из одного времени года в другое. Добравшись до более или менее приемлемой почвы, мы дождались грузовика, который вскоре прибыл с онемевшим, но торжествующим водителем за рулем. Всю ту ночь, как рассказывал Джеймс, он говорил во сне о торможении и задней скорости.

Для своего лагеря мы подыскали теплое защищенное место у подножия откоса, и перед закатом нас посетили гонцы от временно разместившегося поблизости здешнего губернатора, деджазмача Матафары, с вопросом о том, что мы здесь делаем. Я послал Джеймса дать разъяснения. Он вернулся изрядно пьяный и доложил, что деджазмач — «настоящий джентльмен». Джеймса сопровождали рабы, принесшие в подарок тедж, местные лепешки и молодую овцу, а также приглашение к завтраку на следующее утро.

Ветеран первого сражения при Адуа, деджазмач был очень стар, дороден и неповоротлив, необычайно темнокож, с красивой белой бородой.

Ему принадлежал ряд хижин за прочным частоколом. Среди хижин выделялся один круглый тукал, служивший деджазмачу спальней; когда мы пришли, он завершал там свой утренний туалет; для приема пищи и ведения дел предназначалась квадратная постройка размером побольше, рядом стояла походная кухня, дальше — женские и солдатские помещения, а в центре оставалось открытое пространство: отчасти скотный двор, отчасти плац. Толпившиеся здесь солдаты, рабы и священники отвоевывали это место у скота и домашней птицы.

Деджазмач приветствовал нас очень вежливо и с достоинством, натянул пару ботинок с боковыми резинками и провел нас через плац в столовую. Приготовления были незамысловатыми. С постели деджазмача сдернули простыню и натянули поперек хижины, чтобы скрыть нас от посторонних взглядов; за этой занавеской почти в полной темноте на плетеном столе лежали груды местных лепешек. Мы с Радикалом, деджазмач и двое священников опустились на маленькие табуретки. Джеймс стоял рядом с нами. Две женщины-рабыни держали метелочки из конского волоса, чтобы отгонять мух. Абиссинские лепешки выпекаются в виде тонких пористых дисков. Их очень удобно использовать в качестве тарелок и в качестве ложек. Карри, жгуче-острое, но довольно вкусное блюдо, которое является основным продуктом питания для тех, кто может его себе позволить, накладывается в центр лепешки; затем кусочки мяса заворачивают в отрываемые от лепешки края и кладут в рот. Деджазмач учтиво предлагал нам лакомства из своей собственной кучки. Другие рабы принесли нам сделанные из рога кружки с теджем, хотя в восемь утра пьется он тяжело. Разговор, прерывистый и довольно утомительный, в основном сводился к вопросам, которые задавали нам хозяин и священнослужители. Они спрашивали, сколько нам лет, женаты ли мы, сколько у нас детей. Один из священников тут же заносил эти сведения в маленькую тетрадочку. Деджазмач сказал, что любит англичан, потому как они тоже ненавидят итальянцев. Итальянцы — нехорошие люди, заметил он; один из его приближенных зарубил их своим мечом сорок человек, одного за другим. Потом деджазмач поинтересовался, знаем ли мы генерала Харингтона; хороший ли он человек; жив ли еще? Затем он вернулся к вопросу об итальянцах. Им не нравится запах крови, сказал он; они его боятся; не то что абиссинцы — тех запах крови делает вдвое храбрее, а стало быть, меч лучше ружья.

Кроме того, продолжил он, итальянцы настолько не любят воевать, что приходится их бесплатно кормить, чтобы только шли в бой; ему это известно доподлинно — сорок лет тому назад видел своими глазами; для того чтобы заставить своих солдат воевать, итальянцы пригоняют огромные телеги, груженные снедью и вином; абиссинцы такое презирают; каждый приносит свой паек и приводит мула, если таковой имеется.

Нам подали воду для омовения рук, а потом и маленькие чашечки горького кофе. Напоследок мы распрощались. Деджазмач попросил нас взять с собой в Десси двух солдат. Слегка захмелевшие, мы вышли на яркий утренний свет. Один из солдат, которому предстояло ехать с нами, должен был перед отправлением продать своего мула. Сделка наконец-то совершилась. Бывший владелец мула устроился сзади вместе с нашими бо́ями; от присутствия второго солдата нас избавил оказавшийся как нельзя кстати французский журналист. Ему было сказано, что деджазмач прислал для него солдата, и француз с благодарностью принял сопровождающего.

Потом мы продолжили путь.

Все это было не просто любопытной интерлюдией; это было мимолетным взглядом на вековой традиционный уклад, который пока еще сохранялся, милосердный и твердый, скрытый за духовыми оркестрами и полотнищами флагов, тропическими шлемами и мишурным человеколюбием режима Тафари; уклад, ныне обреченный. Каким бы ни был итог войны: мандатное управление, или завоевание, или продвигаемые международной общественностью местные реформы; к каким бы выводам ни пришли в Женеве, Риме или Аддис-Абебе — деджазмач Матафара и все, что он отстаивал, неизбежно должны были исчезнуть. Но мы были рады, что его увидели и, протянув руку через века, притронулись к двору пресвитера Иоанна.

В тот же день мы проехали мимо армии деджазмача Байаны, которая покинула Аддис две недели назад; солдаты нашли сахарную плантацию, и теперь каждый, шагая вразвалку, сосал стебель тростника; сам Байана сохранял ту же помпу, что и во время парада перед императором; он ехал верхом под черным зонтиком в окружении домашних рабов и погонщиков мулов, украшенных предусмотренной протоколом сбруей; вслед за мулами шли женщины, неся сосуды с теджем, накрытые алыми хлопковыми покрывалами. Мы проехали через леса, полные птиц, дичи, обезьян и ярких цветов. И вот на четвертый день — лежащий высоко в горной чаше, со всех сторон окруженный холмами Десси.

Этот город возник недавно; абиссинский форпост в мусульманском районе Волло. По своему облику он очень похож на миниатюрную Аддис-Абебу: те же эвкалипты, такая же единственная торговая улица и железные крыши, Гебби, построенный на доминирующей над городом возвышенности. Жителями были абиссинские поселенцы; галласы из Волло приезжали раз в неделю на рынок, но жили в деревнях.

В городе было полно солдат; на территории итальянского консульства расквартирован отряд императорской гвардии; ополченцы спали в раскинувшемся вдоль окружающих склонов кольце лагерей. Они приходили в город на восходе и оставались там до заката, проводя время в пьянстве, ссорах и фланируя по улицам; каждый день прибывали все новые, и перенаселенность становилась опасной. Вождям был отдан приказ уходить на фронт, но они уперлись, говоря, что не сдвинутся с места, пока их не поведет лично император.

Мы явились к мэру, коренастому бородатому мужчине, который оскандалился в Лондоне, а теперь добился в своем облике удачного компромисса между новым и старым режимом тем, что носил бороду и платье традиционного покроя, а под ним — шорты и футбольные гетры в красных и белых кружочках. Он передал нас начальнику полиции, который в тот день был слегка навеселе. В конце концов мы нашли место, чтобы разбить лагерь.

К этому времени город Десси — земля обетованная, на которую иногда можно было взглянуть издали, временами непроницаемо скрытая, подчас различимая в мельчайших подробностях в мираже на расстоянии вытянутой руки, всегда неуловимая, провоцирующая, желанная, — был предметом наших вожделений столько недель, что стремление попасть туда стало самоцелью. Теперь, спустя некоторое время, когда мы оказались собственно там, когда палатки были поставлены, запасы разложены, а вокруг нас как из-под земли выросла деревня из палаток, мы начали задаваться вопросом: а чего в точности мы добились этой поездкой? Мы были на двести миль или около того ближе к итальянцам, но в смысле нашего соприкосновения с полем боя или информации о происходящем дело обстояло хуже, чем в Аддис-Абебе. На склоне холма в миле от города была установлена полевая радиостанция. Сюда-то мы все и поспешили, чтобы разузнать, каковы ее возможности, и, к нашему удивлению, нам сказали, что можно посылать сообщения любой длины. В Аддисе существовал лимит в двести слов. Все сообщения из Десси должны были ретранслироваться из Аддиса. Это показалось странным, но мы уже привыкли к необъяснимым правилам. В тот вечер по всему лагерю стучали пишущие машинки журналистов, которые доводили свои сообщения до пятисот, восьмисот, тысячи слов, расписывая опасности своего путешествия. Через два дня нас радостно проинформировали, что ни одно из сообщений отправлено не было, новые не будут отсылаться до дальнейшего уведомления, а когда станция откроется вновь, будет установлен лимит в пятьдесят слов и введена жесткая цензура. Так на некоторое время прекратилась наша профессиональная деятельность.

Неделя прошла в полном безделье. Прибытие императора каждый день предсказывалось и каждый день откладывалось. Умер Лидж Иясу, и Джеймс, который обедал в городе с мусульманскими друзьями, а пил по-христиански, вернулся в страшном волнении и сказал, что императора убьют, если он попытается появиться среди галласов из Волло.

Местные члены эфиопского Красного Креста устроили пирушку, разделись догола и танцевали в палатке их американского начальника, который только в этот вечер переехал во избежание разлагающего влияния своих более любящих земные блага ирландских коллег.

Правящий деджазмач предпринял энергичную и отчасти успешную попытку доставить некоторых из солдат на фронт. Он организовал парад, сам его возглавил и под стук барабанов, подобно Крысолову, вывел их на дорогу к Мэкэле (административный центр региона Тыграй), а сам после наступления темноты вернулся на более уютный ночлег в своей собственной спальне.

Избавленные от зуда телеграфирования, журналисты проявляли не лишенные приятности черты, которые до той поры скрывали. Все сделались домовитыми; мы с Радикалом положили начало новой моде, воздвигнув первый сортир. Мистер Просперо соорудил дуговую лампу. Все начали принимать гостей и слегка заносились друг перед другом в части блюд и обслуживания. За исключением одного мизантропа-финна, который скрывался за непробиваемым фасадом недоброжелательности (позже, по возвращении в Аддис, он учинил тяжбу в американском консульском суде в связи с ударом, нанесенным ему коллегой), от ничегонеделанья смягчались даже самые жесткие натуры. Двадцать восьмого ноября праздновали День благодарения, на который пришли все, кроме финна, а после соревновались, кто кого перепьет; победил — обманом, как потом выяснилось, — некий ирландец.

На следующий день официально объявили, что император уже в пути, и тридцатого он прибыл. Солдаты ждали его целый день, сидя на корточках вдоль маршрута, слоняясь по улицам и пихая друг друга локтями. Несколько дней они вели себя грубо и враждебно, а теперь, подстегнутые перспективой императорского приезда, еще и представляли собой угрозу: задерживали автомашины киношников, в течение жаркого дня косо смотрели на прохожих и язвили, а к вечеру, когда стало холодать, дрожащие и унылые, сбились в толпу. Императорские мулы в ярких чепраках готовились отвезти владыку на последнем этапе его путешествия вверх по холму в Гебби, к престолонаследнику, но солнце село, толпы начали рассасываться, а фотографы опять лишились возможности сделать эффектные снимки. Приезд императора состоялся незаметно, в темноте. С этого момента он базировался в Десси, а с наступлением нового года перебрался на север и теперь не вернется в Аддис вплоть до завершения своего весеннего отдыха на побережье.

По поводу искренности придворного оптимизма сомнений не возникало; тремя неделями раньше императорский двор изображал извечную уверенность, но с напряжением и тревогой; а теперь, вернувшись к более простым привычкам, впитанным с молоком матери, открыто ликовал.

Император нанес визит в американский госпиталь. Палаты были почти заполнены, но не солдатами, раненными в боях: медики выявили несколько случаев гриппа и венерических заболеваний, подцепленных по пути в горы (видимо, императорская гвардия выносливостью уступала ополченцам); несколько солдат, дезертировавших из Эритреи, получили жестокие резаные раны от абиссинских военных, которые дезертировали в противоположном направлении; так или иначе, героев, которым император мог бы выразить свое сочувствие, не оказалось. Чтобы наилучшим образом продемонстрировать оборудование госпиталя, врачи выполнили показательную ампутацию пораженного гангреной обрубка руки. В операционную втиснулись император, двор и журналисты; фотографы и киношники сделали эффектные кадры.

— Где же этот храбрец лишился руки? — спросил император.

— Здесь, в Десси. Деджазмач приказал ее отрубить за кражу кукурузы на сумму в две бессы.

Тем временем в Европе и Америке редакторы и киномагнаты теряли выдержку. На освещение абиссинской войны они потратили большие деньги, но взамен получали сущие крохи; нескольких журналистов уже отозвали; самая крупная кинокомпания сворачивала свою деятельность; теперь начался массовый исход. Я получил отставку телеграммой на следующий день после приезда императора. Несколько часов раздумывал, не остаться ли мне на свой страх и риск. Таким было мое первоначальное намерение, но теперь эта перспектива уже казалась невыносимо тоскливой. Я давно мечтал провести Рождество в Вифлееме. И мне выпала такая возможность.

По делам Красного Креста в Аддис-Абебу шла легковая автомашина, в которой мне удалось купить место — в нарушение всех правил. Отправляться надо было до восхода, пока Красный Крест ничего не заметил. Джеймс расплакался. Поездка прошла без приключений. У шофера-немца, авантюрного склада молодого летчика, который завербовался сюда в поисках удачи после службы на Парагвайской войне, поперек руля лежала винтовка, из которой он наносил легкие ранения фауне, пробегавшей на расстоянии прямого выстрела.

Аддис вымер. С отъездом императора государственные службы впали в привычную кому. Бары были открыты, но пустовали. Горстка журналистов с юга паковала чемоданы, чтобы вернуться в Англию. Таинственные личности постепенно растворились.

Через несколько дней я добрался до Джибути. В Дыре-Дауа прочно окопался французский гарнизон; половина города стала французской твердыней. В Джибути было по-прежнему людно, по-прежнему тревожно. Там осели немногочисленные журналисты, которые неспешно писали о войне, полагаясь только на свое воображение. На Десси вскоре после моего отъезда было сброшено несколько бомб, и в Джибути начался ажиотаж в связи с необходимостью скорейшей отправки отснятых кинокадров в Европу. Через пару месяцев, уже в Девоне, я увидел их в кинохронике. Воспроизвести в душе пережитое волнение, секретность и конкуренцию, сопряженные с их отправкой, оказалось трудно.

Новости о предложениях Хора — Лаваля застали нас в Красном море; в Порт-Саиде мы услышали, что пакт принят. На следующий день я был в Иерусалиме и наведался к абиссинским монахам, которые ютились в своем крошечном африканском поселении на крыше храма Гроба Господня; рождественское утро в Вифлееме; пустыня и руины трансиорданских замков; как и остальной мир, я начал забывать об Абиссинии.

Примечания

C. 5. *Брайану Мойну, Диане Мосли, Диане Купер, Перри и Китти Браунлоу... ХЕЙЗЕЛ ЛЕЙВЕРИ... с неизменной благодарностью.* — Брайан Мойн — Брайан Уолтер Гиннес, 2-й барон Мойн (1905–1992) — юрист, поэт и романист, наследник пивоваренной империи «Гиннесс».

Леди Диана Мосли (Диана Митфорд, 1910–2003) — британская аристократка, литературный критик, первая жена Брайана Гиннесса. Чете Гиннесс-Митфорд, видным представителям лондонского бомонда, И. Во посвятил свой второй роман «Мерзкая плоть» (1930). Вторым мужем Дианы стал сэр Освальд Мосли (1896–1980) — британский политик, лидер Британского союза фашистов. Свадьба, на которой в качестве почетного гостя присутствовал Адольф Гитлер, прошла в Берлине, в доме министра просвещения и пропаганды Германии Йозефа Геббельса.

Леди Диана Купер (Диана Мэннерс, 1892–1986) — британская аристократка, киноактриса, мемуаристка.

Перри Браунлоу — Перегрин Каст, 6-й барон Браунлоу (1899–1978) — британский пэр. Дальний родственник Дианы Купер по линии ее биологического отца, писателя Генри Каста. Близкий друг короля Эдуарда VIII, сыгравший не последнюю роль в деле отречения короля от престола ради женитьбы на разведенной американке Уоллис Симпсон и последовавшего после этого кризиса, по итогу которого был отстранен от королевской службы. Во нередко пользовался гостеприимством Браунлоу, в чьих поместьях были написаны «Во в Абиссинии», биография «Эдмунд Кэмпион».

Китти Браунлоу — леди Кэтрин Браунлоу (1906–1952), первая жена Перри Браунлоу.

Леди Хейзел Лейвери (1880–1935) — британская художница, чей портрет в течение XX в. фигурировал на ирландских банкнотах различного достоинства.

С. 11. «*Европа могла подождать... человек покинул свой пост и джунгли подбираются обратно к своим былым твердыням*». — Цит. по: И. Во «Возвращение в Брайдсхед». Перев. И. Бернштейн.

Чарльз Райдер — персонаж романа И. Во «Возвращение в Брайдсхед».

Питер Флеминг (1907–1971) — британский журналист, старший брат писателя Яна Флеминга.

...мистер Грэм Грин — в либерийскую глушь... — Грэм Грин (1904–1991), английский писатель и сотрудник британской разведки, путешествовал по Либерии в 1934–1935 гг., о чем написал книгу «Путешествие без карт» (1936).

...провалиться в сон вместе с Палинуром... — Палинур — персонаж античной мифологии, кормчий Энея, заснувший во время переправы по воле разгневанной Венеры и выпавший за борт вместе с кормовым веслом. Был убит на берегу местными жителями. Именем Палинура назван мыс на юге Италии.

С. 13. *...прибытие пастора Йорика в Париж...* — Йорик — центральный персонаж романа Л. Стерна «Сентиментальное путешествие по Франции и Италии» (1768).

«Сила через радость» — политическая организация в нацистской Германии, обеспечивавшая досуг населения рейха в соответствии с идеологическими установками национал-социализма.

Dopo-lavoro (*ит.* «после работы») — итальянская фашистская организация досуга и отдыха.

...подобно «вандерфогелям» Веймарского периода... — Вандерфогель (*нем.* Wandervogel, «Перелетная птица») — молодежное движение в немецкоязычных странах (Австрия, Швейцария, Люксембург), возникшее в 1896 г. и существующее по сей день. Ставит своей целью знакомство с малоизвестными, далекими от цивилизации уголками мира.

...великие путешественники, под стать Бёртону и Доути. — Ричард Френсис Бёртон (1821–1890) — британский путешественник, писатель, переводчик, этнограф. Чарльз Монтегю Доути (1843–1926) — британский поэт и путешественник, один из крупнейших исследователей Аравийского полуострова.

С. 14. *...«Орландо» миссис Вулф...* — Роман Вирджинии Вулф «Орландо» вышел в 1928 г.

...знаменитое описание Великого холода... — Первая глава романа В. Вулф «Орландо» известна как «русская», поскольку в ней описан приход в Англию Великого холода, а вместе с ним — русского корабля. Знакомство Орландо с дочерью русского посла Сашей происходит на скованной льдом Темзе во время Великого холода 1607 г.

...какая-нибудь Готорнденская премия. — Готорнденская премия — учрежденная в 1919 г. литературная премия, ежегодно (с отдельными исключениями) присуждаемая в Великобритании за литературные произведения любых форм и жанров. Готорнденская премия 1936 г. была присуждена Ивлину Во за биографию «Эдмунд Кампион, иезуит и мученик».

...герцогиня Мальфи... — Героиня кровавой пьесы Джона Уэбстера «Герцогиня Мальфи» (ок. 1612–1613), написанной в жанре трагедии мести.

...шпенглеровский «Закат Европы»... — Философский труд Освальда Шпенглера, впервые опубликованный в 1918 (т. I) и 1920 (т. II) гг. и завоевавший популярность в интеллектуальных кругах.

С. 15. *...заведение «У Бриктоп».* — Ресторан-кабаре, в 1926–1936 гг. находившийся на рю Пигаль, 66, в Париже. Хозяйкой его была певица и танцовщица Ада Смит (1894–1984) по прозвищу Бриктоп, заведовавшая также и популярным ночным клубом «Le Grand Duc», расположенным неподалеку. Ада появилась в роли самой себя в фильме Вуди Аллена «Зелиг» (1983).

С. 17. *...как менялось значение той вывески, отражавшей переход от Парижа Тулуз-Лотрека к Парижу мсье Кокто.* — Имя знакового французского художника и мастера афиши Анри де Тулуз-Лотрека получило широкую известность благодаря серии плакатов с изображением парижских исполнительниц кадрили (в частности, упоминаемой Ля Гулю), которая привычно завершалась вскидыванием ног (канканом). Со временем акробатические элементы танца уступили место эротическим: танцовщицы подергивали юбкой, а в финале задирали ее на голову.

Роман Жана Кокто «Двойной шпагат» (1923) повествует о приехавшем на учебу в Париж юноше, который погружается в мир столичной богемы, предаваясь разгульной жизни и любовным утехам с представителями обоих полов.

...*в сорочках от «Шарве»*... — Бренд, основанный в 1838 г. сыном портного Наполеона Бонапарта Жозеф-Кристофом Шарве.

С. 19. *Морис Декобра* (1885–1973) — известный французский беллетрист, автор приключенческой и детективной литературы. Декобра был близок к кругам русской литературной эмиграции в Париже 1920–1930-х гг. и даже называл себя, на русский манер, Морисом Анатольевичем.

С. 21. ...*рекламный щит сулил «голубиные садки»*. — «Голубиные стрельбы», тж. «голубиные садки» — стрелковое состязание и азартное развлечение, популярное в XIX — начале XX в., которое заключалось в стрельбе по голубю, вылетающему из клетки (садка). Садочная стрельба по голубям входила в программу II и IV Олимпийских игр (1900 и 1908 гг. соответственно).

Там шел какой-то турнир... — Монте-Карло считался одним из центров «голубиных садков», и в конце января там проходили ежегодные международные состязания, «Интернациональная неделя», с крупным призовым фондом.

С. 24. ...*Хитченс, миссис Шеридан*... — Роберт Хитченс (1864–1950) — британский журналист, писатель; автор романа «Сад Аллаха» (1904), трижды экранизированного.

Элизабет Энн Шеридан (1754–1792), талантливая вокалистка и инструменталистка, положила профессиональное будущее на алтарь семьи, выйдя замуж за известного ирландского поэта, сатирика и драматурга Ричарда Бринсли Шеридана. «Портрет миссис Ричард Бринсли Шеридан» — картина, написанная Томасом Гейнсборо между 1785 и 1787 г.

С. 32. ...*под надзором Комитета помощи Ближнему Востоку*... — Американский комитет помощи Ближнему Востоку, образован в 1918 г., впоследствии сменил название на Ближневосточный фонд.

С. 33. ...*на берегу Галилейского моря*. — Другое название: Тивериадское или Генисаретское озеро.

С. 36. *...едут за покупками в «Симон Арцт»...* — Симон Арцт (1814–1910) — табачный фабрикант и купец еврейского происхождения, чьим именем назван некогда самый известный универмаг эксклюзивных импортных товаров в Порт-Саиде, построенный в начале 1920-х гг.

С. 41. *...напевая нечто вроде «та-ра-ра-бум-ди-эй».* — «Ta-ra-ra Boom-der-ay!» — эстрадная песня, впервые прозвучавшая в водевиле Генри Дж. Сэйерса «Смокинг» (1891), широкую известность приобрела в исполнении британской певицы и танцовщицы Лотти Коллинз. Отсылки к популярной мелодии встречаем в литературе: у Р. Киплинга в стихотворении «Холерный лагерь» (1896) этой песенкой пастор развлекает умирающих (ср. перевод А. Сендыка: «Ти-ра-ри-ра, ра-ри-ра-ти!»), а у А. Чехова в «Трех сестрах» (1891) бессмысленный набор звуков трансформируется в знаменитый рефрен «Та-ра-ра-бумбия... сижу на тумбе я».

С. 42. *...с вывеской «Maison Chabanais».* — Заведение использует название одного из самых роскошных и известных борделей Парижа, «Шабане», который действовал с 1878 по 1946 г.

С. 45. *...на крикетном стадионе «Лордз»...* — Крикетный стадион в Лондоне 1814 года постройки. При стадионе расположен музей, который считается самым старым спортивным музеем мира.

С. 53. *Джимхана* — конноспортивные состязания.

С. 56. *Мастаба* — древнеегипетская усыпальница в виде усеченной пирамиды, с подземной погребальной камерой.

С. 58. *...у тетушки Мейбл в «Луксоре» были апартаменты под таким номером.* — Мейбл Бент (1847–1929) — британская путешественница, писательница и фотограф. Вместе с мужем, археологом и писателем Дж. Т. Бентом (1852–1897), они исследовали отдаленные регионы Восточного Средиземноморья, Малой Азии, Африки и Аравии. Впечатление от десятилетних странствий супруги изложили в трехтомнике «Хроники путешествий». Отель «Луксор» был построен туристической компанией «Томас Кук и сыновья» (1877), специально для размещения своих туристических групп на берегу Нила.

С. 59. *Церковь Абу-Серга* (известная также как церковь Святых Сергия и Вакха, церковь Святого Семейства) — одна из древнейших коптских церквей в Египте.

С. 64. *...исполнить нечто из Гилберта и Салливана...* — Гилберт и Салливан — театральный дуэт либреттиста Уильяма Гилберта (1836–1911) и композитора Артура Салливана (1842–1900), специализировавшийся в жанре комической оперы.

С. 71. *...в центральном магазине канцелярских принадлежностей «Критьен».* — В 1911 г. фотограф Джон Критьен зарегистрировал торговую марку «Критьен» для реализации канцелярских товаров, печатной продукции, периодических изданий и книг.

С. 73. *...выловил и убил двух блох, которых подцепил в Мандераджо...* — Мандераджо — некогда неблагополучный район Валетты. В романе «Матиас Шандор» Жюль Верн описывал его так: «...в его тесные улички никогда не заглядывает солнце: в высоких желтоватых стенах домов кое-как пробиты оконца, некоторые из них с решетками. На каждом шагу — лестницы, спускающиеся во дворы, похожие на клоаки; низенькие, заплесневевшие, грязные двери, размытые канавки, темные переходы, даже не заслуживающие названия переулка» (перев. Е. Гунста, О. Моисеенко, Е. Шишмаревой).

С. 74. *«Под сенью гарема»* — кинокартина 1928 г. режиссера Андре Лиабеля.

...Кноссос, где перестраивает свой дворец сэр Артур Эванс... — Артур Эванс (1851–1941) — английский историк и археолог, первооткрыватель минойской цивилизации, организатор масштабных раскопок Кносского дворца на Крите.

С. 76. *Квинквирема* — гребной боевой корабль в Карфагене и Древнем Риме с пятью рядами весел с каждого борта, расположенных один над другим.

С. 76. *Офир* — загадочная, богатая золотом и драгоценностями страна, упоминаемая в Библии.

С. 77–78. *...перед окончательным установлением кемалистского режима...* — Кемализм — идеология турецкого национализма, выдвинутая Мустафой Кемалем Ататюрком (1881–1953), основателем современного турецкого государства.

С. 83. *...сидел на палубе за чтением книги Уильяма Джемса «Многообразие религиозного опыта»...* — Главный труд знаменитого американского философа и психолога, одного из основателей психологии религии Уильяма Джемса/Джеймса (1842–1910), написанный в 1902 г.

С. 90. *...приступил к роману о некой богатой особе и облагодетельствовал героиню виллой на Корфу...* — Речь идет о первом опубликованном И. Во романе «Упадок и разрушение» (1928).

С. 92. *Музыканты в причудливом стиле исполнили «Yes, Sir, That's My Baby»...* — Популярная в США в 1920-е гг. песня, музыка Уолтера Дональдсона, слова Гаса Кана.

...русский балет свернул выступления и отбыл в Лондон на свой последний сезон... — Гастроли русского балета в Лондоне организовывались с 1909 по 1929 г., сначала под названием «Русские сезоны», а затем как «Русский балет Дягилева».

Рекс Эванс (1903–1969) — голливудский киноактер британского происхождения.

С. 97. *«Утес этот, — писал Теккерей, — чрезвычайно похож на огромного льва, который улегся между Атлантикой и Средиземным морем для охраны пролива во имя своей британской повелительницы».* — Цит. по: У. Теккерей. «Путевые заметки от Корнгиля до Каира, через Лиссабон, Афины, Константинополь и Иерусалим» (рус. перев. 1857, переводчик не указан).

С. 98. *...запираются у себя в домах, как жители Хэмпстеда в выходные и праздничные дни.* — Хэмпстед — элитный район Лондона.

С. 99. *...оформлены в цветовой гамме веджвудского фарфора.* — Веджвудский фарфор, выпускающийся с XVIII в., — национальное достояние Великобритании, эталон высочайшего качества в мире керамики. Оттеночная палитра веджвуда разнообразна, однако традиционным цветовым сочетанием принято считать белый с голубым.

С. 104. *...фотопортрет маршала д'Эспере...* — Франше д'Эспере (1856–1942) — представитель высшего военного командования Франции, член Французской академии. На церемонии коронации Хайле Селассие возглавлял делегацию от Франции.

...запонки Общества пеносдувателей... — Основанный в конце 1920-х гг. орден, занимавшийся сбором пожертвований в пользу детских благотворительных организаций во время веселого времяпрепровождения за кружкой пива. Членам ордена дозволялось сдувать пену не только с кружек соклубников, но и с кружек простых посетителей пабов, если те не возражали. Пара серебряных

запонок — отличительный знак «благотворителей», отсутствие которого на общих собраниях каралось штрафом.

...ротарианская эмблема, колесо. — Ротари-клуб — нерелигиозная и неполитическая организация представителей делового мира, основанная в США. Эмблема зубчатого колеса символизирует традицию ротарианцев проводить свои собрания в разных местах.

С. 106. *Рас Тафари* — то есть князь Тафари — последний император православной Эфиопии, взошедший на престол в 1930 г. под именем Хайле Селассие I, известный своим противостоянием фашистской агрессии со стороны войск Муссолини, а также отменой рабства в Эфиопии. Незадолго до коронации Хайле Селассие I на Ямайке зародилось религиозное движение, в основу которого легло представление о возвращении Христа на землю в облике чернокожего мужчины. Именно в императоре Эфиопии, с его титульным знаком «Лев Иуды», потомки африканских рабов увидели мессию и в его честь назвали свою религию растафарианством.

...найдя в «Готском альманахе» сведения о правящей династии... — «Готский альманах» — самый авторитетный генеалогический справочник всех державных и высокопоставленных особ Европы; ежегодно издавался с 1763 г. до конца Второй мировой войны в немецком городе Гота.

С. 108. *...фотопортрет генерала фон Гинденбурга с автографом...* — Пауль фон Гинденбург (1847–1934) — немецкий военный и политический деятель. Во время описанных событий занимал должность рейхспрезидента Германии.

С. 109. *«Фаранги»* — то есть «франки» — совокупное наименование европейцев, в первую очередь торговцев, получившее распространение на территории бывшей Персии.

...«санные поляки»... — Отсылка к «Гамлету» У. Шекспира (акт I, сц. 1): «Когда он яростной атакой / По льду поляков санных разметал» (перев. В. Рапопорта).

С. 111. *...он зарезервирован для герцога Глостерского; такой же поезд будет еще через трое суток — зарезервированный для князя Удине.* — Титул герцога Глостера на момент описываемых событий носил принц Генри (Генри Уильям Фредерик Альберт, 1900–1974), третий сын короля Георга V. Самым же известным обладателем титула был сын герцога Ричарда Йоркского, будущий британский король Ричард III (1452–1485), который взошел на трон после смерти брата и короля Эдуарда IV, обойдя в престолонаследии сыновей покойного монарха. Мальчиков Ричард поместил в Тауэр «для безопасности», однако через некоторое время известия об их судьбе перестали поступать, а за Ричардом закрепилась слава детоубийцы.

Князь Удине — Фердинанд Савойский-Генуэзский (1884–1963) — итальянский военачальник, адмирал, политический деятель.

С. 115. *...сторонники Лиджа Иясу...* — Лидж Иясу (1895–1935) — император Эфиопии в 1913–1916 гг., правивший под именем Иясу V; был назначен, но не коронован — и через три года свергнут.

С. 116. *...шемах — полоса белой ткани...* — В арабских странах шемах (тж. куфия) — головной платок, традиционная принадлежность мужского гардероба; служит для защиты головы и лица от солнца, песка и холода.

С. 119. *...на медных начищенных кокардах и пуговицах поблескивал лев Иуды...* — Символ израильского колена Иуды. В Эфиопии — символ императорской власти, ведущей свое начало от Соломоновой династии, с перерывами правившей с конца XII до второй половины XX в. Также лев был изображен на имперском флаге Эфиопии.

С. 120. *Айрин Рейвенсдейл* (Мэри Айрин Керзон, 1896–1966) — баронесса, светская львица, филантроп. Одна из четырех женщин, впервые получивших пожизненный титул пэра («пэрессы») с правом заседать в палате лордов.

С. 124. *Гебби* — распространенное название дворца императора Менелика, резиденции императоров Эфиопии. В границах крепости находится несколько жилых домов, часовен и административных зданий.

С. 127. *...в духе африканской «Матери Индии»...* — «Мать Индия» — выпущенная в 1927 г. книга американской писательницы Кэтрин Майо, основанная на ее личных впечатлениях от поездки в Индию и знакомства с представительницами различных каст и социальных слоев страны.

С. 133. *«Горгис»* — собор Святого Георгия, главный храм эфиопской столицы.

С. 137. *Геэз* — мертвый семитский язык эфиосемитской группы, литургический язык Эфиопской православной церкви.

С. 140. *...императрица же, вероятнее всего, захоронена под горой в Дебре-Лебаносе.* — Самый почитаемый в Эфиопии монастырь, центр религиозной жизни всей христианской части страны.

С. 141. *...напитки тедж и талла...* — Тедж — ферментированное вино на основе меда, воды и листьев гешо крепостью от 12 до 15%. Талла (тж. телла) — разновидность домашнего пива, чаще всего сваренного на основе теффа и сорго. Из-за труднодоступности вина эфиопские иудеи часто используют таллу во время благословения киддуш.

С. 144. *...захваченную генералом Нейпиром при Магдале...* — Роберт Корнелис Нейпир (1810–1890) — британский военный и государственный деятель, губернатор Индии и Гибралтара. Весной 1868 г. возглавил так называемую Абиссинскую экспедицию, целью которой было освобождение заложников — подданных европейских держав, захваченных по приказу эфиопского императора Теодороса II и заточенных в горной крепости Магдала. После успешного штурма император покончил жизнь самоубийством, а генерал Нейпир приказал сжечь Магдалу. В качестве добычи англичане вывезли из Магдалы древние манускрипты из коллекции Теодороса и золотую корону императора, которая впоследствии была возвращена Хайле Селассие I.

С. 149. *Абуна* — почтительное обращение к священнослужителю в Сирийской, Коптской и Эфиопской православных церквях.

С. 150. *Блаттенгетта Херуи* (1878–1938) — министр иностранных дел Эфиопии.

С. 163. *...и два рога с медом, но совсем не таким, какой продают в Тэйме...* — Тэйм — в прошлом торговый городок в графстве Оксфордшир, давший свое название современному рынку фермерских продуктов.

С. 167. *В центре стоял так называемый фавор, который представляет собой и престол, и дарохранительницу...* — Фавор (тж. табур), очевидно, некая конструкция, олицетворяющая гору Фавор в Израиле, где, как традиционно считается, произошло Преображение Господне.

С. 174. *...этим маршрутом Артюр Рембо переправлял стрелковое оружие Менелику.* — Оставив стихотворную деятельность, французский поэт Артюр Рембо (1854–1891) переселился в Восточную Африку, где промышлял продажей оружия (чаще себе в убыток) абиссинским правителям, в т. ч. Менелику.

С. 175. *...в честь открытия Эппинг-Фореста для широкой публики...* — Бывший королевский лес, а ныне государственный лесной заповедник, открытый для общего пользования королевой Викторией в 1882 г.

С. 176. *Кат* — вечнозеленый кустарник, листья и стебли которого употребляются в качестве наркотика-стимулятора. В Йемене продажа и употребление ката легализованы и в настоящее время.

С. 188. *Все это очень смахивало на подготовку Водяного Крыса к обороне поместья мистера Жабба.* — Аллюзия на сказочную повесть шотландского писателя Кеннета Грэма «Ветер в ивах» (1908). Имена персонажей даны в переводе В. Резника.

С. 192. *Команды были явно заимствованы из английского — не иначе как привезены каким-то старым воякой из КАР.* — КАР (*англ.* KAR, King's African Rifles) — Королевские африканские стрелки, многобатальонное пехотное подразделение британской армии, несшее службу на территории британских владений в Восточной Африке с 1902 г. до провозглашения независимости африканских республик в начале 1960-х гг.

С. 199. *...потерей Эр-сто один.* — R101 — крупнейший британский жесткий дирижабль. Отправившись в первый межконтинентальный перелет, потерпел крушение на территории Франции 5 октября 1930 г.

...замолвить за него словечко на Флит-стрит? — В XX в. эта улица в лондонском Сити была средоточием издательских домов национальной прессы.

С. 204. *Сеанс начался с киножурнала «Патэ-Газетт»...* — Первая британская кинохроника, регулярно выходившая с июня 1910 г. до декабря 1945 г.

...отъезд короля из Лондона в Богнор-Риджис... — Богнор-Риджис — английский морской порт на берегу Ла-Манша. Простая рыбацкая деревенька Богнор получила постфикс Риджис (род. падеж *лат.* rex — король) в 1929 г., когда король Георг V прибыл на морское побережье для восстановления здоровья после операции на легких.

Гранд-Нэшнл — самые известные в Англии состязания по скачкам с препятствиями, проводимые с 1839 г.

С. 205. *«Женщина, которая осмелилась»* — британская немая кинокартина (1915) режиссера У. Уэста, снятая по мотивам одноименного романа Ч. Аллена о независимой феминистке, бросившей вызов условностям патриархального мира.

С. 207. ...*«Путешествие в Конго» Андре Жида.* — Скандальная публикация французского литератора (1927), в которой автор высказал нелицеприятное мнение о порядках, царящих во французских колониях.

С. 212. *За два часа мы добрались до лагеря.* — Согласно полной версии книги «Далекий народ», речь идет о временном лагере, где было намечено проведение второй, неофициальной части упомянутого собрания старейшин.

С. 213. ...*где планировалось разместить дарбар наместника...* — Должность наместника Адена с 1928 по 1931 г. занимал сэр Джордж Стюарт Саймс (1882–1962) — подполковник Британской армии.

С. 222. *«Эксплоратёр Грандидье»* — Explorateur Grandidier *(фр.)* — «Исследователь Грандидье» — пассажирский лайнер, работавший на линии Марсель — Мадагаскар. Назван в честь Альфреда Грандидье (1836–1921), французского путешественника и натуралиста, члена Парижской академии наук, известного многотомным трудом, посвященным исследованию Мадагаскара.

С. 226. ...*желающие овладеть этим искусством стекались в здешние края чуть ли не с Великих озер.* — Речь идет о Великих африканских озерах (самые крупные: Виктория, Танганьика и Ньяса) на территории Восточной Африки.

С. 227. *Мы хотели заложить здесь основы христианской цивилизации, но вместо этого оказались на пороге основания индуистской.* — Речь идет о засилии на Занзибаре индийских переселенцев, с которыми, например, в сфере торговли не могло конкурировать ни арабское, ни европейское население острова.

С. 228. ...*на «Галифаксе» сюда переправили партию милейших игрушек.* — Как сказано в полной версии «Далекого народа», «Галифакс» — небольшое судно с паровым двигателем, курсировавшее между Занзибаром и Пембой.

С. 231. *...кто-то другой, по имени Раймон, представил меня букмекеру и разъяснил, на каких лошадей нужно ставить.* — Раймон де Траффорд (1900–1971) — британский дворянин, известный своим пристрастием к азартным играм и алкоголю. Член кружка «Счастливая долина» (Happy Valley), объединившего английских и ирландских аристократов и любителей приключений, поселившихся в районе Абердарского хребта.

С. 232. *...американку по имени Кики...* — Кики Престон (Элис Гвин, 1898–1946) — американская светская львица. Кики была печально известна своим пристрастием к наркотикам. Из-за привычки носить шприц в сумочке и публично принимать наркотики получила прозвище «девушка с серебряным шприцем». По одной из версий, Кики приобщила к употреблению наркотиков принца Джорджа, герцога Кентского, и родила от него внебрачного сына.

С. 233. *...журнальных романов с продолжением в духе Франкау...* — Джулия Дэвис Франкау (1864–1916) — англо-ирландская писательница, журналистка, опубликовавшая большинство работ под мужским псевдонимом Фрэнк Денби.

С. 234. *Муж Кики обсуждал с генералом некоего господина...* — Как сказано в полной версии «Далекого народа», в доме у Кики гостил также некий генерал Британской армии.

«Уайтс» — старейший джентльменский клуб Лондона, основанный в 1693 г.

Шмен-де-фер — разновидность сравнительной карточной игры между игроком и банкиром.

С. 237. *Выходные я провел у Боя и Дженесси...* — Бой — прозвище владельца скотоводческого ранчо, а Дженесси — прозвище его жены. Настоящие имена в полной версии книги «Далекий народ» не приводятся.

С. 238. *...холсты с изображением откормленной скотины...* — В 1802 г. из Дарема в Лондон привезли быка весом 1,3 тонны — невиданное по тем временам чудо. С этого момента знатные землевладельцы принялись откармливать скот, а при достижении требуемого результата заказывали картину, увековечивавшую красоту животного. Не исключено, что художник в угоду заказчику преувеличивал размеры «натуры». Картины с изображением упитанных свиней и коров удостоверяли высокий статус владельца.

В Англии до сих пор работают несколько пабов под названием «Даремский бык».

С. 239. *В тот вечер я отужинал с Грантами.* — Майор Джоселин (1874–1947) и его жена Элеанор (Нелли) Грант (1885–1977) — землевладельцы, занимавшиеся разведением кофе, кукурузы, свиней.

С. 242. *...меня подселили в номер к летчику-ирландцу, который изучал маршрут до Кейптауна по заказу «Империал Эйруэйз».* — В феврале 1931 г. в рамках предлагаемого маршрута в Кейптаун частная британская авиакомпания «Империал Эйруэйз» открыла еженедельное сообщение между Лондоном и Мванзой на озере Виктория в Танганьике. В апреле 1932 г. после тестирования на почтовых перевозках перелет из Лондона в Кейптаун стал доступен для пассажиров и занимал десять дней.

С. 243. *...хомбургских шляп.* — Хомбург — название модели мужской шляпы из фетра с продольным заломом наверху, загнутыми вверх полями и широкой лентой по тулье.

С. 246–247. *...об учебе в Макерере не мечтали даже самые амбициозные...* — Макерере — старейший и наиболее престижный университет Уганды.

С. 249. *«Белые Отцы»* — мужское миссионерское общество, основанное в 1868 г. по инициативе французского кардинала и архиепископа Алжира Шарля Лавижери.

С. 272. *...с теми, кто заявил о себе в журнале «Панч» около 1920 года...* — Вероятно, речь идет о заметке в выпуске от 18 августа 1920 г. под названием «Среди постаментов» («Among the Pedestals»), автор которой собрал «комментарии» (например, А. Линкольна) по поводу слухов о том, что ради возведения новых памятников некоторые старые планируется перенести в другие места.

...с «Угловым домом Лайонса»... — «Джей Лайонс и К°» — британская компания, основанная в 1884 г., занималась производством продуктов питания, гостиничным бизнесом, владела сетью ресторанов. «Угловой дом Лайонса» — название сети лондонских торговых домов, работавших с 1909 по 1977 г. и оформленных в стиле ар-деко.

...с памятником Виктору-Эммануилу... — Римский памятник в честь первого короля объединенной Италии Виктора-Эммануила II (Витториано) представляет собой величественный мемо-

риал с лестницами и террасами, группами скульптур и барельефов, с колоннадой, увенчанной бронзовой колесницей.

С. 280. *Он являлся главой криминальной группировки «Звери Берлина». Бандиты позаимствовали это название из какой-то киноленты...* — «Кайзер, Берлинское животное» — американская пропагандистская кинокартина 1918 г. режиссера Руперта Джулиана, сыгравшего также заглавную роль. Ни одной копии фильма не сохранилось. Своеобразным продолжением фильма, обличающего политическую жадность кайзера Вильгельма II, стала кинолента 1939 г. «Гитлер: Чудовище Берлина».

В моей гостинице организовали Каледонский бал с приглашенными волынщиками... — Королевский Каледонский бал — старейший благотворительный бал, ежегодно проводимый начиная с 1849 г. (кроме военных периодов) в пользу шотландских благотворительных организаций, помогающих уязвимым группам детей школьного возраста, бездомным и пациентам с онкологическими заболеваниями.

С. 295. *...кого соединил Бог, да не разлучит человек.* — Мк. 10: 9. Также ср.: «Итак, что Бог сочетал, того человек да не разлучает» (Мф. 19: 6).

С. 307. *Сэр Филип Сидни (1554–1586)* — английский поэт, государственный деятель, покровитель ученых и литераторов. Считается идеальным джентльменом своего времени.

С. 308. *«Порк-нокер»* — распространенный на всей территории Гвианы термин, обозначающий независимого горняка или старателя.

С. 313. *Калебас* — сосуд из высушенных плодов тыквы.

С. 318. *Масона... легко опознать по клейму «ВОЛ»...* — Три элемента масонского символа «циркуль и наугольник» (между этими двумя изображениями помещается буква G) напоминают сочетание латинских букв V, O, L.

С. 323. *Сэр Уолтер Рэли (1554–1618)* — английский придворный, государственный деятель, литератор, солдат и путешественник, фаворит королевы Елизаветы I. По итогам экспедиции в Гвиану в 1595 г. Рэли написал книгу под названием «Открытие обширной, богатой и прекрасной Гвианской империи», издание которой фактически «открыло» Гвиану для английских колонизаторов.

С. 330. *...переправить по кирпичику на другой континент, словно они приглянулись мистеру Хёрсту...* — Уильям Рэндольф Хёрст (1863–1951) — американский медиамагнат и мультимиллионер, прообраз главного героя фильма «Гражданин Кейн» (1941, реж. Орсон Уэллс). Выстроенный Хёрстом в калифорнийском округе Сан-Луис-Обиспо «Ла каса гранде» («Большой замок») был собран из множества купленных в Европе частей старых замков и дворцов.

С. 345. *...проповедей Боссюэ...* — Жак Бенинь Боссюэ (1627–1704) — французский проповедник, философ, писатель. Знаменит красноречивыми проповедями и надгробными речами.

С. 355. *...«Не вижу Абиссинию, не слышу Абиссинию, не поминаю Абиссинию».* — Аллюзия на восточный символ, выражающий принцип «не вижу зла, не слышу зла, не поминаю зла». В европейской культуре образы трех обезьян в основном рассматриваются негативно — как метафоры нежелания замечать, признавать и обсуждать злободневные проблемы.

С. 358. *...статьи... о де Лессепе... о Дизраэли.* — Фердинанд де Лессепс (1805–1894) — французский дипломат, инженер, организатор строительства Суэцкого и Панамского каналов. Бенджамин Дизраэли (1804–1881) — британский писатель и государственный деятель, дважды занимавший пост премьер-министра Великобритании.

С. 362. *Мистер Иден устранился от парижских переговоров.* — Энтони Иден (1897–1977) — министр иностранных дел Великобритании.

С. 363. *Аваш, Бишофту* — города в центральной Эфиопии.

С. 364. *...подобно руинам на рисунке Пиранези...* — Джованни Батиста Пиранези (1720–1778) — итальянский археолог, архитектор, художник-график. Имя мастера прославила серия гравюр, на которых запечатлены виды римских руин.

С. 366. *Битва при Вал-Вале* — столкновение между итальянскими и эфиопскими войсками в 1934 г., в ходе которого погибло около 150 солдат.

С. 377. *...«лица, находящиеся под британским покровительством»...* — Доминионы и мандатные территории Британской империи считались иностранной территорией под британским сюзеренитетом, поэтому дети британских подданных, рожденные на этих территориях, не получали статуса британского подданного и обозначались как «лица, находящиеся под британским покровительством».

С. 383. *Деджазмач* — один из высших феодальных титулов Эфиопии.

С. 384. *...обсуждали конституцию Комитета пяти, Комитета тринадцати, Совета Лиги...* — Комитет пяти, куда входило пять членов конгресса США: Т. Джефферсон (глава комитета), Р. Шерман, Б. Франклин, Дж. Адамс и Роберт Р. Ливингстон, подготовил и представил Второму континентальному конгрессу проект Декларация независимости США, которая была принята 4 июля 1776 г. Комитет тринадцати был образован в декабре 1860 г. для разработки компромиссного соглашения между рабовладельческими и нерабовладельческими штатами с целью остановить движение за отделение юга США. Совет Лиги — имеется в виду Лига Наций — международная организация, существовавшая с 1919 по 1946 г., в задачи которой входили разоружение, предотвращение военных действий, урегулирование споров между странами путем дипломатических переговоров.

С. 391. *...во время Дарданелльской кампании...* — Масштабная военная операция 1915–1916 гг., развернутая странами Антанты с целью захвата Стамбула и вывода Турции из участия в Первой мировой войне.

С. 393. *...эмиссары Всемирной лиги за ликвидацию фашизма.* — Полное название «Всемирный комитет против войны и фашизма» — международная организация, сформированная в 1933 г., которая активно участвовала в борьбе с фашизмом в 1930-х гг., в период, когда Адольф Гитлер пришел к власти в Германии, Италия вторглась в Эфиопию, а в Испании разразилась гражданская война.

...в поддержку эфиопской «Отчаянной эскадрильи»... — «Отчаянная эскадрилья», тж. «Ла Дисперата», — 15-я бомбардировочная эскадрилья под командованием Г. Чиано, зятя Б. Муссолини. Изначально прозвище «Ла Дисперата» закрепилось за телохранителями Габриеле д'Аннунцио (итальянского литератора, военного и политического деятеля), а позднее, в период с 1921 по 1945 г., было заимствовано фашистскими военными подразделениями в Италии.

С. 394. *Доу* (тж. дау, дхау) — общее название разных арабских судов с латинской парусной оснасткой.

С. 400. *...Адуа ...где сорок лет назад белых так славно покромсали на куски.* — Битва при Адуа — решающее сражение Итало-эфиопской войны 1895–1896 гг.; победа, одержанная Эфиопией, послужила катализатором в борьбе за освобождение Африки.

С. 401. *«Giovanezza»* («Юность», *ит.*) — гимн итальянской Национальной фашистской партии.

С. 404. *«Пег в моем сердце»* — экранизация (1933) одноименной пьесы британского драматурга Дж. Хартли Мэннерса (1870–1928).

С. 421. *...знаем ли мы генерала Харингтона...* — Чарльз Харингтон (1872–1940) — участник второй Англо-бурской и Первой мировой войн.

С. 422. *Пресвитер Иоанн* — легендарный царь-священник, вымышленный правитель могущественного христианского государства на Востоке.

С. 423. *...абиссинский форпост в мусульманском районе Волло.* — Волло — старейшая провинция Эфиопии.

С. 425. *Мэкэле* — административный центр региона Тыграй.

С. 427. *...на сумму в две бессы.* — Бесса — медная монета, равная $1/100$ эфиопского талера; ныне вышла из употребления.

С. 427–428. *...после службы на Парагвайской войне...* — Тж. Чакская война между Боливией и Парагваем 1932–1935 гг. за контроль над территориями в области Гран-Чако, предположительно богатыми нефтью, которая, однако, после погашения конфликта так и не была обнаружена.

С. 428. *Новости о предложениях Хора — Лаваля...* — Секретное соглашение о плане урегулирования итало-эфиопского конфликта, выдвинутое в декабре 1935 г. главой правительства Франции Пьером Лавалем и министром иностранных дел Великобритании Сэмюэлем Хором.

...в своем крошечном африканском поселении на крыше храма Гроба Господня... — Речь идет об эфиопском монастыре Дейр аль-Султан, основанном в годы правления султана Абд-аль-Малика ибн Мервана (684–705).

З. Смоленская

Во И.

В 61 Когда шагалось нам легко / Ивлин Во ; пер. с англ. Е. Петровой. — М. : КоЛибри, Азбука-Аттикус, 2022. — 448 с.

ISBN 978-5-389-20471-3

Впервые на русском — собрание путевой прозы прославленного классика британской литературы Ивлина Во, составленное им самим после Второй мировой войны на основе предвоенных рассказов о своих многочисленных странствиях по миру — миру, который за какие-то десять лет изменился неузнаваемо.

«Сам я никогда не метил в великие путешественники, — пишет Ивлин Во. — Меня устраивала роль типичного представителя молодежи своего времени; поездки воспринимались нами как нечто само собой разумеющееся. Отрадно сознавать, что наши путешествия пришлись на то время, когда шагалось нам легко». И размах этих путешествий впечатляет до сих пор: Средиземноморье и Ближний Восток; Абиссиния — где коронуется на императорский трон Хайле Селассие, будущий мессия ямайской религии растафари; Африка — через весь континент; Бразилия и Британская Гвиана; снова Абиссиния — где вот-вот начнется Итало-эфиопская война... И всюду, куда бы ни заносила его судьба, Ивлин Во неизменно демонстрирует свое фирменное чутье на все нелепое и смешное, филигранную психологическую точность, мастерское владение словом. Не зря он говорил, что иногда можно подумать, будто весь мир населен его персонажами...

УДК 821.111
ББК 84(4Вел)-44

Литературно-художественное издание

ИВЛИН ВО

КОГДА ШАГАЛОСЬ НАМ ЛЕГКО

Редактор Александр Гузман
Художественный редактор Валерий Гореликов
Технический редактор Татьяна Раткевич
Компьютерная верстка Елены Долгиной
Корректоры Валентина Гончар, Маргарита Ахметова

Подписано в печать 09.02.2022. Формат издания 60 × 90 ¹/₁₆.
Печать офсетная. Тираж 3000 экз. Усл. печ. л. 28. Заказ № 1358/22.

Знак информационной продукции
(Федеральный закон № 436-ФЗ от 29.12.2010 г.): 16+

ООО «Издательская Группа „Азбука-Аттикус“» —
обладатель товарного знака „Издательство КоЛибри“
115093, г. Москва, ул. Павловская, д. 7, эт. 2, пом. III, ком. № 1
Филиал ООО «Издательская Группа „Азбука-Аттикус“» в Санкт-Петербурге
191123, г. Санкт-Петербург, Воскресенская наб., д. 12, лит. А
ЧП «Издательство „Махаон-Украина“»
Тел./факс: (044) 490-99-01. E-mail: sale@machaon.kiev.ua
Отпечатано в соответствии с предоставленными материалами
в ООО «ИПК Парето-Принт».
170546, Тверская область, Промышленная зона Боровлево-1,
комплекс № 3А.
www.pareto-print.ru

ПО ВОПРОСАМ РАСПРОСТРАНЕНИЯ ОБРАЩАЙТЕСЬ:
В Москве: ООО «Издательская Группа „Азбука-Аттикус“»
Тел.: (495) 933-76-01, факс: (495) 933-76-19
E-mail: sales@atticus-group.ru; info@azbooka-m.ru
В Санкт-Петербурге: Филиал ООО «Издательская Группа „Азбука-Аттикус“»
Тел.: (812) 327-04-55, факс: (812) 327-01-60. E-mail: trade@azbooka.spb.ru
В Киеве: ЧП «Издательство „Махаон-Украина“»
Тел./факс: (044) 490-99-01. E-mail: sale@machaon.kiev.ua
Информация о новинках и планах на сайтах: www.azbooka.ru, www.atticus-group.ru
Информация по вопросам приема рукописей и творческого сотрудничества
размещена по адресу: www.azbooka.ru/new_authors/

Y-APR-29325-01-R